GRENZÜBER-SCHREITUNGEN

JOYCE CAROL OATES
JAHRGANG 1938

»NEBEN SAUL BELLOW DIE BEDEUTENDSTE ERSCHEINUNG DER AMERIKANISCHEN GEGENWARTSLITERATUR«
KLAUS HARPPRECHT IN DIE ZEIT

JOYCE CAROL OATES

GRENZÜBER-SCHREITUNGEN

ERZÄHLUNGEN

AUS DEM AMERIKANISCHEN
VON HELGA PFETSCH

DEUTSCHE VERLAGS-ANSTALT

INHALT

OATES

[redacted]

CIP-Kurztitelaufnahme der Deutschen Bibliothek
Oates, Joyce Carol:
Grenzüberschreitungen: Erzählungen. – Stuttgart:
Deutsche Verlags-Anstalt, 1978
Einheitssacht.: Crossing the border <dt.>
ISBN 3-421-01863-4

Titel der Originalausgabe: Crossing the Border

Lektorat: Ulrike Killer
Einbandgestaltung: Herbert Joos
Gesamtherstellung: Brönner & Daentler KG, Eichstätt
Printed in Germany
3. Auflage

GRENZÜBERGANG

Evan, der junge Ehemann, läuft hinüber zur Herrentoilette der Sunoco-Tankstelle beim Tigerstadion in Detroit, blaß, angegriffen und verärgert, und Renée, seine Frau, sitzt hilflos im Auto, um zu warten bis er wiederkommt. Ihr ist elend vor Hitze.

Ein paar Straßen weiter die Brücke. Nach ihrer langen Fahrt vom Süden herauf sind sie jetzt kurz vor der Grenze. Ihr neues Land wird ein nördliches Land sein. Doch bis zur Grenze sind es höchstens drei Minuten; dort wird es auch heiß sein. In Florida hatte sie über der Landkarte von frischer Luft geträumt, von der Arktis gekühlt, von ständig wehendem, alles reinigendem Wind ... und hatte doch gewußt, wie unvernünftig ihre Träume waren. Sie wußte, wie es in Wirklichkeit sein würde. Ihre Träume deuteten Wunder an, aber sie wußte, wie es in Wirklichkeit sein würde.

An dieser Stelle zieht sich die kanadische Grenze tief herunter, läuft südwestlich vom Huronsee zum Eriesee, anmutig wie aus Wasser und nicht fest und starr wie Erde. Wenn man hier die Grenze überquert, bedeutet das, daß man nach Süden fahren muß, südöstlich.

Aber wahrscheinlich ist es nicht so heiß wie in New York; sicher nicht so heiß wie in Florida.

Einmal hatte er sie beschuldigt, sie wolle sich wohl umbringen – bei dieser Hitze die Küchenwände und den Boden scheuern! *Was? Aber warum denn?* Er ging weg. Er ging immer weg. 35 Grad, und die Klimaanlage funktionierte nicht richtig. *Aber ich will mich gar nicht umbringen,* hatte Renée protestiert.

Sie log selten.

Wie seltsam. Von Detroit fuhr man nach Süden, um nach Kanada

zu kommen. Das wäre etwas, was man in einem Brief nach Hause berichten könnte. Vielleicht hatte sie Evan schon darauf hingewiesen, sie konnte sich nicht daran erinnern. Sie wußte auch nicht mehr, ob er sich die Mühe gemacht hatte, darauf zu antworten.
Schmerz äußerte sich bei ihm in Schweigen.
Tut mir leid! Es tut mir leid! Entschuldige!
Euphorie: Wörter. Erregte, lautstarke Erklärungen. Entschuldigungen. Die Hand drücken, den Unterarm streicheln, leichte, luftige Ehepaar-Küsse: auf die Backe, auf den Nacken (peinlich feucht).

Genau wie sie diese Reise wochenlang vorbereitet hatten, ohne viel darüber zu reden, sprachen sie auch am letzten Vormittag wenig. Das Leben bestand aus Einzelheiten, aus Dingen, die man tun mußte, ordnen, wegschließen, fertigmachen. Ein Schweigen wie beim Tischgebet.
So stumm kam er ihr sehr wirklich vor. Wenn er schwer mit den Fersen zuerst auftrat und viel größer wirkte, als er war. Die Fußböden bebten, wenn er in ihrem gemieteten Haus barfuß ging ... als setze er die Fußsohlen absichtlich hart auf, um sich zu verletzen. Diese seltsame Verletzlichkeit, die Schwachheit der Ferse: nichts Mythisches, etwas Physisches.
Traf das nicht auf alles zu?

In Florida hatten sie sich angewöhnt, fast immer barfuß zu gehen. Vielleicht war es gefährlich: Spinnen und Schaben. Vielleicht auch Skorpione? Natürlich gab es auch Schlangen, aber nur draußen, selten in der Nähe von Häusern, selten in bewohnten Gegenden. Renée hatte ein paar große Schlangen gesehen, aber sie waren tot gewesen. Auf der Straße. Überfahren, mehrere Male, ganz sicher tot, harmlos, weil sie tot waren, und doch konnte Renée nicht anders, als ihre platten, glattgewalzten Körper in heftigem, wirren Schrecken anzustarren. Du mußt drüberfahren, mußt sie überfahren! Was, wenn sie noch am Leben wären? Nein. Unmöglich.
Manchmal streifte sie beim Fahren die Schuhe ab. Fuhr barfuß, den Fuß sicher auf dem Gaspedal. Es war ihr zuerst seltsam vorgekommen – sie hatte ihre Kindheit in einer teuren, aber schlecht geheizten Wohnung auf der Westseite von Manhattan verbracht, und im Sommer fuhren ihre Eltern meistens nach Maine, wo es so oft kalt und

feucht war und der Strand voller Steine, so daß sie daran gewöhnt war, immer Schuhe zu tragen.
Warum hast du deine Sachen noch nicht gepackt?
Ungeduldig, ohne Schuhe auf dem dröhnenden Boden, schon ein wenig euphorisch. Sie waren dabei, zu entkommen. Befreit, ohne Fesseln, ohne Schuld.
Sie ging in die Küche, wo er eine Tüte Milch austrank, in großen Schlucken hinunterstürzte. Er hatte keine Lust darauf. Aber er mochte nichts vergeuden: Lebensmittel, Kleidung, Seife, Papiertaschentücher. Immerhin waren sie arm. Es war demütigend, so arm zu sein. Zwar nur vorübergehend, aber immerhin ... Wie verbittert sie beide darüber waren, die Kaution von hundertfünfzig Dollar für ihr Reihenhaus zu verlieren. Evan trank die Milch und spülte die Tüte säuberlich aus. Er wollte wissen, ob der Seesack schon ganz voll sei? Und wie spät es sei, seine Uhr war stehengeblieben.

Für die lange Fahrt nach Norden: Evan in Khakishorts und einem dünnen weißen Pullover, mit ausgeleiertem Ausschnitt und Ärmeln, die vom vielen Waschen die Form verloren hatten. Ziemlich muskulös um die Schultern und die Brust, aber dünne, blasse Beine; die Knöchel weiß und fast so schlank wie Renées. Lange, schmale, nervöse Füße, bloße Zehen, die die Linoleumplatten kneteten. Renée tat so, als bemerkte sie nichts. Sie sah ihn an und lächelte, und er lächelte zurück. *Ich liebe dich.*
Ob sie am ersten Tag bis Lexington, Kentucky, kommen würden?
Renée trug ein weites blaues Kleid ohne Ärmel. Die Sonne würde sicher auf ihre Haut brennen, aber schon der Gedanke an Stoff auf ihren Armen war unerträglich. Irgend etwas war mit ihrer Haut im Gesicht und an den Armen, vielleicht eine Reaktion auf das konzentrierte Licht in diesem Klima ... Diese windlose, dichte, feuchte Hitze. Weißglühendes Sonnenlicht. Etwas, worüber sie sich in den Briefen an ihre Mutter beklagen konnte, etwas, wogegen zu protestieren erlaubt war. Diese erbarmungslose Hitze begann sie zu verwirren, als ob sie anzeigte, daß auch sonst etwas nicht in Ordnung war, etwas, das nicht nur ihr Leben betraf. War diese Hitze nicht beleidigend, entmenschlichend? Und die Abhängigkeit von den Klimaanlagen, von Maschinen, die ständig liefen, um die klebrige Hitze zu vertreiben.

In dem Reihenhaus, das sie gemietet hatten, gab es natürlich eine Klimaanlage im Schlafzimmer. Ein altes, klappriges Modell. Evan war von der Idee besessen, er müsse es ständig überprüfen, weil er meinte, daß es immer schlechter funktionierte. Er rief die Mietagentur an. Jemand versprach, einen jungen Mann hinüberzuschicken. Es war immer dasselbe: *Ein junger Mann. Wir schicken jemand.* Ein paar Tage vor ihrer Abreise hatte die Klimaanlage endgültig versagt. Evan triumphierte. Sie stritten sich. Renée wußte gar nicht mehr, warum sie sich eigentlich gestritten hatten. Wollte Evan den alten Apparat reparieren lassen, oder wollte Renée der Agentur Bescheid geben, damit ein neuer Apparat eingebaut werden konnte, bevor die neuen Mieter einzogen – sie sollten sofort einziehen – oder hatten sie sich nur gestritten, weil sie sich einfach streiten mußten, wegen der Hitze, wegen Herrn Dr. Maynards Überdruß und Ekel.

Herr Dr. Maynard, das war Evan, drüben im Labor in Lake City. Imponierend, seine wissenschaftliche Laufbahn! Alle waren sich darüber einig. Ein akademischer Grad in Chemie und einer in Biologie. Einen Doktor in Biologie. Und dabei noch so jung. Abgesehen von seiner Angewohnheit, die Stirn zu runzeln und zu grübeln, war er so jungenhaft, daß es schwerfiel zu glauben, daß er schon so viel geleistet hatte. Er hatte, um dem Militärdienst zu entgehen, als einfacher Forschungsassistent in Lake City angefangen und dann schon nach einem Jahr eine wesentlich bessere Position bekommen, der Gehaltssprung war beachtlich ... Aber ein anderer junger Mann in seinem Alter, ein Neurologe, hatte eine noch steilere Karriere gemacht.

Beim Überqueren der Grenze wird sie anfangen können, zu vergessen. Den Juniper Weg und den Küchenausguß, der immer roch, die Klimaanlage und die Küchenschaben ... einige waren von seltsamer braunglitzernder, augenblinkender Eiglätte, Eier mit winzigen, aber festen Beinen, Eier mit starrenden, intelligenten Augen ... *Die Geschichte meines Lebens,* lachte Evan eines Nachts, angetrunken, *der falsche Ort, die falsche Zeit, der falsche Anfang einer Ehe* ... und die vier kleinen Zimmer, die zwei winzigen Einbauschränke, der unordentliche Hinterhof, in dem kein Gras wuchs und in dem im Juni sogar das Unkraut verbrannte – die gelben Blüten runzelten sich zu braunen Knoten zusammen und sahen ältlich und komisch aus. Renées Alpträume hatten begonnen, bevor es einen Anlaß dafür gab. Viele Monate vorher, als Dr. Maynard noch nicht an diesem Geheimprojekt »Verteidigungsbiologie« mitgearbeitet hatte. Ihre Träume zogen sie in die eine Richtung, ihr bewußtes Denken in eine andere: ein ständiger Streit mit sich selbst, viel schlimmer als die Auseinandersetzungen mit ihrem Mann (die immer beherrscht blieben, nie richtig brutal wurden: sie waren beide zu intelligent, um zu glauben, daß in irgendeiner Sache nur einer recht haben könnte) . . . Aber sie wird alles vergessen können, wahrscheinlich. Man vergißt schnell. Sie ist Mitte Zwanzig, das ist die Zeit, um intensiv zu leben, und um Dinge zu vergessen.

In der Herrentoilette erbricht er, und hier draußen im Auto, das mit Gepäck beladen ist, mit Reisetaschen und Bücherkisten und Evans altmodischer, gebogener Lampe, deren Fuß aus Blei sein muß, so schwer ist sie — hier draußen in der staubigen Sonne von Detroit sitzt Renée über die Karte gebeugt und knickt eine Ecke der Karte nach vorne und nach hinten, wie sie es schon seit Hunderten von Meilen tut. Die Grenze zwischen zwei Ländern wird auf Karten immer in gestrichelten, aber deutlichen Linien dargestellt, die zeigen, daß diese Grenze zwar im physikalischen Sinne nicht real vorhanden ist, aber in einem metaphysischen Sinne sehr real: so kapituliert die Natur vor der Politik wie die Mythologie vor der Physiologie. Wahrscheinlich ist das notwendig. Besser so. Wie könnte die Liebe es mit Alpträumen aufnehmen? Die Liebe hätte auch kapituliert. Vielleicht hat die Liebe schon vor Monaten aufgehört, als Renée aus einem quälenden Schlaf erwachte, in dem Küchenschaben, Silberfischchen, Käfer und pfeilschnelle Eidechsen durcheinanderquollen und den das bohrende Bewußtsein durchzog, daß ihr Mann schlaflos neben ihr lag. Gegen Ende kam es öfters vor, daß er vom Tisch aufstand, plötzlich, ohne Erklärung und sich in ihrem winzigen Badezimmer einschloß, hinten im Haus. Obwohl er beide Wasserhähne aufdrehte, hörte sie ihn doch. Schwer für die Liebe, es damit aufzunehmen.

In Jacksonville gab es eine Beratungsstelle für Bürgerrechte.

Evan rief dort an. Renée lauschte nicht. Sie horchte nicht absichtlich

... Verletzung des Vertrags ... sie versuchen mich zu beschuldigen ... Gehorsamsverweigerung ... ein Jahr Gefängnis ... vier oder fünf von uns wollen raus ... Und eine Woche nervöse Spannung und Warten. Evan fuhr nicht mehr die fünf Meilen zu seinem Arbeitsplatz auf dem Regierungsgelände. Er blieb zu Hause und wartete. Versuchte, die Klimaanlage zu reparieren. Manchmal schweigend, manchmal überschwenglich und fröhlich redend. Er plante schon das neue Leben in einem neuen Land, bevor er darauf hoffen konnte, versicherte ihr schon jetzt, daß ihm jede Arbeit dort recht sei, auch körperliche Arbeit ... Ein neues Leben, ein neues Land.
»Wir sind hier geboren«, sagte Renée ironisch.

»Wir sind nicht unbedingt irgendwo geboren«, sagte Evan.

Die Ambassador-Brücke ist ein paar Straßen weiter. Evan, der junge Ehemann, kommt jetzt von der Toilette der Sunoco-Tankstelle zurück, er war nur etwa fünf Minuten weg, das war nicht so schlimm, jetzt sieht er blaß aus, leichenblaß, aber triumphierend. Renée, die junge Frau, lächelt ihm entgegen, ist aber nicht sicher, ob er es sieht.
Egal: *ich liebe dich*. Egal: *jetzt sind wir hier*.

LIEBE. FREUNDSCHAFT

Mein Mann spricht nebenan mit jemand. Nein, am Telefon. Er spricht schnell, dringlich ... Halb vier Uhr morgens. Einen Augenblick lang weiß ich nicht, welcher Tag heute ist. Dienstag? ... Was er sagt, ist nur ein Murmeln, es ist nicht zu verstehen aus dieser Entfernung. Aber die Pausen sind noch schlimmer, denn sie bedeuten ... sie bedeuten, daß der, der mit ihm spricht, wer das am anderen Ende der Leitung auch sein mag, noch eindringlicher spricht als er.
Ich würde gern an die Schlafzimmertür gehen; würde sie gern öffnen. Dort im Dunkeln stehen und lauschen, was mein Mann zu Blaine sagt, im Glauben allein zu sein. Natürlich ist es Blaine, der angerufen hat ... Ich könnte so tun, als ob ich hören wollte, ob das Baby aufgewacht ist. Ich könnte so tun, als wollte ich wissen, wer angerufen hat, in aller Unschuld, neugierig; immerhin ist es halb vier Uhr morgens. Wenn ich lauschen würde, könnte ich vielleicht etwas erfahren. Ich könnte etwas Wichtiges über meine Ehe oder über mich selbst erfahren ... Aber ich liege hier, ohne mich zu bewegen, ich habe Angst, mich zu rühren. Was ich nie tun darf, nie tun darf, was ich nie tun darf ... ich darf meinen Mann nie absichtlich hintergehen. Ich darf mich nie so benehmen, wie ich es von ihm auch nicht möchte. So liege ich hier und bewege mich nicht.
Das ist der dritte Anruf seit wir in diese Wohnung gezogen sind; der dritte Anruf von Blaine, meine ich ... Ob er krank ist? Einsam? Ob er glaubt, daß er stirbt? Oder vielleicht will er Geld. Oder er hat Gewissensbisse. Oder er ist wütend. *Ich weiß, wie ihr beide mich haßt. Judith und Larry kuscheln sich aneinander, in ihre Ehe hinein. Ihr fühlt euch so sicher und so komplett, nicht wahr, verliebt, vor*

mir geschützt wie durch eine zähe, feuchte, undurchdringliche Membran ... Judith und Larry und jetzt noch dieses Dritte, dieses heilige Dritte im Bunde, eine Dreieinigkeit seid ihr und keiner kann hoffen, euch herauszulocken ...

Blaines Stimme klingt in meinem Kopf. Schwach. Ich bin wohl am Einschlafen. Ich muß noch üben, was ich zu Larry sage, wenn er zurück ins Bett kommt ... ich muß die richtigen Worte treffen, den richtigen Ton ... ich darf ihn nicht noch mehr verärgern, als es Blaine schon getan hat. Ich könnte sagen: *Wie rücksichtsvoll, daß du ans Telefon gegangen bist, so schnell aufgestanden und hingegangen bist.* Ich könnte auch sagen, schläfrig und warm: *Komm ins Bett, Liebling, erzähl es mir morgen früh ... ja?* Oder, vielleicht: *Warum hast du so lang mit ihm gesprochen, Liebling? Ist das nicht falsch, ihn zu ermutigen ...* Oder ich könnte die Bettdecke von mir werfen und schreien: *Warum läßt er uns denn nicht in Ruhe? Warum hört er nicht auf!*

»Liebling?«

Larry ist bei mir im Zimmer. Ich muß wohl eingeschlafen sein. Er stolpert ans Bett und macht das Licht an. Larry im Schlafanzug, mit zerwühltem Haar, mit gequältem Gesicht, entschuldigend, müde: »Liebling, das war Blaine.«

»Ja.«

»... es war schlimmer mit ihm als je zuvor.«

»Ja, schon gut ... ist er noch dran? Soll ich mit ihm sprechen?«

»Nein, er hat aufgelegt.«

»Wollte er nicht mit mir sprechen?«

»Ach, es war wieder wie letztes Mal ... er hat nach dir gefragt, natürlich wollte er dich sprechen, aber ich habe ihm klargemacht, daß es mitten in der Nacht ist. Ich habe gesagt, du schläfst.«

»Und er hat nicht gewußt, daß es halb vier Uhr nachts ist, was? Er hat so getan, als ob er es nicht wüßte.«

»Liebling, er war so hysterisch, ich kam gar nicht zu Wort ...«

Larry sitzt auf der Bettkante; er greift nach den Zigaretten, ohne mich anzusehen. Ich tue so, als sei ich schläfriger, als ich wirklich bin. Er tut so, als sei er ruhiger, sogar ein bißchen belustigt. Immerhin ist er *der Ehemann.* Es ist sein Vorrecht, ruhig, belustigt, ehe-männlich zu sein.

»... ach, das Übliche. Hat mir vorgeworfen, ich hätte diese

Empfehlungsbriefe nicht geschrieben. Als ob ich irgendwelchen Einfluß hätte. ... Er hat uns vorgeworfen, wir wollten nicht, daß er nach Toronto kommt – frag mich nicht, warum. Er hat geredet und geredet, ein Wortschwall, und wenn ich versucht habe, ihn zu unterbrechen, hat er geschrien ... Einen Augenblick hat er behauptet, niemand kümmere es, ob er lebendig oder tot sei, er könnte wochenlang im Bett liegen und dort vermodern, und niemand würde das etwas ausmachen; im nächsten Augenblick hat er mir wieder diese Geschichte mit seinem Abteilungsleiter erzählt, du weißt schon, der ihn anmacht, oder wie man das nennt. Er setzt ihn unter Druck. Er versucht, ihn zu feuern.«
Es gelingt Larry zu lachen, ziemlich nervös.
»Glaubst du, daß es stimmt?«
»Was? Die Sache mit dem Homosexuellen? Wie soll ich das wissen, zum Teufel«, sagt Larry müde.
»Hat er wieder gedroht, er würde etwas tun? ... Uns oder sich selbst etwas antun?«
»Ach, das Übliche. Wenn wir ihm nicht aus der Klemme helfen, könnte etwas Schreckliches geschehen.«
»Etwas Schreckliches könnte geschehen?«
Wir sehen uns an. Ein plötzlicher Drang: sollen wir nicht einfach lachen? Ist das nicht eigentlich komisch? Inzwischen ist es zehn vor vier, und der Wecker ist auf sieben Uhr gestellt. Ist das nicht komisch? Die ganze Situation, unser Gespräch. *Der Freund* in Philadelphia, der eine Katastrophe androht ...
»Diesmal hatte er aber nicht Benzin ausgegossen und die Streichhölzer schon bereit, oder?«
Larry schloß die Augen. »... nein, er hat nichts gesagt. Er hat nur herumgejammert, daß wir ihn vergessen hätten, ihn mit Füßen treten und ihn hintergehen würden: das Übliche.«

Freunde, Freundschaft. Abende mit Freunden; Abendessen und Gespräche mit Freunden, gemeinsame Gefühle der Wärme und Zusammengehörigkeit, gemeinsame Späße und Enttäuschungen und Erfolge ... Freundschaftliche Diskussionen zu später Stunde. Mißverständnisse und Auseinandersetzungen mit Freunden. Freundliche Entschuldigungen. Liebe und Haß unter Freunden. Was ist Freundschaft, warum hat sie solche Macht? Jeder weiß, was Liebe ist.

Romantische Liebe, Liebe in der Ehe, ehebrecherische Liebe: glückliche und unglückliche Liebesgeschichten. Jeder weiß, was *Liebe* ist, niemand weiß, was *Freundschaft* ist. Doch, hören Sie sich das an:
». . . es ist einfacher, sich zu verlieben, und es ist sogar einfacher zu heiraten, meiner Meinung nach ist das viel einfacher, als eine dauerhafte Beziehung mit jemandem einzugehen ... mit einem Freund ... Und ihr wollt eine solche Beziehung zerstören. Einfach so! Als ob sie euch gar nichts bedeutet! . . . Weil ihr verheiratet seid, weil ihr euch einen Dreck um andere Leute schert.«
Dann weiter:
»Es muß einfacher sein, ein Liebesverhältnis abzubrechen, vielleicht sogar eine Ehe, als einem Freund adieu zu sagen. Es *muß* leichter sein. Bei einer Freundschaft gibt es keinen offiziellen Anfang, also kann es auch kein offizielles Ende geben. Alles geschieht – und dann geschieht plötzlich nichts mehr. Aber nichts hat ein Ende . . . Es gibt keinen Augenblick der Erfüllung. Es gibt keine Hingabe, keine Ekstase. Und keine Vergebung.«
Blaine hatte, als wir ihn kennenlernten, eine schüchterne, befangene Art, jungenhaft und reizend. Er war vierundzwanzig. Ich war ein Jahr jünger, und mein Mann war dreißig. Larry ist ziemlich klein, nicht viel größer als ich; es fällt mir schwer, ihn zu beschreiben – es ist schwer für mich, ihn richtig zu sehen. Er hat nichts Jungenhaftes und er gibt sich auch nicht mehr viel Mühe – jedenfalls nicht viel geheuchelte Mühe, reizend zu sein, so wie Blaine es tat. Er ist direkt, streitlustig und bildet sich dabei erstaunlich langsam eine Meinung . . . ganz anders als Blaine, der immer genau zu wissen schien, welche Meinung er hatte, welche kritische Haltung gerade paßte. Blaine ist groß, wiegt aber sicher nicht mehr als 70 Kilo; sein Haar ist immer modisch geschnitten und gepflegt, und er hat die blasse, fast weiße Hautfarbe des Rothaarigen. Er ist einer der jungen Männer, die höfliche, bedeutungslose Phrasen verwenden wie: *Ja danke, gern* und: *Ja, herzlichsten Dank,* und sein Verhalten stimmt irgendwie nicht mit seiner Erscheinung überein: mit diesen intelligenten braunen Augen mit den dunklen Wimpern.
Wir lernten ihn bei einer Party kennen. Elegant gekleidet in einem offensichtlich teuren Anzug – rehbraun mit Wildlederbesatz und Wildlederknöpfen – dabei aber nervös und ruhelos. Das Zimmer war voller Menschen; jemand hatte ein paar Fenster aufgerissen,

aber es war immer noch verraucht; ich sah mich im Raum um und bemerkte den jungen Mann, der mir später vorgestellt werden sollte, und hatte den Eindruck, als fühle er sich äußerst unbehaglich, genau wie ich. Aber ich war klug genug, das nicht zu zeigen. Er stand am Rand einer lauten Unterhaltung, hielt ein Glas in der Hand und versuchte, sich interessiert zu geben. Rothaarig, ein Lockenkopf, er hatte etwas Kindliches ... Dabei sah er aber recht scharfsinnig aus. Seine Mundwinkel verzogen sich nach unten, während die anderen in lautes, ordinäres Lachen ausbrachen. Sein Drink schien ihm nicht zu schmecken; er rauchte nicht. Wir waren von Freunden unserer Freunde zu dieser Party eingeladen worden und kannten eigentlich niemanden gut. Es wäre vielleicht richtiger zu sagen, daß wir von Bekannten, die wiederum die Gastgeber kannten, eingeladen worden waren. Damals waren Larry und ich erst zweieinhalb Jahre verheiratet. Er stand kurz vor dem Examen in Ann Arbor, und ich arbeitete halbtags als Hilfskraft bei einem kleinen Bibliotheksangestellten – eine Stellung, die mich überhaupt nicht ausfüllte; ich erinnere mich an Stunden blinder aber leidenschaftsloser Wut, ein Gefühl unglaublicher Langeweile, das mich um so mehr bedrückte, als ich sehr verliebt war, glücklich verheiratet und mich für eine attraktive, vor Gesundheit strotzende junge Frau hielt. Und dann dieser hinuntergeschluckte Ärger, diese tränenlose Wut! Obwohl mir das jetzt unwahrscheinlich vorkommt, erzählte ich nicht einmal Larry, was ich durchmachte; es kam mir einfach nicht in den Sinn. Meistens redete er ohnehin genügend für uns beide – leicht aufgebracht, leicht besänftigt. Als ich Blaine sah, fühlte ich ein Interesse in mir aufsteigen, das sowohl schwesterlich als auch mütterlich war, einen Anflug von etwas, das paradoxerweise wohl bedeutete, daß ich hier einen Menschen traf, der mir selbst sehr ähnlich war, und über den ich trotzdem die Oberhand gewinnen könnte.

An jenem Abend hatten wir gerade von Larrys älterer Schwester gehört, daß sein Vater – wieder – ins Krankenhaus gekommen war und daß seine Mutter, eine stille, eigensinnige Frau, mit der ich mich nie recht verstanden hatte, drohte, die Scheidung einzureichen. Nach fünfunddreißig Jahren Ehe! Larrys Vater war Alkoholiker. ... Er hatte früher einmal bei einer Immobiliengesellschaft in St. Louis gearbeitet; einige Jahre war es ihm gut gegangen, dann begann dieser stetige Kreislauf, der ihn langsam immer mehr verfallen ließ, Krankenhaus, Entlassung und wieder Krankenhaus. Er lebt übrigens noch: Larry sagt, der alte Mann hat ein zähes, eigensinniges Herz und wird's noch lange machen, nur um Larrys Mutter zu ärgern. An jenem Abend war Larry, wie so oft, in streitlustiger Laune. Er richtete seine Angriffe selten gegen mich, deshalb brauchte er andere Menschen – er brauchte die gesellige Stimmung einer Party, die nur aus fast Unbekannten bestand. Und es gefiel ihm gar nicht, daß in der Gruppe, zu der er sich am Anfang gesellte, ausgerechnet die Albernheiten eines ortsansässigen Künstlers gerühmt wurden, eines international bekannten Mannes, der zufällig Alkoholiker war und der seine Frau und andere Leute in der Öffentlichkeit beschimpfte und kurz zuvor von der Polizei von Ann Arbor wegen Trunkenheit am Steuer festgenommen worden war ... das Übliche wurde gesagt: *Er kann nichts dafür, er ist eben ein Genie. Er kann nichts dafür, er ist so sensibel, so hochbegabt, so phantastisch ... nicht wahr? Man muß ihn lassen, er ist doch ein Genie.*

Larry mischte sich ein, brachte Einwände und drängte sich in die Unterhaltung, wie er es oft macht. Meistens reagieren die Leute positiv: Sie wenden sich erwartungsvoll dem Neuen zu, dem Gast, den sie nicht gut kennen, gespannt darauf, ob er wohl interessant sein wird. Larry mischte sich also ein, Larry erhob Einwände, Larry bekam Widerspruch zu hören, wurde widerlegt und unterstützt, und die Unterhaltung floß dahin; und obwohl das, was er wahrscheinlich gesagt hat, – *Was, verdammt nochmal, wissen Sie denn über Alkoholismus? ... über Genies?* – grob und unhöflich klingen konnte, wirkte Larry in Wirklichkeit selten so. Er scheint seiner selbst so sicher. Die Leute mögen ihn, die Leute schauen erwartungsvoll auf, wenn er dazukommt. An diesem Abend war auch Blaine von Larrys Freimütigkeit, seinem gesunden Menschenverstand beeindruckt: Das erfuhren wir später. Blaine kam es vor, als sei Larry der einzige, der offen genug war, die Wahrheit zu sagen.

»Na, und was nützt uns die Wahrheit?« fragte Larry manchmal im Scherz.

»Die Wahrheit ist eine unwiderstehliche Macht«, sagte Blaine dann. Wie immer, wenn er von seinen Idealen sprach – in jener schüchternen und präzisen Art, die mich zuerst glauben machte, er offenbare seine innersten Gedanken –, senkte er den Blick. »Männer haben einen Instinkt für die Wahrheit ... sie können ihr nicht widerstehen.«

Ja, wir unterhielten uns viel über abstrakte, theoretische Fragen. Wir wurden Freunde, und wir verbrachten viele Stunden, sogar ein paar Wochenenden zusammen, wir diskutierten moralische und philosophische Probleme, stritten über Politik, verglichen unsere Kindheit, unsere Erziehung, unsere Familien, unsere Erwartungen, unseren Geschmack auf verschiedenen Gebieten – Musik, Kunst und Essen ... Wir lernten uns auf Rudy Dietz' Party vor sechs Jahren im Herbst kennen. Oder sind es sieben? Wir lernten uns auf jener lauten, fast vergessenen Party kennen, in einer Wohnung im oberen Stockwerk eines großen, zugigen viktorianischen Hauses an der Ecke von State Street und Clarenton. Es war Meilen von der Universität entfernt, in einer armen Gegend. Als wir im letzten Jahr wieder dort waren, fuhren wir zufällig durch diese Gegend, und mir fiel auf, daß das Haus offensichtlich abgerissen worden war – ein neues, nichtssagendes verputztes Wohnhaus an seiner Stelle, *Universitätsanhöhe* hieß es – austauschbar gegen ein Dutzend ähnlicher Gebäude. Es muß wohl doch vor sieben Jahren gewesen sein. Es war vor der Massenarbeitslosigkeit, vor den inflationären Preisen; damals schien es, als sei etwas so Altmodisches und Bürgerliches wie Mißerfolg an sich unmöglich. Sicherlich jedenfalls etwas so Absurdes wie ein finanzieller Mißerfolg! Nein, die Stimmung war so optimistisch, daß sie fast an einen heiteren Zynismus grenzte, junge Menschen konnten ernsthaft darüber debattieren, ob sie eine Stelle annehmen oder ablehnen würden, in der sie ihre Unbescholtenheit aufs Spiel setzen müßten.

Blaine gehörte zu diesen jungen Menschen. Und wir bewunderten ihn. Wir waren noch so jung verheiratet, so hemmungslos entzückt voneinander, daß wir wohl das Bedürfnis – den Instinkt? – hatten, unser Glück mit jemandem zu teilen, jemandem, der einsam und empfindsam war, Sorgen hatte – und der doch in unseren Augen bewundernswert war und vielleicht sogar uns beiden überlegen, in einer Weise, die wir nicht erklären konnten. Worin bestand Blaines »Überlegenheit«? Wenn ich auf die frühen Tage unserer Freundschaft zurückblickte, unseres Werbens, glaube ich, daß das, was er von seiner Familie erwähnte, eine Rolle gespielt haben muß; es war

die Rede von einem Richter am obersten Gerichtshof von North Carolina ... und von einem Onkel, der Mitglied der Zollkommission der Vereinigten Staaten war ... Nicht, daß diese Personen in Blaines Leben eine Rolle spielten. Im Gegenteil, er verachtete sie sogar; er betonte, die konservative Einstellung seiner Familie sei abscheulich. Er war immer darauf aus, mit Larry übereinzustimmen, wenn Larry seine politische Meinung äußerte ... Blaine schien mir auch darin uns überlegen, daß sein Benehmen immer ohne Tadel war. Er saß aufrecht, anständig wie ein Kind, das beobachtet wird, und sagte leise sein: *Ja, bitte,* senkte dabei respektvoll die Augen und machte mir immer Komplimente über mein Essen, gleichgültig, was ich gekocht hatte, und suchte förmlich nach Dingen in unserer kleinen, farblosen Wohnung, die bemerkenswert waren und mit Lob bedacht werden konnten. Es gab nicht viele. Aber er bemühte sich, zu loben, er bemühte sich bewußt, freundlich zu sein. Die Leute sagten von Blaine Oltman: *Ist er nicht aufmerksam – und so charmant?* Manchmal sagten sie: *Er ist zu gut, um wahr zu sein.*
Obwohl er erst Mitte zwanzig war, leitete Blaine schon eine Organisation, die *Centennial House* hieß, und die Zweigstelle eines bundesweiten Bildungsprogramms für Wissenschaft und Künste in Südwest-Michigan war. Dieses Programm bot Kurse in Naturwissenschaften und »Künsten« – hauptsächlich Töpfern, Weben und Fotografieren – für Hausfrauen, Kinder und Rentner an. Das *Centennial House* litt ständig unter Geldmangel; Blaine »entwarf« ständig »Briefe« und verfaßte »Bittschriften«, die Muster an höflicher Überredungskunst waren. Er bekam keine ausreichende Unterstützung vom Staat. Er führte einen ganzen Winter lang einen Kampf, um von der Regierung mehr Geld zu ergattern. Und während der eineinhalb Jahre unserer Bekanntschaft hatte er nur einmal einen Zusammenbruch, er beklagte sich bitter, fast schluchzend, über diese Scheißkerle in der Regierung, die von nichts eine Ahnung hätten, diese Politiker, die sich einen Dreck darum kümmerten, was Leute wie er auf die Beine zu stellen versuchten. Ich hatte ihn vor diesem Ausbruch fast ehrfürchtig bewundert; ich staunte darüber, daß ein Mann, der genauso alt war wie ich, schon eine Führungsposition hatte, wenn auch in einer kleinen Organisation. Aber in jener Nacht – in unserer Wohnung, nach einem Essen im Restaurant und einem Film – schien er in sich zusammenzufallen; er rieb sich

die Augen und klagte und jammerte. Wie hilflos er war, wie ein kleiner Junge! Ich glaube, Larry und ich mochten ihn danach nur noch mehr.

Nach diesem Abend ging Blaine uns mehrere Wochen aus dem Weg. Er rief nicht an. Wir riefen nicht an.

Dann traf ich ihn an einem regnerischen Tag in der Universitätsbibliothek, und er bot mir an, mich nach Hause zu fahren. Keiner von uns sagte etwas über seinen Ausbruch. Als er dann bei uns zu Hause war, ließ er sich natürlich dazu überreden, noch zum Essen zu bleiben.

Alle drei waren wir erleichtert, wieder zusammen zu sein – und aufgeregt und froh. Und so aufmerksam zueinander. Es war keine Einbildung, wir waren glücklicher, wenn wir zusammen waren, als wenn wir uns nicht sahen. Wenn Blaine da war, verfiel Larry nicht plötzlich in Schweigen wie so oft, wenn wir allein waren; wenn Blaine da war, hörte ich nicht, daß sich meine Stimme zu gereizten, schrillen Tönen hob, zu den Tönen einer sehr jungen Frau, die zu oft überlegt, ob sie auch richtig gewürdigt wird. An jenem Abend trank Blaine mehrere Gläser Wein und war außerordentlich fröhlich ... Er war Bruder, Liebhaber, Ehemann ...

Vielleicht war es an diesem Abend oder bald danach, daß wir bis vier Uhr morgens redeten. Worüber? Was fesselte uns so? Ich weiß nicht mehr. Manchmal blieben Larry und Blaine auf, und ich ging zu Bett, froh darüber, daß mein Mann und mein Freund sich so gut verstanden. Dann schlief ich zufrieden ein, vom Gemurmel ihrer Unterhaltung umfangen ... Manchmal gingen Blaine und ich zusammen zu Theateraufführungen der Universität oder in Kammerkonzerte oder zu Vernissagen in Kunstgalerien; Ereignisse, für die Larry sich nicht interessierte. Blaine ging sogar mit mir zu Parties. Einmal, an einem dunklen Tag im Januar, brach Larry im medizinischen Labor zusammen, wo er stundenlang gearbeitet hatte, und Blaine fuhr mich in die Klinik zu ihm, und Blaine fuhr mich wieder nach Hause, er wollte mir so gerne helfen, er war genauso erschrokken über Larrys Krankheit – eine schwere asiatische Grippe – wie ich.

Noch leichenblaß vor Schreck über Larrys Zusammenbruch, versuchte er mich zu trösten. Schließlich, als wir beide in meiner Küche saßen, bekannte er, daß er sich vor Krankheit und Tod entsetzlich fürchtete und versuchte, nie daran zu denken ... Wir saßen bis nach Mitternacht zusammen und unterhielten uns, ernst und offen. Larry war nicht mehr in Gefahr; deshalb konnten wir uns jetzt ganz öffnen und einander sogar kindische und irrationale Ängste gestehen. Ich erzählte Blaine, daß ich meinen Mann so liebte, daß ich es kaum ertrug: Ich hatte vorher nicht gewußt, wie die Ehe ist, wie gewaltsam sie Menschen vereint, welche Ansprüche sie an die Persönlichkeit stellt. »Wie meinst du das? Das verstehe ich nicht«, sagte Blaine. Ich gestand ihm eine sonderbare Wahrheit: Ich liebte Larry jetzt so sehr, daß ich das Gefühl hatte, ich selbst sei schwächer geworden, als Persönlichkeit, als Individuum. Ich war so abhängig von ihm, gefühlsmäßig, intellektuell ... Aber Blaine schien nicht zu verstehen. Er kniff die Augen zusammen, schüttelte den Kopf, versuchte zu lächeln, als ob er den Verdacht hätte, ich halte ihn zum besten. *Was meinst du denn? Ich versteh' das nicht. Erklär mir doch ...*

Nach den Aufregungen jenes Abends waren wir beide erschöpft, seltsam angeregt und hungrig wie Wölfe. Ich machte ein paar Omeletts, die wir gierig verschlangen. Blaine sprach etwas verlegen davon, daß er hoffe, eines Tages zu heiraten. Aber seine Stimme war jungenhaft, und sein Idealismus klang schwach. Er begann, mir von einer sehr engen Freundschaft zu erzählen, vor ein paar Jahren, als er in Amherst studierte, dann brach er lachend ab. Es war »nichts geworden«. Es war »aus«. Und hier in Ann Arbor gab es ein Mädchen, das ihn tief verletzt hatte, ihn betrogen hatte und sich über ihn lustig machte ... aber er würde natürlich darüber hinwegkommen: Was blieb ihm denn anderes übrig?

Unsere Freundschaft dauerte fast zwei Jahre, aber nie wieder sollten wir uns so gut verstehen wie an diesem Abend. Zwischen uns mußte etwas geschehen sein, das wir weder begreifen noch beeinflussen konnten, Schranken mußten gefallen sein – ich erinnere mich daran, daß ich, während ich engagiert über irgend etwas sprach, Blaines Arm oder Hand berührte, leicht, eigentlich weniger vertraulich als vielmehr um zu unterstreichen, was ich sagte. Wir hatten über die Liebe gesprochen. Wenn ich jetzt versuche, mich an diese Nacht zu erinnern, habe ich das Gefühl, daß das, was ich unter »Liebe« verstand, etwas ganz anderes war, als was Blaine meinte – wir benützten dasselbe Wort, aber wir verstanden uns nicht. Und von der Liebe ging es weiter zu dem möglichen »Sinn des Lebens«: der »Sinn des Lebens«, so leidenschaftlich von zwei kaum erwachsenen Menschen diskutiert, daß die Erinnerung an unser Gespräch mich jetzt noch verlegen macht. Es sei denn, ich habe es nicht mehr richtig im Gedächtnis.

Danach spielte Blaine von Zeit zu Zeit auf meine Neigung zum Mystischen, Geheimnisvollen an. Er schien seine eigene Einstellung dazu ganz vergessen zu haben. Er wischte meine Proteste beiseite, als seien sie kleinmädchenhaft oder kokett gemeint – das waren sie gar nicht: Ich meinte sie ernst – er zwinkerte sogar Larry in meiner Gegenwart kumpelhaft zu. *Hör doch bloß, was Judith sagt! Ist sie nicht süß?* Machte Larry mir Komplimente über das Essen, so machte Blaine mit Sicherheit ein noch kunstvolleres Kompliment; wenn noch andere Gäste da waren, fragte er sie, ob sie je zuvor so etwas Köstliches, etwas so hervorragend Zubereitetes gegessen hätten? Immer hatte er so gute Manieren, und seine Stimme klang ganz ernsthaft dabei. Manchmal trug er eine Brille, die er im Laufe des Abends abnahm, um seinen Nasenrücken zu reiben, zu blinzeln, uns behaglich anzusehen und dann diese wohlwollenden, intimen Fragen zu stellen: Sie waren im Grunde so spöttisch, und doch konnte ich mich nicht gegen sie wehren. Mein Herz hämmerte vor Ohnmacht und dem Gefühl der Ungerechtigkeit. »Bring mich doch nicht so in Verlegenheit, Blaine«, bat ich ihn, und er wandte sich mir dann zu, als wäre er wirklich erstaunt – als ob mein Unvermögen, Lob anzunehmen, ein Mangel wäre. Vielleicht eine Form von Egoismus? Blaine und Larry und die anderen lachten dann und vergaben mir.

Einmal griff sich Blaine einen meiner langen Wollschals aus dem Schrank, band ihn um den Kopf, knotete ihn ungeschickt, hob die Hände und protestierte: *Aber Blaine! Hör jetzt auf, mich zu necken* – in einer lächerlich hohen Stimme, der Parodie einer Frauenstimme. Mir schien, daß vor mir ein Feind stand, der mich verabscheute, nicht für etwas, das ich getan oder gesagt hatte, sondern einfach dafür, daß ich existierte. Mir wurde übel von seiner Feindseligkeit und davon, wie wehrlos ich ihr ausgeliefert war. Und am schmachvollsten war: Mir wurde übel davon, daß ich so verletzt war. Ich wußte, daß die Beziehung zwischen uns auf ein falsches Gleis gelaufen war, aber ich wollte das nicht hinnehmen; ich hatte das unklare Gefühl, daß es meine Schuld sei, wenn Blaine sich gelegentlich gegen

mich stellte, und daß es bestimmt meine Schuld war, daß ich darauf so überstark reagierte. Er machte doch nur Spaß, er zog mich doch nur ein wenig auf, oder?
Und doch fühlte Blaine sich offensichtlich zu mir hingezogen. Nicht einfach sexuell: Es klingt vielleicht unglaublich, aber die ganz intensiven, stark vorbestimmten Beziehungen zwischen Menschen – zwischen Mann und Frau oder zwischen Menschen des gleichen Geschlechts – haben wenig mit sexueller Anziehung zu tun. Es wäre leichter, wenn man solche unverständlichen Vorgänge auf ein einfaches, biologisches Gesetz zurückführen könnte ... Blaine hätte damals zu beliebigen anderen jungen Frauen eine solche Beziehung aufbauen können und ich zu beliebigen anderen jungen Männern. Als Frau liebte ich meinen Mann: Er war und ist noch einer von den Männern, die man als Frau ohne Einschränkung lieben kann. »Liebe« – was immer Liebe ist – gehörte zu Larry, zu unserer Ehe. Diese Liebe war so unerschütterlich, daß ich zutiefst darauf vertraute, daß nichts sie bedrohen könne. ... Ach, Blaine war so ausgelassen, wenn er mich nachmachte. Diese hohe Stimme, dieser Trippelschritt, diese gekonnte, grausame Parodie einer Frau: Parodie der Frau schlechthin. Ich mußte irgendwie abstrakt für ihn geworden sein, zu einer Zeit, als wir – wir beide – immer öfter zusammentrafen, geplant, durch die Umstände bedingt oder durch seltsame Zufälle. Wenn wir uns eine Woche oder länger nicht gesehen hatten, trafen wir uns sicher bei gemeinsamen Bekannten – oder wenn ich einkaufte, allein und ziemlich müde und niedergeschlagen, und vielleicht sogar gerade an Blaine dachte und im Geist unsere letzte Unterhaltung noch einmal durchspielte (meine Gefühle waren noch verletzt von einer seiner launischen, schneidenden Bemerkungen), tauchte er mit Sicherheit im Gang vor mir auf – er mit einem Einkaufswagen, in den er ein paar Tiefkühlpackungen geworfen hatte, ein paar Dosen Thunfisch oder Lachs, einen einsamen gelblichen Kopfsalat – Blaine, selber überrascht und mit erwartungsvollem Lächeln wenn er mich sah, als ob er sich freute, mich zu sehen, als ob ich ihm etwas bedeutete, das er, irgendwie, auf jede nur mögliche Weise versuchen müßte zu verbergen.
Natürlich war ich verletzt. Und ärgerlich. Ich war jung für mein Alter; meine Ehe mit einem bestimmenden Mann, der einige Jahre älter als ich war, hatte mein Selbstbewußtsein geschmälert; also

stellte ich Blaine nicht zur Rede, da ich dachte, vielleicht sei alles Einbildung, oder es käme daher, daß mich dieser sinnlose, anstrengende Job zu sehr aufrieb, oder daß der Winter sich zu lange hinzog, durch den März und noch in den April hinein ... ein gräßlicher Schneesturm am 5. April jenes Jahres ist mir noch deutlich in Erinnerung, weil er fast alle Leute in eine romantische Hoffnungslosigkeit stürzte. Ich dachte allmählich, Blaine habe vielleicht recht, mich so zu verspotten. Vielleicht sollte ich wieder studieren, sollte versuchen, mich selbst herauszufordern, ich sollte mich immatrikulieren, um meinen Doktor zu machen und dann ... und dann ... dann würde man mich vielleicht ernst nehmen; man würde mich lieber mögen.

Einmal, als ich ein Kleid trug, das mir etwas zu weit war, weil ich ein paar Pfund abgenommen hatte, zog mich Blaine beiseite und flüsterte: »Ist das ... ist das das, was ich glaube?« Ich wußte nicht, was er meinte; ich muß ihn wohl völlig verwirrt angesehen haben. Was? Dieses Kleid? »Aber *ist* es das?« fragte er bestürzt. Mir wurde klar, daß er meinte: *Ist das ein Umstandskleid? Bist du schwanger?* Aber er konnte sich nicht dazu bringen, diese Worte auszusprechen. Also versicherte ich ihm gereizt, daß dies kein Umstandskleid sei; ich sei nicht schwanger; warum war er nur so entsetzt? – Was ging ihn das denn an? Er wich zurück, hob seine feingeformten Hände zu einer übertriebenen Geste des Bedauerns. Entschuldige! Tut mir leid! Er habe mich doch nicht beleidigen wollen. Jedenfalls versicherte er mir, er habe es nicht ernst gemeint.

»Du nimmst alles so persönlich«, bemerkte er.

Gleichzeitig waren wir »Freunde«. Als »Freunde« unternahmen wir viel zusammen: Wir gingen zu einer Dichterlesung von Robert Lowell im Hill Auditorium; machten eine Wochenendreise hinunter zu den Smoky Mountains, als es, Mitte April, in Michigan noch kalt war; heiterten uns gegenseitig auf, telefonierten oft, gaben Neuigkeiten und Klatsch weiter, liehen uns gegenseitig Bücher. Blaine zeigte Larry und mir sogar eine Reihe von Prosagedichten, die er gerade schrieb. Sie spielten seltsamerweise im späten neunzehnten Jahrhundert: sie befaßten sich mit Blaines Vorfahren oder mit Menschen, die er sich als seine Vorfahren vorstellte. Die Gedichte waren von Hand geschrieben, Seite um Seite, in gestochener Schrift ... winzig, kritzelig, genau, auf ihre Art ästhetisch. Er bat uns, nichts dazu zu sagen.

Er wollte unsere Meinung nicht hören. Kein Lob. Keine Kritik. Überhaupt keine Bemerkungen darüber. Einige Gedichte befaßten sich sehr behutsam mit Ereignissen der Gegenwart – ich habe ein Gedicht über den Mord an Präsident Kennedy in Erinnerung – aber diese Gedichte waren genauso tiefsinnig und quälend ironisch wie die anderen. Wenn ich Blaines Gedichte richtig verstanden habe, drückte sich in ihnen eine Besessenheit von der lächerlichen Schwachheit des menschlichen Körpers aus – als ob die Ideale des Menschen geleugnet werden könnten dadurch, daß der Dichter beharrlich die Verwundbarkeit des Fleisches hervorhob, die Leichtigkeit, mit der ein Schädel zerschmettert werden kann. Und das alles war witzig gemeint ... Blaines Phantasie griff die alltäglichsten und unverfänglichsten Einzelheiten des Daseins auf und benützte sie in dieser genialen Prosadichtung, um Aspekte des Daseins aufzudecken, die niemand dahinter vermuten konnte: Hausfrauen, die ihre Einkaufswagen durch den Supermarkt schoben, vollzogen üble, blutige, kapitalistische Gewalttaten; Menschen, die Fleisch kochten oder brieten, »gaben Blut als Soße aus« (Blaine war Vegetarier: gelegentlich aß er Fisch, aber das war auch alles); alte Männer, die in der verseuchten Luft des Parks vor einem Altersheim Dame spielten, kämpften, um zu erfahren, wer den anderen überleben würde, (die symbolische Gegenüberstellung von Rot und Schwarz wurde vom Dichter als Gegenüberstellung von »Leben« und »Tod« interpretiert).

Aber er fürchtete unsere Meinung über seine Gedichte. Deshalb sagten wir nichts. Und obwohl er lachte und sich selbst schlecht machte und etwas murmelte wie: »natürlich ist es nur Unsinn, niemand wird es veröffentlichen«, beschränkten wir uns darauf, zu sagen, daß wir dankbar seien, daß wir sie lesen durften und daß wir hofften, daß er uns noch mehr zeigen würde.

Einer von Larrys Freunden hielt mich einmal an, um mich mit jener halb besorgten, halb erregten Stimme, die ich an anderen und manchmal an mir selbst so gut kenne, zu fragen, ob mit uns beiden alles »in Ordnung« sei. Er habe ein Gerücht gehört, ganz unbestimmt, gar nichts Genaues, daß ... Genau wisse er es gar nicht mehr, so etwas wie: Larry und ich wollten uns trennen, oder wir seien durch eine ungewollte Schwangerschaft belastet, oder der eine von uns wolle das Kind und der andere bestehe auf einer Abtreibung und ... Ich versicherte Larrys Freund, daß das Gerücht völlig unbegründet sei. Es sei völlig aus der Luft gegriffen. Vielleicht wirkte ich ein wenig aufgebracht und zu betont. Ich fragte ihn, wer ihm diese Lügen erzählt habe, aber er konnte sich nicht daran erinnern. Wer es gewesen sei, beharrte ich. Wer verbreitete Lügen über uns? Aber er wußte es nicht mehr, oder behauptete, er wisse es nicht mehr.

Wie unbedeutend erscheint es uns, wenn von anderen etwas Falsches geredet wird, aber wie nehmen wir uns zu Herzen, wenn uns das geschieht! Ich meine, ein häßliches Gerücht über einen anderen Menschen beeinflußt meine Gefühle für diesen Menschen überhaupt nicht; und seine Einwände scheinen melodramatisch und unnötig. Er sollte am besten gar nichts sagen; am besten die ganze Sache überhaupt nicht beachten. Aber die Gerüchte über Larry und mich brachten mich so auf, daß ich eines Tages – wie ich mich jetzt noch erinnere – nachmittags meine Arbeitsstelle verließ, hinauslief und ein Taxi nach Hause nahm ... In unserer bedrückenden, engen Wohnung sprach ich laut vor mich hin, während ich von einem Raum in den anderen ging und Telefongespräche mit Blaine probte, in denen ich ihm vorwerfen wollte, über uns etwas zusammengelogen zu haben. Ich wählte die Nummer des *Centennial House,* aber hängte ein, bevor er den Hörer abnahm. Ich überlegte, ob ich ihm einen Brief schreiben sollte, in dem ich ihm förmlich und kühl meine Verachtung aussprechen würde; oder vielleicht ein paar flehende Zeilen von Hand: *Lieber Blaine, ich verstehe nicht, was ich Dir Böses angetan habe ... womit ich Dir Anlaß gegeben habe, mich zu hassen* ... Endlich nahm ich ein paar Schlaftabletten, legte mich aufs Bett und schlief ein. Larrys Hand an meiner Schulter und seine besorgte Stimme weckten mich Stunden später.

»Was ist denn los mit dir, Liebling?«

»Nichts.«

»Liebes, bist du krank? – Was ist denn?«

»Nichts. Nichts.«

Ich war verwirrt und beschämt über das, was sich zwischen Blaine und uns abspielte. Und ich glaubte es auch nicht recht. Und was am seltsamsten an der ganzen Sache ist – und das gilt noch heute, nach vielen Jahren –, ist meine Unfähigkeit, wirklich zu glauben, daß jemand solch ein starkes Gefühl für mich empfinden konnte, Liebe und Haß zugleich, und das ganz ohne Anlaß. Erotische Liebe ist ein Wunder, ja, aber ihre Macht scheint in der Natur selbst begründet: das verstand ich zwar nicht ganz, aber ich konnte es akzeptieren. Zumindest stellte ich es nie in Frage. Aber eine solch nervöse, reizbare, spannungsgeladene Beziehung zwischen einem Mann und einer Frau, zwischen denen keine erotischen Beziehungen bestehen ... das war unerklärlich. Es ist mir immer noch unerklärlich. Larry fragte mich, was denn sei, warum ich denn nicht Blaine zum Essen einladen wollte, warum wir denn Blaine nicht angerufen hätten oder Blaine uns? — Ob er krank sei? — Oder verreist?

Und dann kam Blaine wieder, oft spät abends – halb elf oder elf Uhr – mit einer Flasche Wein oder Schnaps – einmal sogar mit einem Strauß Tulpen und Narzissen für mich — und alles war vergeben und vergessen. Meine Empörung über seine Beleidigungen schmolz in der Wärme unserer kindlichen Freude aneinander: daran erinnere ich mich ganz deutlich. *Darf ich reinkommen? Schickt mich nicht weg!* Blaine war so einsam, so jungenhaft beflissen, schüchtern, er hoffte so sehr darauf, daß man ihn gern hatte ... die große, eckige Gestalt im Eingang, sein Ausdruck, ängstlich und zugleich herablassend, die dunklen Augen ernst, ein wenig feierlich, fast flehend. *Laßt mich reinkommen. Schickt mich nicht weg.*

Manchmal ahmte er gemeinsame Bekannte nach, phantastisch und grausam, und Larry und ich konnten nicht anders als lachen. Er war ja gar nicht schüchtern, unser Blaine, sondern schlau, er beobachtete gut, ihm entging nichts. Manchmal war er freundlich und fürsorglich. Wenn ich müde oder unglücklich war oder mich sonst nicht wohlfühlte, nahm Blaine mich wirklich ernst.

»Du solltest diesen Job aufgeben«, sagte er oft. »Du bist zu sensibel dafür. Zu zart.«

»Sie ist zu intelligent«, sagte Larry.

Blaine sah mich an und lächelte zärtlich. Aber er wiederholte nur mit sanfter Stimme, was er gesagt hatte: »Eine zerbrechliche junge Frau, die besser auf ihre Gesundheit achten sollte ...«

Im Mai geschah etwas ganz Unsinniges und Demütigendes: In meinem Geldbeutel fehlte Geld. Alle Scheine waren weg – etwa vierzig Dollar. Eine solche Summe ist für uns heute noch ein ziemlich hoher Betrag, aber damals war es ungeheuer viel Geld. Ich erinnere mich

noch daran, wie mir ganz elend wurde, als ich es entdeckte ... die Ungläubigkeit ... der physische Schock ... der Schmerz, die Furcht, die Beschämung. Ich wußte sofort, daß Blaine das Geld genommen hatte, aber ich war zutiefst verunsichert. Was sollte ich tun? Ich stand im Schlafzimmer am Schreibtisch, meinen leeren Geldbeutel in der Hand, die Tränen zurückdrängend, zutiefst verletzt.
»Natürlich hat er es genommen. Sonst war niemand hier.«
»Aber vielleicht hab ich es verlegt ... oder es verloren ...«
»Bestimmt nicht! Verdammt noch mal, er war gestern abend hier, er muß heimlich ins Schlafzimmer gegangen sein ... er muß es gestern genommen haben, dieser Scheißkerl! Ich dachte noch, daß er sich so seltsam benahm, er war so aufgeregt und hörte gar nicht auf, von seinen verdammten Plänen zu reden ... Natürlich hat Blaine es genommen. Wer denn sonst?«
»Aber warum sollte Blaine denn Geld von uns stehlen? Er braucht kein Geld, er hat doch eine Arbeit.«
»Er will den Job aufgeben.«
»Ja, aber ... aber er hat doch noch nicht gekündigt. Warum hat er *uns* bestohlen? Wir sind doch seine Freunde!«
Stundenlang sprachen wir über nichts anderes. Larry wollte Blaine sofort anrufen, aber ich hielt ihn zurück. Ich sagte immer wieder, verwirrt und erschüttert und ungläubig, daß ich vielleicht die vierzig Dollar verloren hätte ... Vielleicht sei es meine Schuld. Larry fragte mich aus. Er versuchte sich vorzustellen, was geschehen war. Wir gingen den Abend noch einmal im einzelnen durch und versuchten, uns an alles zu erinnern. Wann Blaine gekommen, wann er gegangen war, wann er nicht im Wohnzimmer, wann er unbeobachtet gewesen war ... Meine Stimme wurde schrill. Larry unterbrach mich: Er fing an zu schreien.
»Was zum Teufel, ist das denn! Was in aller Welt glaubt denn der, hier hereinzumarschieren und unser Geld zu stehlen?«
Der Streit dauerte lang. Wir konnten keine Lösung finden: Wenn ich gerade Larrys Standpunkt widerlegt hatte, wechselte er einfach seine Meinung. Ob es möglich war, daß Blaine schon seinen Job aufgegeben hatte? Oder hinausgeworfen worden war? Ob es möglich war, daß er kein Geld mehr hatte? Und sich zu sehr schämte, es zu sagen ... oder war es möglich, daß Blaine uns hatte auf die Probe stellen wollen? Vielleicht hatte er das Geld genommen und wollte

es zurückgeben? Mir wird jetzt noch schwindlig, wenn ich an diese spitzfindigen Überlegungen denke, die unermüdliche Konzentration, Stunde um Stunde, immer *Blaine, Blaine, Blaine.*
Vielleicht hatte ich das Geld irgendwie verloren. Vielleicht war es meine Schuld.
Nein, unmöglich.
Vielleicht war jemand anderes in das Schlafzimmer gegangen und hatte das Geld genommen ...
Nein, unmöglich.
»Aber warum sollte er denn *uns* bestehlen? ... Warum uns, seine Freunde?«
Er hatte uns wohl auf die Probe stellen wollen. Es sah so aus, als ob wir ihn doch nicht so gut kannten; wir kannten seine Meinung über moderne Kunst, über Gedichte und Filme, über seine Kindheit, über den blutleeren Puritanismus, den er als Junge so abgelehnt hatte, über Restaurants in der Gegend von Ann Arbor, über Menschen, mit denen er zusammenarbeitete, über unsere Freunde ... Ich hatte ihn genau vor Augen, seine kultivierte, ein wenig eckige Art, sein Stirnrunzeln, das sich so schnell in ein Lächeln auflösen und wieder in ein verdrießliches Stirnrunzeln verwandeln konnte; sein Lachen, das ihn selbst zu überraschen schien, als ob er damit eine Seite seines Wesens öffne, die er selbst nicht recht kannte, und der er nicht traute. Ich sehe ihn immer noch vor mir. Aber uns schien, als hätten wir ihn trotz allem nie richtig gekannt.
Er war seelisch nicht im Gleichgewicht: das war die Erklärung.
»Ach was«, murmelte Larry dann. Damit könne man alles erklären und entschuldigen. *Ach was. Seelisch labil!*
... Oder uns auf die Probe stellen? Um zu sehen, ob wir ihn beschuldigen würden?
Aber wenn ich plötzlich Larrys Überlegungen einsah, war er schon wieder einen Schritt weiter. Und wenn Larry die Möglichkeit meiner Ansicht einzusehen schien, kam sie mir selbst nicht mehr haltbar vor. Und so ... Eines Morgens wollte Larry die Polizei anrufen und den Diebstahl melden. Blaine hatte den Diebstahl begangen. So war es. Einfach, klar. Wir würden ihn anklagen, würden Zeugen sein, wir würden zur Polizei gehen und gegen ihn aussagen ... Aber wie konnten wir das beweisen? Wie konnten wir irgend etwas beweisen? Wenn mir etwas einfiel, widersprach Larry

sofort mit etwas anderem. Wir schrien uns an. Einer beschuldigte den anderen, er versuche, Blaine in Schutz zu nehmen. Und dann kam jedesmal von einem von uns: *Eigentlich war er dein Freund!* Dünnes, hohes Lachen. Tränen. Beschuldigungen, Widerlegungen, Proteste. Und plötzlich eine völlig neue Hypothese: mitten in der Nacht vielleicht, der eine weckte den anderen . . . und dann die ärgerliche Meinungsverschiedenheit, die Hypothese wurde verworfen. »Er war am Anfang dein Freund«, sagte Larry. »Dich mochte er lieber als mich. Warum nimmst du ihn in Schutz?«
»Nehme ich ihn in Schutz?«
»Ich etwa?«

Nicht lange danach klingelte das Telefon, ich ging hin, hatte schon den Verdacht, es könnte Blaine sein. Er war es. Eine muntere, redselige, herausfordernde Stimme, unverkennbar seine. Larry war in der Klinik. Ich war allein. Die eingeübten Worte *Blaine wir wissen, daß du das Geld genommen hast* wurden nicht ausgesprochen; statt dessen hörte ich schwach, traurig und hilflos zu, wie mein Freund von einer Reise erzählte, die er machen wollte, nach Washington, um Verwandte zu besuchen. Schwer zuzugeben: Ich spürte einen Stich, Enttäuschung, er verreiste, er würde eine Zeitlang weg sein. Wir würden ihn vermissen. Wir vermißten ihn wirklich. »Judith«, sagte er immer wieder, »geht's dir gut? Du bist so still. Bist du erkältet – deine Stimme klingt so leise. Judith, Judith. Larry. Wie geht's Larry, wo ist Larry, ist er in der Klinik? Wie geht's euch beiden, und vielen Dank für das Essen neulich abend: ein wunderschöner Abend.« Wie immer. Wie immer. Seine Stimme begann sich zu senken; ich konnte mir vorstellen, wie jetzt seine Schultern nach vorne fielen, wie gelegentlich, wenn er müde war, ausgelaugt von der Erregung eines Abends mit anderen Menschen.
Ich wußte, daß er das Geld gestohlen hatte und er mich herausforderte, ihn zu beschuldigen. Vielleicht hoffte er, daß ich ihn beschuldigen würde: hoffte auf etwas, auf eine Gefühlsregung. Vielleicht hätten wir uns in einem heftigen Gefühlsaustausch wiedergefunden, uns unter Beschuldigungen und Tränen vereinigt. Aber ich weigerte mich, etwas zu sagen, ich murmelte nur ein paar Worte und wußte nicht, ob mir der Mut fehlte oder ob ich plötzlich Blaine zu gut, zu intim kannte und nur von ihm frei sein wollte.

»... Judith? Deine Stimme ist so leise; bist du müde?«
»Nein, gar nicht.«
»Bist du böse auf mich?«
»Warum sollte ich denn böse sein?«

Das Leben ist eine Erzählung; eine Erzählung, die wir im Fleische erfahren, zuweilen wird das Fleisch nur unter Schmerzen lebendig; aber die Erinnerungen daran sind wie ein Gedicht, verdichtet, von wenigen scharfen Bildern erhellt. Es gäbe einen dramatischen Höhepunkt, wenn ich sagte, daß unsere Beziehungen zu Blaine in diesem Augenblick, an diesem Junimorgen endeten. Aber es wäre nicht wahr. Wir sprachen weiter über Blaine und die vierzig Dollar ... Blaine und die vielen schönen Abende, die wir zusammen erlebt hatten ... Blaine und die vereinzelten, seltsamen Gerüchte, die wir von Zeit zu Zeit über ihn hörten ... Blaine und ich, Blaine und Larry; wir drei, untrennbar vereint. Zum ersten Mal in unserer Ehe begannen wir, uns zu streiten, und es wurde fast zur Gewohnheit. Beide entwickelten wir einen festen Standpunkt für die Auseinandersetzungen über dieses Thema; unsere Stimmen änderten sich, paßten sich unserem Standpunkt im Streit an. An einem Sonnabend traf ich Blaine in einem Waschsalon in der Nähe unserer Wohnung, er wusch seine Wäsche dort, obwohl er weit entfernt von hier wohnte; und es gelang uns, miteinander zu sprechen, leicht, nervös, mit einem Unterton von gespannter Erregung, wie Personen in einem Drama. Ich fing an zu zittern. Blaine zitterte offensichtlich; er fuhr ständig mit der Zungenspitze über die Lippen. Und dann sagte ich schroff, ich müsse jetzt gehen, müsse noch einkaufen ... Ich unterbrach die Verbindung und ging weg, und als ich eine halbe Stunde später in den Waschsalon zurückkam, war er nicht mehr dort. Ich erzählte Larry nichts von unserem Zusammentreffen ... Eines Tages erwähnte Larry zufällig, unbehaglich, daß er Blaine in einer der Universitätskneipen getroffen hatte, einem für Blaine ganz ungewöhnlichen Ort; Larry war mit einigen Kommilitonen ein Bier trinken gegangen, und Blaine war dort gewesen, allein, und sie hatten miteinander gesprochen ... eine Art Gespräch ... beklemmend, peinlich. Seltsam. Larry rieb sich das Gesicht und lachte ärgerlich. Er sagte so etwas wie, daß es möglich sei, daß Blaine trotz allem unschuldig sei und wir ihn falsch eingeschätzt hätten ... Aber als ich seiner Überlegung nicht widersprach, sagte er selbst, seufzend, daß Blaine natürlich nicht unschuldig sei: Er benahm sich wie ein Schuldiger, man könne ihm das förmlich anriechen.

Wir sahen ihn mit Rudy Dietz und seiner Frau; die drei plauderten angeregt im Theaterfoyer. Blaine trug ein offensichtlich neues Sportjackett, cremefarben, wunderschön und unpraktisch; er sah größer aus als ich ihn in Erinnerung hatte und fing wohl an, sich einen Bart wachsen zu lassen. Einen dünnen rotbraunen Bart ... Die Dietzens lachten laut über etwas, das Blaine ihnen gerade erzählte, wahrscheinlich eine Anekdote. Sie sahen uns: Wir winkten hinüber. Die Situation erforderte nicht unbedingt, miteinander zu sprechen, deshalb taten wir es nicht. Später überlegte ich, ob ich verletzt oder erleichtert war; Larry sagte nichts.

Wir zogen in einen Vorort von Detroit, Oak Park, wo Larry eine Stelle als Pathologe in einem Krankenhaus für Kriegsveteranen bekam. Wir verließen Ann Arbor, wir stritten uns immer noch hin und wieder, wir entschlossen uns, ein Baby zu bekommen ... wir versicherten uns gegenseitig wiederholt wie Kinder, die etwas geloben, daß wir nicht mehr über Blaine Oltman sprechen wollten; dieses Thema sollte nie wieder zur Sprache kommen. Doch dann: Ich erinnere mich daran, wie ich einen Brief öffnete, mit zitternden Händen, ich, Judith, eine junge Frau und werdende Mutter im fünften Monat, die im Flur ihres Mietshauses vor den messingbeschlagenen Briefkästen einen Brief öffnet, der an ihren Mann adressiert ist in der Handschrift eines Freundes. *Lieber Larry, Du hast mich sicher vergessen. Aus den Augen aus dem Sinn, stimmt's? Aber ich habe Dich und Deine charmante Frau nicht vergessen. Bin einsam. Bin verstört, weil Ihr A.A. verlassen habt, ohne Euch zu verabschieden. Was war denn los? Womit habe ich Euch enttäuscht? Wahrscheinlich hat Deine Frau Dich gegen mich aufgehetzt. Wäre nicht das erste Mal. Meine Nummer ist noch dieselbe; wenn Du Lust haben solltest, ruf bitte an. In meinem Leben ist viel geschehen. Das Übliche, Katastrophen und vieles andere. Dein Blaine.*

Ich gab Larry den Brief, ohne mir die Mühe zu machen, mich dafür zu entschuldigen, daß ich ihn geöffnet hatte. Er schien erstaunt. Verärgert. Warum hatte Blaine an ihn geschrieben, warum nicht an uns beide? Das war eine Beleidigung. Er zerriß den Brief.

Verschaffte mir das Genugtuung? Jedenfalls wollte er mir damit eine Freude machen.

... Und eines Abends rief Blaine an. Er hatte unsere Nummer über Freunde bekommen. Erstaunlich war nur, wie unbefangen ich mit ihm sprach. Ob er mit Larry sprechen wolle? Nein? Wirklich nicht? Er wollte mit mir sprechen. So erzählte er und erzählte ... ein fast einstündiger Monolog ... ob wir wüßten, daß er krank gewesen sei, mit einer Infektion im Krankenhaus gelegen hätte ... er hatte Schulden, er habe gehört, daß wir nach Kanada ziehen wollten, ob wir wüßten, daß er auch die Staaten verlassen wolle ... er haßte dieses Land ... haßte, verachtete, verfluchte die Vereinigten Staaten ... er hoffte, nach Rom zu kommen, vielleicht mit Fulbright oder einem anderen Stipendium, vielleicht ein Kunststipendium ... er hatte Schulden, ob das Gerede schon bei uns angekommen sei? Was verbreiteten die neugierigen Scheißkerle in Ann Arbor denn über ihn? Ach was, sie sollten nur reden; sie hatten ja sonst nichts zu tun. Armselige, phantasielose Lebensläufe. Bürgerlich. Ehepaare, ohne Weitsicht, Narren ... Ob ich wisse, daß mein Mann eifersüchtig sei. Ja, eifersüchtig. Er könne nicht mit anderen Männern mithalten: er reagiere zu langsam, sei zu normal. Ob ich wisse, daß Larry die ganze Zeit eifersüchtig gewesen sei, auf ihn, Blaine. Ob ich wisse, daß Larry von Anfang an die Freundschaft gar nicht gerne gesehen habe? Ob ich wisse, daß er, Blaine, die Macht habe, uns bloßzustellen, unsere Ehe ... sie sei auf Lügen gegründet, auf Fiktionen. Er wolle, daß ich, Judith, wisse, daß mein Mann Larry die ganze Zeit eifersüchtig gewesen sei ... Woche um Woche, Monat um Monat ... eifersüchtig auf die empfindsame Beziehung zwischen uns, Blaine und mir. Ob ich wisse ... Ob wir von seinem neuen Job gehört hätten? Es sei nur für eine Übergangszeit, aber immerhin nutze er seine künstlerischen Fähigkeiten. Eigentlich ein Witz; aber wenigstens arbeitete er. Er wolle das Land verlassen ... Er sei einmal in Toronto gewesen, und es sei nicht schlecht, schrecklich kalt im Winter, was er verabscheue, da die Kälte direkt in ihn hineindringe bis ins Mark seiner Knochen und ... und er sei gerade krank gewesen ... habe fünfzehn Pfund abgenommen ... und, und ... also Toronto sei ja nicht schlecht; vielleicht werde er nach Toronto gehen, wenn er dort einen Job bekommen könne. Vielleicht ... Ob er uns mal besuchen könnte? Er werde uns nicht zur Last fallen, würde nicht bei uns wohnen wollen, sondern in einem Motel übernachten. Er wolle sich einfach einmal aussprechen. Er müsse mit jemandem reden. Müsse einfach. Er müsse mit jemandem sprechen, der ihn kenne, der ihn verstehe ... Falls Larry etwas dagegeben habe, könne ich ihn doch vielleicht irgendwo treffen: nur ein paar Stunden. Zum Essen. Zum Essen vielleicht? In Detroit? Wie gemein, daß Larry unsere Freundschaft zerstöre. Gemein, gemein. Aber typisch bürgerlich. Eine enge Beziehung zerstört ... grausam, aus einer Laune heraus ... als ob sie nichts bedeute ... Verheiratete Leute taten ständig solche Dinge, sie fühlten sich sicher in ihrem übelerregenden, einengenden Eheglück; man könne ihnen nicht trauen; man öffne ihnen sein Herz, und sie hintergingen einen. Ob ich mich an die unzähligen Male erinnere, die er mich herumgefahren hatte, zur Klinik, als Larry krank war, zum Kino und zur Bibliothek und ... und oft habe er doch wirklich anderes, Wichtigeres zu tun gehabt. Er, Blaine, habe viele dringende Verpflichtungen gehabt, denen er oft nicht nachgekommen sei. Wegen uns. Und jetzt? Was jetzt? ... Verheiratete zögen einfach weg, ohne sich zu verabschieden; sie lachten, klatschten und erzählten Lügen. Die Dietzens seien beide auch Lügner. Besonders diese Kuh, sie schielte, wenn man genau hinsah. Kein Lidschatten, keine Wimperntusche konnte das verbergen. Hah ... Die Dietzens hätten sich getrennt, ob ich das wisse. Rudy behaupte, er, Blaine, schulde ihm Geld, aber das sei eine Lüge ... Ob er uns besuchen dürfe? Das könnten wir ihm doch nicht abschlagen, so grausam und grob und selbstsüchtig. Wir wagten es doch wohl nicht, ihm das abzuschlagen.

Nach einer Weile fing er an zu schluchzen. Plötzlich hängte er ein.

Ich schluchzte auch, Larry nahm mir den Hörer aus der Hand und legte auf.

Das war doch sicher das Ende.

Blaine gab seinen Job in Philadelphia auf und ging offensichtlich nach Miami; wir bekamen eine Postkarte, die uns von Oak Park nachgeschickt wurde. Ein paar gekritzelte Zeilen. Ein Gruß, der aussah wie *Viel Liebes, Blaine* ... Nur drei oder vier Monate später bekamen wir einen ziemlich langen maschinengeschriebenen Brief voller begeisterter Neuigkeiten über seinen Umzug nach London, das Reihenhaus, das er mit einem Freund gemietet hatte, in einem

Vorort von London. Was er schrieb, klang ganz normal; ich hörte die entzückten, süßzynischen Nuancen seiner Stimme. Er wollte sich auf seine Dichtung konzentrieren. Sich tief in sich selbst versenken. Mit seinem Talent zu Streich kommen, das, wie er wisse, sehr beachtlich sei. Er wisse es ... Ich antwortete kurz auf den Brief. Neuigkeiten aus unserem Leben hier in Toronto, mein wieder aufgenommenes Studium, unser Kind, Larrys Arbeit, keine Erwähnung von Ann Arbor oder gemeinsamen Bekannten dort. Ein Brief, der Tatsachen berichtete, ohne Leidenschaft oder Zurückhaltung. Eine Darstellung unseres neuen Lebens ohne Verbindung mit Vergangenem.

Und dann ...

Und dann kehrte er doch in die Vereinigten Staaten zurück, nach Philadelphia. Und da ist er jetzt. Und er lebt weiter, wie wir weiterleben, schreibt uns gelegentlich hastig gekritzelte, förmliche, vorsichtige Briefe ... Bitten um irgendeinen Gefallen, versteckte Drohungen, Bitten um Hilfeleistungen. Er wollte sogar, daß Larry für ihn zeugen sollte, in einem Rechtsfall, der offensichtlich dann doch nicht vor Gericht kam ... Diese Briefe, hin und wieder; und unvorhersehbare Anrufe, gequält und flehend. *Ich brauche nur einen Menschen, mit dem ich reden kann. Bitte.* Im Laufe der Jahre hat sich bei Larry und mir seltsamerweise das Gefühl eingenistet, daß wir uns schuldig gemacht haben, daß wir einen Menschen verletzt, ihn verraten haben. Natürlich, wenn wir uns die Umstände wieder ins Gedächtnis zurückrufen, wenn wir unsere Gefühle zu Blaine nüchtern genug ausdrücken können, wissen wir, daß dieses Schuldbewußtsein absurd ist. Und doch fühlen wir es, irgendwo versteckt, und sind beschämt.

Wir würden Blaine gerne vergessen. Wir würden ihm Glück für sein weiteres Leben wünschen, wenn nur er uns vergessen könnte. Aber er will nicht auf uns verzichten. Er will uns nicht aufgeben. Larrys Beziehungen zu Blaine sind mir ein Rätsel, manches daran verstehe ich einfach nicht. Von Zeit zu Zeit spielt Larry auf »meinen« Freund in Philadelphia an und deutet damit an, daß auch er, unbewußt, durch meine Beziehung zu Blaine verunsichert ist und daß er mir nicht vergeben will ... Vielleicht klingelt heute abend das Telefon. Oder in einem halben Jahr. Oder in ein paar Wochen. Er ruft vielleicht so an wie vor kurzem, als er forderte, wir sollten ihm dabei helfen, ein kanadisches Visum zu bekommen ... forderte, wir müßten ihm vergeben ... sonst würde er sich umbringen, er würde in der Bruchbude, in der er wohnt, Benzin ausgießen und ein Streichholz anzünden, und es wäre unsere Schuld, wir könnten seinen Todeskampf mitgenießen von unserer sicheren, anmaßenden, jämmerlichen Ehe und unserem Schlupfloch im Ausland aus ... Verräter seien wir. Wir hätten ihn verraten – oder etwa nicht? Verräter. Lügner. Trampelten auf ihm herum, als sei er ein Insekt, schöben ihn beiseite, versuchten, ihn zu vergessen ... Verräter an ihrem Land und ihrem engsten Freund.

Bitte laß uns in Ruhe, Blaine, flüsterte ich. Aber er hörte es nicht.

GUTEN TAG SCHÖN HEUTE NICHT WAHR?

– schönes Wetter, nicht wahr, wohin gehen Sie, wohnen Sie hier, es ist schön hier, nicht wahr, also, auf Wiedersehen, war nett, Sie zu sehen, ich muß jetzt gehen, bis dann –
Zuerst scheint es, als sei er erst zwölf oder dreizehn Jahre alt – es ist etwas Kindliches an seinem schlaksigen, naiven Körper, der Beflissenheit, mit der er immer nach beiden Seiten schaut, auch wenn er eine fast verlassene Straße überquert; etwas Offenes und Jungenhaftes in seiner Art zu gehen. Vielleicht ist sie zu jungenhaft, fast ein Hüpfen, als versuche er – mit einigem Erfolg – eine Verhaltensweise nachzuahmen, in der er früher einmal bestärkt worden ist. Wenn er näherkommt, altert er schnell. *Dreizehn . . . sechzehn . . . achtzehn* . . . vielleicht *zwanzig?* Ob er zwanzig sein könnte? Seine Stirn ist ziegelsteinrot, frisch von der Sonne verbrannt und von der Intensität seiner Gefühle gefurcht, er muß mindestens zwanzig Jahre alt sein, vielleicht sogar fünfundzwanzig, und etwas scheint plötzlich erwachsen und müde am Singsang seiner Sätze, die er mit besorgtem Lächeln hinsagt: *Guten Tag, schön heute, nicht wahr, herrliches Wetter, nicht wahr, wohin gehen Sie, wohnen Sie hier in der Nähe, schön ist es hier, nicht . . .*

Renée sah ihn zuerst, aber sie erzählte ihrem Mann nichts davon.
Sie dachte: *Hoffentlich bemerkt Evan den Jungen nicht . . .*

Wochenlang sah sie ihn nicht; sie vergaß ihn. Dann plötzlich bemerkte sie ihn überall in der Nachbarschaft – wie er mit jüngeren Kindern auf dem leeren Gelände neben dem Lagerhaus spielte, wie er Straßenarbeiter beobachtete, die einen Teil der Uferstraße asphaltierten, wie er schwerfällig sein Fahrrad in den Ständer vor der Stadtteilbücherei in der Wyandotte Straße schob. Natürlich war er harmlos. Er wandte jedem, der in die Nähe kam, ein breites, heiteres, sonnenverbranntes Gesicht zu und schien – seinem Benehmen nach – nicht zwischen Kindern, Halbwüchsigen und Erwachsenen zu unterscheiden und nicht zwischen Menschen, die sich gerne mit ihm unterhielten und anderen, die bei dieser Nervenprobe ungeduldig oder ärgerlich wurden. Renée sah eines Donnerstags am Spätnachmittag ihren Mann am Ende ihrer Einfahrt, wie er die leeren Mülleimer in die Garage zurücktrug, und sah den Jungen draußen bei ihm – offensichtlich sprachen die beiden miteinander – oder jedenfalls sagte wohl der Junge etwas zu Evan. Aber Evan erzählte später nichts davon. Er wußte nicht, daß Renée ihn gesehen hatte, und er sagte nichts. Offensichtlich war der Junge harmlos und das Ereignis nicht von Bedeutung.

Als Renée ihn das nächste Mal sah, war es unter anderen Umständen: es geschah weit entfernt von ihrer gewohnten Umgebung, in einem östlichen Vorort, und er stand an einem Teil der Straße, der von dickem Rauch verpestet wurde – Rauch aus einer nahen Chryslerfabrik – der Junge wirkte verwundbar in dieser fremden Umgebung, in einem ordentlichen, frischgebügelten Hemd, das eine Nummer zu groß für ihn war. Er stand da mit gehobener Faust, der ausgestreckte Daumen zeigte in Richtung seines Wohnorts, mit einer ungelenken Förmlichkeit, die den anderen Anhaltern nicht eigen war ... Es waren alles junge Leute, ein halbes Dutzend vielleicht, die an diesem Tag per Anhalter fuhren, aber keiner von ihnen machte sich die Mühe aufzustehen; sie saßen oder hockten auf dem Bürgersteig, den Arm träge gehoben oder nicht einmal das. Es war ganz normal, daß junge Leute – ältere Schüler oder Studenten – in der Stadt per Anhalter fuhren. Vielleicht war es verboten – Renée wußte es nicht genau –, aber die Polizei kümmerte sich nicht darum; in dieser kanadischen Stadt per Anhalter zu fahren, war nichts Gefährliches. Renée überlegte, ob sie bremsen sollte – an den Rand fahren und den armen Jungen nach Telford mitnehmen, wo er wahrscheinlich wohnte – aber die Straße war an dieser Stelle nur zweispurig, und dicht hinter ihr kamen Autos. Deshalb fuhr sie vorbei. Sie hoffte, er würde sie nicht bemerken ...

Sonderbarerweise sah er sie doch. So scheinbar unbestimmt, so liebenswert schwachsinnig der Junge war, er richtete seinen Blick fest auf Renées Gesicht, als sie mit 30 Meilen pro Stunde vorbeifuhr.

Er tauchte zum ersten Mal im Hinterhof der Maynards auf, als Renées Mutter im späten September zu Besuch war. Es war ein schöner, warmer, sonniger Tag; die beiden Frauen saßen draußen auf der noch nicht fertiggestellten Terrasse oberhalb des Flusses. Das Haus, das die Maynards gemietet hatten, lag etwa 15 Meilen vom Zentrum entfernt, ein einstöckiges Holzhaus mit Fensterläden, einer Veranda zur Straßenseite, einem Backsteinkamin von bedrohlicher Baufälligkeit und einer kleinen, von Unkraut überwucherten Terrasse, die durch eine Gruppe noch gesunder Ulmen den Blick auf den Fluß freigab. Das Haus brauchte einen neuen Anstrich und die Garage, die vor dem Haus war, da die Häuser dieser Straße so dicht am Fluß standen, war fast ein Schandfleck. Aber Renée mochte das Haus gern und hatte sich den zögernden, meist unvollständigen Sätzen und Fragen ihrer Mutter bisher erfolgreich entzogen ... *Meinst du, daß ihr hier lange bleibt, glaubst du daß Evan eine vernünftige Arbeit findet* ... bis der Junge kam. Und ihr Herz sank. O *Gott, nein.*

Das etwa hundert Meter breite Gelände zwischen Haus und Fluß fiel allmählich ab; es war bedeckt mit Steinen und Sumpfgras und Wurzeln von Löwenzahn und Disteln; ein paar winzige Bäume wuchsen wild; man hätte es eine ungepflegte Wiese nennen können. Die Vormieter des kleinen Hauses hatten sich offensichtlich um überhaupt nichts gekümmert. Aber Renée war stolz auf den schmalen Uferstreifen – es war doch etwas, fand sie, daß sie tatsächlich ein Haus am Fluß gefunden hatten –, diesen Blick auf den Fluß zu haben, wie sehr er auch durch das Unkraut und die zerzausten kleinen Bäume beeinträchtigt wurde – deshalb schien es ihr wie Verrat, daß der Junge hier auftauchte, am flachen Ufer entlangwatete, fröhlich planschend, die Hosenbeine bis zu den Knien aufgerollt. Er winkte ihnen zu. Er rief *Hallo.* Er watete ans Ufer, grinsend, und hielt sich an einem der kleinen Bäume fest, wie um sich den Abhang hinaufzuziehen – obwohl die Böschung sehr flach war, gar nicht steil. Renées Mutter, die über die schönen Rasen und Parks in dieser Stadt gesprochen hatte, die vielen Blumen, die gepflegten Gärten *(Ist Kanada überall so schön?)* verstummte, als sie den Jungen sah.

Sein Gesicht war jetzt gleichmäßig gebräunt. Sein Grinsen war wie immer: breit, Speichel über den Zähnen, besorgt. Seine Augenbrauen waren dick und kraus und sandfarben, obwohl sein ziemlich starkes, drahtähnliches Haar braun war; jemand achtete darauf, hatte Renée bemerkt, daß sein Haar alle zwei oder drei Wochen ordentlich geschnitten und am Halsansatz sauber ausrasiert wurde, so daß er nicht wie ein Jugendlicher oder ein junger Erwachsener aussah, sondern wie ein Geschöpf ohne Alter, das nichts Böses im Schilde führt. Nie trug er Jeans, nie billige, fleckige Trainingsjacken oder T-shirts wie die anderen Jungen. Seine Kleidung war immer »erwachsen« – die ordentlich gebügelten Hemden mit den weiten Ärmeln, die dunklen Hosen. Meistens trug er weiße Socken und dunkle Schuhe, die in der Regel geputzt waren. Heute war er barfuß; seine Füße waren breit und flach, hatten dicke Zehen. Mit seinen Zehennägeln schien etwas nicht zu stimmen.

Hallo, hu-u, ich wußte nicht, daß Sie hier wohnen, herrlich heute, nicht wahr, schön Sie zu sehen, der Fluß ist so schön, nicht wahr . . .

Er wischte sich mit dem Handrücken über die Stirn und hinterließ eine schmutzige Spur.

Weil ihre Mutter dabei war, hatte Renée überhaupt keine Angst; sie wußte, daß der Junge harmlos war. Er wanderte überall in der Nachbarschaft umher und spielte mit kleinen Kindern, deshalb mußte er natürlich harmlos sein. Wirre Gefühle regten sich in ihr: vor allem fühlte sie Verlegenheit. Sie war verlegen. Der Besuch ihrer Mutter war schwierig genug, und nun . . . Sie versuchte, sich so zu benehmen, als ob nichts Ungewöhnliches geschähe, sie bemühte sich, auf die mechanischen, in rhythmischem Singsang abfolgenden Sätze des Jungen zu antworten. *Wohnen Sie jetzt hier?* fragte er. *Was ist mit der anderen Dame geschehen? – der andere Mann? Wo sind sie hin? Gefällt es Ihnen hier? Es ist schön hier, nicht wahr?*

Er hockte ein paar Meter weiter entfernt, weiter unten am Abhang. Er blinzelte in die Sonne, und es schien ihm nichts auszumachen. Seine Waden waren blaß, aber ziemlich muskulös und behaart. *Gehört das Haus jetzt Ihnen? Ja, hm . . . War gut befreundet mit der Dame und dem Herrn, die hier gewohnt haben . . . wirklich gut befreundet . . . Sie nahmen mich immer mit auf ihr Boot . . . warum haben Sie kein Boot? . . . Ich heiße James.*

Renée fragte James, ob er in der Nähe wohne.

Er lächelte beflissen. Er fing an, einen Cocker Spaniel zu beschreiben, den die anderen Mieter gehabt hatten, ... er wurde verwirrt, sagte, nein, das sei jemand anderes gewesen, aber sie hätten ihn trotzdem mit dem Cocker Spaniel spielen lassen ... Er fragte Renée, ob sie einen Hund habe. Nein? Warum nicht? Ob sie einen Hund haben wolle? Er wisse, wo junge Hunde ...

Renée sagte höflich, daß sie keinen Hund wollten, nein.

Mrs. Brompton starrte den Jungen an. War sie beunruhigt? – Renée konnte ihre Mutter nicht immer richtig einschätzen. Manchmal war nicht abzusehen, wie die ältere Frau reagieren würde. Aber Renée sprach fröhlich und unbefangen mit James, warm, um den harten Blick ihrer Mutter vergessen zu machen, um den Jungen wissen zu lassen, daß alles in Ordnung sei, daß er nicht so besorgt zu sein brauche, sie war freundlich, auch wenn andere Leute in der Gegend es wahrscheinlich nicht waren ... Sie hörte, wie ihre Stimme mechanisch wurde, als sie sagte, wie schön der Fluß doch sei, und ja, daß sie ihr Haus sehr gerne mochten, ja, sie seien sehr glücklich hier ... *Wo wohnst du, James?*

Eine so direkte Frage schien ihn zu verwirren. Er sah an Renée vorbei und grinste ihre Mutter an, die Stirn vor Anstrengung gerunzelt. Sein Mund lächelte, als gehöre er nicht zum Rest seines Körpers ... Renée sah, daß seine blauschwarzen Zehennägel besonders an den großen Zehen sorgfältig geschnitten waren, ganz gerade, von jemandem, der ihn liebte.

... *kein Hund, hm, wie einsam* ... Renée wünschte plötzlich, ihr Mann wäre zu Hause.

Als fühle er ihre Gedanken, erhob sich der Junge plötzlich, und taumelte auf die Füße. Er murmelte etwas davon, daß es ihm leid tue, daß er jetzt gehen müsse, ein Freund von ihm warte flußaufwärts, mit dem er fischen gehen müsse, er habe ein Ruderboot mit ihm zusammen, es sei nett, mit ihnen zu sprechen, es tue ihm leid, daß er jetzt gehen müsse ...

Er stolperte das abschüssige Ufer hinunter und watete in den Fluß, ohne zurückzuschauen. Als er so wegging, hatte er etwas Präzises und Entschlossenes an sich, das ihm sonst fehlte. Sie beobachteten ihn, wie er flußaufwärts watete, am Uferstreifen des Nachbarn vorbei und aus ihrem Blickfeld. Der Fluß war etwa zehn Meter hinein ziemlich seicht, dann vertiefte er sich plötzlich, und in der Mitte

– in der Fahrrinne für die Schiffe – war er sehr tief. Heute waren die Wellen flach und weit, es war wenig Wind. Der Junge planschte fröhlich durch die dürftigen Wellen und verschwand.
»Das war –«
»Wer um Gottes willen war –«
Renée und ihre Mutter hatten beide zur gleichen Zeit gesprochen.
»Renée, um Gottes willen, wer war das denn?« flüsterte ihre Mutter. »Er ist gefährlich. Dieses Wesen ist gefährlich.«
»Er ist nicht gefährlich«, sagte Renée schnell, »... es ist nur ein Junge, der hier in der Umgebung herumstreift. Er wohnt irgendwo in der Nähe, offensichtlich kennt ihn jeder, er ist nur ein bißchen langsam, ein bißchen zurückgeblieben ... Mutter, ich wohne doch hier, und ich weiß es. Ich habe gesehen, wie er mit Kindern gespielt hat. Er ist harmlos.«
»Er ist nicht harmlos. Das ist kein Junge.«
Renée fühlte plötzlich, daß sie ihre Mutter haßte. Diese vollbusige, gepuderte und parfümierte Frau, noch nicht alt, kaum mittleren Alters, mit Ausnahme der Falten, die das Selbstmitleid um ihren Mund gegraben hatte – warum wollte diese Frau nur alles schlechtmachen?
»Du bist hier nicht in New York«, sagte Renée steif. Dann erinnerte sie sich daran, daß ihre Mutter nicht mehr in New York wohnte, sondern nach dem Tode von Renées Vater nach Long Island gezogen war, und sie sagte, »Du bist nicht in den Vereinigten Staaten.«
Mrs. Brompton irrte sich bestimmt.
Renée sah James eines Morgens, als er vor dem Drugstore auf sie wartete. Er stand vor der Telefonzelle herum, an der ein Mädchenfahrrad abgestellt war. Er winkte und grinste Renée aufgeregt zu. *Hallo, wie geht's, schön heute ...* Er war wie üblich angezogen; seine Schuhe waren geputzt. Obwohl Renée eine Sonnenbrille trug und ihr langes, dunkelrotes Haar zu einem Knoten aufgesteckt war, erkannte der Junge sie offensichtlich. Erfreut, höflich, den Kopf ein wenig geneigt, wie zu einer eleganten Verbeugung, surrte er seine Litanei fröhlicher Sätze herunter. Abgesehen von seinen lockigen Brauen war das Gesicht des Jungen vollkommen unbehaart, seine Backen und sein Kinn waren vollkommen glatt. Renée überlegte einen wirren Moment lang, ob ihn wohl jemand rasierte – *Rasiert dich jemand, der dich liebt, jeden Morgen?* – und es gelang ihr,

immer lächelnd, ein paar Schritte von ihm weg zu machen, während er erklärte, warum er nicht mit ihr gehen könne – er bewache das Fahrrad einer Freundin, sagte er – er sei ein Wachhund, der es bewache – es tue ihm leid, daß er nicht weiter mit ihr sprechen könne –. Renée verließ das Drugstore durch den anderen Eingang.

Sie vergaß James.

Evan verließ das Haus morgens meistens etwa um halb acht und erreichte das Krankenhaus, in dem er arbeitete, um acht Uhr; manchmal kam er erst nach sechs wieder nach Hause. Sie waren keine kanadischen Staatsbürger – sie lebten hier als »Eingereiste« – und er hatte Mühe gehabt, diese Arbeit zu bekommen, die, soweit Renée es beurteilen konnte, etwas damit zu tun hatte, einem der Professoren von der medizinischen Fakultät bei seiner Forschungsarbeit zu assistieren – da Evan nicht oft davon sprach, hatte sie den Eindruck, es müsse irgendwie erniedrigend sein; vielleicht war der Professor jünger als Evan oder weniger qualifiziert. Sie fragte ihn nicht. Sie wollte es eigentlich gar nicht wissen. Evan und sie waren hier glücklich. Die Aussicht, »glücklich« sein zu können und ein einfaches, unkompliziertes, von Gewissensskrupeln unbelastetes Leben zu führen, war für sie so neu, so bemerkenswert, daß es sie für viel anderes reich entschädigte.

Deshalb war Renée, obwohl sie James vergessen hatte, darauf bedacht, ihn nicht vor ihrem Mann zu erwähnen.

Eines Morgens, kurz nachdem Evan zum Krankenhaus gefahren war, klingelte es an der Tür – aber es war niemand da. Renée hatte die Tür unverschlossen gelassen, deshalb dachte sie *jetzt schließe ich die Tür ab*, denn Telford war eine ziemlich belebte kleine Stadt, und man konnte nie wissen, wer sich hier herumtrieb.

Im späten Oktober bemerkte sie James, oder einen Jungen, der James ähnlich sah, auf dem Bürgersteig vor dem Lebensmittelgeschäft. Ein paar Schulmädchen sagten etwas zu ihm oder neckten ihn. Sie waren noch klein, aber kokett, dachte Renée – frech –. Eine von ihnen streckte James ihre rosa Zungenspitze heraus und kicherte herausfordernd. Renée sah das Gesicht des Jungen rot werden, seine erschreckten, zusammengekniffenen Augen, sie selbst war tief empört. Sie ging an ihnen vorbei, und ihr Herz begann schnell zu schlagen, als gehe sie an etwas Gefährlichem vorüber – es war

natürlich keine Gefahr – weder die Mädchen noch der Junge streiften sie auch nur mit einem Blick. Erhitzt, erregt, kichernd, nahmen sie überhaupt nicht von ihr Notiz.
Etwas Schreckliches wird geschehen, dachte Renée. Das waren nicht ihre eigenen Gedanken: Sie schien die Stimme ihrer Mutter zu hören, weinerlich und selbstzufrieden. Aber nein: Sie hörte nichts. Es war absurd. All das hatte sie hinter sich gelassen, diese häßliche, sich aufbauschende Panik, diese ganze Art zu leben.
Überhaupt nichts wird geschehen, dachte sie ganz betont. *Nichts.*

Zuerst scheint er nicht älter als zwölf oder dreizehn – an seiner Haltung, seiner Art ist etwas Kindliches, besonders, wenn er zögert, eine Straße zu überqueren, als lieferte er sich bei solch einer einfachen Handlung einer unbekannten Gewalt aus. Oder als ob er, wissend daß die anderen alles könnten, eine schreckliche, katastrophenähnliche Strafe riskierte. ... Wie leicht, etwas Falsches zu tun, wie leicht, einen schrecklichen Fehler zu machen. Manchmal, wenn die St. Josefsschule mittags aus ist, steht er mitten in einer Kindermenge, die hinaus zum Kramladen auf der Wyandotte Straße drängt, und dann wird deutlich, daß er kein Kind ist: er ist dicker, weiser. Sein Körper ist weiser. Dann wieder, wenn er per Anhalter aus der Stadt zurückfahren will, allein, und rückwärts am Bordstein entlanggeht, das Gesicht zerdehnt von zu viel beflissenem Lächeln den Tag über, wirkt er wie ein junger, verschrumpelter Erwachsener. Ende Zwanzig, vielleicht. Doch schon eine Kleinigkeit würde ihn lächeln lassen, dieses Grinsen, das die Zähne freilegt. *Guten Tag, wie geht's heute, wunderschönes Wetter, nicht wahr, sieht nach Regen aus, nicht wahr?* ... Wochenlang sieht man ihn nicht; man vergißt ihn. Dann sieht man ihn überall, es ist wie verhext. Renée Maynard hatte, als sie in die dunkle Garage vor ihrem Haus ging, eines Morgens die seltsame Vorstellung, daß James sich drinnen verstecke. Die Garage war vollgestopft mit Kisten, Kartons, Holzstapeln, Abfall. Es gab viele Verstecke. Sie rief: *James? Bist du hier drin, James? ... Versteckst du dich hier drin?*
Sie war ziemlich sicher, daß niemand in der Garage war. Natürlich antwortete niemand. Aber sie ging zurück ins Haus und verschloß die Tür. *Nichts wird geschehen,* dachte sie verbissen.
Der Tag verging, und es geschah wirklich nichts.

DURCH EINEN SPIEGEL

I

Zwei Wochen vor diesem Morgen war sein 38. Geburtstag heraufgedämmert, aber abgesehen von ein paar Glückwunschkarten und einigen nutzlosen Geschenken, war der Tag unbemerkt vorübergegangen. Jetzt, an diesem grauen Montagmorgen im November, in der endlosen, flachen Landschaft des Mittelwestens, die selbst wie eine Jahreszeit war, stand er um sechs Uhr auf, während die ersten Geräusche und die verschlafene Geschäftigkeit der anderen Priester im Wohnstift anhoben, und seine Aufmerksamkeit wurde von etwas Fremdem in seinem Zimmer erregt. Aus dem Augenwinkel sah er etwas, das nicht hierhergehörte, etwas Störendes auf dem Fußboden hinter seinem Schreibtisch. Er hatte seine Geburtstagskarten – die meisten von weiblichen Verwandten und ehemaligen Studenten, die ihre jährliche Dankbarkeit hinkritzelten – aufeinander an den Rand des Schreibtisches gelegt, und vielleicht war eine hinuntergefallen. Aber als er suchend den Boden abtastete und sogar unter sein Bett faßte, fand er nichts. Keine Karte, keinen schwarzen Knopf, nicht einmal ein lockeres Staubgebilde — nichts. Als er sich wieder aufrichtete, sah er nichts, und als er sich weiter ankleidete, foppte ihn nichts mehr in den Augenwinkeln.

Vorher hatte er überhaupt nicht über den Geburtstag nachgedacht, er hatte zuviel zu tun und war glücklich dabei — er war Sprecher von zwei Studentenorganisationen, er war Mitglied der Nationalen Vereinigung zur Förderung Farbiger und des erzbischöflichen Komitees für rassenintegriertes Wohnen, er war Mitglied der Nationalen Vereinigung von Christen und Juden, zusätzlich zu den zwölf Lehrstunden pro Woche und der Arbeit an seinem Buch über die Renaissance und seinen Gastvorträgen bei verschiedenen Organisationen, mit vor allem weiblichen Mitgliedern, die darauf brannten, sich über die Kultur und den Sinn des Lebens belehren zu lassen. Und er hatte viele Freunde. Gleichgültig wohin er ging, überall schien schon eine Bruderschaft zu bestehen, der er angehörte.

Die feuchte Kälte der Kapelle schläferte seine Gedanken daran, daß er jetzt achtunddreißig war, ein, und beim Frühstück hatte er es schon vergessen. Was ihm an den Mahlzeiten so gut gefiel, war die Unterhaltung, die sich an den großen Tischen entspann; manchmal wurde sein Essen kalt, während er sprach. Er hatte nie besonders gern gegessen, und die Begeisterung der meisten seiner Kollegen – diesen öffentlich zur Schau getragenen Liberalismus einer neuen Generation von Seminaristen – für gemeinsame Trinkgelage teilte er nicht: sie erinnerten ihn an seine Mutter und ihren langsamen Zerfall durch den Alkohol. Diese Vorgänge, die auf den Körper einwirken und innerlich weiterwirken, erregten bei ihm Unruhe und leichtes Unbehagen; er spielte dagegen gern Tennis und Handball, und er machte gern lange, ziellose Spaziergänge durch den Campus, und kickte dabei Blätter vor sich her; am liebsten war ihm der Augenblick, wenn er das Klassenzimmer betrat und jenen Funken von Erregung spürte, wenn sich die Augen der Studenten auf ihn richteten: all das waren Dinge, die von ihm selbst ausgingen und von seinem schlanken, großen, muskulösen Körper, Tätigkeiten, die ihn wach und rege hielten. Wenn er nicht seinen Körper einsetzen konnte – wie beim Sport –, neigte er vielleicht zu häufig dazu, seine Stimme einzusetzen; er diskutierte gern, im Klassenzimmer, aber auch außerhalb und pflegte ein gewandtes Geplauder, das er und die anderen jüngeren Priester für klug hielten.

An diesem Morgen ging er mit seinen langen Schritten inmitten der wechselnden Wellen von Studenten und durch sie hindurch, die Mädchen hatten die Köpfe notdürftig gegen den Wind geschützt, die Jungen hatten rote Ohren, an ihnen vorbei zog Pater Colton in seinem ordentlichen schwarzen Mantel und seinen glänzenden schwarzen Schuhen. Er hätte die Viertelmeile vom Wohnstift bis zum College, wo er unterrichtete, gerne im Dauerlauf zurückgelegt. Der Wind, der die Studenten feindselig zauste, regte ihn an, und er fühlte sich jetzt schon jünger als sie; der kleine harte Kern im

Mittelpunkt seines Seins war immer noch gleich alt – 25 Jahre – wie damals, als er angefangen hatte, zu unterrichten, und man ihm zum ersten Mal Aufmerksamkeit entgegenbrachte. Acht Uhr. Es läutete. Es gehörte zu seinem Stil, daß er erst ins Klassenzimmer trat, nachdem es geläutet hatte, nie vorher. Während er die Treppen hinaufeilte, kam er an Studenten vorbei, die ihn mit einem ganzen Chor von Guten-Morgen-Grüßen umgaben, es waren inzwischen so viele Studenten, daß er sich, wie er zugeben mußte, nicht an alle erinnern konnte. Aber ihre vertrauten Gesichter und ihre ihm noch vertrautere Art, sich zu kleiden, füllten ihn mit einem seltsamen Zugehörigkeitsgefühl, als hätte er schon einmal hier gelebt, hätte alles und jeden gekannt und brauchte nichts zu fürchten; in gewisser Weise war er so alt wie dieses ehrwürdige Gebäude und genauso beständig. Wenn er auf sein Klassenzimmer zuging, war die geöffnete Tür, die den Rahmen für das Zimmer bildete, wie eine besondere Einladung: nur er war befugt, einzutreten und die Tür zu schließen.

Der Unterricht lief immer gut. Obwohl seine Studenten für seinen Geschmack zu gelehrig und höflich waren, nahm er aus den Stunden ein gewisses Hochgefühl, eine Freude mit, die rein instinktiv war: mehr als einmal hatte er schon voller Verdruß und enttäuschter Liebe sein Buch auf den Tisch geworfen und gefordert: »Was sagen Sie denn dazu? Was denken Sie? Was denken Sie denn wirklich?« Deshalb kamen oft Studenten, draußen auf dem Universitätsgelände oder in den Gemeinschaftsräumen, von der Klassenzimmeratmosphäre befreit, zu ihm, um mit ihm zu sprechen. Er wurde oft gebeten, an Diskussionen teilzunehmen, etwa über christlichen Existentialismus oder Empfängnisverhütung; viele schütteten ihre Sorgen vor ihm aus, als ob sie verborgene Schätze auf seinem schon vollbeladenen Tisch ablüden. Seine Freunde zogen ihn damit auf, daß er so beliebt war, aber seiner Meinung nach waren sie nicht neidisch. Er versuchte überhaupt, nicht über die Meinung, die andere von ihm haben mochten, nachzudenken.

An diesem Nachmittag nach dem Drei-Uhr-Seminar, klopfte eine Frau an die geöffnete Tür seines Zimmers. Pater Colton teilte dieses kleine Zimmer mit zwei anderen Dozenten, der eine war ein guter Freund von ihm, ein Laie, und er hatte den Eindruck – von einem kurzen Blick aus den Augenwinkeln auf das Profil des Freundes –, daß er die Frau anstarrte. Aber sie sagte: »Pater Colton, kann ich mit Ihnen sprechen?« und er erinnerte sich daran, daß er sie in seiner Vorlesung gesehen hatte. Sein Freund Gormer war eilfertig aufgestanden und rückte seinen Stuhl aus dem Weg, so daß die Frau vorbeigehen konnte, und Pater Colton hatte einen Augenblick die verschwommene Vorstellung, daß er auch aufstehen müßte.

Mit einer kurzen, achtlosen Geste bedeutete sie ihm, daß er sitzenbleiben solle, ach, lassen Sie nur. Sie setzte sich auf den geraden, harten Stuhl vor seinem Schreibtisch und war viel zu alt und ungewöhnlich gekleidet für diesen Platz. Er war daran gewöhnt, daß Jungen auf diesem Stuhl hockten, oder Mädchen, schüchtern und verkichert; diese Frau war über Dreißig und hatte ein dunkles, unauffälliges Kostüm an, ihr Haar war streng zurückgekämmt, so daß ihm nur das nackte, harte Oval ihres Gesichtes zum Ansehen blieb. »Ich verstehe ein paar Dinge nicht«, sagte sie schnell, mit kühler Stimme. Pater Colton lächelte. »Was verstehen Sie denn nicht?«, sagte er. »Alles. Nichts verstehe ich«, sagte sie. Sie nahm etwas aus ihrer Handtasche, ein geknicktes blaues Heft. Wie sie so zu ihm aufsah, hatte sie große, kritische Augen, die grau oder blaßblau sein mußten; ihre Ungerührtheit brachte, was er an ihr wahrnahm, zum Verschwimmen. Er zündete seine Pfeife an, und sie beobachtete die Zeremonie, aber ohne das mütterliche Interesse, das seine Studentinnen normalerweise an den Tag legten. Endlich ließ sie gereizt die Hand auf das blaue Heft in ihrem Schoß fallen und sagte: »Was ist denn? Warum sagen Sie nichts? Wollen Sie sich nicht meine Prüfungsarbeit ansehen?«

»Ich habe sie schon durchgesehen«, sagte er. Er war geduldig und freundlich und suchte seine Erinnerung ab nach ähnlichen Erlebnissen mit älteren, gequälten, unbefriedigten Studenten – Nonnen zum Beispiel, die immer Schwierigkeiten machten; irgendwie sah diese Frau wie eine Nonne aus. Sie sah aus, als zerrte sie ihre Kostümjacke nach unten, um sie formlos zu machen und als hätte sie ihr Haar an beiden Seiten heftig nach hinten gekämmt, um die harte und eigensinnige Form ihres Kopfes noch mehr zu betonen.

»Wenn Sie im Seminar gewesen sind, wissen Sie doch, was Sie falsch gemacht haben; ich habe die Aufgaben durchgesprochen, nicht?«

»Das meine ich nicht«, sagte sie, »ich meine die ganze Idee – diese

Vorstellung der Renaissance von der Beziehung zwischen dem Einzelnen und der Allmacht Gottes, das verstehe ich nicht. Haben diese Menschen wirklich geglaubt, daß sie irgendwo ihren festen Platz hatten? Mir ist das unerklärlich.« Sie schlug nervös auf ihr Klausurheft, aber Pater Colton wollte es nicht sehen. »Ich habe mir überlegt, ob mehr dahintersteckt, als das, was Sie in der Vorlesung gesagt haben«, sagte sie.

Hinter ihr drehte sich sein Freund Gormer herum, ein höflicher, akribischer Mann, der Dingen gern auf den Grund ging; jede zweite Woche luden Gormer und seine Frau Pater Colton zum Abendessen ein, und sie fanden in ihren Gesprächen eine innere Nähe, die Pater Colton manchmal fast lästig wurde, wenn er allein sein wollte. Jetzt zwang er sich dazu, gelassen zu sein und sprach ungezwungen über den philosophischen Hintergrund der Renaissance. Sie sah ihn zweifelnd an .»Normalerweise gehe ich in meinen Seminaren für die unteren Semester nicht so sehr in diese Details«, sagte er und überlegte, ob sie das als Beleidigung oder als Kompliment auffassen würde. »Das Wichtigste ist, sich klarzumachen, daß Traditionen einander nicht ablösen; alte Traditionen leben immer in irgendeiner Form fort, und sie überdauern Jahrhunderte.«

»Wußte man damals wirklich schon das alles? Was Sie gesagt haben? Alle diese Ideen?«

»Das Wissen war nicht notwendigerweise *bewußt* –«

»Die müssen doch verrückt gewesen sein.«

Pater Colton fühlte wie sein Gesicht rot wurde. »Warum denn verrückt?«

Sie steckte das blaue Heft zurück in die Tasche. Er konnte einen kurzen Blick auf das Durcheinander im Inneren werfen; sie war ernst und zugleich nachlässig, diese Frau. Weil er sie ärgerlich fand, wollte er, daß sie noch dablieb. Bestimmte Menschen kamen ihm vor wie Prüfungen, die ihm auferlegt wurden, um seine Langmut auf die Probe zu stellen.

»Ach was, es ist egal«, sagte sie und wollte gehen. Er schaute sie noch einmal an und sah, daß ihr Kostüm dunkel war, dicke Wolle, wahrscheinlich teuer, und daß sie einen Ring mit einem ungewöhnlichen blauen Stein trug. Ihre Hände waren lang, knochig und nervös, die bläulichen Adern traten leicht hervor wie schwache Spiegelbilder des blauen Steins; ihre Nägel waren farblos und fein geformt. Die schwachen Halbmonde ihrer Nägel machten ihn plötzlich schwindlig, als blicke er nicht auf etwas Reales, Vordergründiges, sondern irgendwie in die Ferne, in die Tiefe der Dinge.

»Wenn Ihnen etwas unklar ist, können Sie sich immer an Ihre Lehrer wenden. Aber warum verwirrt Sie das hier?«

»Ich glaube es nicht.«

»Müssen Sie es denn glauben, nur um den Kurs zu schaffen?«

Sie sah nervös umher. Sie vermied, ihm in die Augen zu sehen: das bedeutete, daß sie nicht katholisch war; sogar ein ehemaliger Katholik hätte einem so menschlichen Priester gegenüber eine gewisse, wenn auch vorsichtige Entspanntheit empfunden. »Ich meine, für mich selbst«, sagte sie. »Ich studiere nicht, um Seminare zu absolvieren, ich bin für keine Prüfung gemeldet. Ich will etwas lernen. Ich möchte die Dinge gern genau verstehen.«

»Ja, gut«, sagte Pater Colton.

»Ich komme dreimal in der Woche von Medford herüber zu Ihrem Seminar und dem von Herrn Dr. Rich – aber das ist Geschichte, da gibt es keine Schwierigkeiten. Geschichte kann ich glauben, weil sie sich ereignet hat. Aber manche Dinge, die Sie sagen, kann ich nicht glauben.«

»Geschichte hat sich nicht notwendigerweise ereignet«, sagte Pater Colton, »jedenfalls nicht so, wie sie uns überliefert wird.«

Sie war still, als habe seine Behauptung sie erschreckt und betroffen gemacht. Dann schüttelte sie den Kopf, um davon loszukommen. »Ich will die Dinge nur verstehen, ich will etwas lernen. Ich bin nicht mehr so jung wie Ihre Studenten – ich glaube nicht mehr so leicht wie sie.«

Sie war aufgestanden. Es widerstrebte ihm, sie gehen zu lassen, und er sagte: »Wenn Sie einmal wieder etwas besprechen wollen, kommen Sie ruhig zu mir.«

Später ging Pater Colton rastlos auf dem Flur auf und ab und dachte daran, wie unerbittlich sie gewesen war und wie wenig es ihm gelungen war, wirklich zu ihr durchzudringen. Bei Wochenendseminaren, Vorträgen oder im Unterricht gelang es ihm immer, auch den verschlafensten Studenten anzusprechen, weil er klug war, in einer angenehmen Art klug. Er wußte, daß er etwas zu sagen hatte, und das mußte er auch sagen. Dabei war er einer jener Priester, denen oft im Vertrauen gesagt wird, sie seien gar nicht priesterlich; »Du weißt schon, was ich meine«, sagten die Leute dann verlegen.

Danach fiel sie ihm in seinem Seminar auf, sie saß weit drüben auf der rechten Seite. Um sie herum standen mehrere leere Stühle. Ihre schweigende, dunkle Erscheinung irritierte ihn, aber er freute sich, als sie eines Tages über etwas, das er sagte, lächelte. »Es ist nur der Stolz des Menschen, der ihn glauben läßt, er könnte eine unverzeihliche Sünde begehen«, sagte er. Dies war eine versteckte Anspielung auf *Doktor Faustus* und sollte nicht witzig sein, aber sie lächelte; sie lächelte nicht oft. Er suchte auf seinem Sitzplan nach ihrem Namen und fand ihn: Frieda Holman.

Eines Tages nach dem Unterricht wartete sie, um mit ihm zu sprechen. Sie war schüchtern und kam ungelenk auf ihn zu, als ein Junge in einem großen weißen Pullover sich zum Gehen wendete; sie wirkte unentschlossen und deshalb etwas abrupt in ihren Bewegungen. Es war, als sei sie im Umgang mit Menschen aus der Übung gekommen. Sie stellte eine kurze, kluge Frage, und sie gingen vom Klassenzimmer zu seinem Zimmer hinüber, die Frau hielt den Kopf ein wenig geneigt, während sie ihm zuhörte – und wie gern er sprach, wenn jemand ihm so intelligent zuhörte! Vor der Tür seines Zimmers sagte sie: »Ich habe im letzten Jahr viel gelesen, aber mit niemand darüber gesprochen. Ich meine ... über Religion und das Leben und all das.« Sie hatte etwas Helles an, ein Kleid oder Kostüm, und Pater Colton hatte den unklaren Eindruck von etwas Goldenem an ihr, vielleicht Ohrringe. Er war nicht gewöhnt, Menschen so genau anzusehen.

Allmählich bemerkte er sie öfter auf dem Campus – es war ein kleiner belebter Campus mitten in der Stadt – und bei Parties erfüllte ihn die unbestimmte Erwartung, daß sie plötzlich auftauchen würde. Er überlegte, ob er sich vielleicht in sie verlieben würde. Er nahm den Gedanken nicht ernst; er war zu beschäftigt. Aber ihm gefiel die Art, in der die Frau (er dachte noch nicht an sie als Frieda) innehielt, um über etwas nachzudenken, was er gesagt hatte, als sei es von tiefer Bedeutung. Seine Studenten sogen alles kritiklos in sich auf, höflich und begeistert; die Frauen seiner Kollegen – alles Katholiken – waren schon seiner Meinung, bevor er überhaupt ausgesprochen hatte. Diese Frau ging an die Dinge heran, als ob noch offenstünde, ob sie wahr oder nicht wahr und ob sie von Bedeutung seien. Eines Tages, als er ihr in seinem Zimmer etwas erklärte, diskutierte Gormer gerade angeregt mit einem Doktoranden, und Pater Colton fühlte einen Anflug von Wut darüber, daß er nie ungestört sein konnte.

»Ja, sehen Sie, die Inkarnation erklärt alles«, sagte Gormer. Er war sehr religiös; Pater Colton vermutete, daß Gormer, wenn er von einem Priester einen Stein bekäme mit den Worten, es sei der Leib und das Blut Christi, den Stein auf der Stelle verschlingen würde. »Christus ist alles, und wir sind alle ein Teil von Christus. Ich begegne Ihnen; Sie sind Christus. Alle Ihre Regungen stehen in einer Beziehung zu Christus. Wir leiden, und wir bieten Gott unser Leiden dar. Alles steht in einer Beziehung zu Christus.«

Falls Pater Coltons Studentin, die die Stirn runzelte, dies für fraglich hielt, so zeigte sie es nicht; sie fand nichts komisch und war deshalb immer höflich. Sie hatte bläuliche Schatten unter den Augen, aber trotzdem waren ihre Augen reizvoll; wenn es ihr gelungen wäre, sich etwas mehr zu entspannen, wäre sie vielleicht eine attraktive Frau gewesen. Aber wenn er sie zum Lachen brachte, sagte sie: »Sie sind nicht ernst« und wollte damit ausdrücken, daß solche Augenblicke nicht zählten. Das Leben war ernst. Sie kreiste immer um etwas, drängte hin auf einen Mittelpunkt, der festgefügt im Zentrum ihres Denkens stand. Erst etwa einen Monat, nachdem ihre Gespräche begonnen hatten, gab sie dies Geheimnis preis. »Vor einer Scheidung gibt es eine lange Phase voller Chaos und Häßlichkeiten, aber irgendwie lebt man doch. Man will nicht aufgeben. Man will es einfach hinter sich bringen und auf der anderen Seite heil herauskommen. Aber nach der Scheidung ... ist alles plötzlich bedeutungslos. Ich weiß, das klingt für Sie sicher schrecklich. Aber ich bin nicht katholisch ... und Sie können nicht verstehen, wie das ist, wenn überhaupt nichts mehr einen Sinn hat, es gibt einfach nichts – einen Tag nach dem anderen –«

»Ich kann Anteil nehmen an diesem Gefühl«, sagte er.

»Aber Sie kennen es nicht, Sie wissen nicht, wie es ist.«

Er hob die Hand in einer hilflosen Geste. Sie runzelte die Stirn und starrte auf seine Hände.

»Sie haben im Seminar über die Verzweiflung gesprochen. Für Sie ist Verzweiflung eine Sünde«, sagte sie. »Das ist wieder so etwas, das ich nicht verstehen kann.«

»Verzweiflung ist eine Form der Sünde«, sagte Pater Colton. »Sie ist eine Form von Stolz.«

»Stolz? Nein, das verstehe ich nicht.« Ihre Stimme war scharf. In ihm erwachte etwas, eine Begabung, Spannung und Belastungen zu ertragen, für deren Anwendung er selten Gelegenheit hatte, und er beugte sich vor und redete mit ruhiger, leiser Stimme auf sie ein, über die Verzweiflung, die eine Art von *Accidie* war, eine der sieben Todsünden, weil sie Nachlässigkeit bedeutete, Müßigkeit, ein Zurücksinkenlassen auf den Grund der Seele und eine Weigerung, daran zu glauben, daß die Macht Gottes den Menschen aus der Verzweiflung hebt.

»Ich weiß, was Verzweiflung ist«, sagte sie bitter.

»Verzweiflung ist eine Nachlässigkeit«, beharrte er. »Nachlässigkeit, Trägheit –«

»Mein Gott«, sagte sie mit einem überraschten Lachen. Er hielt mitten im Satz inne, und der Augenblick erschien ihm wie etwas Gefährliches und gleichzeitig etwas Herrliches. Sie lächelten sich an, und nach diesem kurzen Augenblick verging ihr Lächeln wieder. Er sagte beharrlich: »Verzweifeln Sie an Gott?«

»Nein, an der Wirklichkeit. Am Leben.«

»Leben Sie allein?«

»Ja.«

»Haben Sie niemand, den Sie lieben?«

»Nein, niemand.«

»Niemand, der Sie liebt?«

Sie zögerte.

»Ich weiß nicht«, sagte sie.

»Denken Sie an Ihren früheren Mann?«

»Nein, ich denke nie an ihn.«

»Aber – warum nicht?«

»Es würde nicht einmal eine Rolle spielen, wenn er tot wäre.«

Er wollte widersprechen, aber nach einigen Sekunden sagte er nur: »Dann dürften Sie nicht so viel allein sein.« Sie stimmte schweigend zu. »Arbeiten Sie? – Vielleicht eine der anderen Frauen ... –« Aber sie bedeutete ihm, daß sie nicht arbeite, natürlich arbeite sie nicht. Ihr plötzlicher Stolz erregte ihn. In solchen Momenten schien er einen Blick in ihre Seele tun zu können, die dornig und gefährlich war. Andere Seelen waren glatt und süß wie Honig, man konnte

mit dem Finger davon kosten und dann für immer daran vorübergehen: sie waren gerettet.
»Ich will versuchen, nicht so viel allein zu sein«, sagte sie ironisch.
Das Wort »Verzweiflung« blieb ihm in Erinnerung, und hier und da während seiner vollbeschäftigten Wochen überlegte er, ob nicht etwas dahinter sei. Harmonisch und gesund wie er war, hatte Pater Colton das Unglück anderer nie sehr gut verstanden. Es gab Priester im Seminar, die, so wurde geflüstert, nicht glücklich über ihre Berufung waren; überall im Weltgetriebe gab es Menschen, die mit ihrem Leben nicht zufrieden waren. Aber er hatte die Vorstellung, daß sie irgendwie ihr Unglück wollten. Es war ihre eigene Schuld. Wo dem Menschen so viel geschenkt war, so viele gute Eigenschaften und Gaben, bedeutete es einfach Böswilligkeit, unglücklich zu sein – wie Frieda Holman, die wirklich böswillig war in dieser überraschten, gehetzten Art, die erwachsenen Frauen eigen sein kann, wenn sie Gefühle haben wie Kinder. Sie war einfach böswillig! Das würde er ihr sagen, wenn er sie das nächste Mal sah.
Um die Weihnachtszeit herum hatte er viel zu tun. Er übernahm freiwillig zusätzliche Arbeit, obwohl sie ihn von seinem Buch abhielt – einer Studie über das elisabethanische Drama, mit der er schon in Verzug geraten war – und er wurde zu einer Reihe von Festessen und Parties eingeladen, wobei er das Gefühl hatte, der Mittelpunkt einiger dieser Veranstaltungen zu sein und nur damit, daß er da war, andere Menschen glücklich zu machen. Er dachte nicht gern darüber nach, was andere Menschen von ihm hielten; das waren eitle Gedanken. Es machte ihn gereizt und ärgerlich, wenn er so schwach war, dieser Eitelkeit nachzugeben. Er hatte sich immer selbst dazu angehalten, alle Gefühlsregungen zu beherrschen, auch die, die seinen Bewunderern so natürlich und spontan erschienen. Als Frieda Holman zweimal fehlte, war er nicht ärgerlich oder besorgt, sondern mit seinem eigenen Stolz beschäftigt; ihm mißfiel dieser Stich von Enttäuschung, den er spürte. Er lief im Schnee umher und dachte an ihre letzte Unterhaltung – ja, er hatte ihr gesagt, daß sie böswillig sei. Ob er zu unvorsichtig war, so wie ältere Priester oft zu starr und streng waren? Ob sie alle ihrer Aufgabe nicht gewachsen waren?
Seine letzte Vorlesung vor den Ferien hätte ausgezeichnet sein müssen, aber etwas ging schief. Er war nervös und unruhig; er überlegte,

ob die Studenten es wohl merkten. Frieda Holman war nicht da. Als er endlich schloß und die Studenten hinausströmten, schon in Mänteln und voller Ungeduld wegzukommen, blickte er auf seine eckigen, groben Hände und dachte plötzlich daran, daß er einmal Schriftsteller hatte werden wollen. Er wollte schreiben ... ein paar Kurzgeschichten, nichts weiter. Er hatte längere Zeit nicht mehr daran gedacht. Die Erinnerung blieb, während er das Gebäude verließ, und als er ihren Namen in einem Telefonbuch suchte, hatte er die unbestimmte Vorstellung, daß sie etwas mit dem zu tun hatte, was er vor langer Zeit einmal hatte schreiben oder schaffen wollen. Eine Weile saß er da, hatte den Hörer abgehoben, aber noch keine Münze eingeworfen – um allein zu sein, hatte er ein öffentliches Telefon aufgesucht – sein Atem strich über den Hörer und machte dieses flach hallende, tote Geräusch.

Als er nach Medford hinausfuhr, dachte Pater Colton: *Nein, böswillig bist du nicht, aber ungeübt darin, dich zu freuen.* Das Haus, in dem sie wohnte, sah so unpersönlich, fast wie ein Verwaltungs- oder Bürogebäude aus, daß jeder ohne Zögern hätte eintreten können. Aber als er endlich an ihre Tür klopfte – wie lange es gedauert hatte, endlich hierherzukommen –, überkam ihn ein seltsames Gefühl der Panik. Bevor er diese sympathische, robuste Persönlichkeit geworden war, war er ein schmächtiges Kind gewesen, das vor allem Angst hatte, vor größeren Kindern und vor dem glühenden Höllenfeuer, und er erinnerte sich daran, wie er an Türen geklopft hatte, um Geld für die Zeitung, die er morgens austrug, zu kassieren und stumm gebetet hatte, daß niemand öffnen würde. Plötzlich war dann alles klar geworden, und er war in sein neues Leben eingetreten wie durch einen Spiegel und an der anderen Seite wieder herausgekommen: sein Priestertum hatte alles ermöglicht. Alles hatte dadurch eine Erklärung gefunden – oder war alles dadurch verwandelt worden? Er war durch den Spiegel hindurchgetreten und war in einer anderen Welt herausgekommen und war nun plötzlich fähig, mit Menschen umzugehen, weil er nicht an sie glaubte. Er glaubte allerdings an ihre »Sünden« und doch, er glaubte auch ein wenig an die Menschen – sie waren Spiegelbilder an der Oberfläche der Welt, die er verlassen hatte. Zweifel? Verzweiflung? Das waren Worte. Er glaubte nicht, daß irgend jemand sie ernst nahm. Das Böse war ein Wort, angesichts dessen man ernst wurde; es war das Los der gefallenen Menschheit. »Die gefallene Menschheit« war noch so ein Ausdruck. Und so weiter, und irgendwie begingen Menschen am Wegrand Gewalttaten, und Menschen verfielen der »Verzweiflung« und sogar der »Liebe«, als ob diese Worte die Macht besäßen, Gefühle wachzurufen in denen, die sie gebrauchten ... Er dachte: *Du bist nicht böswillig, sondern hast nur keine Übung darin, dich zu freuen.*

Sie öffnete die Tür, ohne die Kette abzunehmen, es kam ihm wie ein eingeübtes Verhalten vor. Als sie ihn erkannte, wirkte sie erschreckt, dann schuldbewußt. »Pater Colton, es tut mir leid, ich war krank – ich hätte in der Universität anrufen sollen –«

»Ich dachte mir, daß Sie vielleicht krank sind«, sagte er, »ich dachte, ich sollte lieber einmal nach Ihnen sehen.«

Mit ihrem Gesicht hinter dem Türspalt bestand sie nur aus Augen, Haar und Mund; ihre Unruhe sprang über auf die Luft, die sie beide umgab. »Es ist sehr nett von Ihnen, daß Sie sich Sorgen machen – es tut mir leid –«

»Ich dachte, Sie wären ... Sie wären vielleicht ernsthaft krank«, sagte er.

Sie starrte ihn an. Er hatte die Vorstellung, daß sie jetzt schuldbewußt dachte: *Sie vielleicht tot wären, versucht hätten sich umzubringen;* und daß das vielleicht ein Ärgernis für ihn gewesen wäre. Die Stille war peinlich. Dann sagte sie: »Wollen Sie hereinkommen?«

»Ja.«

Er ging hinein, um sich eine abstrakte Weihnachtsatmosphäre, die er vom College hierhergetragen hatte, ein Mann mit dem ehrgeizigen Ziel, die Frohe Botschaft zu verkündigen, aber ihr Zimmer bedrückte ihn. Er merkte dem Zimmer an, daß sie krank war. Ein Geruch von etwas Schalem und Traurigem lag über dem unordentlichen Zimmer, dessen glatte, moderne Möbel eigentlich keine Krankheiten hätten dulden dürfen. So wirkte die nachlässige Unordnung aus Kleidern, Wassergläsern und Zeitungen nur noch erschreckender. »Ich habe Tabletten genommen, ich bin nicht richtig krank«, sagte sie verlegen. Sie trug einen formlosen blauen Morgenrock. Sie war barfuß. Auf der einen Seite ihres Gesichts waren noch schwache rote Druckstellen von einem Kissen. »Es ist so aufmerksam von Ihnen, daß Sie hierhergekommen sind. Ich weiß gar nicht,

was ich sagen soll ... ich ... mir ist ein wenig schwindlig. Diese Tabletten nützen nicht viel. Die Ärzte machen das manchmal, sie geben einem Zucker oder so etwas und schreiben dann eine dicke Rechnung, man kann ihnen nicht trauen ...«
Pater Colton blickte sich im Zimmer um wie auf der Suche nach einem Mittelpunkt. Er wollte sich setzen. Er wollte den Rhythmus ihrer früheren guten Gespräche wieder aufnehmen, bei denen sie die Wissensdurstige, er der Verkünder der Wahrheit gewesen war, aber so, im Stehen, wußte er nicht, wie er anfangen sollte. Sie sprach schnell und etwas schrill weiter über Ärzte, erwähnte Dr. Flint.
»Ich kenne ihn nicht«, sagte Pater Colton.
»Es ist eine Frau«, sagte sie. »Ich würde nie zu einem Mann gehen ... Aber ihr traue ich auch nicht recht.«
»Ich wünschte, Sie würden so etwas nicht sagen.«
»Ich weiß, was ich sage«, sagte sie schnell. Irgendeine Macht zwang sie zu scharfen, kleinen Widerreden, sie war wie ein Kind, das mit Sticheleien den Verlust von Liebe und Zuwendung herausfordert. »Es ist sehr aufmerksam, daß Sie hierhergekommen sind, aber dies ist doch nicht Ihr Problem. Sie sollten sich nicht mit mir abgeben. Sie haben nichts mit mir zu tun, und Sie sind sehr beschäftigt, Sie schreiben ein Buch –«
»Ich glaube, Sie brauchen Hilfe.«
»Das ist sehr aufmerksam«, murmelte sie. Es schien ihr gleichgültig, daß das helle, kalte Winterlicht, das durch das Fenster einfiel, ihre Haut und ihr ungekämmtes Haar unbarmherzig beleuchtete. Das Weiße ihrer Augen war trüb, und sie sah schwach und gleichzeitig wild aus. »Ich hab' mit ihr über Sie gesprochen, mit Frau Dr. Flint, und sie sagt, sie sagt, es ist vielleicht kein Zeichen von Wahnsinn – ich meine, die Religion, ich meine für mich –«
Pater Colton lachte.
»Aber worüber lachen Sie denn?«
»Wollen Sie, daß ich sie anrufe?«
»Wen? Wen anrufen?« Sie setzte sich. Sie sah aus, als habe sie Drogen genommen. »Ich bin aufgewacht und habe das Klopfen gehört ... Das Dumme ist, wenn man nachts nicht schlafen kann, muß man Tabletten nehmen. Dann wacht man in der Nacht auf und weiß nicht mehr, wie viele man genommen hat ... Wie viele Stunden habe ich versäumt?«

»Machen Sie sich um den Unterricht keine Sorgen.«
»Wie lange sind Sie schon hier? Ich weiß nicht mehr ...«
»Erst ein paar Minuten.«
»Ich dachte, daß Sie es vielleicht wären, als es klopfte«, sagte sie, ihre Stimme war nervös und schrill. »Ich habe gehofft, daß Sie es wären. Sie sind der einzige, mit dem ich sprechen kann ... Ich habe an Ihre Vorlesungen gedacht und daran, wieviel ich gelernt habe und wie Sie mir eines Tages draußen auf dem Universitätsgelände etwas von sich erzählt haben, daß Sie Geschichten schreiben wollten ...«
»Habe ich Ihnen das erzählt?«
»Haben Sie nicht? Etwas von Erzählungen ... ich weiß nicht mehr, mein Kopf tut weh.«
Pater Colton starrte sie an. Er fühlte eine schwere, fast erstickende Süße, die nicht nur Liebe war, sondern eine erdrückende Dankbarkeit für alles, was sie sagte.
»Ich bin hierhergezogen, um von der anderen Wohnung wegzukommen«, sagte sie. »Ich konnte dort nicht mehr bleiben. Jemand hatte erzählt, daß er wieder heiraten wollte ... ich mach' mir nichts mehr aus ihm, aber als ich das hörte, hat es mich verletzt. Ich habe Angst davor, allein zu sein. Ich weiß nicht, was ich tun soll ... Ich meine, wie ich leben soll ...«
Er saß in einem Sessel ihr gegenüber. Vor seinen Füßen lag eine Illustrierte; er schob sie weg, als beleidige ihn das glänzende Titelbild. Die Frau hatte angefangen zu weinen. Es erschreckte ihn nicht, weil er daran gewöhnt war, daß die Leute in seiner Gegenwart weinten; nachdem er so viele Tränen gesehen hatte, wußte er, daß er selbst nie weinen würde. »Ich habe mich in Ihnen getäuscht. Sie sind nicht böswillig. Sie sind nicht böswillig.«
Sie wandte sich ab, beschämt über ihre Tränen. Als ob er Zeilen aus einer Geschichte vorlese, die er selbst geschrieben hatte, sprach er weiter: »Nicht jeder ist stark genug, um alleine zu leben. Manche Menschen können es nicht, von denen sollte man es auch nicht fordern. Wenn Sie so leben, werden Sie nie Freude am Leben haben.«
Er sah, daß die Sehnen an ihrem Hals hart und weiß hervortraten, als sie sich von ihm abwandte, um ihr Gesicht zu verbergen.
»Diese Tabletten sind gefährlich. Das Leben, das Sie jetzt führen, ist gefährlich«, sagte er. Ein ungeheurer Puls begann in ihm zu

schlagen und füllte seinen Kopf mit Blut. Aber er hatte keine Angst. Alle Furcht und Schwachheit war auf sie übergegangen, auf diesen schwachen, schluchzenden Körper. Während die Zeit verging, und er immer noch dablieb und sanft mit ihr sprach, dachte er darüber nach, welche Aufgaben vor ihm lagen: die Briefe, die zu schreiben waren, Vorbereitungen für ein anderes Leben, die getroffen werden mußten. Er wußte, daß er diesen Forderungen gewachsen sein würde. Eine sehnsüchtige, unterdrückte Freude stieg in ihm auf. Das blasse Winterlicht, das in das Zimmer strömte, war schön, von einer Schönheit, die übernatürlich sein mußte, als ob Engel gewaltsam die Wolken aufgerissen hätten – und er dachte daran, was sein Freund Gormer neulich gesagt hatte, daß Christus überall ist, und eine Wärme für Gormer stieg in ihm auf, dafür, daß er das gesagt hatte, und er freute sich über die Tatsache, daß er es gehört hatte, zufällig, und Frieda dabeigewesen war – und er dachte daran, daß Frieda auch Christus sei, in ihrer Einsamkeit und ihrem Leid und der schrecklichen Gefahr, in der sie lebte und wie er selbst Christus war, indem er Seelsorger war und sie rettete. Er zweifelte nicht an der Heiligkeit dessen, was zu tun er im Begriff stand. Der Entschluß mußte sich in ihm geformt haben, während er schlief, irgendwo in versteckten Winkeln seines Gehirns, während er an seinem Buch arbeitete oder mit Freunden spaßte, selbst noch in Unwissenheit darüber, was von ihm gefordert werden würde.

Später sagte sie: »Aber liebst du mich denn? Liebst du mich?«

II

Sie heirateten am dritten Januar. Er hatte sie jeden Tag besucht, und am Schluß mußten es viele Leute geahnt haben. Er hatte wahrscheinlich etwas von dieser Wildheit angenommen, die sie nicht zügeln konnte, eine Liebe, die schmerzvoll und ängstlich und fordernd zugleich war – und immer dachte er, trunken von der Erinnerung an sie und allem, was sie brauchte, daß er sich jetzt in der Wirklichkeit bewegte und sein Leben vorher ein Leben mit und unter Schatten gewesen war; erst jetzt durchlief er Prüfungen. Er fühlte Mitleid für die anderen Priester. Frieda, die die langen Vor- und Nachmittage in ihrer Wohnung auf ihn wartete, erschien ihm wie jemand, den er schon sein ganzes Leben lang gekannt hatte,

selbst die Beschaffenheit ihrer Haut schien ihm vertraut und der besorgte Blick ihrer hübschen, scharfen Augen und all ihre Ängste davor, ihn zu verlieren und die Schuldgefühle, die sie hatte, weil sie ihn seinem »anderen Leben« entfremdete.
Er schrieb als Beruf Professor für Englisch auf das standesamtliche Formular, obwohl er seine Stelle verlieren würde. Sein Alter gab er mit 38 an. Als er diese Zahl aufschrieb, Frieda dicht neben sich, hatte er ein unheimliches Gefühl, als ob er durch immense Zeiträume geflogen wäre, ohne sich selbst verändert zu haben – immer noch achtunddreißig, nach so vielen Erlebnissen – und Frieda, abgelenkt von den offiziellen Forderungen, die an sie gestellt wurden, dieses Ausfüllen von Formularen und dieses Beglaubigen ihrer Liebe, tippte mit dem Zeigefinger auf das Papier und sagte: »In meiner Vorstellung hast du gar kein Alter gehabt.«
Sie hatten geplant, mit dem Zug zu ihren Verwandten nach Philadelphia zu fahren. Im Taxi faßte sie nervös nach seiner Hand und erzählte von ihrer Familie. Es war das erste Mal, daß sie von ihr sprach; sie charakterisierte ihre Eltern, ihre Tanten, ihre Onkel und Cousinen und beschrieb, wie sie zueinander standen ... Im Bahnhof wurde ihre Stimme plötzlich schrill, als ob die Höhe der kahlen Decke über ihnen etwas aus ihr herauslockte. Der Bahnhof war fast menschenleer.
»Findest du nicht, daß es richtig von mir war, es ihnen nicht zu erzählen?« sagte sie.
»Ich habe gedacht, du hättest es ihnen erzählen sollen. Aber jetzt spielt es keine Rolle mehr.«
»Du meinst, es macht nichts?« Nach einer Weile sagte sie: »Ich habe schon überlegt, ob ich vielleicht vorausfahren sollte, allein, und es ihnen sagen. Ich meine ... ich könnte ja vorausfahren.«
»Allein?«
»Um es ihnen zu sagen.«
Er starrte sie an und sah dasselbe spröde, ängstliche Gesicht, das sie an jenem ersten Tag gehabt hatte, als sie in sein Zimmer kam. Ihr Körper war ganz starr. Als er nach ihrer Hand suchte, sagte sie: »Nein, bitte nicht«, und verzog den Mund.
»Aber was ist denn?«
»Ich weiß nicht. Ich kann ... ich kann mich einfach nicht entscheiden, was ich tun soll.«

»Wir haben doch entschieden, was wir tun wollen.«
»Ich weiß nicht, ob ich es durchhalte«, sagte sie. Sie atmete schnell. »Warum konntest du mich denn nicht in Ruhe lassen? Alles ist deine Schuld ... nein, es ist nicht deine Schuld, das meine ich nicht. Ich liebe dich und will mit dir zusammensein, aber ich hätte das nicht machen dürfen, dich ihnen so einfach wegnehmen ...«
»Frieda, was ist denn?« sagte er und versuchte zu lächeln. »Seit wann quälst du dich mit diesen Überlegungen herum?«
»Bitte faß mich nicht an«, sagte sie.
Er berührte sie nicht. Sie blieben eine Zeitlang nebeneinander sitzen. Eine Durchsage meldete, daß der Zug Verspätung habe. Pater Colton, der nicht mehr Pater Colton war, sondern ein Mann in einem normalen Anzug und Mantel, hörte hin und wußte, daß es wichtig war, aber ein paar Sekunden später wußte er schon nicht mehr, was die Stimme gesagt hatte.
»Wenn du jetzt allein fährst, rufst du mich an? Wann soll ich kommen?« sagte er.
»Ich rufe dich gleich an, wenn ich dort bin.«
»Aber wirst du es denn schaffen?«
»Ja.«
Sie fing an, nach etwas in ihrer Handtasche zu suchen, etwas, das zu finden sie wohl gar nicht hoffte. Er saß da und starrte vor sich hin, sah nichts und überlegte, was ihn auf diesen zugigen Bahnhof gebracht hatte, auf diese Bank hier und gerade jetzt. Er fühlte sich schwindlig. Ihm schien, neben ihm säße jemand, eine Fremde, aus den Augenwinkeln sah er sie, mit einem blassen, hölzernen Gesicht ... aber im nächsten Augenblick erwachte er und drehte sich zu seiner Frau, und diesmal ließ sie zu, daß er ihre Hand nahm.
»Wenn der Zug um neun Uhr morgen ankommt«, sagte er, »wann rufst du mich dann an?«

III

Monate später dachte er immer noch darüber nach, überlegte hin und her und suchte herum in den Fragmenten seines Lebens. Er konnte keinen Sinn hineinbringen. Er war nicht ärgerlich auf sie. Es war ihm klar, daß sie krank war; sie hatte ihn damals nicht angerufen, er hatte mit ihren Verwandten Kontakt aufgenommen

– es gab sie wirklich – und so erfuhr er von ihrer Krankheit, aber er verstand nicht, wie es gekommen war, daß er in all dies hineingezogen worden war. Er arbeitete jetzt in Detroit auf der Post. Er arbeitete von vier Uhr nachmittags bis Mitternacht.
Obwohl er ihr gegenüber keine Erbitterung fühlte, überwältigte ihn noch immer der Gedanke an sie. Er war ihr zu nahe gewesen. Er war sündig geworden. Obwohl er von der Kirche ausgeschlossen worden war, ging er gelegentlich gern in eine Messe und sah zu, wie die Menschen sich willig vor der Kommunionbank aufstellten – und er dachte daran, an seine alten Freunde oder seinen ehemaligen Vorgesetzten zu schreiben, aber er tat es nicht. Er strafte sich durch Fasten, und das verlangsamte das endlose Kreisen seiner Gedanken. Es gab etwas, dem er nachtrauerte, aber er konnte sich nicht immer daran erinnern, was es war: nicht Frieda und nicht sein altes Leben, vielmehr eher der Verlust seiner Liebe. Seiner Fähigkeit zu lieben. Er hatte einstmals Christus geliebt, aber jetzt, wo er durch den Spiegel geschritten und selbst Christus geworden war, verstand er die trübe Einsamkeit und den Kummer des Erlösers, und er wollte sie mit keinem anderen teilen. Ihm schien, als müßten die vielen Menschen, die nach vorne kamen, um aus den Händen eines eiligen Priesters die Kommunion entgegenzunehmen (er verabscheute diese jungen Priester, die so rechtschaffen aussahen), im geheimen dieselben Vorbehalte wie er gegen Christus fühlen, gegen diesen Dulder, der darauf besteht zu leiden, und zum Teufel mit allen anderen! Dieser fromme, bleiche, heilige Dulder, der mit seinem eigenen Blut befleckt war – *er* wäre ärgerlich zurückgewichen, wenn jemand versucht hätte, das Gewicht dieses Kreuzes mit ihm zu teilen, auf dem Weg zum Hügel. Wenn man es selbst durchgemacht hatte, hatte man keine Hochachtung mehr davor. Das Wissen hierüber war es, was er bedauerte, aber manchmal konnte er sich in seiner Verwirrung nicht mehr ganz deutlich daran erinnern.
Das Durcheinander in seinem Kopf kam aus dem Nichts und war grundlos. Er trank nicht. Er wollte seinem Körper nichts Gutes tun, in keiner Weise, er mochte diese Masse nicht, dieses Gewicht und die seltsame Fremdartigkeit seiner Begierden, die er mit sich schleppte, jeden Tag von vier Uhr bis Mitternacht. Zu seiner Schwerfälligkeit kam noch die schale, müde Luft des Postamtes nach dem Schalterschluß hinzu; zusammen mit ihm arbeiteten viele Schwarze und ein

paar Weiße, deren Vorgeschichten zum Teil ähnlich überraschend wie seine waren ... einer hatte einen Doktor in Chemie, ein anderer war ein ehemaliger Rechtsanwalt, noch ein anderer, von dem jeder wußte, daß er Alkoholiker war, hatte einmal einen leitenden Posten bei einer Versicherungsgesellschaft in Detroit gehabt. Ehemalige Ehemänner, ehemalige Väter, ehemalige Bürger, Undurchsichtige, bleiche, aufgedunsene Gesichter und wachsende Bäuche: irgendwie fühlte er sich wohl unter diesen Männern. Sie fragten nichts, erwarteten nichts von ihm. Hier war Frieden. Ruhe. Hier konnte man zuhören, wenn ein paar Kollegen über ihr Glück und Pech beim Pferderennen sprachen ... Man konnte sogar den müßigen Plan fassen, sie eines Abends zu begleiten, wenn sie hinüberfuhren. Das wäre eine Beschäftigung und ganz harmlos. Hier konnte man das *Time Magazine* durchblättern oder *Reader's Digest*, man konnte den kurzen Text einer Postkarte überfliegen, von Leuten, die die gutgelaunte Verpflichtung fühlten, solche winzigen herzlichen Botschaften hin und her zu schicken, durch das Land, aus dem Ausland, von überall her, an die Lieben zu Hause. Man konnte Tonnen von Post aussortieren, Berge von Post, die von einem Schemen zum anderen liefen. Nie gab es irgendwelche Schwierigkeiten. Es herrschte Frieden, es war eine Art Paradies.

In ein oder zwei Jahren, dachte er, würde er vielleicht genügend Selbstbewußtsein gesammelt haben, um wieder zu lehren, vielleicht an irgendeinem kleinen, entlegenen College. Er zog den Mittelwesten in Betracht. Ebene, Prärie. Entfernungen, die nicht bedrohlich waren, die alles Melodramatische unwirklich machten – die den einzelnen Menschen schluckten. Er war einmal ein hervorragender Lehrer gewesen und würde wieder ein hervorragender Lehrer sein. Er würde seine Energie wieder sammeln und die Klarheit seines inneren Auges, die er irgendwie verloren hatte, und er würde in die wirkliche Welt zurückkehren, ohne die Hilfe Christi, zurück über die Grenze, zurück durch den Spiegel schreiten, in die Welt, die er für die wahre Welt hielt. Er brauchte keine Liebe: keine Liebe empfangen und keine Liebe geben. Warum sollte er sich abhängig machen von etwas, das so unsicher, so absurd war? ... Im Laufe der Zeit würde er verstehen, was mit ihm geschehen war, was ihm gestohlen worden war, und dann würde er in die Welt zurückkehren. Allmählich. In einem Jahr oder in zwei. Er hatte keine Eile.

NATÜRLICHE GRENZEN

Renée, die so lange in Wohnungen gewohnt hatte, in großen Gebäuden, mit vielen anderen Menschen, genoß das neue Gefühl, jetzt ein ganzes Haus zu bewohnen – wenn es auch nur gemietet und recht klein war. Und weil es am Fluß lag, ertappte sie sich oft dabei, wie sie aus einem der Fenster an der Rückseite des Hauses schaute, manchmal eine halbe Stunde lang, gefesselt, gelähmt von der Bewegung des Flusses. *Wie schnell alles sich veränderte ...*

Das Holzhaus, das die Maynards gemietet hatten, war eigentlich nicht hübsch, auch nicht der steinige Hinterhof oder der zugehörige gestrüppbewachsene Streifen Flußufer. Und auch der Fluß selbst war nicht sehr ansehnlich, und doch kam ihr alles, wie es in diesem harten und unnatürlich hellen Herbstlicht vor ihr lag, unglaublich schön vor. Sie überlegte, ob sie selbst sich vielleicht langsam und unmerklich veränderte. Auf dem breiten, unruhigen Fluß schwammen Scharen von kleinen Wildenten ... sie ließen sich treiben, tanzten mit den Wellen auf und nieder ... manchmal quakten sie laut ... eines Morgens waren dort draußen drei kanadische Wildgänse geschwommen, gelassen und selbstzufrieden, mit hochgereckten, majestätischen Köpfen und Schnäbeln ... aber sie waren weggeflogen, bevor Renées Mann von der Arbeit nach Hause kam, und er schien eher belustigt als interessiert, als sie ganz erregt davon erzählte, *wie schön sie sind, und auch ein bißchen erschreckend ... irgend etwas Schlangenhaftes an ihren langen Hälsen und Köpfen ...*

Der Fluß änderte sich ständig. Der Himmel änderte sich ständig: jetzt voller Wolken, dick, grau, massiv und bedrückend, dann wieder ganz übergangslos blau, auf wundersame Weise leergefegt. Und dann waren plötzlich die Sturmwolken wieder da. Eine Stunde Dämmerung, viel zu früh ... Regen kündigte sich an ... dann wurde der Himmel noch einmal blau, und die Wolken waren schon wieder weit weg, über den See zum Horizont getrieben, harmlos geworden. Renée mochte das gern, die Schnelligkeit, mit der der Tag sich veränderte. Es war etwas Neues für sie.

Bei Sonne sah man viele Segelboote auf dem Fluß. Die meisten hatten weiße Segel, aber einige trugen auch blau-weiß oder rot-weiß gestreifte Segel, eins hatte ein mutig-knallgelbes Segel ... und ein paar Motorboote, hin und wieder ein größerer Kabinenkreuzer vom Yachtclub auf der amerikanischen Seite des Flusses ... alles in ständiger Bewegung. Den ganzen Tag fuhren Frachter vorbei, von Osten nach Westen, auf dem Weg zum Eriesee ... von Westen nach Osten auf dem Weg zum Huronsee. Und weiter. Einige dieser Schiffe waren kaum mehr als klapprige Lastkähne, sie hatten Autos oder Kohle oder Stahl geladen ... einige Ozeanriesen von weit her, sogar aus Japan, sahen stattlich aus, waren leuchtend gestrichen, die Flaggen und Reedereizeichen waren nachts stolz beleuchtet. Weil sie den größten Teil des Tages allein zu Hause war, schaute Renée oft den langsam vorbeifahrenden Schiffen zu, gefesselt von ihrer rauhen, funktionalen Schönheit, die ganz anders war als die Schönheit, die zu bewundern sie gelernt hatte. Sie fragte sich, wer auf diesen Booten arbeitete ... ob die Matrosen überhaupt je einen Blick auf die Häuser am Ufer warfen und sich vielleicht überlegten, wer dort wohnen mochte?

Und die Hubschrauber der Küstenwacht, die den Fluß auf- und abflogen – welche Aufträge hatten sie? Warum patroullierten sie so oft? Ob sie nach Menschen suchten, die unerlaubt mit dem Boot über die Grenze wollten – oder vergeudeten sie nur Zeit und Treibstoff? Die Propeller waren jedenfalls sehr laut. Wenn einer der Hubschrauber über das Haus flog, war der donnernde, abgehackte Lärm betäubend. Renée nahm an, daß sie diesen Lärm im Laufe der Zeit sicher unerträglich finden würde, aber in den ersten Monaten fühlte sie sich davon seltsam eregt. *Ob etwas geschehen war? War etwas los? Drohte Gefahr?* ... Soweit sie wußte, geschahen auf dem Fluß keine Unfälle, es gab keine kenternden Segelboote, keine kleinen Ruderboote, die der Schwell der großen Frachter umwarf. Einmal oder zweimal in der Woche wurden an dem Teil des Flusses, den sie übersehen konnte, Rettungsübungen durchgeführt, und sie konnte das Unternehmen vom Küchenfenster aus beobachten: sie selbst in Sicherheit und im festen Wissen, daß auch draußen keine Gefahr bestand. Wie ordentlich und logisch diese Rettungsaktionen abliefen: der Hubschrauber mit seinen riesigen, schwertartigen Propellerflügeln und den roten Blinklichtern, der sich langsam, fast stufenweise zum Boot hinuntersenkte, das Dröhnen der Motoren, plötzlich das Herablassen der Strickleiter ... Es war ein ordentlicher und vernünftiger Vorgang, und trotzdem fühlte Renée, wenn sie zusah, manchmal die Spannung in sich fast schmerzhaft anwachsen. Sie machten eine Übung, übten für die Katastrophe.

Eines Morgens, im Oktober, als sie die Rettungsaktionen beobachtete, läutete das Telefon. Sie sah weiter dem Schiff und dem Hubschrauber zu, die langsam flußabwärts trieben, inmitten von mächtigen Wellen mit weißen Schaumkronen (der Himmel darüber war voller dicker, graugeschwollener Wolken, und das Telefon läutete. Sie wußte, wer es war; sie würde nicht hingehen. Von Osten kam einer der langen rostigen Lastkähne mit der Aufschrift *Cleveland Cliffs*, weiße Buchstaben an der Seite ... als er vorbei war, hatte das Telefon aufgehört zu läuten.

Natürlich fühlte sie sich geschmeichelt. Aber auch beunruhigt.

Er hatte etwas mit dem Fluß zu tun, dieser Mann, dieser Fremde.

Nein: er hatte etwas mit ihrer Einsamkeit zu tun.

Sie dachte ständig an ihn, obwohl sie ihn nicht liebte; sie liebte ihn nicht. Sie kannte ihn nicht einmal richtig. Ihr Mann arbeitete in einem Krankenhaus im Westen der Stadt, ein gutes Stück entfernt, und Renée, die in den Vereinigten Staaten das Lehrerexamen gemacht hatte, konnte mit diesem Examen hier in Kanada nicht unterrichten ... und sie wußte, wie vergeblich es war, sich für eine Arbeitsstelle zu bewerben, jetzt, wo die Arbeitslosenzahlen jeden Tag die Schlagzeilen der Zeitungen füllten ... Wirtschaftlich gesehen waren es schlechte Zeiten. Sehr schlechte Zeiten. Sie war im Augenblick arbeitslos, aber ganz vage glaubte sie, daß sie bald irgendeine Arbeit finden würde. Es eilte nicht. Sie war ja eine Frau – dachte sie ironisch, aber aufrichtig – da war es nicht schlimm, daß sie keine Arbeit hatte; für Evan wäre das der Tod. Aber ihr machte es nicht so viel aus. Sie war ja »Hausfrau«.

Trotzdem machte ihr die Einsamkeit im Haus manchmal zu schaffen. Daß sie sich einsam fühlen würde, weil sie allein war, schien natürlich, aber als sie diese Einsamkeit dann erlebte, war sie doch überrascht. Die Stille des Hauses kam ihr zuweilen unheimlich vor ... Das Rauschen des Windes in den Eichen und Pappeln, das normalerweise so beruhigend war, klang manchmal bedrohlich, wie Flüstern, das nicht laut genug war, um verständlich zu sein ... so daß sie fast dankbar war für die lauten Unterbrechungen der Küstenhubschrauber oder der Flugzeuge, die über das Haus flogen. Und dann das Telefon. Aber nach den ersten Malen *Hallo? Ja? Ja, hier ist Renée* nahm sie den Hörer nicht mehr ab ... *Ich möchte gern mit dir sprechen, aber ich kann nicht, ich kann einfach nicht ... bitte, ruf mich nicht wieder an.*

Manchmal sagte sie zu Evan, sie müsse einfach hinaus, *sie müsse aus dem Haus,* und es sei ganz gleichgültig, wohin sie ging: die wenigen Straßen weiter zu den Geschäften oder zur Bücherei oder nur ziellos spazieren ... Evan war überrascht und ein wenig gereizt und verstand nicht; er reagierte, als hätte sie ihn irgendwie hintergangen. Seine Arbeit war sehr anstrengend – er war Laborant, er assistierte einem Chemiker, der ein einjähriges Stipendium des *Canada Council* hatte und voller Inbrunst und quälendem Eifer an seiner Arbeit hing und der von Evan erwartete, daß er den ganzen Tag im Labor zur Verfügung stand und, wenn er selbst gegangen war, noch aufräumte – und das war doppelt anstrengend, weil Evan nicht selbst forschen konnte, sondern seine Interessen einem anderen Mann unterordnen mußte. Evan sprach nicht viel über dieses Problem, aber Renée hatte den Eindruck, daß er ständig darüber nachdachte, und er schien zu erwarten, daß sie, die im Haus war – zu Hause – voller Dankbarkeit dafür sein müsse, daß sie nicht zu arbeiten brauchte. Seine Hände waren fleckig von Chemikalien, die Fingernägel gerändert von etwas Dunklem, das auch mit viel Seife und Bürsten nicht abzubekommen war, und er lachte zynisch über Renée und sagte: *Das überrascht mich aber wirklich – du wolltest doch mit mir hierher nach Kanada kommen, oder? Oder hast du nur so getan?* Sie zuckte nicht zusammen und verteidigte sich eigentlich auch nicht – sie hatte zu viel Würde, um sich vor irgend jemandem zu verteidigen – sie erklärte nichts und sagte nicht, daß sie ihren Wohnort und dieses neue Leben gerne mochte und daß ihre

Einsamkeit trivial und vorübergehend war und daß sie nicht mehr darüber sprechen würde.

Nur um aus dem Haus zu kommen: sie ging ein Dutzend oder mehr Straßen weit bis zur Bibliothek, obwohl sie Bücher zu Hause hatte und Zeitschriften von Evan, die sie lesen wollte ... *Um aus dem Haus zu kommen, um dem Läuten des Telefons zu entgehen oder der Tatsache, daß es nicht läutete, um ihre verrückten, quälenden Gedanken an diesen Mann zu unterbrechen:* so fand sie sich mehrere Male in der Woche drüben in der Bibliothek, bis die Bibliothekarinnen sie kannten und sie mit ihrem Namen begrüßten. Hier an dem runden Tisch, auf dem die gängigen Illustrierten auflagen, konnte Renée sich richtig wohlfühlen, sich ganz in die Lektüre versenken, Zeit totschlagen, Artikel überfliegen, über Reisen – obwohl sie es sich nicht leisten konnten, zu verreisen – oder über die Aufbewahrung von tiefgefrorenen Lebensmitteln – obwohl sie sich kaum Fleisch leisten konnten – oder die ganzseitige Werbung in den Modeheften ansehen ... ÜBERRASCHENDE NEUE LINIE FÜR DEN HERBST ... ZWÖLF MAKE-UP-VORSCHLÄGE AUS BRITISH COLUMBIA ... Andere Artikel, die vorgaben, ernsteren Ansprüchen zu genügen: BESSERUNG DER BEZIEHUNGEN ZWISCHEN DEN VEREINIGTEN STAATEN UND KANADA? ... NEUE HOFFNUNG FÜR ARTHRITIS-KRANKE: FORSCHER IN MONTREAL WAGT VORSICHTIGE PROGNOSEN ... WANDEL DER MORAL: EHEBRUCH IM BÜRGERLICHEN MILIEU.

Sie las den Artikel über Ehebruch im bürgerlichen Milieu.

Während sie diese Absätze in ihrer langweiligen logischen Abfolge las und sah, wie nüchtern die Druckspalten auf dem glänzenden Papier angeordnet waren, um Anzeigen, Rezepte und hie und da Witzzeichnungen einzurahmen und voneinander zu trennen, wurde ihr klar, wie flach dieses Thema war. Schon die Tatsache, daß das Wort *Ehebruch* so ohne weiteres verwendet wurde, im Leitartikel der Novembernummer von *Women's Journal*, mit grafischen Darstellungen und Statistiken und kleinen aufregenden Zwischenüberschriften, und das alles nur, um die Illustrierte gut zu verkaufen, verkaufen, verkaufen ... all das zeigte, wie normal »Ehebruch« war, wie wenig bedrohlich. Was hatte das mit ihr zu tun? Was hatte es mit diesem Mann, Karl, zu tun? – es betraf sie gar nicht,

sie war davor sicher, *davor,* schon weil sie sich lesend davon distanzieren konnte. Und doch war sie aufgeregt und hätte nicht gewollt, daß jetzt jemand vorbeiging, während sie hier saß und das las ... aufgeregt, als betrüge sie ihren Mann schon jetzt.
Die Zweigstelle der Bibliothek in Telford bestand eigentlich nur aus einem einzigen großen Raum, der Fußboden war immer gebohnert, die Bibliothekarinnen schwatzten leise hinter ihrem Tisch, es gab keine unhöflichen, störenden Geräusche, kein Durcheinander. Tagsüber kamen nicht viele Leute, und nur wenige setzten sich hin, um hier zu lesen, wie Renée. Nach drei Uhr fünfzehn kamen die Schüler, und es wurde laut, normalerweise ging Renée um diese Zeit weg. ... Nein, die Nüchternheit dieser Umgebung würde sie davon abhalten, Fehler zu machen: was war *Leidenschaft,* was war *Liebe,* was waren Gefühle irgendwelcher Art in dieser Umgebung?
Die Gefahr lauerte zu Hause, in ihrem Haus, wo sie allein war.

Sie hatte Karl Davies bei einer Dichterlesung vor zwei Wochen kennengelernt.
Er war einer der in der näheren Umgebung lebenden Dichter, einer von sechs Leuten, die bei einer Veranstaltungsreihe in der städtischen Kunstgalerie Gedichte lasen. Renée hatte mit der Post ein Informationsblatt bekommen, *an alle Haushaltungen, Eintritt frei, jeder willkommen* ... und hatte sofort gewußt, daß sie hingehen würde. Es war keine Tat der Verzweiflung: So einsam war sie nun wieder nicht. Und Evan war ja abends zu Hause.
Vor langer Zeit war Renée schon mit sich selbst über ein Problem ins reine gekommen. Sie gehörte zu den Menschen, die bedeutende Leistungen anderer Menschen bewundern können, vor allem künstlerische Leistungen; sie war Verehrerin, Zuhörerin und dabei dankbar, wenn auch manchmal verwundert über die Einteilung der Menschheit in die »mit Talent« und die »ohne«. Sie überlegte manchmal, ob sie vielleicht weniger beseelt sei als Künstler, weniger konzentriert, weniger leidenschaftlich. Doch war sie leichter zufriedenzustellen; sie war keine Konkurrentin, sie bewunderte nur. Sie wollte gern bewundern. Sie hielt es für ein Zeichen von Reife, daß sie sich damit abgefunden hatte, selbst wenig ursprünglich zu sein, Ursprünglichkeit bei anderen aber gern bewunderte.

Warum fühlte sie dann an jenem Abend etwas wie leisen Groll? – Neid?

Die Lesung fand in einem Flügel der Galerie statt. Man hatte Klappstühle auf dem Parkett aufgestellt, und etwa fünfzig Leute waren gekommen. Die Zwanglosigkeit der Veranstaltung wurde betont. Die Dichter lasen ohne sichtbare Anspannung, leise und ohne Nachdruck, sie standen vor dem Podium und blätterten ihre Unterlagen durch, ohne viel Interesse daran, sich in Szene zu setzen. Renée wußte nicht, ob ihr das gefiel oder nicht; sie wollte schließlich ein Idol, jemanden, den sie bewundern konnte ... Vier Männer, zwei Frauen. Keiner von ihnen hatte ein auffälliges Äußeres, obwohl sie alle durchaus anziehend und sympathisch wirkten; einer war aufgeregt und beendete seinen Vortrag ziemlich abrupt ... Renée hatte den Eindruck, daß er ein wenig betrunken war ... Karl Davies las als letzter. Der Abend mußte wohl so arrangiert worden sein, daß er als letzter lesen konnte, da er am besten vortrug und wahrscheinlich auch der beste Dichter war, obwohl seine Dichtung so schwer verständlich war, daß Renée sie kaum beurteilen konnte. Was sie davon verstand, war ungewöhnlich, einiges banal, aber viel davon drang gar nicht zu ihr durch ... doch machte es ihr nichts aus; es machte ihr nichts aus, daß sie die Gedichte nicht verstand, sie »verstand« Musik oder Kunst nicht »rational«. Karl Davies' Stimme war etwas rauh, anscheinend nicht geschult, und doch sehr eindrucksvoll – sehr dramatisch. Er war etwa fünfunddreißig, hatte lockiges schwarzes Haar, dichte Augenbrauen, die sich über seiner Nase trafen ... eine kraftvolle, energische Art zu sprechen und sich zu bewegen. Einige der Gedichte las er zu schnell, aber seine Stimme klang bei bestimmten Wörtern und Bildern und Renée wußte, daß sie sich daran erinnern würde. *Ja, er ist gut, dieser Mann ist wirklich gut.* Sie hatte das Gefühl, daß das Publikum ihn sehr bewunderte, er trug wirklich ausgezeichnet vor.

In einem der angrenzenden Räume wurde anschließend Kaffee angeboten. Renée erkannte Karl Davies in einer kleinen Gruppe von Leuten – Freunden wahrscheinlich, darunter eine Frau, die ihren Arm in seinen geschoben hatte, seine Frau? – ja, seine Frau – Renée sah ihren Ehering. Karl erschien ihr noch immer ziemlich ungewöhnlich, obwohl er kleiner war, als sie gedacht hatte, und die Art wie er jetzt sprach, lachte, seinen Freunden auf den Arm klopfte, zeigte, daß er auch aufgeregt gewesen war. Obwohl er nicht mehr auf dem Podium stand, beeindruckte er sie als ein außerordentlicher Mann ... Zwei seiner Kinder waren dabei, ein kleiner Junge und ein Mädchen von etwa sieben. Sie waren unruhig und schlüpften durch die Menschenmenge hin und her. Der Junge hatte Karls dunkles, lockiges Haar und das rundliche, rotbackige Gesicht seiner Mutter. Renée stand alleine da und beobachtete die Familie und ihre Freunde fasziniert ... Jetzt stieß eine der Dichterinnen zu ihnen, ein schlankes, großes Mädchen in Hosen, mit einem Vorhang von glattem, bronzefarbenem Haar ... alle lachten laut und fröhlich. Als Karl zufällig zu Renée herübersah, erwiderte sie sein leichtes Lächeln gar nicht, da sie die Vorstellung hatte, sie sei unsichtbar: seit sie in Kanada lebte, war dieses Gefühl, unsichtbar zu sein, noch stärker geworden.

Er kam herüber zu ihr; er stellte sich vor. Er wirkte aggressiv und anmaßend und alles, was sie sprachen, hatte sie sofort danach wieder vergessen – irgendwie war es ihr wohl gelungen, ihm zu seinen Gedichten zu gratulieren, und er mußte ihr die üblichen Schnellfeuer-Fragen gestellt haben, *Sind Sie erst kurz hier in der Stadt? Amerikanerin? Was macht Ihr Mann? Gefällt es Ihnen hier?* – Sie war eingeschüchtert von ihm. Es bestürzte sie, daß gerade sie ihm aufgefallen war ... sie lachte schnell, verlegen und mädchenhaft und fühlte sich geehrt und gleichzeitig verwirrt ... weil sie dachte, daß irgend etwas nicht stimmte; irgend etwas konnte nicht stimmen. Um sie herum drängten Menschen hin und her, hielten Kaffeetassen und Gebäck in den Händen. Karl erzählte ihr von einem zwanglosen Kreis, ein paar Leuten, die sich für Gedichte interessierten, einige davon seien Dichter, andere nicht, einige hatten etwas mit der Universität zu tun, andere nicht ... sie waren einfach gern zusammen, weil die Stadt nicht gerade eine kulturelle Hochburg sei, wie er sarkastisch bemerkte. Renée mochte die Stadt gern und hatte sie noch nicht mit anderen Städten verglichen; sie war dankbar dafür, hier leben zu können. Aber sie stammelte etwas Zustimmendes, und er mußte wohl den Eindruck gewinnen, daß sie irgendwann einmal zu dieser Gruppe dazukommen wollte.

... *ganz gut besucht gewesen, überraschend,* murmelte Karl.

Renée, die sechsundzwanzig Jahre alt war und ihr dunkelrotes, schulterlanges Haar manchmal lose herabfallen ließ und manchmal zu einem Knoten zurückkämmte, sah aus (so nahm sie an) wie eine Studentin: eins dieser großen, rehäugigen, oft sehr hübschen Mädchen, deren Art – zurückhaltend und gleichzeitig auffallend – sie für bestimmte Männer anziehend macht. Nie ausgefallen gekleidet, nie demonstrativ hübsch, wirken sie eher auf den Verstand als auf die Sinne; auch ihre Schönheit, falls sie schön sind, besteht in der Anordnung der Gesichtsknochen, in starken, eleganten Wangenknochen, einem starken, anmutigen Körper. Renées Haut war milchweiß und sommersprossig. Ihre Stirn war ziemlich breit, deshalb trug sie ein paar kurzgeschnittene Haarsträhnen über den Schläfen, um es zu verbergen; ihre rotblonden Augenbrauen waren dünn und hell und ließen ihre Augen noch größer erscheinen als sie in Wirklichkeit waren. Ihre Nase war klein und normal. Ihr Mund war normal. Sie war davon überzeugt, daß ihre ganze Erscheinung normal war, und meistens gab sie sich gar keine Mühe, das, was auffallend und hübsch war, herauszustreichen – ihre Wimpern dunkel zu tuschen oder ihre Augenlider blau oder grün zu malen, wie viele Mädchen, die heute abend hier waren – deshalb überraschte es sie immer und schmeichelte ihr, wenn Männer Interesse für sie zeigten; *es mußte dann wohl um ihrer selbst willen sein, allein um ihrer selbst willen.* Heute abend kam Renée sich hübsch vor; ihre Wangen waren gerötet, sie war angeregt. Karl erzählte ihr begeistert von einem Landes-Stipendium, das ihnen zugefallen war – »sie« bezog sich wohl auf diesen Kreis von Dichtern und Freunden – zur Unterstützung von Lesungen in verschiedenen Gymnasien und anderen Institutionen, einem Heim für Blinde, einem Altenheim, einer psychiatrischen Tagesklinik, und während er sprach, lehnte er sich vor, eindringlich und doch beiläufig mit seiner gekünstelten Ungezwungenheit, so daß sie den Faden seiner Erzählung verlor und unter Unbehagen das Gefühl bekam, daß dieser Mann sie irgendwie erkannt hatte ... daß es zwischen ihnen eine gewisse Schwingung gab ... Aber das hatte sie sich wohl eingebildet. Gegen Ende ihrer Unterhaltung sagte er allerdings etwas Seltsames, das witzig gemeint war: *Ich weiß, daß Sie verheiratet sind, es ist unmöglich, daß Sie nicht verheiratet sind ... stimmt's? ... Wie gefällt Ihnen mein Sohn Jamie, der Balg da unter dem Tisch, sehen Sie, gleich taucht er bei den Beinen der Dame da drüben auf ... So habe ich in seinem Alter auch ausgesehen.*

Später bedauerte Renée, daß sie sich nicht noch ein wenig in der Nähe von Mrs. Davies aufgehalten hatte, nachdem Karl zu seinen Freunden zurückgekehrt war ... Sie hätte diese Frau gerne aus der Nähe betrachtet. *Evie* hieß sie; Renée hatte es gehört. *Evie*. Sie war hübsch, Mitte Dreißig, hatte allerdings ein stark gerötetes Gesicht – ihre Backen röteten sich vor Vergnügen über die Unterhaltung, vor Lachen – sie war blond, trug ihr Haar zu streng, zu kurz für ihr rundes Gesicht. Sie hatte eine rote Hose an und eine seidig-glänzende Bluse in rot und grün. Sie war eine der Frauen, die jeder gerne mag, und wahrscheinlich hätte sie, Renée, sie auch gerne gemocht; plötzlich wußte sie, daß sie sie nie kennenlernen würde. Renée beobachtete die Gruppe, beobachtete Karl in ihrer Mitte, wie er seinen Arm um die Schultern seiner Frau legte ... und, ohne einen Blick zurück zu Renée zu werfen, schlenderte er mit der Gruppe durch den Raum, um jemand anderen zu begrüßen. Renée starrte ihnen nach, immer noch die Tasse in der Hand – der Kaffee war kalt geworden – und dachte, daß es keine Rolle spielte; es machte wirklich nichts ... *Sie können einfach nicht unverheiratet sein.*

Er hatte nichts mit ihrer Einsamkeit zu tun, oder mit dem Fluß da draußen, nichts zu tun mit dem endlos sich wandelnden Himmel und den Wellen, die einmal wild waren und weiße Schaumkronen trugen, dann wieder glatt und flach das Ufer bespülten. Doch als er sie zum ersten Mal anrief, ein paar Tage nach der Lesung, stolperte sie mit dem Telefon durch die Küche, soweit die Schnur das zuließ, um ganz verstört aus dem Fenster zu schauen. Sie hörte kaum, was er sagte; sie hörte kaum ihre eigenen zögernden, wirren Antworten. *Nein, ich glaube nicht. Nein, wirklich* ... Sie war erschrocken, obwohl sie an ihn gedacht hatte. Sie hatte sogar von ihm geträumt, verwirrende und, wie sie sich zu erinnern glaubte, demütigende Dinge, genau wußte sie es nicht mehr. *Nein, Karl, wirklich ... ich ... glaube nicht* ... Sie lachte über ihre eigene Schüchternheit. Er lachte auch, ein wenig nervös. Sie hatte den Eindruck, als sei er sehr aufgeregt ... Er zwang sich dazu, unbefangen zu wirken, als er ihr ein paar mechanische Fragen stellte: wie es ihr und ihrem Mann hier in Kanada gefalle, ob man sie als Amerikaner diskriminiere? ... er hoffe nicht, er möge die Amerikaner gern, aus irgendwelchen Gründen identifiziere er sich mit ihnen, nicht mit der Regierung, sondern

mit den Amerikanern ... das heißt, mit den Amerikanern, die er hier träfe, hier und in Toronto. Sie seien doch ganz ähnlich wie er selbst, meinte er. Ob sie zustimme? ... Renée wußte es nicht; sie sagte: *ja.* Er wirkte arrogant, auch wenn er sich aufmerksam und interessiert gab. Es war sicher einfacher, ihm immer zuzustimmen, dachte sie. Einfacher, immer zuzustimmen ... Dann fragte er sie, was sie den ganzen Tag über mache: sie haben doch kein Kind, oder? Irgendwie wisse er, daß sie keins hatte. Ihr Körper, ihre Haltung, wie sie da so gestanden sei ... etwas an der Neigung ihres Beckens, er wußte es, konnte es sehen ... bestimmt war sie Ehefrau von irgend jemand, aber nicht Mutter, ob das stimme? ... Renée war zu verwirrt, um beleidigt zu sein; sie starrte hinaus auf den Fluß, ohne ihn recht wahrzunehmen, merkte aber, wie einer der Lastkähne sich in ihr Blickfeld schob, merkte, daß etwas geschah, etwas Geheimnisvolles und Furchterregendes ... sie starrte aus dem Fenster, als wäre Karl dort draußen.
Endlich sagte sie verlegen, sie müsse jetzt einhängen.
Natürlich, natürlich, sagte er philosophisch.
Aber er rief noch einmal am selben Tag an, so spät am Nachmittag, daß Renée schon horchte, ob sie Evans Auto kommen hörte – die Garageneinfahrt war mit Kies bestreut und laut – und wußte, wenn sie es hören würde, würde sie den Hörer sofort auflegen. Es wäre ein automatischer Reflex ... Karl entschuldigte sich dafür, sie zu belästigen. Er wußte, daß es unhöflich war, wußte, daß es verrückt war. Seine Entschuldigung, erklärte er, sei, daß er sie über eine Serie ausländischer Filme informieren wolle, die jeden Freitag in der Universität gezeigt würden ... er dachte, sie interessiere sich vielleicht dafür, der nächste Film sei ein frühes Werk von Bergman, ob es nicht stimme, daß sie das interessiere? ... Dann lachte er und sagte, daß sein eigentlicher Grund sei ... der Grund seines Anrufs sei, daß er jetzt gerade bei *Leon* sei, ob sie wisse, wo das sei? Nein? Eine Kneipe, eine Art Imbißstube, eigentlich mehr so eine Art Spelunke, direkt am Fluß, neben dem Yachthafen, er habe die Vorstellung, daß es nicht weit von ihrem Haus entfernt sein könne ... Welche Hausnummer sie genau habe?
Renée sagte, sie werde ein anderes Mal mit ihm sprechen ... ihr Mann komme in ein paar Minuten und ...
Ach ja, ich weiß, ich belästige Sie, ich geh' Ihnen auf die Neven,

sagte Karl. Aber er war gut gelaunt. Im Hintergrund hörte man unterdrückte Geräusche: gelegentlich lachte jemand. *Ich merke das auch. Es ist nur ... das Seltsame ist ... ich schreibe ein Gedicht für Sie, und ich muß mich sehr damit abmühen, es ist wirklich frustrierend, die meisten von meinen Sachen sind, das haben Sie vielleicht gemerkt, kurz und hart und nicht gerade, na ja, schwärmerisch ... Ich hätte nur gerne Ihre Adresse, Renée, damit ich es Ihnen schicken kann, falls es je fertig wird.*
Als sie nicht antwortete, lachte er liebenswürdig. Er sagte, dann werde er es eben bei der nächsten Dichterlesung vortragen; er hoffe, sie würde kommen ... Er nannte einen Ort, ein Datum, eine Zeit, er hoffe, sie werde kommen.
Renée konnte sich nicht erinnern, was sie gesagt hatte. Sie hatte das Gefühl, daß sie ja gesagt hatte.

Er mußte ihre Adresse herausgefunden haben, denn in der nächsten Woche bekam sie einen Brief von ihm.
Als sie den fünfseitigen Brief las, war ihr, als höre sie seine engagierte, nervöse und doch zwanglose Stimme: seine Schrift war kräftig, bestand fast nur aus Blockbuchstaben, er hatte einen Filzstift benutzt und den Rand mit launischen Strichen, Locken, Fragezeichen und Ausrufezeichen gefüllt, als ob er für sich selbst schreibe, einen langen, lyrischen Monolog träume. Der Brief fing an *Liebe Renée (Maynard)* und war unterschrieben mit *Herzlichst, Karl (Davies).*
Er begann damit, sich zu entschuldigen, hatte den Satz *tut mir leid* mehrere Male unterstrichen. Er erzählte, daß er in Blenheim geboren sei, in Ontario, daß er vor allem im nordöstlichen Teil der Vereinigten Staaten und im Staat New York herumgereist sei; daß er den größten Teil seines Lebens als Erwachsener in dieser Stadt zugebracht habe ... und obwohl er sich immer darüber lustig mache, wie alle anderen auch, gefalle es ihm eigentlich hier, und er wolle nicht wegziehen ... Was er wissen wolle, sei, warum *sie* denn hierhergekommen sei. Warum? Bedeutete dieser Umzug etwas, hatte er etwas bedeutet? Vielleicht war es nur Zufall? Er vermutete, es sei nur ein Zufall ... Obwohl es ihn verlegen mache, ihr das zu schreiben – in Klammer bemerkte er dazu *(Es ist gut, verlegen zu sein, gut für mein Ego, das Schlimmste soll ruhig geschehen, ich verdiene*

es.) – habe er die seltsame Vorstellung, daß er sie vor Jahren schon einmal gesehen habe, wahrscheinlich als er mit Freunden im Staat New York herumgefahren sei ... Sie habe erwähnt, daß sie aus New York City stamme; er sei dort nicht gewesen, aber vielleicht ... ob es möglich sei ... ob es möglich sei, daß er sie irgendwo anders schon gesehen habe? ... Er sei nicht abergläubisch, schrieb er; er möge Menschen nicht, die an Astrologie, Vorzeichen, Träume und dergleichen glaubten ... Aber obwohl es ihn in Verlegenheit bringe, dies zu sagen, müsse er gestehen, daß ihr Gesicht ihn an jemand erinnert habe; ein Gefühl sei es gewesen, als habe er das alles schon einmal erlebt, sehr intensiv sei dieses Gefühl gewesen und beunruhigend. Und er sei ganz sicher, daß er in der Nacht vor der Lesung von ihr geträumt habe. Sie war ihm erschienen im Zusammenhang mit dem Wort *Trennung*, und irgendwie hatte sie dieses Wort mit Zauberkräften ausgelöscht ... sie hatte es zum Verschwinden gebracht. Er hatte ihr Gesicht nicht deutlich gesehen, und doch hatte er es in sich aufgenommen ... Es war ein verwirrender Traum gewesen, und er hatte ihn noch ganz gegenwärtig gehabt, als er aufwachte. Jetzt entschuldigte er sich dafür, daß er schon so viel geschrieben habe, sie vermutlich in Verlegenheit bringe und ihre Zeit in Anspruch genommen habe, aber er sei einfach neugierig ... sie brauche natürlich nicht zu antworten ... er sei neugierig, ob sie auch von ihm geträumt habe oder auch das Gefühl gehabt habe, ihn wieder zu erkennen oder ...

Renée ließ den Brief auf den Küchentisch fallen, in ihrem Kopf drehte sich alles ... Normalerweise erinnerte sie sich nicht an ihre Träume; sie scheute sich davor, über ihre Träume nachzudenken. Dieses Durcheinander von Gefühlen, Erinnerungen, Fragmenten von Gesehenem ... Nein, sie hatte sich nie damit beschäftigt, in gewisser Weise glaubte sie, es sei riskant, zu versuchen, sich an zu viel zu erinnern und in diesen Teil des Bewußtseins einzudringen und darin zu wühlen. Im Bereich der Träume gab es etwas, das nicht menschlich war, nicht wiedererkennbar. Was »menschlich« daran war, wurde durch eine kalte, unbarmherzige, unheimliche Objektivität gefiltert, als würde es aus einer Sicht betrachtet, die tagsüber nicht zugänglich war; wenn auch wirr und seltsam, kam ihr die Traumwelt doch entsetzlich wahr vor. Trotzdem erinnerte sie sich selten an Träume, wenn sie aufwachte, sondern nur an die nach-

wirkenden Gefühle, die die Träume erregt hatten, und sie versuchte nie, sich Träume wieder ins Gedächtnis zu rufen.
Als Karl eines Vormittags, ein paar Tage nach dem Brief, wieder anrief, bedankte sie sich, und sagte nein, sie habe nicht von ihm geträumt, es täte ihr leid, und es sei sehr unwahrscheinlich, daß sie sich vorher schon einmal gesehen hätten ... und obwohl sie vorhabe, zur nächsten Lesung zu kommen, habe sie jetzt das Gefühl, sie könne nicht weiter so mit ihm sprechen, weil ...
Gut, sagte er sofort, *ich bin einverstanden.*
Sie ging nicht mehr ans Telefon, wenn es klingelte.
Sie las klinische Artikel über »Ehebruch« – überflog die Zitate, Meinungen von Frauen, Mrs. S., Mrs. K., angeblich Hausfrauen, die ernsthaft auf die neugierigen Fragen des Interviewers antworteten, Mrs. Y. aus Toronto, Mrs. M. aus ... Sie wurde das Gefühl nicht los, daß der ganze Artikel erfunden war, daß der Interviewer, ein Soziologe, alles erfunden hatte. Denn die Ansichten über die Ehe, Liebe, das Leben in der Familie und den Ehebruch selbst waren seltsam leidenschaftslos: als ob dies alles so leicht wäre, so mechanisch! Nein, sie glaubte das nicht. Mit einem Teil ihrer selbst respektierte sie natürlich die Statistik. Aber sie glaubte einfach nicht, daß es so leicht war; daß diese Frauen, wenn es sie wirklich gab, nicht emotional für ihre fröhlichen, leichtherzigen Abenteuer bezahlen mußten.
STIRBT DIE TRADITIONELLE MORAL? TOT ODER AUF EIS GELEGT?
Sie hörte auf, diese Artikel zu lesen, und jetzt, wo es kälter geworden war, mehr regnete, blieb sie häufiger zu Hause und beschäftigte sich damit, eins der Zimmer neu zu streichen: Es gab eine Menge zu tun, da das Haus in schlechtem Zustand war.
Eines Tages klopfte jemand an die Tür. Sie wußte, daß es Karl war; sie fühlte eine plötzliche, fast physische Gewißheit, einen Funken, der ihren Körper durchzuckte. Ein Klopfen an der Tür ... an der Haustür ... sie wußte, daß es Karl war und daß sie ihn hereinlassen würde.
Nein, sie würde ihn nicht hereinlassen.
Sie war nicht zu der Dichterlesung im Oktober gegangen; sie hatte sich geweigert, auch nur daran zu denken. Gleichzeitig hatte sie, halb im Unterbewußtsein gedacht, daß er dann wohl zu ihr kom-

men würde ... er *mußte* doch zu ihr kommen. Aber jetzt, wo er wirklich kam und an die Tür klopfte, ließ sie ihn nicht herein.
Sie zitterte. Voller Panik ... Fand sich in ihrem winzigen Badezimmer wieder, die Tür hatte sie zugemacht, sogar verriegelt. Er konnte nicht herein, sie war in Sicherheit. Die junge Frau, die ihr aus dem Spiegel entgegensah, war fast weiß im Gesicht, das Blut war aus ihrem Gesicht gewichen, vor allem aus den Wangen. Grotesk. Häßlich. *Wenn er sie so sähe.* – Sie hatte alte Kleider an, war mit Farbe beschmiert. Ein gelber Fleck an ihrem Kinn. Ein fahles Gesicht, überhaupt nicht hübsch. Jetzt war sie gar nicht hübsch. Sie zitterte und überlegte, ob ihr wohl schlecht werden würde, und wunderte sich über den Mut, den andere Frauen besaßen oder zu besitzen behaupteten oder angeblich besaßen, daß ein Ehebruch für sie so leicht sei, das Leben selbst so leicht.
Jetzt wußte sie, daß sie logen.

Eines Tages war sie im Stadtzentrum, auf dem Wege zum Parkplatz am Fluß, als sie einen Mann sah, der Karl glich. Er kam aus einem Geschäft, ging schnell. Allein. Es war Karl, Karl Davies. Es war ein Samstag, die Straßen waren belebt, Renée ging an den Häuserwänden entlang, an der Innenseite des Bürgersteigs – es zog sie immer nach innen, weg vom Bordstein – und Karl ging an der Außenseite des Bürgersteigs und sah sie nicht. Gleich würden sie aneinander vorbeigehen. Er trug eine Sonnenbrille mit einem Metallgestell und dunklen grünlichen Gläsern, und hatte dasselbe an wie bei der Dichterlesung, ein offenes blaues Hemd, einen ausgeleierten, farblosen Pullover, Arbeitshosen, Segeltuchschuhe. Seine Blicke streiften über den Bürgersteig hin, streiften geistesabwesend die Gesichter; er schien Renée anzusehen, wobei seine Augen sich schnell und neugierig hinter den Brillengläsern bewegten.
Ihr Haar war zu einem Knoten aufgesteckt; sie hatte einen alten olivgrünen Trenchcoat an; ihr Gesicht kam ihr sehr nackt vor.
... Er sah sie an, es war ihr vorgekommen, als hätte er sie angesehen. Und doch ging er weiter. Offensichtlich hatte er sie nicht gesehen. Renée ging weiter.
Sie wußte, daß er sie gesehen hatte; er hatte ihr doch direkt ins Gesicht geschaut. Aber er hatte sie nicht erkannt ... Karl Davies mit einer gelb-schwarzen Plastiktüte, an einem Samstag, am frühen

Nachmittag, ein attraktiver Mann mittlerer Größe, mit schwarzem, lockigem Haar ... Nein, eigentlich nicht attraktiv. Sein Gesicht wirkte uneben in der hellen, glitzernden Luft. Sein Haar war nicht schwarz, sondern eigentlich braun. Und er hatte sie nicht erkannt.
Guten Tag, dachte Renée. *Guten Tag, auf Wiedersehen.*

Nach Monaten der Dürre fiel weiter im Norden Regen. Der Fluß schwoll an. Vielleicht würde es eine Überschwemmung geben: voller Aufregung wurden Überschwemmungen vorausgesagt. Renée harkte an ihrem Uferstreifen Strandgut zusammen, hatte ein Tuch um den Kopf gebunden. Wenn das Telefon im Haus läuten würde, könnte sie es nicht hören. Falls es nicht läutete, konnte sie die Stille nicht hören.
»Hallo«, würde sie sagen, »ich kann nicht sprechen. Auf Wiedersehen.«
Der Fluß stellte eine natürliche Grenze dar. Jenseits des rauhen und recht häßlichen Wassers waren die Vereinigten Staaten und sahen von hier wie eine trostlose Industriestadt aus, mit Schornsteinen, sich übertürmendem schwarzen Rauch, ausgefranste Fetzen von weißem Rauch, gelegentlich kleine Figuren, die wohl Menschen sein mußten. »Renée Maynard« harkte den Uferstreifen und lachte vor sich hin, dachte daran, daß sie eines Tages Evan von diesem Erlebnis erzählen würde. Wie »Karl Davies« und »Renée Maynard« fast Realität geworden wären, sich fast gegenübergestanden hätten, und es doch nicht getan hatten. Aus irgendeinem Grund war es nicht dazu gekommen. Sie hatten sich nicht einmal kennengelernt. Deshalb harkte »Renée« den Uferstreifen, heftig, ungeduldig und scherte sich nicht um die Katastrophenwarnungen: der Fluß sollte nur ansteigen, die Überschwemmung sollte nur kommen. Sie würden ihr neues Heim nicht verlassen. Sie würde ihr Leben nicht aufgeben. »Renée« dachte, daß Renée nichts gefährden könnte, ganz gleich was.

TRÄUME

I

Vor mehreren Jahren lebte in einer Stadt im Osten des Landes eine Frau, die sich fürchtete. Sie hätte nicht genau sagen können, wovor sie sich fürchtete, manchmal war es die Furcht vor der Furcht selbst; dieser Zustand war lächerlich, aber erschreckend, da er so vieles offen ließ. Alles mögliche konnte an diese offene Stelle treten. Sie war eine intelligente Frau Ende Zwanzig, die sich selbst nicht sehr ernst nahm, deshalb betrachtete sie diese seltsame Leere als einen rätselhaften Witz: aber komisch war er nicht. Ihr Körper war wie ein Gefäß, bereit, sich füllen zu lassen. Um die Furcht fernzuhalten, mußte sie sich immer mit anderem füllen, mit neuen Ideen, neuen Büchern, der ständigen Bestätigung durch Freunde.
Die Stadt war so belebt, daß schon das Gedränge der Menschen sie voll in Anspruch nahm. Sich selbst zu erhalten in diesem wirren Treiben erforderte ständige Wachsamkeit. So war sie ausgefüllt mit Überlegungen, einer Art praktischer, scharfsinniger Überlegungen. Damals war sie keine »Frau« – sie war einfach ein Mensch in einer Stadt, der sich durch Geschäfte und Restaurants bewegte und auf Busse wartete. Sie konnte nicht Auto fahren. Schon die Vorstellung davon, ein Auto zu fahren war zu »offen« – es bedeutete, daß alles geschehen konnte, wie in einem Traum alles geschehen kann, wenn man ein Fahrzeug fährt oder fliegt oder sich einfach mit bizarr traumhafter Geschwindigkeit im Raum bewegt. Deshalb lernte sie nie Auto fahren; außerdem hatte ihr Vater einmal erklärt, daß sie unfähig sei, Auto zu fahren. Sie achtete sein Urteil. Er hatte ihr, als sie 16 war, Fahrstunden gegeben und sich über einen gerin-

gen Fehler, den sie machte, geärgert, und nun war es ihr Schicksal, nicht Auto zu fahren. Es wäre zu aufreibend gewesen, sich gegen das Schicksal zu stellen, es war viel leichter, nachzugeben, und daher nun das Warten auf Busse bei gutem Wetter und das Herbeiwinken von Taxen bei schlechtem Wetter.

Man muß sich eine Frau von etwa siebenundzwanzig vorstellen, mit kurzem schwarzem Haar und einem hübschen, glatten, leicht verwunderten Gesicht – die Augen groß und dunkel – das ganze Gesicht nicht schön, aber, im rechten Licht betrachtet und mit der rechten Zuneigung, auffallend genug. Sie mußte auf diese kleinen Inseln in ihrem Leben warten, bei denen sie genau im richtigen Licht und mit der richtigen Art von Zuneigung angesehen wurde. Die Zeit stand still, wenn das geschah, und ging erst danach weiter. Sie stammte aus einer Provinzstadt im Norden des Staates New York und führte einen Familiennamen, Brownell, der in dieser Stadt so bekannt war, daß das Verlassen dieser Stadt eine Art Tod darstellte, da ihr Name woanders nichts bedeutete. Trotzdem hatte sie die Stadt verlassen. Sie konnte sich ihr Leben noch nicht vorstellen, aber sie wußte, daß sie es im Norden des Staats New York sicher nicht finden würde.

Da sie sich niemals um Geld zu sorgen brauchte, tat sie, was ihr gerade Spaß machte, sie gab Abendkurse über Lyrik an einem der Universität angeschlossenen Institut, sie arbeitete als Sekretärin bei einem Sozialhilfeprogramm, sie reiste mit Freunden nach Europa. Sie hatte eine ganze Reihe von Freunden. Sie hielten sie für eine Dichterin, weil sie Gedichte schrieb und schon einige veröffentlicht hatte. So wurde sie also zur »Dichterin«, und die Menschen achteten sie, da sie nun endlich ihre zögernde Sanftheit einordnen konnten, dieses Stocken, wenn sie sprach – es war immer intelligent was sie sagte – all das, was von ihrer Furcht herrührte, was die anderen aber als Zeichen ihrer dichterischen Empfindsamkeit verstanden. Sie ging zu Parties, und man sah sie mit Gruppen von Männern sprechen, zögernd, ernsthaft, eifrig, ihre dunklen Augen klug und gleichzeitig etwas gehetzt, als ob sie Angst vor Dingen hätte, die geschehen könnten, wenn das Gespräch aufhören mußte – kurz, eine normale intelligente Frau, die zufällig nicht verheiratet war, in einer Gesellschaft, die Frauen danach bewertet, welche Beziehungen sie zu Männern haben.

Sie war eine Zeitlang mit einem Mann verlobt, der Geschichte studierte und promovieren wollte, aber die Beziehung entwickelte sich nicht weiter. Sie lebte allein in einer Wohnung, die viel schöner als seine war, und ihre Verlobung zog sich über zwei, drei Jahre hin. wieder eine dieser Situationen, die ihr Angst machten, aber sie konnte keine Änderung herbeiführen. Es war ihr klar, daß sie mit ihm brechen sollte, daß sie diese vergebliche Romanze mit ein paar passenden, witzigen Worten beenden sollte, aber sie hatte solche Angst vor der Leere ohne ihn, daß sie es aufschob, bis der Mann sich selbst gegen sie entschloß, was nicht erstaunlich war, aber schmerzte. Sie hatte Angst davor gehabt, verletzt zu werden, jetzt wurde sie verletzt; sie überlebte und nahm eine Arbeit im Büro einer bundesweiten Sozialhilfeorganisation an. In ihrer Heimatstadt taten die Frauen ihrer Verwandtschaft ähnliche Dinge ehrenamtlich, es gehörte zu ihrem Lebensstil, aber Margo brauchte eine echte Aufgabe, ob die Bezahlung der Arbeit entsprach oder nicht.
Immer noch lebte sie allein. Bei einem Empfang der Organisation für eine Gruppe von Mitarbeitern lernte sie einen Psychologen kennen, einen Mann von etwa fünfunddreißig. Unter all den Menschen bemerkte sie ihn mit einem Blick, und umgekehrt fiel auch sie ihm sofort auf; es mochte etwas mit der Kleidung zu tun haben, die sie trugen, elegant und solide, oder mit dem in sich gekehrten, abwartenden Selbstvertrauen, das sie beide ausstrahlten. Denn Margo hatte zwar ihre Ängste, zeigte sie aber nie. Ihr Haar bauschte sich locker um ihr Gesicht, und sie stand etwas abseits der Gesprächsgruppen, als wollte sie gerade gehen; und es war einer ihrer guten Tage – die so geheimnisvoll wie ihre schlechten waren – an denen sie sich im Griff hatte, als ob das Zentrum aller Anziehungskräfte in ihr ruhte. Er hieß David Harris. Sie sah, daß der Empfang ihn langweilte, und Angst stieg in ihr auf, nicht davor, daß er gehen könnte, sondern davor, daß sein Gehen sie verletzen würde. Er hatte etwas Umständliches, etwas Nervöses und Unkonzentriertes; er hatte das Gefühl, im Augenblick nicht ausreichend gewürdigt zu werden. Um ihm zuvorzukommen, sagte sie als höflichen Abschied: »Ich muß jetzt unbedingt mit den Leuten da drüben sprechen«, und zeigte auf ihre Arbeitgeber, die zu ihr herübergeschaut hatten. Er aber ging mit ihr hinüber. Er war sehr ernst und beteiligte sich an der Unterhaltung über ein geplantes Projekt,

eine Förderklasse für Slumkinder, die in der Schule schlechte Leistungen zeigten, obwohl sie aufgrund der Tests sehr intelligent waren – und Margo wußte genug über das Projekt, um die schützende Ironie, mit der davon gesprochen wurde, zu verstehen: Alle hatten Angst vor Mißerfolgen und wollten sich absichern. Deshalb waren sie ironisch. David Harris war ironisch. Indem sie ihm zuhörte, dachte Margo, daß sie diesem Mann schon einmal begegnet sei oder jedenfalls vielen Männern, die ihm ähnlich waren – diese vorsichtige, intelligente Ironie, diese Furcht vor echter Begeisterung, die fast liebenswert war, so unbewußt war sie. Und doch fühlte sie sich zu ihm hingezogen.

Obwohl sie unverheiratet war und allein lebte, fühlte sie sich nicht leicht zu Männern hingezogen, jedenfalls nicht ernsthaft. Hier lag ein Teil ihrer Ängste. Sie ging hin und wieder mit Männern aus, mit denen sie befreundet war, oder mit Freunden ihrer Freunde, und sie war immer erleichtert zu wissen, daß die Oberflächlichkeit der Beziehungen vor allem Heftigen, Tiefergehenden schützte. Ganz unbestimmt und abstrakt wünschte sie sich, verheiratet zu sein, da es für sie das Nächstliegende gewesen wäre, doch die Schritte, die dorthin führten, waren so gefährlich und verwirrend, daß sie sich weiter an ihre Freunde hielt und sich davon ganz in Anspruch nehmen ließ. Zu Hause wäre sie jetzt sicher schon verheiratet. Das gehörte zu Hause einfach dazu, wenn man Brownell hieß. Aber sie lebte in einer großen, geschäftigen Stadt; sie hatte es selbst so gewollt. Seit dem Ende ihrer Verlobung hatte sie sich nicht mehr ernsthaft für irgend jemanden interessiert, und das war gut, und jetzt, wo sie David Harris begegnet war, spürte sie die beunruhigenden Empfindungen einer heftigen und tiefen Anziehung, die sie nicht wollte, aber die sie nicht beherrschen konnte.

Er rief sie am nächsten Tag an. Er wolle etwas mit ihr besprechen – ob sie sich treffen könnten? Ob sie zusammen essen gehen könnten? Margo war eine der Frauen, die immer gut gekleidet sind, sich in ihren Kleidern wohlfühlen und sich auch in den elegantesten Kleidern ungezwungen bewegen, die nie überrascht scheinen und immer ein wenig zögern. Obwohl sie nichts vorhatte als einen Abend allein zu Hause, zögerte sie ernsthaft, ihm zuzusagen, als fürchtete sie sich, ihre Wohnung zu verlassen; das war kein Trick. Später neckte er sie wegen dieser Zurückhaltung, die er für Sprödigkeit hielt; aber sie hatte das Zögern nicht bewußt eingesetzt, sie hatte ihn wirklich nicht sehen wollen. Sie wußte, daß er sie stören würde, und sie hatte Angst davor, gestört zu werden. Aber es war ihr vom Schicksal bestimmt, und so kam er.

Sie bot ihm etwas zu trinken an. Er sprach. Allein mit ihr und, ohne es zu äußern, voller Bewunderung für ihre Wohnung und die Einrichtung, redete er freier als am Tag vorher. Er hatte ausgezeichnete Schulen und Hochschulen besucht, aber er hatte sein Medizinstudium nicht beenden wollen. Er hatte genug vom Lernen. Er war es so leid, sich für das Leben vorzubereiten, dieses ständige Vorbereiten und dafür das Leben selbst zu verschieben. Und er hatte nicht geheiratet. »Sie sind auch nicht verheiratet«, sagte er, und es war eher eine Aussage als eine Frage. Sie ärgerte sich über seine Vertraulichkeit, die sie als reine Geste erkannte, als typische Verhaltensweise. So sprach er nur mit ganz bestimmten Frauen, mit anderen – aggressiveren und schöneren Frauen – sprach er ganz anders. Margo war ruhig und ließ ihn reden. Sie fühlte sich seltsam abhängig davon, daß er sprach. Es war als wären sie Freunde; wahrscheinlich, weil sie vom Typ her ähnlich waren. Er rührte ihre Gefühle auf mit seiner unbestimmten, ungezielten Empörung, und sie dachte: Männer wie er brauchen eine Frau, die ihnen bestätigt, wie sie sind, nicht wie sie wirklich sind, sondern so, wie sie sich selbst sehen. Sie brauchen den Glauben an dieses Idealbild, und sie brauchen eine Frau, die sie darin bestätigt.

»Ich glaube, es ist möglich, ohne Pläne zu leben, einfach von einem Jahr zum anderen«, sagte Margo. Sie merkte beim Reden, wie sie sich in die ideale Frau verwandelte, die dieser Mann vermutlich begehrte – gehobene Mittelschicht, doch inzwischen emanzipiert, »herzlich«, »kultiviert«. »Man braucht nur an das zu glauben, was man ist«, sagte sie, bemerkte, wie sein Gesicht Widerspruch zeigte, sprach aber trotzdem weiter. Mit einer Frau hätte sie sich leichter verstanden, aber einem Mann gegenüber war es immer eine Herausforderung, dieses Behaupten von Dingen, die sie nur halb meinte oder nie vorher überlegt hatte, wobei sie irgendwo aus ihrem Gedächtnis Dinge hervorzog, die andere Frauen gesagt hatten. Es gab immer einen Punkt, auch bei dem intelligentesten Mann, an dem keine Offenheit möglich war. Wenn es etwas gab, das Männer wirklich fürchteten, dann war es Offenheit.

Im Laufe der Zeit sahen sie sich öfter. Sie verliebten sich. Sie merkte es und wußte, daß es dieses Mal ernster war, weil soviel gegen ihn sprach – seine Streitlust, seine Unzufriedenheit. Er war in einer sinnlosen, förmlichen Art nett zu ihr: in Restaurants; wenn er ihr den Mantel abnahm. Bei anderen Gelegenheiten suchte er Streit, und sie mußte nachgeben. Wenn er einen seiner Freunde erwähnte, der religiös und deshalb »neurotisch« war, nützte es nichts, wenn Margo sanft darauf hinwies, daß vielleicht der Freund nicht einfach neurotisch war, daß es sich vielleicht um Glauben handelte . . .?

Aber nein, nein, seine überlegene Intelligenz war wie eine Hand, die sie zurückdrängte, die sagte: Nein, hör mir zu, ich glaube, ich weiß, und sie gab nach und erschrak darüber, mit welcher Leichtigkeit sie nachgab. Am glücklichsten war sie, wenn sie nicht mit ihm zusammen war. Sie wußte, wie Entfernungen die Dinge verstärken, und wenn sie allein war, konnte sie über den Zustand des Verliebtseins nachdenken, als gehöre dieser Zustand zu einem anderen Ich.

Da er so viele unglückliche Menschen sah und ihre endlosen Geschichten anhören mußte, behandelte er menschliche Schwachheit mit Zynismus, und doch war er abhängig von Schwachheit, von Margos Schwachheit. Sie wußte, daß er es gern hatte, wenn sie sagte: »Ich habe Angst gehabt, daß du vielleicht einen Unfall hattest«, wenn er sich verspätete – und er verspätete sich oft – nicht weil dies bedeutete, daß sie ihn liebte, sondern weil sie abhängig von ihm war, sie hatte vor etwas Angst gehabt. In ihren langen Gesprächen hörte sie aus dem beharrlichen, dogmatischen Monolog, der seine Form der Unterhaltung war, einen Anflug von Dissonanz, von Furcht heraus, die ihm selbst verborgen blieb. Er sah sich gern als der Starke, Unbeugsame, Zähe, der im Berufsleben seinen Mann stand. Ihr Wunschbild, das sie ihm bereitwillig anbot, war das der zierlichen, zerbrechlichen, aber sehr intelligenten jungen Frau. Es war ein Bild, dem Margo hinreichend entsprach, um ihre Schuldgefühle beschwichtigen zu können. Aber sie hatte Schuldgefühle. Denn immer fühlte sie sich von Männern, die sie anlügen mußte – auch wenn es nur unbedeutende Lügen waren –, am meisten angeregt. Mit anderen Männern, solchen, die sie ganz gerne mochte und die nichts weiter als Freunde waren, war sie immer friedfertig und offen, und in gewisser Weise haßte sie dieses ehrliche Ich, das doch ihr wirkliches Ich war. Sie sehnte sich danach, aus diesem Ich

hinausgedrängt, hinausgezwungen zu werden, zu einer Frau umgeformt zu werden, die ihr selbst überlegen war, und das würde nur durch die Ansprüche eines ihr überlegenen Mannes geschehen können.
Ihr Leben zu zweit war erfüllt von kleinen Witzeleien und Anspielungen. Sie wurde das »Provinz-Fräulein«, wie er es ausdrückte, wenn etwas, was er sagte, sie schockierte. Sie erzählte ihm nichts von ihrer Angst vor Gewöhnlichkeit, ihrem Abscheu davor, aber er fühlte sie, und das war ein Sieg für ihn, denn nun konnte er sie an einer schwachen Stelle packen; und als sie dann endlich vollkommen abhängig war, konnte er sie fast zerschmettern mit einer plötzlichen ordinären Bemerkung – seiner Form von Realismus. Er war der »Herr Doktor«, wenn er in seine Fachsprache verfiel und vom deformierten Ego sprach, manischem Verhalten, schizoiden Verhaltensmustern; manchmal sprach er von der »Neurose des Künstlers«, als eine Art Witz. (Man hatte ihm von ihren Gedichten erzählt, er hatte sie aber nie gesehen.) Ein anderer Anlaß zum Witzeln war Margos notorische Ungeschicklichkeit: es hieß, sie sei völlig unfähig, praktische Handgriffe zu verrichten, die etwas mit Mechanik zu tun hatten, wie eine Dose zu öffnen oder einen Schlüssel in ein Schlüsselloch hineinzubugsieren. Dies traf eigentlich gar nicht zu, soweit sie es beurteilen konnte, aber sie hörte es ganz gern.
Und noch ein Thema, das ihr Leben durchzog: seine Arbeit. Es lief jedesmal nach demselben Muster ab; er äußerte sein Gefühl persönlicher Unzulänglichkeit; Margo betonte seine Überlegenheit; die hoffnungslosen Fälle, mit denen er es zu tun hatte, verursachten ihm Depressionen; Margo begegnete diesen Phasen mit guter Laune und mit Aufmunterungsversuchen.
Dieses Muster wurde immer deutlicher. Und dann war da noch seine halb ernste, halb ironische Eifersucht, die völlig grundlos war: sie habe andere Liebhaber gehabt, und sie sei unter dem äußeren Anstrich von Wohlanständigkeit eine leidenschaftliche Frau, als ob das irgendwie skandalös wäre. Und ihre Erwiderung darauf, je nach Laune: daß er trotz allem konventionell sei, daß er wohl gern ein liebes Frauchen hätte, nicht eine Frau wie Margo, die erwachsen war und sich auch so benahm.
»Aber ich gebe mich mit lieben Frauchen, wie du sie nennst, gar nicht ab, ich habe keine Zeit für sowas. Sie langweilen mich.«

»Was an ihnen langweilt dich denn?« fragte Margo. Versteckte Muster, nur Margo bekannt: auf Furcht gegründet. Wie sie, während ihrer Mexiko-Reise, geflissentlich auf sein Spanisch geachtet und sich dann bemüht hatte, ihres schlechter als seines zu machen; wie sie bei Konzerten aufmerksam seinen Bemerkungen lauschte und ihnen nicht widersprach; wie sie, wenn sie mit Freunden zusammen waren, sich davor hütete, ihm gegenüber irgendwelche Gesten weiblicher, mütterlicher, zärtlicher Art zu machen, weil ihn jede öffentliche Darstellung ihrer Verliebtheit verdroß, obwohl doch jeder wußte, daß sie verliebt waren. Vor allem ihr Bemühen, nie vom Heiraten zu sprechen, nie von Kindern, Häusern, Gärten, von »zu Hause«, verheirateten Freunden, verlobten Freunden. Er war ein großer schlanker Mann, der eine bequeme Häuslichkeit sehr schätzte, der die Ruhe ihres Apartments und ihre gemütlichen Wochenenden genoß, aber er glaubte, daß er die bloße Vorstellung von Häuslichkeit haßte.

Das bitterste Muster: ihre Furcht, ihn zu verlieren, tief verwurzelt in den Fasern ihres Seins.

Sie verbarg ihr Ich hinter anderen Personen, nur so wagte sie, von sich selbst zu sprechen, und auch dann nur vorsichtig. Sie gingen gerne spazieren, auch bei schlechtem Wetter. Das gehörte zu ihrem Hang zum Stoischen oder ihrem Sinn für Märtyrertum, und auf diesen langen Spaziergängen – am Boulevard entlang und zurück, vorbei am großen, massigen Kunstmuseum und am Wissenschaftsmuseum und dem Kriegerdenkmal, an den hochaufragenden Wohnhäusern und den Eichen und Ulmen, die den Boulevard säumten, sie in ihrem Tweedmantel oder -kostüm, er im Trenchcoat, ein hübsches Paar – auf diesen Spaziergängen erzählte sie vorsichtig von anderen, unbedeutenden Menschen, Männern oder Frauen, die sich vor dem Leben fürchteten. Vor Einsamkeit, davor, nicht geliebt zu werden, davor, keinen »Ort« zu haben, an den sie gehörten. »Meine Freundin Esther hat die Erfahrung gemacht, daß jeder Mann, der sie liebte, der glaubte, sie zu lieben, sich in einer Art Panik zurückzog, wenn sie anfing, ihn auch zu lieben. Man könnte eine Studie über dieses wohl sehr amerikanische Problem schreiben.«

»Ist das ein Problem, das nur Männer haben?« fragte David ernst.

»Ja, nur Männer.«

»Das möchte ich bezweifeln«, sagte er. Er schien kritisch, ein wenig verärgert; ihr wurde später klar, daß er andere Männer immer verteidigte, auch wenn er nicht ahnte, daß diese Männer ihn selbst darstellten. Er verteidigte aus Prinzip Männer gegenüber den Frauen. Dann sagte er etwa – und überwältigte sie mit seinem offenen, klinischen Wissen – »Weißt du, Frauen stürzen sich auf Männer mit diesem entsetzlichen Hunger, diesem Bedürfnis, das ist wie ein Maul, das plötzlich aufgerissen wird und alles hineinsaugt – du kannst dir doch vorstellen, wie das einen Mann erschrecken muß. Du verstehst das doch.« Damals wußte sie nicht, ob er das sagte, weil er sie für verständnisvoll und überlegen hielt oder ob es eine Warnung war.

Während ihres ersten Jahres hatten sie viele glückliche Erlebnisse zusammen, aber Margo neigte dazu, sich nur an die unglücklichen Zeiten zu erinnern. Wenn sie allein in ihrer Wohnung saß und darauf wartete, daß er zurückkam, dachte sie, es muß doch etwas geben, das uns verbindet, trotz dieser Auseinandersetzungen. Denn sie stritten sich oft, und die Auseinandersetzungen entwickelten sich aus dem Nichts. Es mußte doch etwas geben. Einen Kern von Vertrautheit, von fast beiläufigem, aber humorvollem Verstehen, von Freundschaft, von Ironie, irgend etwas. Der Respekt vor der Intelligenz des anderen. Sie geriet oft, eigentlich gleichgültig, in einen Streit mit ihm, wobei der Streit zunächst als Austausch von offenen, vernünftigen Bemerkungen verkleidet war, sich dann zu Bitterkeit auswuchs, wobei er sie mit Worten niederknüppelte, mit seinem *ich glaube, ich weiß, ich habe gesehen* – und sie wartete dann jedesmal darauf, daß er zurückkommen würde, ging im Geiste die Auseinandersetzungen noch einmal durch, allein in ihrer Wohnung, die für eine alleinstehende Frau viel zu groß war. Es gab Zeiten, da wollte sie nur noch schlafen, um den Gedanken an ihn zu entgehen, der Erinnerung an ihn, um sich in sich selbst zurückzuziehen, weit weg von den Spannungen ihres Zusammenlebens. (In gewisser Weise lebten sie zusammen.) Sie glaubte, daß in ihrem Innersten ein Kern existierte, der Margo Brownell war und keinerlei Beziehung zu anderen Menschen hatte. Keine Abhängigkeit, keine Liebe. Diese »Margo Brownell« war ein reines Ich, das David Harris noch nicht begegnet war und auch niemand anderem. Es war von einer Reinheit, die nichts mit Erfahrungen zu tun hatte. Es war dieselbe Margo Brownell, die sie als Kind gewesen war, dieselbe Margo

Brownell, die sie in vierzig Jahren sein würde. Wenn ich so denken kann, dachte sie, muß ich trotz allem optimistisch sein.
Wenn sie glücklich zusammen waren, wurde sie manchmal von einem plötzlichen Gefühl der Panik ergriffen. Das war unsinnig und häßlich und vergiftete sie, und sie verstand es nicht. Aber der Grund dafür war die Furcht, daß diese glücklichen Momente, sollte er sie einmal verlassen, für den Rest ihres Lebens der schwer erreichbare Maßstab bleiben würden. (In derselben Art stiegen Erinnerungen aus ihrer Kindheit auf und forderten die angespannte, ungewisse Gegenwart ihres Erwachsenseins heraus. Sie hatte eine glückliche Kindheit gehabt.) Vielleicht erlebten sie mehr glückliche Augenblicke zusammen, als wenn sie verheiratet oder nur lose befreundet gewesen wären, denn so kannten sie sich sehr gut und waren dabei doch immer ein wenig auf der Hut. Jeder bemühte sich, dem anderen zu gefallen oder zu mißfallen. Margo wählte ihre Kleider in Gedanken an ihn aus, und er nahm ihre Gegenwart nicht als selbstverständlich hin. Wenn er spät kam oder unhöflich war, tat er das mit Absicht; das bedeutete, daß sie sich immer noch in einer Zone ständiger Auseinandersetzung bewegten, nicht Ehepartner waren und nicht Freunde: sie nahmen den anderen nicht als selbstverständlich hin.
Wenn sie allein war, versuchte sie sich ins Gedächtnis zurückzurufen, was er gesagt hatte. In seiner Gegenwart hatte sie es nur halb wahrgenommen, als hätte sie Angst, ihm zuzuhören. Ihr schien sogar, als ob sie in seiner Gegenwart nicht mehr richtig sehen könnte. Seltsam, diese Macht, die er über sie hatte. So rief sie sich ins Gedächtnis zurück, was er gesagt hatte, seine beiläufigen Bemerkungen über irgend etwas – den Verkehr auf den Straßen oder über ihre Freunde. Sie dachte immer an ihn. Die beiden waren zuviel allein, aber ihm war es lieber so; er mochte die Gegenwart von anderen Menschen nicht. Er verabscheute Parties, gab vor, sich zu langweilen, vielleicht hatte er Angst vor Parties, Angst davor, zweitrangig zu sein. Wenn er sich unterhielt, war er ironisch, aber für Parties war nicht Ironie, sondern Begeisterung das Richtige. Margo verstand, daß die Ironie dieses intelligenten Mannes die wahren Meinungen und Gefühle tarnte, aber sie sagte es niemandem . . . sie verteidigte ihn nie. Sie hatte Angst vor ihm. Ihre Furcht, die vorher so undefinierbar gewesen war, konzentrierte sich nun auf

diesen Mann, den sie liebte und der ungeheure Macht über sie hatte. Sie hatte entsetzliche Angst davor, ihn zu verlieren.
Ihr Entsetzen verdichtete sich eines Abends zu einem Gefühl des Ekels. Sie hatten sich sehr lange unterhalten, es war Freitagabend, und er war müde und erleichtert nach einer Woche harter Arbeit; und so saßen sie und unterhielten sich, und er gab ein Geheimnis preis: sein Gefühl, stark zu sein. »Wenn ich mit diesen Leuten rede, fühle ich mich sehr stark. Ich habe nicht das Gefühl, ich selbst zu sein. Ich glaube, ich verwandle mich in den Menschen, für den sie mich halten. Und ich habe die Vorstellung, daß ich mit einem Wort ihr ganzes Leben ändern kann, ich habe Macht über sie, besonders über die Frauen. Sie sehnen sich nach einem freundlichen Wort von mir, die Frauen sehnen sich danach, von mir berührt zu werden – verstehst du – und ich habe dieses sonderbare Gefühl von Stärke, als sei ich ein Gott. Es ist absurd, darüber zu sprechen, aber es ist wahr ... Die Frauen vor allem, sie würden sich mir bedingungslos hingeben, in gewisser Weise gehören sie mir, sobald sie in das Büro kommen. Aber das ist natürlich alles Unsinn.«
Einmal fragte er sie überraschend, ob sie sich manchmal andere Männer als Liebhaber vorstelle, Männer auf der Straße, Männer, denen sie bei ihrer Arbeit begegnete. Sie sagte, nein, eigentlich nicht. Er meinte, Frauen täten das doch oder die meisten jedenfalls? Sie sagte, das glaube sie nicht. Jedenfalls nicht Frauen, die verliebt seien. Aber das war nicht die Antwort, die er wollte, sein Ausdruck zeigte, daß sie prüde und säuberlich in eine Ehefrauen-Antwort ausgewichen war; das war überhaupt nicht, was er hören wollte. Sie war verletzt und verwirrt und wußte nicht, warum sie verletzt war. Hinter ihrer ausweichend munteren Antwort verbarg sie, wie tief und unerklärlich verletzt sie war, aber irgendwie spürte er dieses Verletztsein und ärgerte sich darüber, als habe sie kein Recht darauf. Er fragte sie weiter: »Aber ist das nicht so bei Frauen?« Er verfolgte sie damit. Es führte zu einem ernsten Streit über einen gemeinsamen Freund, einen Junggesellen, von dem behauptet wurde, er möge Margo gern – wieder eins dieser Klischees. Der Gegenstand des Streits war nichtig; der Streit selbst war alles. »Wenn du immer so verletzlich bist, solltest du dich besser schützen«, sagte er ärgerlich. »Dann solltest du mich rauswerfen. Du solltest allein leben.«

Er war bitter und verdrossen, als ob sie das gesagt hätte, nicht er. Und sie war zu bestürzt, um ihm etwas zu entgegnen. Am nächsten Morgen – er fühlte wohl, daß etwas Bedrohliches zwischen ihnen stand – schlug er vor, ein paar Tage zusammen wegzufahren – um aus der Stadt herauszukommen, aus dieser sonnigen, ordentlichen Wohnung. Sie stimmte zu. Sie fuhren mit seinem Auto ohne ganz festes Ziel in Richtung Maine. Auf dieser Reise, im zweiten Jahr ihrer Bekanntschaft, begannen ihre Träume.

II

Die Erinnerungen an das Haus ihrer Familie in der Hauptstraße war eine Erinnerung, die sie sich gern bewahrte. David neckte sie damit, daß eine glückliche Kindheit schlimm sei, weil später im Leben nichts mehr an dieses Glück heranreiche – alle Erwachsenen seien ein enttäuschender Abklatsch der eigenen Eltern. Sie sagte, daß Theorien aus den Fachbüchern auf sie nicht zuträfen. Sie glaubte das auch. Wenn sie unglücklich war, ließ sie gern ihre Gedanken zurückschweifen zu dem großen alten Haus, einem herrlichen Haus an einer herrlichen Straße, und sie erinnerte sich an ihr Zimmer im ersten Stock an der Vorderseite des Hauses mit dem Blick auf den langen, geschwungenen Weg, den der Postbote jeden Tag heraufkam. Das Zimmer war rosa gestrichen, mit hellrosa Vorhängen. Aus Schweizer Batist mit Punkten. Ihr Kleiderschrank hatte außen auf der Tür einen Spiegel. Und sogar der Fußboden war rosa, blaßrosa gefleckt. Die Decke war weiß. Ihr Leben war auf wunderliche Weise durch dieses Zimmer geprägt worden, dachte Margo, diese Ordnung, das Mädchenbett mit der flauschigen Decke, ihre Stofftiere, alles saubere, ordentliche Tiere . . . Das Zimmer ihres Bruders am anderen Ende des Flurs war ganz anders gewesen: ein Anklang an Seefahrt, helles Blau und dunkles Blau. Und das Zimmer ihrer Eltern hatte wieder einen ganz anderen gehabt: ein Zimmer so groß wie das Wohnzimmer in ihrem Apartment, mit blaßgelber Seidentapete und ausgewählten antiken Möbelstücken.

Warum sagte David, es sei nicht gut für sie, sich an dieses Haus zu erinnern?

Die erste Nacht ihrer Reise verbrachten sie in einem Motel in der Nähe des Meeres. Er wollte einen Spaziergang machen, und sie suchte nach einem Pullover, sie war ganz sicher, daß sie ihn eingepackt hatte; er hatte einen Augenblick gewartet – es war wirklich nicht lang gewesen – und wurde ungeduldig und sagte, er würde allein gehen, sie solle es nur lassen. Sie habe wohl keine Lust mitzukommen. So ging er dann hinaus, allein. Sie war wie betäubt, aber nicht überrascht, eigentlich nicht überrascht. Sie nahm eine Schlaftablette und legte sich hin und schlief, sie wagte es nicht, auf ihn zu warten, weil sie wußte, daß er mit Absicht lange wegbleiben würde, obwohl es draußen unfreundlich war ... Und sie hatte diesen Traum:

Sie war sie selbst, war allein. Sehr allein. Sie ging irgendwo. Nicht in der Stadt, nicht auf dem Land. Nichts aus ihrem gegenwärtigen Leben. Ein trüber Tag. Ein Gefühl von Gefahr. Oben nichts; auf beiden Seiten fensterlose Gebäude, die in ihrem Traum Lagerhäuser sein sollten. (Sie merkte, daß der Traum nicht richtig ablief.) Sie ging in einer Art Panik, allein. Etwas würde geschehen. Vor sich sah sie etwas Gestalt annehmen, das das Haus ihrer Eltern sein sollte. Sie wartete, bis es vollständig war. Aber es war nicht ganz ihr Haus. Etwas stimmte nicht. Es war klein und schäbig. Fenster waren zugenagelt. Vor dem Haus war kein Abhang; das Haus lag direkt an der Straße. Sie ging auf das Haus zu, ihr Herz klopfte, und sie streckte ihre Hand aus, um die Tür zu öffnen. Die Tür fiel aus den Angeln. Sie ging hinein, sie wußte, daß etwas geschehen würde – und doch ging sie weiter und war jetzt drinnen. Sie ging den Flur im Erdgeschoß entlang und die Treppen hinauf (jetzt war das Haus wieder groß) und den Flur im ersten Stock entlang zu ihrem Zimmer: aber das Zimmer war anders. Sie war betrübt und erschrocken. Dies war nicht ihr Zimmer! Es war das Zimmer, das eine Freundin, ein sehr krankes Mädchen, während der Collegezeit gehabt hatte: ein häßliches gemietetes Zimmer. Eine Negerin, die eigentlich wie ein Hausmädchen hätte gekleidet sein müssen, stand am Fenster und brachte etwas in Ordnung. Margo erinnerte sich plötzlich an sie. Sie war aus einem bestimmten Grund entlassen worden, aus einem geheimnisvollen Grund, als Margo noch sehr klein gewesen war. Jetzt kam Margo näher, begierig zu sehen und doch in Angst davor, was die Frau ihr zeigen würde. Sie wollte sehen, was die Frau tat. Da drehte sich die Frau um, mit einem häßlichen Grinsen – das Gesicht bestand nur aus Zähnen – und hielt Margo ihre Hände hin, so daß sie sehen sollte, was darin war – aber Margo sah es nicht oder konnte es nicht sehen. Sie stolperte zurück. Sie begann zu schreien, und der Schrei vermischte sich mit dem Gelächter der Negerin.

Sie wachte auf. Sie atmete schwer, als ob sie versuchte, lautlos zu schreien. Das Bettzeug war feucht von ihrem Schweiß.

Als David zurückkam, erzählte sie ihm, daß sie einen Alptraum gehabt hatte. Er hielt sie in seinen Armen, als fühlte er sich schuldig und tröstete sie. Er bat sie, ihm den Traum zu erzählen. »Ich komme nicht davon los«, sagte sie. Sie war so nervös, daß ihre Zähne aufeinanderschlugen. Er umarmte sie fest, warm. Er bat sie, ihm den Traum zu erzählen. »Er handelte von meinem Zimmer zu Hause«, sagte sie widerstrebend, denn sie hatte das Gefühl, daß er nicht richtig zuhören würde. »Mein Zimmer mit den ... ich hab' dir davon erzählt ... Es war vor dem Haus ...«

»Was ist?«

Sie erstarrte in seinen Armen, sie konnte sich nicht an das Zimmer erinnern.

»Margo? Was ist?«

»Nichts.«

»Warum sprichst du nicht weiter?«

Sie konnte sich daran »erinnern«, daß das Zimmer rosa Wände hatte, einen rosa Boden. Sie konnte die Möbel »nennen«. Aber es war keine echte Erinnerung. Es hatte nichts mit ihren Erfahrungen, ihrem Gefühl zu tun, nichts mit der Liebe, mit der sie dieses Zimmer immer betrachtet hatte. Das Zimmer war leer. Sie hatte es vergessen, sie konnte nicht zum Eigentlichen durchdringen, durch diesen häßlichen, entstellenden, falschen Traum hindurch, der wie eine Abschirmung war, die die Wahrheit ausschalten sollte. Ihr Mund war trocken vor blinder Angst, nicht zu dem Zimmer zurückzukönnen, zu seiner Wirklichkeit. »Halt mich fest, bitte. Hilf mir«, flüsterte sie. Sie war wie ein Kind und fügte sich in seine Umarmung. Er hielt sie fest, und sie schlief wieder ein.

Der zweite Traum kam erst ein paar Wochen später, als sie ihre Furcht, noch einmal so schlimm zu träumen, fast überwunden hatte. Dieser Traum ging auf die Erinnerung zurück, daß ihr Vater sie einmal geschlagen hatte, weil sie auf der Straße spielte. Es war keine unangenehme Erinnerung, trotz dieser Strafe; Margo erzählte die Geschichte gern lachend, um zu zeigen, daß sie unartig gewesen war, ein Wildfang. In Wirklichkeit aber erinnerte sie sich gern daran wegen der Vertrautheit zwischen ihr und ihrem Vater. Er hatte auf sie so eingeschlagen, daß seine Uhr dabei entzweigegangen war! Aber es waren Schläge aus Liebe gewesen. Und das war das Wichtigste daran.

Und doch träumte sie:

Ein Vergnügungspark in der Nähe des Hauses. (Das ging auf ihre kürzlich unternommene Reise nach Maine zurück.) Die Ferne unklar, dunstig. Stumme Menschenmengen. Eine Promenade. Margo dachte plötzlich an die Straße vor ihrem Elternhaus, und der Gedanke verwob sich magisch mit der Promenade. In Wirklichkeit hatten die beiden Orte gar keine Ähnlichkeit. Es war ein sinnloser, unschöner Traum. Der Traum erfüllte seine Aufgabe überhaupt nicht – sie war gequält, frustriert und hätte am liebsten geweint. Warum konnte sie nicht wieder auf der Straße vor ihrem Haus sein? Warum war sie statt dessen hier? Sie wollte schreien. Plötzlich tauchte auf der anderen Straßenseite ihr Vater im Wintermantel auf. Im Traum war sein Gesicht nicht vollständig, aber es war ihr Vater. Er hatte keine Nase. Dann wuchs eine Nase. Sie war ziemlich klein. Sie wünschte, die Nase würde bis zur Normalgröße weiterwachsen, aber nichts geschah. Sie war ärgerlich und erschrokken über ihren Vater. Er hatte sie noch nicht gesehen. Sie begann, die Straße zu überqueren, um zu ihm zu kommen, aber ihre Beine waren steif und ließen sich nicht bewegen. Menschen stießen mit ihr zusammen. Fremde. Sie begann zu weinen. Jemand stieß sie an und drängte sich gleich ohne anzuhalten an ihr vorbei. Ihr Vater bemerkte das alles nicht. Ein Teil seines Gesichts fehlte – ein Teil seiner Backe. Aber darunter war nichts, kein häßlicher Knochen oder Gewebe oder Zähne. Das Gesicht war nur verwischt, noch nicht ausgefüllt. Sie rief ihm zu, er solle ihr helfen, zu ihr kommen und ihr helfen. Er war ein Stück weit entfernt. Die Promenade war naß und steil und voller Menschen. Warum kam er ihr nicht zu Hilfe? Sie war doch nur ein Kind! Sie schrie, und ihr Herz zersprang . . .

Als sie aufwachte, hatte sie sich in ihr Bettzeug verwickelt, ihr Mund war zu einem stummen Schrei geöffnet. David lag neben ihr und atmete schwer. Es war etwa 5 Uhr morgens, wieder in der Stadt. Margo lag da, noch gepackt vom Schrecken des Traums, unfähig, die Erinnerung daran abzuschütteln. Sie starrte Davids schlafendes Gesicht an und erkannte ihn einen Augenblick lang nicht – erkannte das Zimmer nicht – wußte nicht, was für ein Tag es war. Wieder war sie feucht vor Schweiß. Sie wollte laut hinausschreien in ihrer Qual, so daß es jeder hören konnte: Ich habe solche Angst, helft mir, damit ich nicht solche Angst habe! Ich kann mit solcher Angst nicht leben! Sie hatte das Gefühl, als wäre sie gefesselt, mit Ketten gebunden. Sie konnte nicht an den Traum denken, weil das massive Gefühl von Panik wiederkam, ein Gefühl, das ihr Übelkeit verursachte. Sie verdrängte den Traum. Sie dachte nicht daran, und sie erzählte David nichts davon.

Später am selben Tag, als David arbeitete und sie mit einer Freundin zu Mittag aß, wollte sie sich selbst prüfen. »Ich habe in letzter Zeit seltsame Träume.« Sie sagte es entschuldigend, obwohl die Freundin Interesse zeigte. »Die Träume von anderen sind so langweilig«, sagte Margo. »Es hatte etwas zu tun mit einem Erlebnis ... mit meinem Vater ...« Aber sie konnte sich nicht an das Ereignis erinnern. Während ihre Freundin geduldig wartete, saß Margo wie gelähmt da und versuchte sich zu erinnern. Sie erinnerte sich an ein Kind, das auf der Straße spielte, ein kleines Kind; sie erinnerte sich an einen Erwachsenen, der rannte, um das Kind festzuhalten und es dann schlug. Aber das Kind war nicht notwendigerweise sie selbst, nicht notwendigerweise ein Mädchen. Der Erwachsene war nicht notwendigerweise ihr Vater. Ihre Vernunft sagte ihr, daß es sich so ereignet hatte, aber nicht, daß es ihr selbst zugestoßen sei. Es war die Erinnerung eines anderen Menschen. Ihre Erinnerung war tot. »Träume sind so häßlich«, sagte sie, obwohl sie einen Augenblick vorher gesagt hatte, sie seien langweilig. Es klang etwas boshaft. Sie hatte keine Lust, weiterzuerzählen. Ihre Freundin wartete darauf, diesen geheimnisvollen Traum erzählt zu bekommen, aber für Margo spielte der Traum keine Rolle mehr – was wichtig war, war die Erinnerung dahinter, die jetzt verlorengegangen war. Sie war von dem Traum ausgelöscht worden. Der Traum war zwischen Margo und ihre Erinnerung getreten.

Sie erzählte David nichts davon.

Mit David lief das Leben fast wie vorher. Wie sie nicht wagte, ihm ihre Gedichte zu zeigen, wagte sie es nicht, ihn mit dem rätselhaften Problem ihrer Alpträume zu behelligen. Das war eine Welt, die nichts mit ihm zu tun hatte, und er würde sie sicher als lächerlich abtun. (Ein zufälliges Zeichen seiner unbewußten Verachtung: er erwähnte gemeinsame Bekannte, ein Ehepaar, das die Scheidung plante. Eine gewisse Genugtuung in seiner Stimme: »Siehst du, so geht es.« Ja, ich sehe, wie es geht, dachte Margo ärgerlich. Ich versteh' dich.) Sein siebenunddreißigster Geburtstag. Unbestimmte, ziellose Klagen, offensichtlich die Angst vor dem Altern – ohne etwas geleistet zu haben. Sie gingen in ein teures Restaurant zum Essen, und ihre Gespräche waren ernst. Diese Furcht davor, zu altern ohne Erfüllung (er meinte damit, ein Buch zu schreiben, er hatte sein halbes Leben lang vorgehabt, ein Buch zu schreiben) verletzte sie tief, weil sie verstand, daß sie als Frau für ihn keine »Erfüllung« bedeutete. Margo hätte bereitwillig ihre Gedichte hingegeben, jeden Anspruch auf ihre Gedichte hätte sie ohne Bedauern für ewig aufgegeben, wenn ihr dafür dieser Mann versprochen worden wäre: aber nein. Er war niemandem versprochen, er war ganz frei. Sie war nicht frei, aber er war frei. Seine Freiheit sicherte geradezu ihre Abhängigkeit. Ihre »Dichtung« (was bedeutete, daß sie ein Geheimnis hatte, einen unantastbaren Rest ihres Ich) war alles, was sie noch hatte, was ihr bleiben würde, wenn er sie verlassen würde ... so klammerte sie sich an ihren Anspruch auf die Dichtung. Ob er sich nicht vorstellen konnte, daß sie auch etwas vollbringen wollte, ein eigenes Buch? Wenn nicht ein Buch, so doch ein paar ausgezeichnete Gedichte. Und falls keiner von beiden irgend etwas Besonderes hervorbringen würde, wenn sie einfach normale, gebildete, intelligente Menschen wären, würde das etwas ausmachen? Sie liebten sich doch!

Ihr dritter Traum. Er ging auf ein Erlebnis zurück, das damals unerfreulich gewesen war, aber von Margos Vorliebe für Phantastisches, ihrer Neigung zu übertreiben, überdeckt wurde. Das war das erste Mal, als ein Mann sich ihr gegenüber als Mann verhalten hatte, und für ihn war sie ein junges Mädchen gewesen, der Typ des jungen Mädchens. Sie war fünfzehn gewesen. Ein Mann, richtiger vielleicht ein Junge von etwa neunzehn Jahren, hatte sie in einem Drugstore getroffen, hatte sich mit ihr unterhalten. Sie kannte ihn entfernt. Er stand im Ruf, ein Angeber zu sein. Er war von der Schule abgegangen, hatte ein Auto, trug eine Kordjacke und Jeans. Er überredete sie zu einem Rendezvous am Sonntag vor dem Kino. Sie sagte etwas zögernd zu, ging am Sonntag hin, und er war da, sie saßen den Film ab; danach fuhr er sie in seinem Auto spazieren. Dann kam es zu einem Wortwechsel, einem Streit, der Junge war beleidigt und ärgerlich, Margo ängstlich, versuchte ihn wegzustoßen. Ein schaler, häßlicher Geschmack im Mund ... Wenn sie sich in späteren Jahren an dieses Ereignis erinnerte, umgab sie es mit einem gewissen rauhen Reiz, ihr »erstes Erlebnis« mit einem Mann; ihre Unschuld, ihre Einfalt. Es war eine Art von entpersonalisierter Anekdote geworden.

Margo kam es in ihrem Traum vor, als wäre sie wach. Alles war klar, lebendig. Sie war viel zu wach, um wirklich zu schlafen. Deshalb war sie nicht auf die schreckliche Raumlosigkeit eines Traums gefaßt. Sie stand auf einem Bürgersteig in einer Stadt und rief mit ruhiger, erwartungsvoller Stimme: »David?« Denn sie hatte das Gefühl, daß er in der Nähe sein müßte, vielleicht hatte er sich versteckt. Sie hatte das Gefühl, daß sie nur intensiv genug hinschauen müßte, damit er aus dem Nichts Gestalt annehme, daß ihr Wunsch ihn wirklich machen würde. Wie sehr sie sich nach ihm sehnte! Aber in dieser seltsamen Umgebung hatte ihr Wunsch keine Macht. Sie ging ein paar Schritte auf dem Bürgersteig, wartete und merkte, daß in ihr diese Furcht saß, die immer lauerte; sie sagte »David« und schob die Furcht beiseite. Denn ihr war klar, daß sie gegen diesen Namen eine Erinnerung setzte, die älter als sie selbst war, eine Vision einer dunklen, heftigen Gewalt, die die ganze Welt regierte und die nichts mit dieser Frau zu tun hatte, die mit einer Stimme voller Liebe »David« rief. Sie ging vorwärts. Es war viel zu still, zu »offen«. In ihr regte sich das Entsetzen. Es schwoll an und nahm in ihrem Körper zu viel Platz ein, blähte ihn zur Unförmigkeit auf. Jemand tauchte vor ihr auf – ein etwa neunzehnjähriger Junge. Sie kannte ihn. Sie lief auf ihn zu und umarmte ihn. Sie drängte sich an ihn, drängte ihren Körper an seinen. Aber er war bewegungslos wie eine Statue. Er war starr, aus Eis. Sie schrie auf, hielt ihn immer noch fest und sein Gesicht war verschwommen, gleichzeitig ärgerlich, der Blick war auf etwas gerichtet, das weit hinter ihr lag. Das Entsetzen blähte ihren Körper langsam auf,

und sie erwachte einen Augenblick bevor sie gestorben wäre ...
Es war Nachmittag. Sie war allein, David war bei der Arbeit. Oder er war drüben in seiner Wohnung und »sah Akten durch«. Er hatte seine Wohnung nie aufgegeben, und er hatte ihre eigentlich nie bezogen. Er hatte nie davon gesprochen, daß sie zusammen eine Wohnung nehmen wollten, die ihnen gemeinsam gehören würde. Sie haßte ihn dafür, für seine Zurückhaltung, aber es war ein nutzloser Haß. Jetzt lag sie allein da und dachte an den Traum, den sie gerade gehabt hatte. Sie überlegte nicht, was er wohl bedeutete – sondern rätselte an der schrecklichen Macht von Träumen, einer fast körperlichen Macht. Sie war erschöpft. Sie wagte nicht, an den Traum selbst zu denken oder an die Erinnerung, die dahinterlag, sie wagte nicht, sich dorthin vorzutasten. Es war besser, still zu liegen. Der Traum war nicht zu schrecklich gewesen; er hätte schlimmer sein können. Träume konnten eine ungeheure, unbeherrschbare Macht haben; eine Stärke, die ausreichte, um den Menschen zu zerstören. Deshalb war sie dankbar, daß dieser Traum nicht schlimmer gewesen war. Seltsam war, daß diese Macht, die sich in ihrem Gehirn erhob, wenn sie schlief, etwas war, was zu ihr gehörte. Aber sie hatte keine Gewalt über diese Macht.
Ihre Sorge während dieser Zeit, in ihrem Leben am Tage, war, daß sie ihre Schwachheit vor David zeigen würde. Sie würde anfangen zu weinen oder heftig zu zittern, und das wäre eine Beleidigung für ihn. Alles mußte so weitergehen wie bisher, die ruhigen, vernünftigen Gespräche, sie mußte einsichtig und gerecht sein, durfte nie die Tiefen ihrer Pein zeigen. Das war nicht immer so. Aber ihre friedlichen Augenblicke waren für sie die Schwellen zu den Augenblicken voller Nervosität und Spannung, die David zu beherrschen schien. Margo brauchte diesen Mann so, daß sie weder zurück noch vorwärts konnte. Einmal sagte sie bitter: »Es wäre besser, wenn wir uns nie begegnet wären«, und er sagte: »Ist das nicht feige?« Es war feige, ja, und sie konnte ohnehin nicht in eine Vergangenheit zurückkehren, die unberührt von ihm war. Sie waren zu stark, zu tief in ihre Beziehungen verstrickt. Und sie konnte sich auch keine Zukunft vorstellen, in der sie frei von dieser erniedrigenden Liebe sein würde. Es war erniedrigend, weil sie, sie stellte es ganz ruhig fest, einen Mann liebte, der sie nur maßvoll wiederlieben konnte. Er liebte sie so, wie er nur irgendeine Frau lieben konnte

– also maßvoll. Er mochte sie gern und hing an ihr. Seine Leidenschaft war nur körperlich.
Und doch war er eifersüchtig. Er wäre eifersüchtig auf den Jungen gewesen, der in Margos Traum zur Statue geworden war, und er war auf Phantome in Margos Leben eifersüchtig. Männer, die es gar nicht gab. Namenlose Männer. Im August nach ihrer Reise nach Maine, jener seltsamen, quälenden Reise, saßen sie eines Nachts draußen in seinem Auto und stritten sich. Sie hatten vor Margos Haus geparkt, und sie kamen gerade von einer Party zurück. David sagte: »Aber wenn du Auto fahren lernen willst, kann ich es dir beibringen. Warum willst du Fahrstunden nehmen?« Sie sagte: »Um den Führerschein zu bekommen. Es ist absurd, daß ich es nie versucht habe.« Er sagte: »Aber ich könnte es dir beibringen. Warum willst du Stunden nehmen?« hartnäckig und verbissen, obwohl sie genau wußte, daß er sagen würde, er habe keine Zeit, er sei nicht geduldig genug, wenn sie ihn von sich aus gebeten hätte, ihr Auto fahren beizubringen. Sie versuchte, dies Verhalten zu belächeln. Aber indem sie ihm weiter zuhörte, wie er argumentierte und denselben Punkt immer wiederholte – »Aber warum denn jetzt, nach so vielen Jahren?« – wurde ihr klar, daß das nicht zum Lachen war. Warum jetzt, nach so vielen Jahren? Warum jetzt? Er wollte sie alt machen, verbraucht, lächerlich. Warum jetzt? Sie dachte plötzlich an ihren Vater, der sie auf ewig als untauglich dafür abgestempelt hatte, und es fiel ihr auf, daß sie eigentlich ihren Vater haßte, und wenn David sich so benahm, haßte sie auch ihn. Natürlich liebte sie ihren Vater, und sie liebte David, aber da war auch noch Haß, eine winzige, giftige Spitze von Haß.
»Warum denn jetzt, nach so langer Zeit? Und warum einen Fahrlehrer? Du könntest so viele Leute finden, die dir das Fahren beibringen würden – der Mann, mit dem du heute den größten Teil des Abends zusammenwarst, der – wie heißt er doch gleich – du hast ihn sehr interessant gefunden.«
»Wen?«
»Du weißt doch, wen ich meine«, und er lehnte sich erschöpft zurück. Er lächelte sie an, als ob sie eine entscheidende Runde gewonnen hätte. »Du gehörst zu den Frauen, das fange ich jetzt an einzusehen, die verheiratet sein müssen. Sonst ...«
»Sonst was?« sagte sie kalt.

»Sonst fühlst du dich zu frei.«
Sie lachte, ihr war schwindlig. Sie hatte zuviel getrunken. Diese Unterhaltung war verschwommen, es war wohl ihr Fehler, weil sie zuviel getrunken hatte. Und warum fror etwas in ihr zu Eis, als er vom Heiraten sprach? Sie hatte Angst, ihre Gefühle freizulassen; sie hatte Angst, irgend etwas zu fühlen. »Ich gehe jetzt hinauf«, sagte sie und beugte sich zur Tür. »Vielleicht ist es besser, wenn du heute nacht nicht mit hinaufkommst.«
Er lachte und kam hinter ihr her. Sie stiegen beide auf der Hausseite aus. »Wirfst du mich hinaus, Margo? Jetzt, wo wir uns gegenseitig so viel bedeuten?« Er sagte das mit schwerer spöttischer Stimme. Er hatte auch zuviel getrunken.
Deshalb kam ihr in den nächsten Tagen immer wieder der Gedanke: *Ich muß mein Leben ändern.* Heirat würde es nicht ändern. Eine Ehe mit David wäre keine Veränderung ihrem jetzigen Leben gegenüber; diese schweren Fesseln ihrer Liebe zu ihm, ihrer Abhängigkeit von ihm. Sie wollte frei sein. Sie wollte so frei sein, wie er es war. Und ein paar Tage nach ihrem Streit in seinem Auto hatte sie diesen Traum:
Eine städtische Umgebung. Straßen, Bürgersteige, Häuserfronten – aus ihrem gegenwärtigen Leben. Keine Menschen. Wieder sehnte sie sich nach ihm und wieder sagte sie: »David? David?« Aber er war nicht da, oder er versteckte sich. Doch er schien ganz nah, deshalb trat sie vorwärts, ihr Körper war weich und verletzbar, und die Szene spielte sich plötzlich in ihrem Zimmer ab, ihrem Bett, genau in der Umgebung, in der sie jetzt lag und schlief und irgendwie selber wußte, daß sie schlief, und sie zwang David verzweifelt zur Existenz, indem sie ihn rief. Ihre Stimme war heiser. Er kam. Es war der David von jenem ersten Abend vor vielen Monaten. Sie hatte ihn damals noch nicht gekannt. Sie hatte gewußt, daß sie sich ineinander verlieben würden, aber sie hatte ihn noch nicht richtig gekannt, und etwas um seinen Mund herum flößte ihr Angst ein – war er einer von den Männern, die sich selbst zum Ziel setzen, eine Frau zu begehren? Er kam zu ihr. Ihr Zimmer umgab sie, aber das Zimmer vermischte sich mit der Straße, mit dem Bürgersteig, einer grauen, schmutzigen Welt von Häusern ohne Menschen. Beide Welten lagen übereinander wie in einem Film. Er kam zu ihr, und sie umarmten sich. Sie legte begierig ihre Arme um ihn. Ihr Körper

war so weich, daß er ihn hätte verletzen können, aber sie drängte sich an ihn und sagte: »Komm zu mir, David. Komm zu mir.« Und er lag auf ihr, ungelenk und warm, seine Umarmung war weich wie die einer Frau, aber sehr schwer, sein Atem lag heiß auf ihr, und sie bat ihn, zu ihr zu kommen, aber da war nichts – er hatte kein Glied, um in sie einzudringen, nichts. Sie weinte bitter auf. Er war ein Nichts. Er konnte nichts sagen. Sie drängte ihn von sich weg, um sein Gesicht zu sehen und ihn anzuklagen, ihre Sehnsucht verwandelte sich jetzt in eine ärgerliche Stärke, und sie sah . . .

Sie wachte auf. Ihr Körper war munter, prickelnd, wachsam. Es war ein seltsames Gefühl, David lag neben ihr, von ihr abgewandt, und sie blinzelte in die Dunkelheit und dachte, daß sie aufgewacht sei, aber die Nacht war viel dunkler, als in ihrem Traum; im Traum hatte sie sein Gesicht deutlich gesehen, aber jetzt konnte sie gar nichts erkennen, selbst wenn sie sich über ihn beugen oder das Licht anschalten würde. Weil sie ihn nie mehr deutlich sehen würde, jedenfalls nicht, wenn sie wach war. Und jetzt wußte sie, daß sie ihn nicht mehr liebte. Es war, als habe sie ihn von sich geschleudert und er habe jetzt nicht mehr die Kraft, schwer und gierig auf sie zu fallen. Ihr Körper wies ihn zurück, war bereit für jemanden anderen, nicht für David, für das Abenteuer eines anderen Menschen oder für das Abenteuer, allein zu sein . . . Sie liebte ihn nicht mehr, sie war frei.

Dies war ein Geheimnis, das sie eine Zeitlang für sich behielt und überlegte, wie sie es ihm sagen sollte. In ihr war jetzt eine Art Glück, nachdem die Spannung, die Vorsicht verschwunden war. Er bemerkte es gar nicht. Was einmal Liebe zu ihm gewesen war, ging über in Interesse an ihm, eine leichte Besorgtheit um ihn, weil sie sah, daß seine Haare dünn wurden nach den Jahren der Unzufriedenheit – mit seiner Arbeit, mit sich selbst – und den Jahren, in denen er nichts erreicht hatte. Er war ein gutgekleideter, gutaussehender Mann mit einem unzufriedenen Mund; niemand konnte diesen Mund ändern. Niemand war verpflichtet, ihn zu ändern. Sie mochte ihn gern, aber sie liebte ihn nicht mehr. Und immer, wenn sie zurückdachte an das erste Mal, als sie sich in ihrem Zimmer, in ihrem Bett geliebt hatten, erinnerte sie sich nicht an den wirklichen Mann und das wirkliche Erlebnis, sondern an den Traum, der es verdrängt hatte, und das Traumerlebnis war wirk-

lich: die »Wirklichkeit« war ausgesperrt und verschwunden.
Und so war nun alles vorbei.
Eines Tages sagte sie zu ihm: »Es wäre gut für uns, wenn ich eine Weile wegfahren würde. Ich will allein nach Italien fahren.«
Seine Augen verengten sich argwöhnisch. Er wußte nicht, ob sie spaßte oder ob dies ein gezielter, wohlüberlegter Schachzug war, um ihn dazu zu bringen, sich auf etwas Dauerhaftes festzulegen. Nach einer Weile würde er sagen: »Was ist denn nicht in Ordnung so, wie es jetzt ist?« – aber er mußte wohl gefühlt haben, daß sie das nicht meinte. Sie meinte etwas ganz anderes.
»Wirfst du mich hinaus?« sagte er.
»Ich möchte etwas verändern.«
»Verändern? Dadurch, daß du wegfährst? Können wir nicht beide zusammen wegfahren?«
»Dann wäre es keine Veränderung«, sagte sie. Es war ein Versuch, dieses Unbeteiligtsein. Sie stellte sich selbst und ihn auf die Probe; diese Worte, die sie wie nebenbei aussprach, waren ermutigend. Sie und David gingen in einem kleinen Park beim Kunstmuseum spazieren, und sie beobachtete sich dabei, wie sie an der Umgebung, dem Tag, der massigen Marmorstatue Gefallen fand, als sei diese Umgebung nur dazu da, zu gefallen. Mit Mühe wandte sie sich wieder ihrem Liebhaber zu, als ob sie ihn schon aus einer weiten Entfernung betrachtete und versuchte sich vorzustellen, was er wohl fühlte. Denn irgend etwas mußte er ja fühlen. Sie selbst hatte doch früher Gefühle gehabt.
»Wenn du nach Italien fährst, komme ich mit«, sagte er.
Sie dachte an seine Umarmungen. Schlaff, ungeschickt lag er auf ihr und versuchte sie niederzudrücken, ein schwerer, träger Mann, an dem nichts Liebenswertes war, nichts. Es war ein Traum gewesen, ein Traum, den sie geträumt hatte, seine kraftvolle Männlichkeit. Sie hatte ihn am Ende wegstoßen müssen, sie hatte sich von ihm befreien müssen.
Natürlich war das nicht der wahre David gewesen. Und doch hatte dieses Traumbild den wahren David ausgelöscht, der jetzt stirnrunzelnd neben ihr stand.
»Wenn du nach Italien fährst, kann ich doch ebensogut mitkommen. Warum nicht?«
»Du willst nicht nach Italien, David.«

»Ich habe auch genug von diesem Land. Ich will weg, ich fahre mit dir.«

»Ich habe dieses Land nicht satt; das ist nicht der Grund, warum ich wegfahre«, sagte sie.

»Aber was willst du denn so allein machen?«

»Sorg dich nicht um mich.«

»Ich komme mit.«

»Nein.«

»Doch, ich komme mit dir.«

Aber als es September wurde, waren sie einander schon so entfernt wie Fremde, die ein intensives gemeinsames Erlebnis gehabt haben, sich aber nun nicht mehr recht erinnern können, was es denn gewesen war, das sie so leidenschaftlich verbunden hatte. Sie verabschiedeten sich, sie küßten sich zum Abschied. Es war ein formeller Abschied: Margo wußte, daß sie ihn nie wiedersehen würde.

GRENZKONTROLLE

Staatsbürgerschaft? würde er fragen, und sie würde sagen *Vereinigte Staaten. Wo geboren?* würde er fragen. Und sie würde antworten. Dann würde er vielleicht noch ein oder zwei weitere Fragen stellen. *Zweck Ihrer Einreise? Ziel? Aufenthaltsdauer?* und dann würde er sie weiterfahren lassen. Es hatte nie Schwierigkeiten gegeben.

Sie hatte keine Angst. Sie hatte nichts zu verbergen. Sie war keiner sträflichen Handlung schuldig, nicht im Begriff, etwas über die Grenze zu schmuggeln. Nicht darauf aus, jemandem ein Schnippchen zu schlagen. Der Aufwand lohnte sich nicht, fand Renée, diese armselige Schmuggelei, die manche Leute betrieben: drüben in Detroit kauften sie eine Brille und setzten sie dann auf dem Rückweg auf oder zogen die Kleidung an, die sie gekauft hatten und nicht verzollen wollten: Renée jedenfalls überquerte die Grenze der Vereinigten Staaten, und es war offensichtlich, daß sie nichts hinüberbrachte. Der Sitz neben ihr war leer, der Rücksitz leer.

Es gab mehrere Abfertigungsstellen, aber nur zwei waren besetzt. Rote Lichter über den anderen. Die Autos stauten sich. Zwei Autos vor Renée hielt ein Kombiwagen voller Kinder – sie konnten nicht alle zur selben Familie gehören – mußte wohl irgendein Ausflug sein. Der Zollbeamte stellte dem Fahrer ein paar Fragen, winkte ihm dann zu, weiterzufahren. Auf der Spur links neben Renée hatte eine Gruppe von Jugendlichen weniger Glück. Junge Männer, Weiße, alle langhaarig, einer von ihnen ohne Hemd. Blasse Haut, nicht sehr anziehend: der Zollbeamte stellte einen rosa Schein aus, steckte ihn unter den Scheibenwischer und schickte sie zur Kontrolle hinüber an die Seite. Der Fahrer hatte Schwierigkeiten beim Starten; wie peinlich ihm das sein mußte.

Das Auto vor Renée, ein ganz neuer Buick, wurde eine ganze Weile aufgehalten: Renée konnte Fahrer und Beifahrer von hinten sehen, aber nicht erkennen, ob sie weiß oder schwarz waren. Ein Mann, eine Frau. Der Zollbeamte nahm Papiere, die ihm der Fahrer reichte, überprüfte sie und gab sie zurück. Offensichtlich war er noch nicht ganz zufrieden; der Fahrer stieg aus, ging ums Auto, um den Kofferraum zu öffnen. Ein großer, knochiger Weißer in den Dreißigern, zu großer Anzug, Ärger und Widerspruch im Gesicht: die Falten neben seinem Mund so ernst, daß sie wie mit Tinte aufgemalt wirkten. Das Auto hatte ein Nummernschild aus Ontario. Der Mann schloß den Kofferraum auf und hob den Deckel, der Zollbeamte warf kaum einen flüchtigen Blick hinein – soviel Renée sehen konnte, war der Kofferraum leer, abgesehen von einem Ersatzreifen – und ließ den Mann weiterfahren.

Und nun Renée.

»Staatsbürgerschaft?«

»Vereinigte Staaten.«

»Wo geboren?«

»New York.«

Er sprach mechanisch, obenhin. Ein Mann mäßiger Größe, vielleicht Anfang Vierzig, mit einem kleinen, ergrauenden Schnurrbart und leicht pockennarbiger Haut. Die Uniform blau. Weißes Hemd. Dienstkrawatte. Ledergürtel, Pistolentasche, Pistole. Er trug eine Brille; es kam Renée so vor, als sei er in Wirklichkeit Kontorist oder Buchhalter, niemand, vor dem man sich fürchten mußte. Sie beantwortete seine Fragen formell und ziemlich kühl. *Führen Sie irgend etwas bei sich, Handelsware oder Geschenke? Zitrusfrüchte? Pflanzen?* Nein, nein. Sie hatte nichts zu verstecken. Immer, wenn sie zusammen mit Evan über die Grenze zurück in die Staaten fuhr, saß er am Steuer, und er beantwortete die meisten Fragen. Nach Renées Meinung antwortete er nicht sehr geschickt, seine Stimme klang unnatürlich, ein unwilliger Ton lag darin. Er haßte die Zollabfertigung. Er haßte es, ausgefragt zu werden, gleichgültig von wem. Und deshalb gelang es ihm nicht, den Vorgang als eine Formalität zu akzeptieren, die weiter keine Bedeutung hatte. Der Zollbeamte wollte meist nur Evans Musterungsbescheid sehen und ließ sie weiterfahren, wenn er das Papier überprüft hatte. Aber heute war Renée allein. Es gelang ihr, die Fragen des Mannes zu beant-

worten, ohne Ärger zu zeigen; sie fühlte in der Tat kaum Ärger. Schließlich war es nur eine Routinesache.
»Wo in New York?«
»New York – New York Stadt.«
»New York *Stadt*?«
Er hob die Augenbrauen und sah so aus, als ob er lächelte oder einen Witz machen wollte. *Wußte nicht, daß dort überhaupt Leute geboren werden.* Oder vielleicht eher: *Sie würden dort aber nicht mehr gern wohnen, was?* Aber er lächelte nicht. Er blickte sie unbeweglich an und fragte nach dem Zweck ihrer Reise, und sie antwortete leicht, sofort, daß sie zur Bibliothek des Wayne State Campus wolle, zur Bibliothek der Wayne State Universität, sagte sie bedachtsam. Er ging um das Auto herum und sah sich die Nummernschilder an. Sein Gesichtsausdruck änderte sich, nur eine Spur. Renée spürte einen Anflug von Ärger. Natürlich tat der Mann seine Pflicht, er hielt sich an einen festgesetzten Fragenkatalog, und doch schien er zu schauspielern, seine Rolle genüßlich auszuspielen.
»Ich sehe, daß hier Nummernschilder aus Ontario am Auto sind, Fräulein«, sagte er. »Sagten Sie nicht, daß Sie amerikanische Staatsbürgerin sind?«
»Ja.«
»Also wohnhaft in Kanada?«
»Ja«, sagte Renée, »wohnhaft in Kanada.«
Er beugte sich vor. Spähte ins Auto. An ihrem Kopf vorbei. Obwohl er nichts gesehen haben konnte, änderte sich sein Ausdruck nicht; er gab vor, jetzt Verdacht geschöpft zu haben. Er fragte nach ihrer Geburtsurkunde. Beleg für ihre Staatsbürgerschaft. Identifizierung. Während Renée in der Handtasche herumsuchte und ihre Brieftasche hervorzog, merkte sie, wie aufgeregt sie war: noch nicht nervös, nur ein bißchen aufgeregt. Sie war ärgerlich, ja. Aber nicht wütend, wie Evan es jetzt wäre. Nicht richtig wütend ... Sie gab dem Mann ihren Personalausweis, wobei sie ein Lächeln zustande brachte. Das reichte doch sicher? ... Und jetzt würde er ihr ein Zeichen geben, weiterzufahren ...?
»Ich sagte, Ihre Geburtsurkunde, Fräulein«, sagte der Mann und gab ihr den Ausweis zurück. »Dies nützt mir nichts; damit kann ich Sie nicht identifizieren.«
Sie gab ihm ihre Einreisebestätigung.

»Aber ich ... ich ... ich habe meine Geburtsurkunde nicht bei mir«, sagte sie schuldbewußt, »sie ist zu Hause, sie ist ... ich dachte, dieser Ausweis sei ausreichend; reicht er nicht? Ich dachte ... ich meine ... Um diesen Ausweis zu bekommen, mußte ich doch meine Geburtsurkunde und andere Papiere einreichen und ... er hat doch einen Stempel der kanadischen Regierung ... Es ist schwer, diesen Ausweis zu bekommen, es ist schwer diesen Status ...«
Er starrte sie jetzt an. Sah ihr genau ins Gesicht. Ihre Stimme stockte und verklang. Er fing an zu lächeln. Nicht einmal grob, eher höflich, informierte er sie darüber, daß eine kanadische Ausweiskarte hier drüben wertlos sei. »Die ist für *die da*«, sagte er und deutete mit einer Kopfbewegung zurück, in Richtung auf den Tunnel. »Ich muß Ihre Geburtsurkunde oder Ihren Paß sehen. Haben Sie ihn dabei?«
»Ich habe keinen Paß«, sagte Renée. Ihre Stimme war jetzt hoch und kindlich; sie versuchte immer noch zu lächeln. »Meine Geburtsurkunde ist ... ist zu Hause ... ich bleibe nur ein paar Stunden in Detroit.«
Er winkte ab, als sei das offensichtlich eine Lüge. Oder, noch schlimmer, als spiele das überhaupt keine Rolle. Er fragte, wie lange sie schon in Kanada wohne. Sie antwortete. Er fragte, wem das Auto gehöre. Sie sagte es. Ob er den Kraftfahrzeugschein sehen könne? Ja, natürlich. Ja ... Ihr Mann, hm. Wer ihr Mann sei, ob er auch amerikanischer Staatsangehöriger sei? Er wolle sich wohl vor dem Wehrdienst drücken, was? Nein? Er wolle sich also nicht vor dem Wehrdienst drücken. Aber wohne in Kanada. Sie wollten hier eineinhalb Jahre bleiben? Und ob ihr Mann dort arbeite. Ja. Und sie? Nein. Nun – ja. Also doch? Es sei keine richtige Arbeit, keine Arbeit mit Gehalt; Teilzeitarbeit im Büro ... eigentlich keine richtige Arbeit. Aber sie werde doch dafür bezahlt? Ja? Dann sei es doch wohl eine richtige Arbeit, oder?
Es gelang Renée, den Mann anzulächeln mit einem winzigen, versteckten, ironischen Lächeln. »Aber das ist doch nicht von Bedeutung, oder? Ich führe keine Ware ein, ich will nur ein paar Stunden bleiben ...«
»Was, sagten Sie, ist der Zweck Ihrer Reise?« unterbrach er.
Renée hielt inne. Einen Augenblick lang wußte sie es selbst nicht mehr. Dann sagte sie, wobei sie so viele Einzelheiten wie möglich

anführte, plötzlich darauf bedacht, ganz wahrheitsgetreu zu antworten: »... Ich will zu einem Studienzentrum ... einem Institut ... es heißt Kommunales Rehabilitationszentrum ... es wird vom Komitee der amerikanischen Quäker finanziert ... eine Organisation ... eine Wohlfahrtsorganisation ...« Dies schien ihn zu überzeugen: Sie gab ihm Informationen, die er offensichtlich nicht aufnehmen konnte, Einzelheiten, Namen, Adressen. Am vorigen Wochenende hatten sie und Evan auf einer Party in Windsor ein junges Paar kennengelernt; sie waren nicht verheiratet, aber sie lebten zusammen; sie wohnten mit ein paar anderen Leuten in einem Haus, das dem Staat gehörte, irgendwo südlich des Gebiets der Wayne State Universität, alle waren Amerikaner, keiner in dieser Gegend geboren. Sie hatten etwas mit einem Sozialhilfeprojekt an der Universität zu tun und sprachen begeistert von den Werkstätten und Wochenendseminaren, hatten Renée eingeladen, mal herüberzukommen und das Zentrum kennenzulernen, ihre Bibliothek – die sie allmählich vergrößerten – anzusehen und mitzuarbeiten, wenn sie Zeit hätte. Renée hatte sich über die Einladung sehr gefreut. Sie interessierte sich für Sozialarbeit; sie hoffte, daß sie später noch einmal studieren würde – einen Sozialberuf oder Psychologie –, wenn sie es sich leisten könnten.

Renée erklärte alles so gründlich, mit Schulmädchenstimme, daß der Zollbeamte unbestimmt nickte, als ob er nicht zuhörte; er schaute schon nach hinten auf die beträchtliche Autoschlange, die auf die Abfertigung wartete. Und ... Und in diesem Moment ... Er mußte drauf und dran gewesen sein, ihr das Zeichen zu geben, weiterzufahren; aber aus irgendeinem unerklärlichen Grund – eigentlich ohne Grund – sagte er plötzlich: »Gut, fahren Sie auf die Seite.« Er kritzelte etwas auf einen Block, riß den rosa Zettel ab und steckte ihn unter den Scheibenwischer.

Renée war entsetzt – als ob ihr jemand ins Gesicht gespuckt hätte.

Sie fuhr zur Seite, wo ein halbes Dutzend Autos neben dem Bürgersteig parkte und auf die Kontrolle wartete; zu überrascht, um ärgerlich zu sein. Sie war sicher, daß der Mann die Sache mit der Geburtsurkunde vergessen hatte, ... von ihrer Einreisebestätigung wußte, wer sie war, ... wußte, daß sie ungefährlich war, keine Bedrohung für die Stadt ... Und doch, aus einer Laune heraus, hatte er beschlossen, sie kontrollieren zu lassen. Sie begriff ihre Bestürzung darüber selbst nicht; sie wollte es sich nicht so sehr zu Herzen nehmen. Es war doch nur eine Formalität. Sie brauchte vor nichts Angst zu haben. Es war ein normaler Wochentag, sonnig, dunstig, ziemlich warm; sie war nur etwa eine halbe Autostunde von zu Hause entfernt, falls man beschloß, sie zurückzuschicken ... Aber die Bestürzung, die sie empfand, hatte eigentlich einen anderen Grund, oder? ... Sie wollte sich selbst nicht recht eingestehen, wie sehr sie versucht hatte, diesen Kerl zu beschwichtigen; sie hatte versucht, charmant zu sein, ja, das hatte sie sehr eifrig versucht, das ließ sich nicht leugnen, und es war ihr nicht gelungen. War das nicht eine Demütigung? Aber sie war doch allein, keiner wußte es, keiner hatte es gehört ... Allein, sicher. Mit rotem Kopf. Aber unbeobachtet. Gott sei Dank war Evan nicht im Auto gewesen; es hätte eine lautstarke Auseinandersetzung gegeben, man hätte ihn vielleicht zurückgeschickt oder festgenommen, falls die Zollbeamten jemanden festnehmen konnten. Renée wußte nicht genau, wieviel Macht sie wirklich hatten ... Jedenfalls würde Evan nichts erfahren. Er wußte gar nicht, daß sie an diesem Nachmittag das Zentrum besuchen wollte; sie hatte ihm nichts von ihren Plänen erzählt.

Ein junger Mann in Uniform fuhr sie an: »Können Sie nicht lesen, Fräulein?«

Sie blickte auf und sah ein großes Schild, weiß mit schwarzen Buchstaben. MOTOR ABSTELLEN. BIS ZUR KONTROLLE IM AUTO BLEIBEN.

Sie wartete also. Sie würde nicht ärgerlich werden; so dumm war sie nicht ... Ein Autoatlas im Handschuhfach; sie blätterte ihn langsam durch. Ein Staat nach dem anderen. Blaßrosa, blaßorange, blaßgrün, violett, blau. Die Provinzen Kanadas in einheitlichem Blaßgelb. Staaten, Provinzen, Gebiete. Wasserflächen ... Dummerweise kein Text, nichts zu lesen. Sie blätterte das Buch durch, kam zum Ende, und bemerkte, daß sie zitterte.

Alles um sie her war in Bewegung. Autotüren schlugen zu. Ein Polizeisender in einem Streifenwagen nicht weit entfernt ... ein Radio in einem Auto in der Nähe, plärrende Musik ... Leute gingen hin und her. Einige waren in Uniform, andere offensichtlich Reisende. Ein Junge im Jeansanzug mit widerspenstigem Christushaar thronte auf einer Art Theke und rauchte; neben sich hatte er ein Schild *Kalifornien Bitte* gestellt. War das nicht rührend? Hoffnungslos. Verrückt... Renée überlegte, was sie tun sollte. Leute stiegen aus ihren Autos und gingen mit ihren rosa Zetteln zu einem Büro, irrten umher, fragten sich gegenseitig, was sie tun sollten, und sie hatte Angst, auszusteigen und zu fragen, und sie fühlte sich erbärmlich, weil sie so schüchtern war; wahrscheinlich würde sie hier den ganzen Tag sitzen, während andere vor ihr an die Reihe kamen. Es wurde jetzt heiß. Mittagssonne, laute Radios, laute Menschen. ... Zwei Autos weiter wurde ein schmutzbespritzter Sportwagen sehr gründlich durchsucht. Die Jungen, die Renée schon vorher bemerkt hatte, standen dabei und schauten zu, die Arme verschränkt, ausdruckslos. Der Junge mit dem nackten Oberkörper hatte ein leichenblasses Gesicht, wirklich scheußlich. Welcher Haß in seinem Gesicht!... wie er so dastand, die dünnen Arme verschränkt, und die Zollbeamten beobachtete... Er mußte etwa achtzehn sein. Renée hätte gern seinen Blick aufgefangen und Verbindung mit ihm aufgenommen... eine Beziehung... unter Opfern, vielleicht. Aber er beachtete sie nicht. Ein behäbiger Mann in Uniform und Mütze untersuchte das Auto mit einer Taschenlampe. Unter dem Vordersitz; unter dem Hintersitz. Das Gepäck des Jungen lag auf dem Bordstein, ein einziger Koffer und zwei Seesäcke. Jetzt wurde die Motorhaube geöffnet ... jetzt der Kofferraum ... Aber der Inspektor war noch nicht zufrieden.

Renée hörte auf zuzuschauen, als er niederkauerte, um die erste Radkappe abzuheben.

Sie vertrieb sich die Zeit damit, ein Schild, das gerade vor ihr stand, zu lesen. Bestimmungen der Staaten und des Bundes. Gesetze. Strafen für den Besitz von – eine lange Liste von Gegenständen, in kleinen Buchstaben. Die Wörter »Schußwaffen« und »Rauschgift« waren fett gedruckt. Am unteren Rand die Wörter »Verbrechen«, »Beschlagnahmung«, »Gefängnis« ... Jetzt wurde das Auto neben dem ihren durchsucht. Ein Paar stieg aus, ein Mann – Neger – und eine Frau. Sie gingen hinüber zu dem Schuppen und stellten sich unter das Dach, um aus dem Weg zu sein. Ziemlich überheblich sahen sie aus. Der Mann trug ein cremefarbenes Sportjackett und eine Hose mit großen Karos, fast zu groß. Beige, schwarz, weiß. Adrette sportliche Aufmachung. Er war wohl in den Dreißigern, von kleinem Körperbau, mit grotesk modischer Sonnenbrille: breites, schwarzes Fledermausgestell, blaue Gläser.

Die Frau war jünger. Attraktiv, obwohl sie die Lippen schmollend aufwarf. Was für dicke, geschürzte Lippen ... die Farbe von Trauben, dunklen Trauben. Gefärbtes Haar, ein glänzendes, dunkles Rot, genau derselbe Ton wie Renées Haar; aber Renées Haar glänzte nicht so. Das Haar der Frau war kurz und lebhaft, die Enden wellten sich nach außen, und in die Stirn fiel es üppig und sehr glänzend ... Ach so, wahrscheinlich eine Perücke. Natürlich. Irgendein billiges synthetisches Material; zu glänzend und zu vollkommen. Während ihr Begleiter in den Himmel starrte, verfolgte die schwarze Frau aufmerksam, wie ihr Wagen durchsucht wurde. Von Zeit zu Zeit bewegten sich ihre Lippen. Was sagte sie? ... was wollte sie sagen? Renée versuchte, ihren Blick aufzufangen. Vergeblich. Die Frau beobachtete den weißen Zollbeamten, und ihr entging nichts.

Etwas hatte angefangen, Renée zu beunruhigen. Etwas Unbestimmtes, noch nicht Faßbares ... Eine Erinnerung, eine Warnung, ein ... Was war es? Sie erinnerte sich nicht. Es war heiß im Auto, die Sonne brannte durch das Seitenfenster, eine Erlösung, als sie aufgefordert wurde, auszusteigen; sie stieg graziös aus, ihren Rock glättend. Ja? Irgendwelche Fragen? Der Inspektor war ein Mann in Evans Alter. Etwa dreißig. Kurzgeschnittenes dunkles Haar, Sonnenbrille mit Drahtgestell. Ihre Größe. Nein, er hatte keine Fragen, sah sie kaum an, war mehr am Innern des Wagens interessiert. Renée strich noch einmal das Kleid glatt, berührte ihr Haar. Glücklicherweise hatte sie ein hübsches Kleid angezogen, dunkelblau, einfach, mit einem silbernen Anhänger an einer dünnen Kette ... das Haar zurückgebürstet und aufgesteckt ... Strümpfe sogar, und ihre üblichen Sandalen. Aber es waren gute Sandalen, gutes Leder. Handgearbeitet. Ein paar Haarsträhnen hatten sich gelöst, auf der Stirn, um ihre Ohren. Renée strich sie geistesabwesend zurück, sah dabei den Rücken des Inspektors an. Schweiß begann sich an seiner Jacke abzuzeichnen. Auch sie, Renée, schwitzte jetzt. Nervös – wie dumm, so nervös zu sein. Nichts konnte geschehen, und nichts würde geschehen. Sie wußte es. Sie war Staatsbürgerin der Vereinigten Staaten und keine Verbrecherin, keine Schmugglerin, sie hatte keine versteckten Waren dabei oder Rauschgift oder ... Nichts zu verbergen, wirklich überhaupt nichts. Aber irgend etwas beunruhigte sie. Was war es? Was? ... Vielleicht der Mangel an

Kommunikation. Niemand sagte mehr als das Nötigste. Auf allen Seiten war Lärm, der Polizeisender, der unaufhörlich dudelte, irgendwo wurden Befehle gegeben, und doch sah sie der junge Mann, der ihr Auto durchsuchte, nicht einmal flüchtig an, lächelte nicht verlegen, obwohl ihm doch die Absurdheit dessen, was er tat, klar sein mußte. *Tu ja nur meine Arbeit*, murmelte er vielleicht. Aber vielleicht wagte er nicht, so etwas zu sagen; er könnte gehört werden, könnte seine Arbeit verlieren.

Handschuhfach. Der Autoatlas: er blätterte ihn durch, als erwarte er, zwischen den Seiten etwas zu finden. Anderes Papier im Handschuhfach. Ein Bonbonpapier. Papiertaschentücher. Die Bedienungsanleitung für das Auto. Er benützte eine Taschenlampe, obwohl er auch ohne sie genau hätte sehen müssen, daß sonst nichts im Handschuhfach war ... Renée erwartete, daß er sich zu ihr umdrehen und einfältig lächeln würde; aber als er sich dann zu ihr umdrehte, war sein Gesichtsausdruck leer, ohne Ausdruck, wie der des Jungen. Er fragte, ob etwas unter den Sitzen sei. Vielleicht eine Flasche? Irgend etwas? *Eine Flasche?* Renée sagte, nein, natürlich nicht, sie würde nicht einmal ... nicht einmal trinken. Aber er kümmerte sich nicht um ihren Protest; er schaute auf ihre Füße hinunter, auf ihre Sandalen und setzte seine Suche fort. Sich hinhockend, grunzend, um unter den Vordersitz zu schauen. Dieser Kerl ... Und doch erinnerte er sie an einen Bekannten von ihr und Evan, einen Studenten, der halbtags studierte und nebenher ein Taxi fuhr, ein neuer Freund von ihnen, ein ehemaliger Amerikaner, der kanadischer Staatsangehöriger geworden war. Es hatte fünf Jahre gedauert; aber jetzt war er kanadischer Staatsbürger. Ein sehr netter Mann, sehr nett. Vielleicht doch kein Freund, denn sie kannten ihn nicht besonders gut. Aber freundlich, sympathisch ... Der Zollbeamte war schmächtiger als Gerry, aber von ähnlicher Statur, er hatte dieselbe Haut. Seltsam, daß die beiden Männer so verschieden sein konnten. Gerry hatte ihnen eine lustige, alkoholfeuchte Anekdote davon erzählt, wie er kanadischer Bürger geworden war und am Tag darauf über eine neue Bewegung gelesen hatte, über einen *Verein gebürtiger Kanadier*, war das nicht Ironie, ja, aber auch zum Lachen, er konnte das bewältigen, er war zäh, eine Frohnatur, hatte noch nicht aufgegeben, und doch, war es nicht die reine Ironie, daß er am Tag, nachdem er rechtmäßiger Bürger geworden war, die

Vereinigten Staaten abgestreift und Kanada angenommen hatte, entdecken mußte, daß es so etwas wie »gebürtige« Kanadier gab, im Gegensatz zu »gesetzlichen« Kanadiern, und daß eine Bewegung sich organisierte ... oder mindestens irgendwelche ärgerlichen gebürtigen Kanadier versuchten, eine Bewegung zu gründen ... und ...

»Was ist das?« brummte der Zollbeamte. Er hatte auf dem Rücksitz eine zusammengeknüllte Zigarettenpackung gefunden. Die Taschenlampe unter dem Arm begann er, sie auseinanderzupflücken; sorgsam, mit spitzen Fingern zerfetzte er das Zellophan und das Papier, während Renée ihn ungläubig anstarrte. Mein Gott, es war ihm zutiefst ernst damit – ernst! ... Die Taschenlampe begann zu rutschen; er steckte sie in den Gürtel – die Taschenlampe rechts, die in ihr Futteral eingeknöpfte Pistole an der linken Seite. Renée begann sich ein wenig schwach zu fühlen. Was ging hier vor sich? Was war denn falsch gelaufen? Der Mann sah sie an, ohne zu lächeln. Sie führte ihn wohl an der Nase herum, was? Er hatte die Zigarettenpackung gründlich zerfetzt; er hatte nichts gefunden; vielleicht lachte sie über ihn ...? Renée zitterte jetzt; sie hatte wirklich Angst. Etwas war nicht in Ordnung, etwas war ganz und gar nicht in Ordnung. Sie konnte es nicht recht ausdrücken. Eine Erinnerung, eine Warnung. Sie konnte sich nicht erinnern. Sie konnte sich nicht von der Lähmung des Augenblicks freimachen, dem unheimlichen Wissen, daß etwas nicht stimmte, verschwommen wurde, unkontrollierbar. Warum sprach er nicht mit ihr? ... Ein Scherz, auch ein grober Spaß, sogar ein Austausch von Beleidigungen ... das wäre ihr lieber gewesen, alles wäre ihr lieber gewesen als grimmiges Schweigen.

Sie versuchte, ihn anzulächeln. Immerhin war sie eine Frau, eine Weiße. Und ordentlich gekleidet. Gepflegt. Gott sei Dank war sie weiß und nicht schwarz ... Versuchte zu lächeln, die Lippen ausgetrocknet, sie schmerzten, und sie hörte ihn sagen *Öffnen Sie den Kofferraum* und wußte einen Augenblick lang nicht, was er meinte ... aber sie bewegte sich, wurde wach, öffnete ihre Handtasche und kramte darin nach dem Schlüssel zum Kofferraum. Natürlich hatte sie ihn. Sie hatte ihn. Versuchte, sich zu entschuldigen, erklärte: »... ich habe den Schlüssel bestimmt, aber er ist vom Schlüsselring gerutscht ... er ist irgendwo in meiner Handtasche ... er ist hierdrin

... irgendwo ... Es ist ohnehin nichts im Kofferraum, nichts ist im Kofferraum.« Er wartete geduldig; vielleicht hörte er zu. Jetzt war sie sehr nervös. Ihr schien, als könne sie nicht mehr richtig sehen. »... ich habe den Schlüssel. Ich habe ihn ganz bestimmt. Ich ...« Er wies sie an, den Inhalt ihrer Tasche auf dem Autositz auszuleeren; sie gehorchte mechanisch. Geldbörse ... Kamm mit abgebrochenem Stiel (meine Güte, er war nicht besonders sauber) ... noch mehr zusammengeknüllte Papiertaschentücher ... Haarnadeln ... Lippenstift ... Notizen, Einkaufslisten, Titel von Büchern, Dinge, die sie tun und kaufen mußte ... Adressen ... ein Paar Ohrringe, die sie vor ein paar Wochen im Theater abgenommen, und vergessen hatte ... »Die wollen wir uns mal anschauen. Die da«, sagte der Mann. Sie gab ihm die Ohrringe. Er sah sie genau an; wohl eine halbe Minute lang stand er da und sah sie genau an, obwohl es nichts daran zu sehen gab – ein Paar Ohrringe eben, imitierte Jade, ein bißchen matt geworden, offensichtlich billig ... In diesem Augenblick entstand ein Tumult am entgegengesetzten Ende der Untersuchungsbaracke: einige Schwarze, erhobene Stimmen, ein kindlich hohes Jammern. *Was, zum Teufel? Was ist denn ...?* Renées Inspektor blickte auf, wachsam. Andere Beamte gingen hinüber. Ein Polizist in einer Uniform, die wie ein Reitanzug aussah, tauchte auf, schwang seine Beine aus dem Streifenwagen, eine dünne Zigarette zwischen den Zähnen.

Die Stimmen verstummten sofort. Der Augenblick ging vorbei.

Renée fand den Schlüssel. Sie öffnete den Kofferraum. Gott sei Dank bekam sie ihn auf; manchmal schaffte sie es nicht ... Nichts darin, nur der alte Ersatzreifen; und ein paar Samen, ein paar zerstreute Ahornsamen. Mußten irgendwie in den Kofferraum hineingeblasen worden sein, eines Tages im Frühling, als Evan ihn geöffnet hatte. Ahornsamen mit ihren Flügelfrüchten. Ganz offensichtlich waren es nur Samen ... Der Zollbeamte hob einen auf und besah ihn genau; er rückte sogar an seiner Brille, um ihn besser zu sehen.

Renée wartete. Und jetzt, plötzlich, erinnerte sie sich: Leibesvisitation, man könnte eine Leibesvisitation durchführen. Wenn man es für nötig hielt. Eine Beamtin würde sie irgendwohin führen und sie auffordern, sich auszuziehen und ... Sie fühlte sich schwach, übel. Sie zitterte und fühlte, wie schuldig sie wirken mußte, so, mit weißem Gesicht, gräßlich, so schuldig wie all die anderen auch. Erst vor ein paar Tagen hatte sie mitangehört wie ein Mädchen, das vor ihr in der Schlange in einem Lebensmittelgeschäft stand, der Kassiererin erzählte, daß ihre achtzehnjährige Schwester und ihre Freunde beim Zoll durchsucht worden waren, als sie in die Vereinigten Staaten reisten, und sie hatte sich kaum die Mühe gemacht, die häßliche kleine Geschichte anzuhören, weil es nichts mit ihr selbst zu tun hatte. Durchsuchung der Person, Leibesvisitation. Nein, es hatte nichts mit Renée zu tun ... Nun schaute der Zollbeamte sie an, als wäge er ihr Geschick ab; ob sie leben, ob sie sterben sollte. Oder sollte er den Ahornsamen zurückwerfen, die Schultern zucken und den Kofferraumdeckel zuklappen, galant, ein dienstliches, leicht verzerrtes Lächeln hervorbringen, und ihr ein Zeichen geben weiterzufahren ...?

Er gab ihr das Zeichen.

... Ein Halteschild, eine Häuserreihe weiter. Renée war verwirrt, weil der Verkehr umgeleitet wurde, aus ungewohnten Richtungen kam. Sie fühlte sich schwindlig. Konnte sich kaum erinnern, warum sie hier war, in Detroit. Planierraupen, ein Abreißbagger, ein Preßlufthammer. Die Kontrolle war vorbei, sie war in Sicherheit, nichts war geschehen ... nichts war geschehen ... Übel, geschwächt. Ihre Magengrube. Übel. Evan würde es nie erfahren, niemand würde es erfahren. Sie brauchte ihm nichts zu sagen ... Aber warum war sie hier? Warum? War das nicht lächerlich, wie sie hier herüberfuhr zu einer Adresse, die sie auf ein Stückchen Papier gekritzelt hatte ... ohne zu wissen, warum sie losgefahren war ... nicht bereit, ihr Verlangen danach, diese Leute zu treffen, zuzugeben. Ob sie Freunde werden würden? Im Laufe der Zeit? ... Es war möglich, ja. Sie würden vielleicht Freunde werden. Es könnte sich alles zum Besten wenden. Möglich. Lächerlich, aber möglich. Evan hatte kein besonderes Interesse an ihnen gezeigt, aber ... Sie hielt an einem Stoppschild und versuchte, das Verkehrssystem zu begreifen. Sie wußte, wohin sie wollte, aber wie sollte sie dorthin kommen?

VINCENT SCOVILLES VERWANDLUNG

Obwohl Vincent meistens allein war, hatte er sich nie wirklich einsam gefühlt. Er glaubte sich den meisten Menschen überlegen, intellektuell und vielleicht auch körperlich – er sah gut aus auf eine lässige, unbekümmerte Weise, mit seinen großen graugrünen Augen, die komisches Entsetzen oder Verachtung ausdrücken konnten, übertrieben, um damit Eindruck zu machen; sein Haar war dunkelrot, eine wippende Fülle von Locken, wie Lord Byron, wie ein Cupido, wirklich charmant, und das ließ die schneidende Schärfe seines Witzes um so erstaunlicher erscheinen. Er nahm sich selbst nicht ernst, natürlich nicht, und er hatte sich schon vor Jahren als Student in Toronto eine für die Öffentlichkeit bestimmte Maske geschaffen, und dieses Image hatte er während der acht Jahre in New York noch verfeinert und vertieft. Die Geschichte der Scovilles reichte weit zurück – im achtzehnten Jahrhundert waren sie wohlhabende Landbesitzer in Nottingham gewesen, im frühen zwanzigsten Jahrhundert waren sie, wie es damals fast Mode war, verarmt, und jetzt lebten sie über das ganze Commonwealth zerstreut ohne sonderliches Interesse für oder Kenntnis voneinander. Vincent gab sich gern als Aristokrat, wie er im Buche steht: Das war eine angenehme Rolle, die ihm erlaubte, seine echte Begeisterung für Kultur, besonders für Dichtung und Musik, auszuleben; sie erlaubte ihm, seine beträchtliche Intelligenz herunterzuspielen, und er konnte die Leute damit auf Distanz halten.

Er war immer gern allein gewesen, auf sich gestellt, und er hatte nicht gewußt, wie ungewöhnlich das war, bis er als Lehrer an das Hilberry College kam, im Herbst seines neunundzwanzigsten Lebensjahres. Hier waren alle verheiratet, alle hatten Kinder. Alle waren normal, durchschnittlich wie die Leute aus einer Reklame, die sich an ein mäßig anspruchsvolles Publikum wendet – sonnengebräunte Männer in Hemdsärmeln, grinsende Kinder mit Sommersprossen, Frauen, die nicht aufhörten, Kinder zu gebären, als lebten sie noch in den fünfziger Jahren. In New York, wo Vincent seine Prüfungen abgelegt und Einführungskurse für Anfangssemester abgehalten hatte, war jeder »für sich« in einer zufriedenen, fast schon verbindenden Weise gewesen; sogar die Ehepaare schienen dort einsam. Die Privatsphäre wurde geschützt, hochgehalten zuweilen sogar angebetet: Wie Franz Kafka hatte Vincent die Freuden der Ehe gegen die unbestreitbaren Freuden des Alleinseins abgewogen, und natürlich hatte das Alleinsein den Sieg davongetragen. Aber er hatte New York verlassen müssen, er hatte sich dazu herablassen müssen, eine Dozentenstelle an einem kleinen, fast unbekannten College im Südosten Ontarios anzunehmen, in einer kleinen Industriestadt, von der seine Freunde nie gehört hatten. Sie verabschiedeten ihn feierlich und wußten dabei, daß sie ihn nie wiedersehen würden. Und sein dreißigster Geburtstag näherte sich – offensichtlich war das Ende seiner New Yorker Zeit gekommen. Was dabei etwas peinlich war: Vincent war geradezu beschämend dankbar für den Lehrauftrag am Hilberry College.

Sein Spezialgebiet war die Literatur der Zeit Edwards VII., obwohl er auch Einführungen in die Literatur und Kurse über zeitgenössisches Drama abhielt; er war immer ein sehr erfolgreicher, beliebter junger Lehrer gewesen, und wenn er nicht versucht hätte, eine Stelle an einer so überlaufenen und begehrten Universität wie Columbia zu bekommen, hätte er nicht ungefähr zweihundert Bewerbungsschreiben an Colleges und Universitäten in Kanada und den Vereinigten Staaten schicken müssen, an die Pädagogische Hochschule von Leadville in Montana, an das Technische College in Prince Rupert, an die Süd-Methodistische Universität von Lamesa in Kalifornien, nahe der Anza-Borrego Wüste; und an das Hilberry College in Telford, Ontario.

Was Vincent überraschte, war seine Entdeckung, daß im Hilberry College alle so aufdringlich normal waren; und gleichzeitig so zynisch. Fast jeder, den er am College traf, fühlte sich für etwas Besseres geboren und natürlich auch viel zu gut für die Stadt. Viele

Menschen, die Vincent als ausgesprochen mittelmäßig einstufte, fühlten sich sogar ihrer Nation, Kanada selbst überlegen. Erstaunlich! Nicht einmal in New York hatte Vincent diesen allgemeinen, unbeschwerten Zynismus erfahren, der sich an Klima und Wetter ebenso entzünden konnte wie an wirklich bedeutenden Fragen. Der Bürgermeister der Stadt sprach abfällig über den Präsidenten des College, der College-Präsident sprach abfällig von den Politikern, von Lokal- wie Landespolitikern; die Dekane der Fakultäten kritisierten ihre Fakultät und die Politiker; alle kritisierten die »Medien«, die entstellten und manipulierten. Vincents Kollegen in der Englischen Abteilung kritisierten die Politiker, die Collegeverwaltung, ihre Studenten, sogar die Sekretärinnen, aber vor allem sich gegenseitig. »Sie finden *hier* bestimmt nicht viel geistige Anregung«, bekam Vincent mehrere Male gesagt.

Einer der Professoren der Abteilung, Dr. Basil May, erzählte Vincent ärgerlich, Dr. Barth, der Vincent eingestellt hatte, könne eine echte Forschungsleistung nicht von einer Kollage mit Schere und Klebstoff unterscheiden und sei außerdem »schon ein halber Tattergreis«. Dann nannte er alle seine Kollegen einzeln – Vincent kannte keinen von ihnen – und zählte ihre dürftigen Leistungen auf, wobei er seine witzigsten Bemerkungen für die zahlreichen Dichter unter den Dozenten aufsparte. »Nein, hier werden Sie sicher nicht viel geistige Anregung finden«, sagte May. Dann äußerte sich wieder Jake Hanley, ein Spezialist für Kanadische und Amerikanische Literatur, abfällig über May. »Er war früher einmal ein erfolgreicher Lehrer, jetzt ist er ein Versager. Er hat irgendwann einmal exhibitionistische Neigungen gehabt, ging zu einem Psychoanalytiker in Behandlung, wurde offensichtlich geheilt, und jetzt ist er eine Niete und ist auf uns alle schrecklich eifersüchtig.« Ein tadellos gekleideter Schwarzer zwischen dreißig und vierzig zog Vincent beiseite, um ihm zu sagen, daß das Niveau der Abteilung erschreckend niedrig sei – er selbst arbeite fast ständig an einem riesigen, ehrgeizigen, bibliografischen Projekt –, aber die Dichter erhielten alle Anerkennungen, sie seien äußerst geschickt darin, sich hochzuspielen und obwohl zwei von ihnen nicht einmal promoviert waren, hatten sie im Jahr zuvor tatsächlich Planstellen bekommen.

Er gab Vincent Abdrucke von Artikeln, die er in den *Augustan*

Studies veröffentlicht hatte: »Der Rückzug des Jambencouplets im späten achtzehnten Jahrhundert« und »Die Wiederkehr des Jambencouplets im späten achtzehnten Jahrhundert«. Er hieß Frank Ambrose, und er gefiel Vincent eigentlich ganz gut, er hätte ihn gern öfter gesehen, aber aus irgendeinem Grund ging es mit ihrer Freundschaft nicht voran – vielleicht war Frank zu stark mit seiner Arbeit beschäftigt, oder er war gekränkt, weil er Vincent im Gespräch mit einem der Dichter gesehen hatte.

Ron Blass war der bedeutendste Dichter der Abteilung. Die Bibliografie seiner Veröffentlichungen war zwölf Seiten lang, er hatte sogar ein Buch geschrieben, und bei den Studienanfängern war er sehr beliebt; wenn Vincent ihn sah, war er immer gerade dabei, ein Gedicht in sein Notizbuch zu kritzeln, und er lud Vincent ständig ein, Kaffee mit ihm zu trinken, und erinnerte sich dann jedesmal in letzter Minute, daß ein Student auf ihn wartete. Er fiel Vincent als sehr nett auf, obwohl er etwas altmodisch aussah in seiner Aufmachung, die an die frühen sechziger Jahre erinnerte – schwarze Rollkragenpullover, Ledergürtel mit dicken Schnallen, Jeans, Stiefel, ein Medaillon an einer Kette, sogar der kleine Bart. Oft sagte er: »Wir müssen uns irgendwann einmal treffen« und: »Meine Frau würde Sie auch gern kennenlernen«, aber dann wurde nichts daraus, keine Einladung folgte. Vincent versuchte, sich nicht daran zu stören. Sogar der nette Ron konnte zeitweise kritisch sein. Er schüttelte den Kopf über die Nachricht, daß einer der Spezialisten für die Literatur des Mittelalters ein Stipendium des Canada Councils bekommen hatte, und meinte, Forschung dieser Art sei Geld- und Zeitverschwendung; die schöpferischen Künste sollten das Geld bekommen, die »lebenden, atmenden Menschen«. Er ließ die Sekretärinnen der Abteilung seine Gedichte abschreiben und sie an Zeitschriften schicken, und gelegentlich machten sie wohl Fehler. Er zeigte Vincent ein Bündel von Gedichten »voller Schreibfehler« und äußerte mit Abscheu, daß er sie ebensogut selbst tippen könne. »Manchmal denke ich wirklich, daß es hier bergab geht«, sagte Ron traurig.

Dann gab es noch Perry Sandeen, einen jungen Dozenten, mit dem Vincent das Zimmer teilte. Obwohl er achtundzwanzig war und Vater von drei kleinen Kindern, benahm sich Perry wie ein fünfzehnjähriger Junge und sah auch so aus. Er war immer fröhlich, sprudelte ständig verbindliche kleine Bemerkungen heraus – »Wie steht's denn, Vince?« – hörte Vincents Antworten nie richtig zu, weil er dabei die Schubladen durchkramte oder Stapel von Studentenreferaten durchblätterte und dabei mit sich selbst sprach. Sein Gesicht war sanft, strahlend und verbindlich nichtssagend: er schien Vincent der normalste von allen zu sein. Er redete von Basketball, Fußball und Hockey. Er rief seine Frau tagsüber an und bat sie, das Baby ans Telefon zu lassen und gurgelte und zwitscherte mit ihm, und es machte ihm überhaupt nichts aus, daß Vincent zuhörte. *Er ist normal, er ist sehr nett, freundlich und normal,* dachte Vincent vorsichtig. Doch erinnerte Perry ihn zuweilen an jene brabbelnden, in sich selbst vertieften Geisteskranken auf den Straßen und in den Parks von New York, die ihre Tage damit verbrachten, mit unsichtbaren Kumpanen zu streiten oder alte Schlachten neu zu durchleben.

Aber Perry war, wie Vincent, neu im College, auch er suchte Kameradschaft. Deshalb strengte Vincent sich an, freundlich zu sein. Er unterdrückte seinen Witz, seinen Sarkasmus, seine Ungeduld, er versteckte das, was er als seinen wirklichen Charme betrachtete und versuchte, auf Perrys Ebene über Hockey, über attraktive Studentinnen und über das Wetter zu plaudern. Perry mußte irgendein Geheimnis haben, dachte Vincent. Diese ständige Fröhlichkeit! Diese jungenhafte, halbblöde Normalheit! Perrys Haar war kurz geschnitten, und seine Brille war mit Klebeband geflickt; er brachte sich sein Mittagessen in einer Papiertüte mit, sogar Kaffee in einer Thermosflasche – oder vielleicht Kakao? Bisher hatte er erst einen Artikel veröffentlicht, über einen Prairie-Dichter des neunzehnten Jahrhunderts namens Herbert Hockings Peterson, dessen Werke Vincent nicht kannte; seinen Doktor hatte er in Edmonton gemacht. »Wie geht's denn so, Vince?« »Wie behandelt dich die Welt, Vince?« »Wir müssen uns mal treffen – Valerie würde dich gerne kennenlernen, ich hab' ihr von dir erzählt.«

Eines Tages, während Vincent versuchte, eine Vorlesung über Tennyson vorzubereiten, kam Perry hereingejagt, sprach mit sich selbst, seufzte, kicherte über etwas in seiner Post, stöhnte über College-Mitteilungen, die er laut vorlas; wühlte seinen Schreibtisch und seine Bücherregale durch, setzte sich auf den Stuhl und lehnte sich so weit zurück, so daß der Stuhl nur noch auf zwei Beinen stand, ließ ihn dann wieder nach vorne krachen und rief munter dazu: »Päuschen, Vince?« Vincent starrte ihn nur an. Wer war das denn? Wer waren diese Leute? Sie waren alle verrückt. Er würde sich nie anpassen, nie einer von ihnen werden; er würde den Rest seines Lebens einsam sein, im Exil hier im Hilberry College. Es war sein Schicksal. Der wirkliche Vincent Scoville – der intelligent war, spielerisch, manchmal sogar ein wenig theatralisch und frivol auf die Art, wie sie in New York gängig war – würde langsam sterben.

Eine Weile sah es so aus, als würden die Hanleys, Jake und Cynthia, Vincent unter ihre Fittiche nehmen. Cynthia war nicht nur Professorenfrau; sie besuchte Kurse in Töpfern und Bildhauen und hatte einen Cousin, der in New York lebte – »ein herrliches, wildes, überschwengliches Leben« wie sie Vincent keß erzählte, wobei sie ihre Augen in einer Weise an Vincent hinabgleiten ließ, die etwas bedeuten mußte; bei anderen Männern machte sie das offensichtlich nicht, bestimmt nicht bei Jake. Er war untersetzt, seine Haare fingen an, licht zu werden, er sprach gutmütig verächtlich über Leute, die gerade außer Hörweite waren – und war doch irgendwie warm und freundlich: er schien Vincents Unglück trotz seinem ständigen höflichen Lächeln zu spüren, er schlug ihm auf die Schulter und murmelte, daß Vincent »sich schon allmählich dran gewöhnen würde«. Jake war einigermaßen intelligent, aber er kam von intellektuellen Themen gern ab und biß sich lieber an College-Klatsch fest – ein Professor der Philosophieabteilung war mit einem Studenten in seinem Zimmer überrascht worden – einem Studenten, keiner Studentin –; die Sekretärin hatte Jake vertraulich mitgeteilt, daß vor kurzem einige sehr interessante Dokumente auf Dr. Barths eigener Schreibmaschine geschrieben und direkt an den Dekan geschickt worden waren – sie hatte zusammengeknüllte Entwürfe gefunden – dies war natürlich alles geheim, streng geheim. Frank Ambrose hatte einen Antrag auf Beurlaubung gestellt, um seine Bibliografie abzuschließen über – über diesen Menschen, über den er arbeitete, wer war das doch gleich – Lord Warburton? Lord Lewesbury? Aber der Antrag war abgewiesen worden; er drohte deswegen zur Fakultätskonferenz zu gehen und sich über die Benachteiligung aufgrund seiner Rasse zu beschweren. »Und dieser hochnäsige kleine Nigger ist doch schon schneller als wir alle

befördert worden«, sagte Jake. Diese Bemerkung, die roh und gemein klang, war irgendwie nicht so gemeint – Vincent bemühte sich, sie in der Art, die hier in Hilberry gängig war, zu interpretieren als eine fast liebevoll gemeinte, freundliche Verunglimpfung. *Es sind eigentlich nette, anständige, sehr normale Leute,* dachte Vincent. Irgendwie war es auch sehr natürlich, sehr »normal«, daß Mrs. Hanley sich so darum bemühte, exzentrisch zu sein; mit ihren Bauernblusen mit gekräuselten Ärmeln, den weiten grünen oder orangefarbenen Kaminkleidern, den dicken Ketten aus Holzperlen, geschnitzten Ohrringen, die wie Totempfähle aussahen und mit dramatischer Intensität hin- und herbaumelten. Sogar ihr ungelenker Flirt mit Vincent war irgendwie nett und rührend und ganz natürlich. Sie fand, er sehe im Profil wie Lord Byron aus, sie spielte auf den Klatsch in der Abteilung über seinen offensichtlichen Lehrerfolg in den ersten Wochen hier an – sie vertraute ihm an, daß Jake, praktisch allein, nur mit Unterstützung von Dr. Barth, im letzten Frühjahr sich *so* dafür eingesetzt habe, daß ihm, Vincent, seine jetzige Stelle angeboten worden war; andere in der Abteilung, allen voran ein rivalisierender Dichter (hier stellte sich heraus, daß Jake Hanley selbst auch Gedichte schrieb), hatten einen anderen Kandidaten aus British Columbia favorisiert. Im Laufe des Gesprächs stellte sich auch heraus, daß der »rivalisierende Dichter« kein anderer als Ron Blass war – der Vincent so freundlich und entgegenkommend erschienen war! Vincent war seltsam verletzt.
Die Hanleys luden Vincent im September zu einer großen Cocktailparty ein und dann noch einmal zum Essen in der folgenden Woche; dann fragten sie ihn, ob er mit ihnen in ein Konzert kommen wolle, aber irgend etwas mußte wohl falsch gelaufen sein – Vinvent glaubte, seine Gereiztheit über Cynthias einschmeichelnde und dabei so unpersönliche Art sei vielleicht schuld – ob sie mit jedem Junggesellen so flirtete? – war es für sie ein Ritual, etwas, was sie einfach tun mußte? eine Methode, um die Eifersucht ihres lethargischen Mannes zu wecken? – und die Freundschaft endete ziemlich plötzlich. Sie nahmen nie wieder Kontakt mit ihm auf. Er wußte nicht, ob er enttäuscht oder erleichtert sein sollte. Sein Privatleben schien ziemlich leer, das schon, und abgesehen von seiner Lehrtätigkeit hatte er nicht viel Kontakt mit Menschen, aber lohnte es sich denn eigentlich, seine Einsamkeit mit Hilfe der Hanleys zu

mildern? Jake hatte die Angewohnheit, sich heftig in schneller Abfolge zu räuspern, besonders wenn er sich im Gespräch engagierte – Vincent hatte einmal gehört, wie einer der älteren Studenten ihn im Gemeinschaftsraum nachgeahmt hatte – eine Gewohnheit, die wirklich unerträglich war. Deshalb ... So ... Da war es eigentlich gar nicht schlimm ...

Über die Hanleys hatte er allerdings eine interessante junge Frau kennengelernt. Seit einer unglücklichen Liebe vor einigen Jahren, über die Vincent nicht gern nachdachte, näherte er sich Frauen schüchtern und vorsichtig: offensichtlich wurde er für einen attraktiven Mann gehalten und das baute bei Frauen manchmal Erwartungen auf, die zu erfüllen er keineswegs beabsichtigte. Seine einzige ernste, lange Liebesaffäre hatte sich zu einer langen Verlobung entwickelt, die mit einer Katastrophe geendet hatte ... aber er mochte nicht darüber nachdenken, mochte nicht die unglückliche und lächerliche Vergangenheit mit sich in den Südosten Ontarios bringen. Deshalb rief er, ganz optimistisch, die junge Frau an, die Dozentin in klinischer Psychologie war. Sie hieß Sondra, was er zunächst als Sandra verstanden hatte, und das war nur der erste Fehler von einer ganzen Kette, die folgen sollten.

Natürlich war Vincent nervös, aber er war taktvoll genug, es nicht zu zeigen; es wäre ihm nicht im Traum eingefallen, irgendeinem seiner Mitmenschen klarzumachen, wie er sich gerade fühlte – er betrachtete es als taktlos, Emotionen zu zeigen, als unkultiviert und ziemlich ordinär »amerikanisch«. Sondra war noch aufgeregter als er. Sie strich sich fortwährend ihr langes pechschwarzes Haar aus den Augen und lächelte ein seltsames Lächeln, das nur den unteren Teil ihres Gesichts einbezog, und dann machte sie Vincent ständig auf ihren Zustand aufmerksam, als sei er an sich schon fesselnd. »Mein Gott, ich bin ja neurotisch ... Mein Gott, sehen Sie, wie meine Hände zittern ... Dies ist meine fünfte Zigarette ... Herrgott, ich muß auf irgendeiner unbewußten Ebene unheimlich stark auf Sie reagieren ... Und wie ist das mit Ihnen? Wie fühlen Sie sich? Was fühlen Sie? Welche Gefühle haben Sie? ... ich meine grundsätzlich?«

Vincent war solchen Frauen vor Jahren in New York begegnet; in den letzten Jahren waren sie verschwunden. Es gab neue Verhaltensweisen, neue Moden. Er versuchte, ihre intimen Vorstöße nicht zu beachten und dieses verzweifelte Lächeln, das kam und wieder schwand, und versuchte eine normale Unterhaltung, ohne erschrekkende Themen. Ob sie gern in Hilberry lehre ...? Wo sie ihre Examina gemacht habe? Ob sie gerne reise ...? Und wie es mit Büchern sei ... Filmen ... Musik ... Hobbies ... Sie antwortete mit ein paar konventionellen Fragen ihrerseits, interessierte sich aber offensichtlich gar nicht für seine Antworten, und als er davon sprach, daß er von seinen Studenten hier angenehm überrascht sei – sie seien so viel höflicher und gebildeter, als er erwartet hätte, vernünftiger, zuverlässiger, man stoße nicht so häufig auf Drogenabhängigkeit, auf ausgefallene Aufmachung und ungewöhnliches Benehmen – sah Sondra ihm tief in die Augen, als ob sie sein Innerstes lesen wollte. Als er ihr über eins seiner erfreulichen Erlebnisse mit seinen Erstsemestern erzählte, bemerkte er, daß er zu sich selbst sprach. Sie hörte überhaupt nicht zu.

»Cynthia hat mir erzählt, daß Ihr Sternzeichen die Fische sind«, sagte sie nickend, »ah ja.«

Vincent entschied, daß er sich nicht für die Frau erwärmen könne, er hatte den Verdacht, daß ihr auch nichts an ihm lag, doch konnte der Abend wohl nicht so abrupt enden; es war erst zwanzig nach neun.

Also zurück in ihre Wohnung.

»... ich vermute, Cynthia hat dir erzählt ... hat dir berichtet ... Offensichtlich hatte dieser Schuft mit zwei Mädchen gleichzeitig ein Techtelmechtel ... nicht mit einer, mit *zwei!* Beide wußten voneinander natürlich nichts, braucht man wohl nicht zu erwähnen. Beide bestens bekannt mit den intimen Einzelheiten *meiner* Existenz, natürlich. Er hat ihnen wirklich alles erzählt! Alles! Und er hat gelogen, er hat übertrieben ... Privatleben ... Tricks ... Gewohnheiten ... Eigenarten«, murmelte Sondra. Sie schüttelte den Kopf. Sie saßen nebeneinander; Vincent versuchte, aus ihrem Monolog schlau zu werden, und zu erkennen, was er damit zu tun hatte. Sondra war ein wenig betrunken. »Zum Glück habe ich herausgefunden, daß Jerry Frauen immer herabwürdigen muß ... das hat mich vor dem Wahnsinn gerettet, dieses Wissen. Das hat mich über den ganzen Winter gebracht ... Denn es gibt Männer, weißt du, die laufen herum, als wären sie ganz, aber sie sind nicht ganz, sie sind nur *halb!* Halbe Männer, die herumspazieren, als wären sie ganze, halbe Männer, die vorgeben, ganze zu sein. Die laufen rum und schikanieren Leute ... Er hat dieses wahnsinnige Bedürfnis, Frauen abzuwerten und herunterzumachen, aus einer entsetzlichen Furcht, von ihnen kastriert zu werden. Jerry *muß* sie einfach demütigen, ich meine, uns, weil ... wegen seiner Angst. Das geht auf seine Mutterbeziehung zurück, natürlich. So ist das immer. Wir waren nur zwei Jahre lang verheiratet, aber in dieser Zeit habe ich so viel gelernt ... so viel Weisheit ... Wahrheiten über die menschliche Natur, durch das Leid ... es gibt keinen anderen Weg, es gibt keine Abkürzung zur Weisheit, zur Reife«, sagte sie und fing an zu weinen. »Dieses Schwein ist jetzt in Vancouver. Briefe, die ich dorthin schicke, kommen ungeöffnet zurück – *Adressat unbekannt* – wie findest du das? Am Tag der Scheidung hat er die Stadt verlassen, und jetzt ist der *Adressat unbekannt*. Und das alles wegen dieser infantilen, regressiven Furcht vor ... seine Kastrationsängste durch seine Mutter ... einfach ein Beweis für seine Unreife, dieser Hund! Er schuldet mir Alimente, fünfhundert Dollar, und, weißt du was? Er hat einem Freund aufgetragen, er solle mir schreiben, er sei ertrunken, bei einem Segelunfall sei er ertrunken, eine ganz offensichtliche, schamlose Lüge, und ich werde den Brief zur Beratungsstelle für Rechtsfragen bringen ...«

Sie strich sich das Haar aus den Augen. Sie machte eine Bewegung, als wollte sie in Vincents Arme sinken, aber er saß ganz steif da und sah sie gar nicht richtig an.

»... So erbärmlich, so unglücklich, so neurotisch, daß ich sterben könnte ... ich könnte mich hinlegen und sterben«, keuchte sie. »... diese lügenden, dreckigen Schweine ... Männer, die einen ausnützen ... aber ich habe schließlich meinen Doktor, und den kann mir keiner nehmen ... *Adressat unbekannt!* Das werden wir schon sehen, wer da unbekannt ist! Zwei können dieses Spiel genauso spielen, wie einer ... Wo gehst du hin?«

»Ich muß nach Hause«, sagte Vincent.

»Aber warte doch! Warte!« rief sie. »Warte, wir haben doch nicht einmal ...«

»Ich muß weg«, sagte Vincent. Er war schon aufgestanden. Es war ihm noch nicht klar, wie er diese Szene im Geist umbauen könnte, um sie als belustigend in Erinnerung zu behalten und nicht als so erbärmlich, als komisch und nicht nur deprimierend; er richtete sich zu seiner vollen Größe auf, zuckte aristokratisch mit den Schultern und versuchte zu lächeln. Sondra sprang auf die Füße und weinte noch immer. Sie versuchte, seine Hände zu fassen, versuchte, ihn dazu zu bringen, ihre Hände zu ergreifen. Im Restaurant – einem protzigen französischen Lokal – hatte sie zuviel Wein getrunken, zu viele Cocktails; das Essen hatte viel mehr gekostet, als Vincent erwartet hatte; und jetzt endete dieser Abend in Unfrieden, in einem Austausch von Intimitäten zwischen zwei Unbekannten.

»... wir haben nicht einmal ... haben uns nicht einmal ...«

»Auf Wiedersehen«, sagte Vincent. »Gute Nacht.«

Sie machte einen mutlosen Versuch, den Reißverschluß ihres Kleides zu öffnen; sie strich ihr glänzendes schwarzes Haar aus den Augen, umgab ihr Gesicht mit einem Rahmen von Haar und starrte ihn an; aber es nützte nichts. »Wir haben uns nicht einmal richtig kennengelernt«, sagte sie anklagend.

Danach war Vincent so verstört, daß er nicht schlafen konnte. Er versuchte zu lesen und konnte nicht. *Liebe,* dachte er. *Wo ist die Liebe? Wo war sie früher? Wie haben sich die Menschen in der Vergangenheit verliebt?* Er konnte nicht lesen, er konnte nicht stillsitzen. Aus dem Spiegel in seinem Badezimmer sah ihn ein totenblasses Geschöpf an, geschlechtslos, gequält, einsam. »Liebe«, sagte dieses Geschöpf laut. »Ehe. Freundschaft ... Freunde, Freundschaft. Ehe. Liebe. Normal: normale Menschen. Wo ...?«

Völlig aus dem Gleichgewicht durch Sondras Tränen, die späte Stunde und die Drinks, die er sich eingegossen hatte, seit er wieder in seiner Wohnung war, überlegte Vincent sogar, ob er seiner früheren Verlobten schreiben sollte. Sie hieß Florence; sie studierte jetzt in London. Zerbrechlich, honigblondes Haar, wunderschöne braune Augen ... ein I.Q. von 180 ... genau die richtige Frau für Vincent. Sie konnte keinen Widerspruch ertragen: sie wurde wütend darüber. Vincent hatte ihren Sarkasmus, wenn er gegen andere gerichtet war, immer belustigend gefunden, aber wenn sie ihm gegenüber so war ... Erschreckend. Entsetzlich. Aber sie war eine phantastische Frau und so intelligent und paßte so gut zu ihm ... Sie hatten sich schließlich verlobt: Vincent war eigentlich sehr konventionell. Er war formalistisch, liebte Rituale, war altmodisch. Er wollte eine Verlobung, und er wollte eine Hochzeit, und er wollte ... wollte ...

»Ich will einer von ihnen sein«, flüsterte er.

Er beschloß, nicht zu schreiben. Nein. Unmöglich. Florence würde nur sofort in den alten Streit zurückfallen, nur zu bereitwillig, sie würde ihm all die Dinge vorwerfen, die sie in ihren Lehrbüchern gelesen hatte: Narzißmus, unterdrückte Homosexualität, Eigennutz, Egoismus, die Unfähigkeit, Widerspruch zu ertragen. Nein, es war unmöglich. »Ich möchte wie alle anderen sein«, sagte Vincent. »Nur wie ...?«

Sein Leben änderte sich von Grund auf im November. Die Frau hieß Violet Kipling-Horne.

Dr. Barth bat ihn eines Morgens, Mr. Bell in der Abteilung seltener Bücher der Bibliothek aufzusuchen. »Offenbar braucht man einen Gelehrten von Ihren Talenten«, sagte Dr. Barth. Er war ein weißhaariger, kleiner Mann, mit der Neigung, undeutlich zu sprechen; meistens verstand keiner, was er sagte. »Ja? Meine Talente?« sagte Vincent. Er wußte nicht, ob er eingeschüchtert oder erfreut sein sollte. Nachdem er einige Minuten mit Mr. Bell gesprochen hatte, Mr. Bells langen, gewundenen, verwirrenden Sätzen zugehört hatte, begann Vincent allmählich zu begreifen, daß er für eine ganz besondere Aufgabe ausgesucht worden war. Oder doch nicht? »... wir warten alle schon ein paar Jahre auf ... voller Erwartung ... das Entsiegeln der Melrose-Schenkung ... wie Sie sich vorstellen können. Neunzehnhundertneunundvierzig ... neunzehnhunderteinundzwanzig und natürlich heute. Sehr wertvolle Briefe, die diesem College geschenkt wurden ... steuerfreie Schenkung ... Großzügigkeit. Ich vermute, Sie sind vertraut mit den Umständen und der Tatsache, daß diese Briefe existieren ... Herr Dr. Barth hat gesagt, die Englische Abteilung erwarte die Öffnung voller Spannung ... obwohl sie natürlich keineswegs«, sagte er gelassen, Vincent anlächelnd, »dem Spender den Tod gewünscht haben ... zu verscheiden ... entsprechend den Angaben im Testament, die Besonderheit der ... der gesetzlichen Abmachungen im Testament. Und deshalb. Das schließt den Kreis zum heutigen Augenblick. Präsident Swanson ist sehr, sehr daran interessiert, wie Sie sich vorstellen können ... sehr interessiert daran, daß die Briefe durchgearbeitet werden, daß ihnen in der gelehrten und akademischen Welt die Aufmerksamkeit gezollt wird, die sie verdienen, und natürlich wird das Hilberry College ... das College selbst wird notwendigerweise seinen Anteil an Publizität fordern, welche es – Sie werden mir sicher zustimmen – sehr, sehr dringend benötigt, wenn man an die empörenden Leitartikel denkt, die unsere Lokalzeitung abzudrucken für nötig hält. Und deshalb, dies schließt den Kreis und bringt uns auf den heutigen Tag.«

Vincent lächelte. »Offensichtlich bin ich dazu ausersehen worden?«

»Ja, und das ist eine beträchtliche Ehre«, sagte Mr. Bell. Er ähnelte Dr. Barth: klein mit einem Bäuchlein, dünnem weißem Haar und dem liebenswerten Charme eines Gnoms, der sich zeitweilig zu Tiefsinnigkeit und Undurchschaubarkeit verdichtete, zu einer schmalzig dichten Masse ... aber meistens war er nach Vincents Meinung wirklich reizend. Als hochgewachsener Mann bemühte Vincent sich redlich, großmütig zu sein. Er glaubte nicht an die beunruhigende Hypothese, die vor kurzem von einem Psychologen aufgestellt worden war, daß alle Männer andere, größere Männer hassen und daß die allerkleinsten Männer in jeder Gesellschaft den anderen Männern gegenüber einen mörderischen Zorn fühlen, der aber natürlich im Unterbewußtsein bleibt. Das konnte doch nicht sein. Vincent haßte psychoanalytische Verallgemeinerungen, er haßte Pseudowissenschaftlichkeit jeder Art. Und doch hatte er, während Dr. Bell jetzt weitersprach, das unbehagliche Gefühl, isoliert zu sein ... bewertet zu werden ... von einem Feind in der Verkleidung eines alten, gutmütigen Bibliothekars ... »... habe keine Gelegenheit gehabt, die Briefe selbst sehr gründlich zu lesen«, sagte Mr. Bell, »aber natürlich bin ich auch kein Wissenschaftler oder Historiker wie Sie; es steht mir nicht zu, die Kipling-Horne-Briefe zu bewerten. Die junge Dame war, wie Sie sicher wissen, die Lieblingsnichte von Rudyard Kipling, so heißt es ... sie hat ihm sogar bei einigen Manuskripten geholfen, glaube ich ... zog nach Indien, um ihn dort zu besuchen, mit ihrer Familie ... So ähnlich. Ihnen ist vermutlich diese ganze Zeit sehr vertraut. Die Hinterlassenschaft kam an uns durch die Großzügigkeit von Mrs. Frederick Melrose aus Toronto, die vor kurzem verstorben ist, eine besondere Schenkung, die dem Hilberry College vermacht wurde ... wahrscheinlich wegen Mrs. Melroses Bewunderung für Präsident Swanson. Sehr, sehr großzügig von ihr. Eine sehr große Ehre. Es scheint, diese Briefe waren im Besitz ihres Gatten, Frederick Melrose, dem bekannten Anwalt und Philanthropen von Toronto ... ach, ist Ihnen der Name nicht bekannt? ... Nun, er starb vor vielen Jahren, und die Briefe vererbten sich natürlich an seine Frau; schließlich starb sie selbst, natürlich, und so ... und so haben wir sie jetzt, *wir haben sie jetzt.* Ich brauche Ihnen wohl nicht zu erzählen, Herr Dr. Scoville, wie freudig erregt Präsident Swanson ist. Diese Briefe sind die erste literarische Schenkung, die dieses College je bekommen hat. Wir warten seit Jahren auf die Öffnung, obwohl natürlich Herr Dr. Swanson keineswegs auf den Tod von Mrs. Melrose gehofft hat. Es ist eine sehr komplizierte Angelegenheit, wie üblich, rechtliche Fragen, Testamente, Nachlässe, diese Dinge. Nun ist Herr Dr. Swanson, den Sie ja kennen, nein? ... ein wirklich ausgezeichneter Mann. Einer der wenigen anständigen Menschen in der Verwaltung, ich kann es Ihnen ja sagen, und es ist wirklich eine Schande, welchen Angriffen der lokalen Presse er ausgesetzt war ... von der Studentenzeitung, vielen Mitgliedern seiner Fakultät ... sogar von den jüngeren Dekanen ... Sogar zuweilen, wie Sie vermutlich wissen, ein Angriff aus den Reihen des Senats, obwohl diese Herren ihm doch mehr Loyalität schulden müßten. Und so ... aber ich will Sie nicht mit unnötigen Einzelheiten belasten ... und so fällt es Ihnen zu, Herr Dr. Scoville, dieser Ehre Genüge zu tun. Es ist wohl eine hohe Ehre, glaube ich. Sie wurden unter den Kollegen der Englischen Abteilung auserwählt, um über diesen wertvollen Besitz zu arbeiten ...«

Vincent versuchte, eine Erklärung zu geben: »Das ist sehr freundlich, daß Sie das sagen, es ist aber wohl nur wegen meines Spezialgebietes, Herr Dr. Barth hat mich zweifellos gewählt, weil ...«

»Es ist eine große Ehre«, wiederholte Mr. Bell.

»Ja, das ist mir klar«, sagte Vincent leise.

»Eine Ehre, eine Ehre, deren man sich würdig erweisen muß. Dieser Besitz ist so wertvoll, daß Sie die Briefe gar nicht lange werden ansehen können. Man hat sie extra witterungsbeständig gemacht und sie einer Reihe von komplizierten chemischen Prozessen unterzogen, um zu verhindern, daß sie verrotten, verschimmeln, von Schädlingen zerstört werden ... Termiten, Nagetieren, so etwas. Der Erwerb solch kostbaren Materials erfordert ernste Maßnahmen, und Sie können sich vorstellen, wie begeistert Herr Dr. Swanson ist und wie ungeduldig er Ihren Bericht erwartet.«

»Das ist mir klar«, sagte Vincent langsam.

Mein Gott. Das ist doch unmöglich.
Vincent saß in dem achteckigen Raum im vierten Stock der Bibliothek, allein in einem riesigen, kostbar ausgestatteten Konferenzraum, am Kopfende eines großen Mahagonitisches. Er saß seit mehreren Stunden vor den Kipling-Horne-Briefen. Er hatte sich durch die spinnenartige Handschrift der jungen Dame durchgearbeitet, hatte wieder zurückgeblättert, noch einmal gelesen, hatte geseufzt, hatte sich am Kopf gekratzt, so wie Perry Sandeen sich kratzte, unbewußt ... und er war zu dem unausweichlichen Schluß gekommen, daß diese Briefe wertlos waren.
Völlig wertlos.
Er seufzte laut auf, theatralisch. Wie konnte so etwas geschehen? Wie? Warum? Aber natürlich: Basil May und die wenigen anderen, die man als Experten betrachten konnte, hatten die Aufgabe zurückgewiesen. Zweifellos war man an sie herangetreten, schon vor Jahren. Sie hatten klugerweise abgelehnt. Sie hatten diese Ehre abgelehnt. *Und so fällt es Ihnen zu ... sich dieser Aufgabe für würdig zu erweisen.*
Vincent las die fünf Briefe noch einmal.
Zuerst hatte er Schwierigkeiten mit Miß Kiplings Handschrift gehabt: dieser dünnen, blumigen, verschnörkelten, kunstvollen Schrift, die junge Damen damals lernten, wenn sie einer bestimmten Schicht angehörten. Natürlich hatten diese jungen Damen eine solch elegante Schrift gelernt, um die Tatsache zu verschleiern, daß sie eigentlich nichts zu sagen hatten. Vincent hatte seine Dissertation – stattliche sechshundert Seiten – über die unbekannteren Werke Virginia Woolfs geschrieben; er hatte die Briefe untersucht, die zwischen Miß Stephen und ihrer Schwester und anderen Familienangehörigen und zahlreichen Mitgliedern ihres Kreises hin- und hergegangen waren, und viele davon waren in demselben Stil gewesen wie Miß Kipling ihn schrieb. Glänzende, atemlose Sätze ... Gedankenstriche, Ausrufezeichen ... unterstrichene Banalitäten.

Mein Liebster,
ich schreibe dies auf einem herrlich frischgrünen Hügel mit Blick auf Ovingdean – denke an unser letztes Treffen – meine Seele und mein Herz sind ganz gefangen – bezaubert – und von Furcht gequält, daß man uns entdecken könnte. Liebster, ich kann mir fast

vorstellen, daß Du hier neben mir säßest, wie Du die Vögel hören würdest, – das Vieh im Dorf brüllen (es wird gerade durch die Straßen getrieben) – ich fühle den Druck Deiner Hand in meiner. Ich kann mich nicht sammeln, ich fühle mich schwindelig und hilflos. Mein Cousin steigt den Hügel herauf, kommt hierher – ich muß schließen – *In Liebe*, wie immer Deine Violet

Beim ersten Mal hatte Vincent fast eine Stunde dazu gebraucht, dies zu entziffern; das zweite Mal las er es schnell, auf der Suche nach kleinen Ironien, kleinen Hinweisen darauf, daß das Ganze nicht ernst gemeint war. Aber nein. Nein. Violet Kipling war seinen Berechnungen nach achtzehn gewesen im Juni 1921 – nicht sehr gebildet, natürlich, kaum mehr als ein Kind. Ihre Briefe an Frederick Melrose waren die Briefe eines Kindes ... *Das ist unmöglich*, dachte Vincent ruhig, auch als er den zweiten Brief überflog, der am folgenden Tag geschrieben war, hingeworfen, während unten der Tee bereitet wurde und Violet fürchtete, jeden Augenblick von der Stimme ihrer Mutter gestört zu werden. *Meine Gedanken sind nur bei Dir, Liebster, obwohl die Welt mich verspotten würde für meine Weigerung, meine Gefühle zu verstecken* ... Ein kurzer Brief, nur eine Seite lang.

Der dritte Brief war vom 30. Juni 1921. Er war länger, offensichtlich geschrieben, nachdem die Liebenden sich in London getroffen hatten, Miß Kiplings Handschrift war noch blumiger als zuvor, vielleicht aus Hysterie? Sinnlose Kringel und Ranken und übertriebene Gedankenstriche: Vincent zuckte zusammen, als werde er gezwungen, in die Seele eines anderen Menschen zu schauen. Wie das Mädchen sich selbst entblößte! – Nicht nur ihre Gefühle, sondern auch ihre intellektuelle Seichtheit. *Ich quäle mich damit, Deine Worte anzuzweifeln – ich weiß, ich weiß, daß ich verdreht bin – aber Deine Existenz hat sich so in meine Seele eingegraben – ich werde nie wieder so sein, wie ich war* – Danach waren mehrere Zeilen dick ausgestrichen, so als habe Violet Tinte auf das Papier getröpfelt und dann verwischt. Vincent fragte sich, was das Mädchen hier wohl geschrieben hatte. Aber der vierte Brief, vom ersten September, unterschied sich nicht sehr von den anderen. Drei Seiten ernster, atemloser Liebeserklärungen, wieder Betrachtungen über ihr jüngstes Zusammentreffen und Violets Geständnis, daß es ihr unmöglich sei, ihre Gedanken auf irgend etwas anderes zu richten. Der Brief war in Brighton geschrieben und schloß mit Klatschgeschichten über ihre Verwandten und einen Geistlichen namens Fifield, der eine sehr beherrschende Frau geheiratet hatte ... eine Erinnerung an Jane Austin blitzte auf, Violet hatte sie sicher gelesen. Der letzte Brief datierte vom 15. Oktober und war von London abgeschickt. Nichts schien sich geändert zu haben. Violet erklärte, sie werde Frederick ewig lieben. Sie denke nur an ihn, sie sehne sich nur danach, wieder bei ihm zu sein ... *Es regnet hier und ist schrecklich trübe – aber so sieht es auch in meiner Seele aus – ich weiß kaum, ob ich diese Melancholie teile oder ob ich trotz allem erregt und voller Freude bin.*

Vincent seufzte und schob die Briefe von sich.

Wertlos.

Er hätte es als peinlich empfunden und vielleicht sogar als beunruhigend, daß er Stunden damit zugebracht hatte, die Liebesbriefe eines jungen Mädchens zu studieren – eines Mädchens, das jetzt tot war wie ihr Geliebter – wenn er sich nicht selbst so elend gefühlt hätte. Sein Magen war schon immer etwas empfindlich gewesen; er war nicht so gesund, wie es nach außen aussah. Gelegentlich zweifelte er sogar daran, ob er völlig normal sei ... aber vielleicht hatten alle Menschen diese Zweifel? Und wer konnte das beurteilen?

Vincent sollte einen vorläufigen Bericht über die »Kipling-Horne-Sammlung« schreiben, der Dr. Barth vorgelegt und dann in das Büro des Präsidenten geschickt werden sollte. Danach sollte er eine gründliche Bibliografie zusammenstellen und den Inhalt jeden Briefes so detailliert wie möglich auflisten; er sollte mit anderen Bibliotheken, Museen und Sammlungen in Nordamerika und England Kontakt aufnehmen, um herauszufinden, ob weitere »Schriften« von Miß Kipling für wissenschaftliche Analysen zur Verfügung ständen; es bedurfte keiner weiteren Erklärung, daß er natürlich den Zusammenhang zwischen diesen Briefen und einigen wichtigen Aspekten in Rudyard Kiplings literarischem Werdegang herstellen sollte.

Vielleicht war dieses Mädchen gar nicht die Geliebte von Melrose gewesen? ... Vielleicht hatte Violet die Briefe einfach aus kindlicher Verliebtheit geschrieben, vielleicht waren sie Produkte ihrer Phantasie? Falls Melrose geantwortet hatte, waren diese Antworten nie erwähnt worden. Und wie hatten die beiden sich ohne Anstandsdame für Violet treffen können? Ein Rätsel, doch ein Rätsel ohne Wert. Phantasie in der Phantasie. »Liebe«. Vincent packte sein lockiges Haar mit beiden Händen und zog daran, bis ihn der Schmerz nüchtern machte. Er mußte diesem Wahnsinn widerstehen. Er würde es, er mußte einfach. Er würde damit beginnen, daß er ... Er würde sich weigern ...

Da er ein wahrheitsliebender junger Mann war, verfaßte Vincent einen ehrlichen Bericht von weniger als einer halben Seite, in dem er die ganze Sammlung zusammenfaßte. Er fragte sich, ob die Wertlosigkeit der Briefe für sich selbst sprechen würde. Aber Dr. Barth war kein Mann des Hintergründigen, Tiefsinnigen. Deshalb schloß er seinen Bericht mit der Feststellung, daß die Kipling-Horne-Briefe keinerlei Wert besaßen, weder literarisch noch historisch.

Dr. Barth rief ihn im College an. Während Perry Sandeen über einem Stoß von Arbeiten seiner Erstsemester kicherte, gluckste und seufzte, hörte Vincent Dr. Barths langsamen, schwerfälligen, schonungslosen Äußerungen zu. Vincents Bericht sei unbefriedigend. So gehe es nicht. Dies könne man doch nicht an Präsident Swanson weitergeben. Es sei wohl nur ein erster Entwurf? Vincent versuchte, sich zu verteidigen, wurde aber unterbrochen. Er starrte mit blinden Augen auf Perry, auf die Aquarelle, Fingerfarbenbilder von Perrys Kindern, die an der Wand hinter ihm hingen. Dr. Barth schlug vor, er solle doch die Briefe noch einmal durchgehen, diesmal etwas sorgfältiger. Dies sei eine wichtige Aufgabe. Die Erwerbung der Kipling-Briefe sei ein höchst bedeutendes Ereignis in der Geschichte des Hilberry College ... ob Vincent das nicht klar sei?

Nachdem Vincent aufgelegt hatte, schien er auf seinem Tisch in sich zusammenzufallen. Perry rief: »Was ist denn, Vince? Du, was ist los?«

Vincent drückte seine Stirn auf den Schreibtisch. »Frag mich nicht«, sagte er.

»Es ist doch nicht – es ist doch noch zu früh für – Es geht doch nicht um den Arbeitsvertrag oder deine Beförderung und – Man hat dich doch nicht rausgeworfen, Vince, oder?«

»Frag nicht«, flüsterte Vince.

Also kehrte Vincent in den achteckigen Raum zurück.

Die Kipling-Schriften wurden ihm immer von demselben Mädchen gebracht, einer Bibliothekarin aus der Abteilung für seltene Bücher und Sondersammlungen. Sie war sehr ernst, lächelte nie und war sehr besorgt, Vincent könne die Schriften irgendwie beschädigen – obwohl er ihr versicherte, er rauche nicht, er würde keinen Kaffee trinken und auch nicht essen – er würde die Briefe kaum anfassen. »Sie sind sehr, sehr hoch versichert«, sagte das Mädchen, »aber wenn irgend etwas damit geschähe ... es wäre ein unersetzlicher Verlust. Ich wüßte einfach nicht, was Dr. Swanson sagen würde.«
Wenn es abends Zeit war zu gehen, verständigte Vincent das Mädchen, das die Briefe zurück in den Tresor brachte. Der achteckige Raum war teuer ausstaffiert: Fenster vom Fußboden bis zur Decke, bequeme Lederstühle, ein dicker Teppich. Eine solche Umgebung hätte Vincent normalerweise gefallen, da er den Luxus liebte; aber die unnatürliche Ruhe an diesem Ort begann ihn zu stören.
Er verbrachte Stunden damit, emsig Passagen herauszuschreiben, Schlüsselsymbolen oder Bildern nachzuspüren, Motive, Muster zu erkennen ... eine Chronologie der Ereignisse zu erstellen. Inzwischen hatte er jedes Buch gelesen, das in der Bibliothek über Kipling und seine Zeit zu finden war, und obwohl er in keinem auf eine Erwähnung von Violet Kipling oder Frederick Melrose stieß, fand er heraus, daß es einen unbekannten Dichter namens Jonathan Melrose gegeben haben mußte, der für die Lytton-Strachey-Forschung von Interesse war ... Vielleicht waren Jonathan und Frederick verwandt? Oder vielleicht handelte es sich sogar um dieselbe Person? Inzwischen hatte er die Bibliothek angewiesen, aus England noch mehr Material schicken zu lassen.
Sein vorläufiger Bericht war dem Präsidenten zugeschickt worden, ein nochmals überarbeiteter Bericht von etwa zwei Seiten, mit breitem Rand. Vincent biß sich auf die Lippen, während er ihn tippte; er tat es unbewußt und schmeckte plötzlich Blut. Er war sicher, daß Dr. Barth oder Dr. Swanson die hysterische Leere des Berichts durchschauen würden, aber offensichtlich wurde er positiv aufgenommen, und ein paar Tage später bekam Vincent einen Brief vom Präsidenten persönlich mit Worten der Ermutigung und Glückwünschen. Dr. Swanson sprach sogar von der Möglichkeit, daß »an unserem College ein Studienzentrum für die Schriften von Violet Kipling und ihrem Kreis gegründet werden könnte ... Vielleicht

werden eines Tages die Kipling-Forscher aus aller Welt nach Hilberry kommen, um in dieser ruhigen Umgebung neben den Wissenschaftlern von Hilberry zu arbeiten.« Und er, Herr Dr. Scoville, werde dann natürlich eine Kernfigur solcher wissenschaftlicher Tätigkeit sein.

Nach den Weihnachtsferien wurde das Wetter in Telford schlecht. Es gab Tage, an denen der Himmel tief und voller Wolken dräute, und nasse Schneeflocken, vom Ruß schon angeschmutzt, fielen anstelle von richtigem Schnee, der die Luft reinigt und den Himmel in gesunden, leuchtendem Blau hinterläßt. Vincent gab vor, an den Briefen zu arbeiten, obwohl es natürlich wenig für ihn zu tun gab. Er war sehr zurückhaltend mit Äußerungen über sein Privatleben: er schlug Perrys Einladungen zum Kaffee ab, ging Sondra aus dem Weg, wenn er sie zufällig auf dem Universitätsgelände sichtete, er fand es schwierig, auch nur ein paar unbestimmt optimistische Worte zu Dr. Barth zu sagen, der ihn manchmal im Gemeinschaftsraum auf Aussagen über die »Schriften« festnageln wollte. Eines Tages kam ihm eine Idee. Er unterbrach Ron Blass' freundliche, monologische Klagen – Ron war mit einer Reihe von Leuten unzufrieden, die meisten waren Vincent unbekannt – und fragte Ron, ob er von dem Besitz der Bibliothek gehört habe, der Sammlung seltener Werke ...? Ob Ron etwas über die »Rudyard-Kipling-Briefe« wisse ...? Ob er wisse, wie wertvoll ... welche Gelegenheit sich hier öffne ...? Aber schon bevor er ausgesprochen hatte, fing Ron an, den Kopf zu schütteln. Tränen des Mitgefühls und des Mitleids traten in seine Augen; es konnte allerdings auch sein, daß Vincent sich irrte; als er das Gespräch später noch einmal überdachte, erwog er die Möglichkeit, daß es vielleicht seine eigenen Tränen gewesen waren.

»Mein Gott, ich bin so froh, daß ich meine Planstelle habe«, seufzte Ron. Er schüttelte immer noch den Kopf. »Und natürlich bin ich Dichter, schaffe Neues ... von mir erwartet man keine wissenschaftliche Arbeit ... wissen Sie. So wie von Ihnen. Ja, ja, ich habe so etwas gehört, ich glaube, es war ein versehentliches Wort über eine vertrauliche Angelegenheit, vielleicht hat eine der Sekretärinnen ... es ist einfach wahnsinnig schwierig, hier Dinge geheimzuhalten. Aber ja, man weiß, daß Sie sich mit Swansons fixer Idee herumschlagen müssen. Vielleicht hätte ich Sie warnen können, nur ... Also, wissen Sie, es ist sicher eine ehrenvolle Aufgabe. Man hätte ja irgendeinen von den jüngeren Dozenten fragen können, jemand, der nicht fest angestellt ist ... Ihr Zimmergenosse Perry Sandeen ist sehr, sehr ehrgeizig, nicht? Wußten Sie das nicht? Und auch Jake Hanley, obwohl er eine Planstelle hat, er ist nur Assistenzprofessor und scheint es nicht weiterzubringen ... sehr verbittert, das braucht man gar nicht zu erwähnen, und sehr eifersüchtig auf uns, die wir es etwas weitergebracht haben. Ich glaube, er hätte diese Aufgabe wohl übernommen, wenn man ihn darum gebeten hätte. Aber englische Literatur ist nicht sein Spezialgebiet ... und er ist ein recht mittelmäßiger Mann, heißt es. Die Studenten sagen das. Und dann ...«

Aber Vincent hörte nicht mehr zu. Er dachte: *wenigstens habe ich noch die Lehre, meine Studenten. Sie sind wirklich; sie werden mich vor dem Wahnsinn bewahren.*

Er machte noch einen Versuch, unter den Kollegen jemand für die Briefe zu interessieren, aber er fing es wohl ungeschickt an und war schon von vorneherein zum Scheitern verurteilt. In der Abteilung gab es eine Schriftstellerin namens Stella Burkhard, die Aufsatzkurse abhielt; man tauschte Bemerkungen über ihre Größe aus (sie war an die einsachtzig groß) und über ihre ungewöhnliche Schüchternheit (sie verdrückte sich immer schnell um eine Ecke, um Leuten aus dem Weg zu gehen), aber im großen ganzen schien man sie zu respektieren. Zumindest taten die Leute sie nicht so verächtlich ab wie die Dichter. Vincent hörte, daß Stella Burkhard in dieser Gegend vor ein paar Jahren berühmt geworden war, »berühmt« durch eine Sonntagsbeilage des *Toronto Globe and Mail*, in dem ein Artikel über sie erschienen war. Ihre einzige Veröffentlichung war ein Buch mit Erzählungen, *Skizzen einer Kindheit in Ontario*, von dem man sagte, es sei von der kanadischen Kritik wohlwollend aufgenommen worden; Vincent hatte allerdings noch nie jemand getroffen, der es tatsächlich gelesen hatte. Alle sagten von Stella »Sie ist sehr begabt« oder »Sie ist sehr fleißig«, aber niemand kannte sie gut. Sie war unverheiratet, wahrscheinlich Ende Dreißig, sah aber jünger aus, wie ein hageres Schulmädchen mit flachen Absätzen und Kleidern in neutralen Farben.

Vincent wagte nicht, sie direkt anzusprechen, sie war so ausweichend; deshalb umwarb er sie mit Briefen, die er in ihr Fach legte. Ob sie sich einmal treffen könnten? Vielleicht zusammen Mittagessen oder zumindest einen Kaffee trinken ...? Er habe ihr Buch gelesen, und es gefalle ihm sehr gut (es stimmte, daß er es gelesen hatte: er hatte es sich sogar gekauft) ... er bewundere Schriftsteller sehr ... Ob sie sich vielleicht einmal unterhalten könnten ...? Er sei sicher, daß sie viele gemeinsame Interessen hätten ...

Sie wies ihn immer ab. Ihre Antworten waren kurz, ihre Handschrift klein und eng. Sie habe gerade mit ihren Kursen und mit ihrer schriftstellerischen Arbeit zuviel zu tun. Vincent las diese Briefe und wurde rot vor Ärger. Glaubte diese entsetzliche Frau etwa, er stelle ihr nach? Vincent Scoville sei hinter *ihr* her?

Eines Tages drohte ihm Perry Sandeen mit dem Zeigefinger und gab einen glucksenden Ton von sich, so, wie wenn er mit seinen Kindern telefonierte.

»... ein köstliches Gerücht ... offensichtlich stark übertrieben ... Du und Stella Burkhard, hm? Man sagt, du hättest dich in sie verliebt ... du würdest ihr Briefe schreiben und sie würde sie zerreißen ... Vince, das ist doch nicht möglich, oder? *Warum ruhst du dich von all dieser Wissenschaft nicht mal aus?* Vielleicht kannst du mal eins der kommenden Wochenenden bei uns hereinschauen? Valerie würde dich sehr gerne kennenlernen ... mal ausspannen, mal ein nettes Essen im Familienkreis, wie wär' das?«

»Ich stelle überhaupt niemandem nach«, sagte Vincent ärgerlich. »Ich bin nicht verliebt. Wer, zum Teufel, denkt sich solche Gerüchte aus? ... Warum sollte ich mal ausspannen von der Wissenschaft? Wer hat über mich geredet?«

Perry kicherte und machte eine spielerische Geste, er hob im Spaß ängstlich seinen Arm vor den Kopf, um sich zu schützen.

»Wer hat über mich geredet? Über *mich*?« fragte Vincent.

Jedenfalls blieb ihm seine Lehre. Seine Kurse liefen gut, wenn auch nicht so gut wie im Herbst; aber natürlich verlangsamten jetzt alle das Tempo, die Energien sanken in der dunklen Mitte des Winters, das mußte man mit einrechnen ... Aber jedenfalls blieb ihm noch seine Lehre, dachte Vincent verbissen. Sie würde ihn vor dem Wahnsinn bewahren.

Eines Tages im März bekam er vom Büro des Präsidenten eine gedruckte Einladung zu einem Essen.

Es sollte zu Ehren von Elizabeth Melrose aus Blenheim gegeben werden. Offensichtlich war sie die Tochter von Rhoda Simmings Melrose, der Witwe von Frederick Melrose, der kurz vor dem Ersten Weltkrieg nach Kanada emigriert war; sie war der einzig lebende Nachkomme von Violets Geliebtem. Vincents anfängliche Freude über die Einladung schwand, als er versuchte, seinen Standpunkt in diesen Zusammenhängen zu definieren ... die beiden Liebenden in den Zusammenhang einzuordnen ... Ein Mittagessen, das in Telford stattfinden sollte, im März dieses Jahres, zu Ehren einer Frau, die mit einem Mann verwandt war, dem eine junge Frau im Jahre 1921 fünf Briefe geschrieben hatte ... eine junge Frau, die als »Lieblingsnichte« von Rudyard Kipling betrachtet wurde. Alles war dadurch ausgelöst worden, daß jemand aus einer Laune heraus dem Hilberry College eine Schenkung gemacht hatte. Es war alles so gekommen, weil ... Er wußte gar nicht warum. Er wußte es auf eine schwindelerregende, deprimierende Art, aber er wußte nicht, was *er* damit zu tun hatte. Das wirklich Bedrückende an dieser Situation war die Tatsache, daß Violet Kipling offenbar Frederick Melrose nach dem Oktober des Jahres 1921 nie mehr gesehen hatte; wie Vincent dem fotokopierten Material, das ihm aus England zugeschickt worden war, entnehmen konnte, hatte sich die junge Frau mit einem anderen Mann verlobt, noch ehe das Jahr vergangen war ... hatte ihn geheiratet, hatte ihm fünf Söhne und eine Tochter geboren, kein weiterer Gedanke oder Brief an Frederick Melrose. Und was hatte das mit Rudyard Kipling zu tun? Vincent hatte Kipling schon immer verabscheut; bevor er nach Hilberry gekommen war, hatte er nicht einmal etwas von Kipling gelesen. Er raufte seine Locken und versuchte herauszubekommen, warum er so unentwirrbar mit diesen Menschen verbunden war. Jetzt machte es ihm fast nichts mehr aus, allein zu sein; überall hin verfolgten ihn Violets atemlose, gezierte Stimme und Fredericks schweigende, gebieterische Gegenwart ...

Das Essen fand in einem der kleineren Festsäle des College statt. Der Tisch war geschmackvoll gedeckt: weißes Leinen, echtes Silber, ein kleiner Strauß gelber Rosen. Vincent hatte sich für diese Gelegenheit einen neuen Anzug gekauft, weil er dem getragenen und legeren Aussehen der Kleider, die er besaß, nicht traute. Er trug sogar eine breite Krawatte und eine Weste, die ihn ein wenig wie einen Zeitgenossen Edwards VII. aussehen ließ.

Der Präsident des Hilberry College, Dr. Swanson, stellte die Gäste einzeln Miß Melrose vor. Vincent wartete nervös, bis die Reihe an ihn kam. Er war von Dr. Swansons Statur und seiner fast militärischen Haltung beeindruckt: ein Mann in den Sechzigern, völlig kahlköpfig, von lebhafter, fast athletischer Art und überraschender Bräune. Ob er eine Höhensonne benutzte? Seine Augen waren blaßblau. Er hatte ein schnelles, jederzeit kontrolliertes Lächeln. Elizabeth Melrose entpuppte sich als stattliche Frau unbestimmbaren Alters mit dickem Make-up auf einem mißmutigen Gesicht. Sie trug ein weinfarbenes wollenes Kostüm und einen altmodischen Hut mit Schleier; ihr Händedruck war erstaunlich kräftig.

Vincent wurde von Dr. Swanson als »der junge Wissenschaftler, der über die Briefe Ihres Herrn Vaters arbeitet« vorgestellt. Er hatte den Eindruck, daß Miß Melrose ihn akzeptierte, obwohl sie nur mechanisch lächelte. Dr. Swansons Blick traf den seinen, von Mann zu Mann, bevor er zum nächsten Gast weiterging. Vincents Nervosität war ganz grundlos, alles lief glatt. Das Ereignis wurde von der örtlichen Presse erfaßt: eine Reporterin machte Notizen über Dr. Swansons einführende Worte, und ein junger Fotograf in Jeans und Pullover fotografierte Dr. Swanson und Miß Melrose, als Miß Melrose das Paket mit den Briefen Dr. Swanson übergab. Es wurden mehrere Fotos gemacht. Vincent fragte sich, warum nicht noch andere Leute fotografiert wurden, Mr. Bell von der Abteilung Seltener Bücher in der Bibliothek zum Beispiel und Dr. Barth, der sehnsüchtig hinüberschaute; es wäre nicht undenkbar gewesen, daß man vielleicht auch Vincent gebeten hätte ... Aber es wurden nur von Dr. Swanson und Miß Melrose Fotos gemacht. »Dies ist wirklich ein historischer Augenblick«, sagte Dr. Swanson mehrere Male und lächelte Miß Melrose an, »wir vom Hilberry College fühlen uns geehrt ... sehr geehrt ... Nichts Vergleichbares in unserer Geschichte ... im akademisch-wissenschaftlichen Wettstreit ... der Ruf unseres College, wissen Sie; so sehr, sehr großzügig von Ihren Eltern ...«

Das Essen selbst dauerte nicht lang, Vincent schmeckte kaum, was er aß, er fühlte sich so seltsam erhoben, erheitert. Dort saß Dr. Swanson

... etwas schroff, aber gutaussehend für einen Mann seines Alters ... vielleicht ein wenig pompös ... natürlich mußte er viel Kritik einstecken wie jeder, der ein hohes Amt innehat. Er erinnerte Vincent an einen alten Soldaten, einen markigen Krieger. Miß Melrose aß schnell und ohne aufzublicken, als wäre sie daran gewöhnt, allein zu essen. Sie nickte, wenn Dr. Swanson etwas zu ihr sagte, aber fast die gesamte Unterhaltung wurde von Dr. Swanson und einem oder zwei seiner Assistenten bestritten. Eigentlich war es nur Dr. Swanson, der sprach. Es war ein überschäumender, gewundener Monolog, der von Zeit zu Zeit die Kipling-Schenkung berührte, dazwischen aber bei Themen verweilte, die vielleicht etwas damit zu tun hatten – Vincent war nicht sicher, er hatte Schwierigkeiten, Dr. Swansons Gedankensprüngen, Übergängen und Assoziationen zu folgen – jetzt die jüngste Revolte in Ottawa, der letzte »armselige Auftritt« des hiesigen Parlamentsabgeordneten, nun der lästige Beschluß der Stadt, einen Abflußkanal in die Nähe seines Hauses zu legen ... dann das ungewöhnlich enttäuschende Wetter ... ob es in Blenheim genauso schlimm sei? Miß Melrose sagte ja, Dr. Swanson nickte ernst, und seine blassen, fast farblosen blauen Augen blickten einen Moment lang zu Vincent herüber. »Ich glaube, es ist wirklich so, vieles wird einfach schlechter«, sagte er, »und nicht zuletzt der Respekt für Traditionen, mit dem man in der Vergangenheit doch rechnen konnte ... die Bereitschaft etwas zu opfern für die Gemeinschaft, das Land, die Kirche, wissen Sie, all diese Dinge.« Alle am Tisch stimmten zu. »Die anglikanische Kirche in den letzten Jahren ... entsetzlich.«

»Das ist richtig«, sagte Mr. Bell.

»Es ist unglaublich ... übertrifft alle Befürchtungen. Aber sie sind überall, wissen Sie, die ›Reformer‹ ... die Gleichmacher nenne ich sie immer.«

Er sprach weiter, angeregt, unter gelegentlichem Grinsen oder wissendem, väterlichen Lächeln, von den vielen Schwierigkeiten, die das Amt eines College-Präsidenten mit sich bringe, oder auch jedes andere hohe Amt, jede Position, bei der die ganze Lebensenergie des Amtsträgers einem Ideal gewidmet sei; es gab immer Feinde, immer übelnehmerische, engherzige Menschen, »Kritiker«, wie sie sich selbst nannten, aber Dr. Swanson erkannte sie als das, was sie wirklich waren ... *Anarchisten.* Vincent lauschte fasziniert, er hatte aufgehört zu essen. Er empfand eine fast kindliche Freude darüber, daß er hier war, obwohl er natürlich wußte, daß Dr. Swanson ... es war ziemlich wahrscheinlich, daß Dr. Swanson vielleicht nicht so intelligent war wie z. B. der Präsident der Universität von Columbia oder der Universität von Toronto; aber Telford war natürlich auch nicht New York oder Toronto; das mußte man dabei doch bedenken. Und er freute sich darüber, daß nur so wenige ausgewählte Gäste zu dem Essen geladen worden waren – abgesehen von Dr. Swanson und dem Ehrengast waren es nur sechs oder sieben – niemand sonst von der Englischen Abteilung außer Dr. Barth. Offensichtlich hatte Dr. Swanson das Essen als ganz besonderes Ereignis begehen wollen ... Doch obwohl Vincent sich wohler fühlte, als er erwartet hatte, wurde es nun doch ein wenig lang: es war schon zwei Uhr und Dr. Swanson redete immer noch. Jetzt war er gerade mitten in einer Anekdote über seine Zeiten als junger Dekan ... sie hatte auch etwas mit der Wehrpflicht zu tun ... »ausgezeichnet« ... »ehrenvolle Erwähnung« ... »langfristige Ziele«. Miß Melrose war mit dem Essen fertig; sie zeigte als einzige am Tisch Zeichen der Ungeduld. Sie warf von Zeit zu Zeit einen Blick auf ihre Armbanduhr. Sie unterdrückte sogar ein Gähnen. Schließlich legte sie ihre Serviette nachdrücklich nieder und sagte zu Dr. Swanson, daß sie gehen müsse.

»Ja, ja«, sagte er eilig, »es war wirklich solch eine Ehre ... Welches Privileg ... Wir werden in Zukunft noch ähnliche Treffen organisieren, vielleicht ... Zeremonien ... Die Übergabe des Kipling-Zentrums, vielleicht mit Ihnen, Miß Melrose als Ehrengast ... Wissenschaftler und Gelehrte aus ganz Kanada ... so etwa. Falls es sich ergeben würde ... Ich habe Ihnen doch Herrn Dr. Scoville schon vorgestellt, oder? Herr Dr. Scoville ist mit der Schenkung Ihrer verstorbenen Frau Mutter betraut worden, und ich brauche wohl nicht hinzuzufügen, daß es ...«

Aber Miß Melrose blickte nicht einmal zu Vincent hinüber. Sie stand so unvermittelt auf, daß Dr. Swanson keine Gelegenheit mehr hatte, ihr den Stuhl beiseite zu rücken. »Herr Dr. Swanson«, sagte sie ungehalten, »ich bin heute hier, weil meine Mutter es gern gesehen hätte. Es gibt keinen anderen Grund, das darf ich Ihnen versichern. Meine Mutter hätte gewünscht, daß ich an diesem Essen teilnehme, mit Ihnen fotografiert werde, um diese ordinäre und witzlose Farce zum Ende zu bringen. Unterbrechen Sie mich bitte nicht. Ich weiß sehr wohl, was die alte Dame gewünscht hätte und Senilität hat nichts damit zu tun: Sie war keine Greisin, als sie die Briefe entdeckte, und auch nicht, als sie ihr Testament schrieb. Eine Märtyrerin, Herr Dr. Swanson. Sie war eine Märtyrerin. Sie hätte es am liebsten gesehen, wenn wir alle Märtyrer gewesen wären. Ich bin wie Sie Pädagoge; ich lehre kanadische Geschichte, ich lehre schon dreißig Jahre lang in den Schulen von Blenheim; ich bin alles andere als verrückt. Meine Mutter hat diese Briefe vor Jahren absichtlich hervorgezogen, um meinem Vater das Leben zur Hölle zu machen ... die Briefe von einem dummen kleinen Mädchen ... einem Mädchen, an das er sich nicht einmal erinnern konnte, als sie ihn ausfragte. Sie machte ihm das Leben zur Qual, und sie hat mehr als einmal die Früchte dieser Briefe geerntet! Ich behaupte nicht, daß mein Vater das nicht verdient hat – der Ruf meines Vaters soll hier nicht betrachtet werden – ich behaupte nicht einmal, daß es jemand gibt, der nicht das verdient, was ihm geschieht. Das sage ich nicht. Ich glaube an einen freien Willen und die Verantwortung des einzelnen für sich selbst. Aber meine Mutter brachte dieses lächerliche Thema Violet Kipling immer aufs Tapet, wenn es ihr paßte, als ein Mittel, um Hysterie herbeizuführen, und ihre letzte Tat, die Briefe diesem College zu schenken, ist ganz typisch ... sie liegt haarscharf auf ihrer Linie, sie stimmt mit ihrem Gefühl für Märtyrertum überein, mit ihrer unsinnigen Eifersucht, ihrem Verfolgungswahn und ihren Übertreibungen, mit denen auch ich viele Jahre lang leben mußte, Herr Dr. Swanson. Ich fand ihr Verhalten beleidigend und habe ihr das auch gesagt. Trotzdem bin ich zu Ihrem Essen gekommen, habe für Ihre Fotos posiert, habe getan, was meine Mutter gewünscht hätte. Aber *ich* bin wahrhaftig keine Märtyrerin, Herr Dr. Swanson, und bezweifle sehr, daß es noch einmal zu einer Feier wie dieser kommt. Sie können mit den Briefen tun, was Ihnen beliebt, aber bitte beziehen Sie mich nicht mehr mit ein.«

Nachdem Miß Melrose gegangen war, gab es einige peinliche Sekunden. Dr. Swanson sah sich um und räusperte sich, als wollte er sprechen; aber er sagte nichts. Dann sagte Dr. Barth vorsichtig, er habe um halb drei Uhr eine sehr wichtige Sitzung ... ob man ihn entschuldige? Und dann entschuldigte sich der Dekan, da er auch eine sehr wichtige Sitzung habe. Bevor Vincent recht wußte, was vor sich ging, waren alle anderen, gewandter als er, hinausgeschlüpft, sie alle hatten um halb drei wichtige Sitzungen, sehr wichtige Sitzungen. Es blieben nur Dr. Swanson und Vincent. Als Vincent versuchte, zu erklären, daß er sich um halb drei mit einem Studenten verabredet habe und gehen müsse, unterbrach ihn Dr. Swanson – stieß seinen Zeigefinger in Vincents Richtung und sagte hitzig, er, Vincent, habe eine sehr verantwortungsvolle Aufgabe ... ein junger Mann, gerade examiniert ... ob ihm die Wichtigkeit der Sache klar sei?

Vincents Lächeln war qualvoll geworden; es drängte ihn weg von hier. Weg, irgendwoanders hin, gleichgültig wo ... weg von diesen Menschen, weg von dem, was hier so unausweichlich seinen Verlauf nahm.

Dr. Swanson begann, sich zu erinnern. Seine Tage als Schüler ... als Student ... im Militärdienst, sein Berufsleben als junger Mann ... seine Arbeit am Hilberry College ... »die Macht denen zu entringen, die sie mißbrauchen würden« ... seine ständige Wachsamkeit. Die Wichtigkeit ... die Notwendigkeit ... die Gefahr, zu versäumen, daß.

Vincent merkte, wie er nach einer Weile nickte. Es verursachte ihm keine Qualen: irgendwie schien es höflich und richtig. Er hatte nicht bemerkt, daß Dr. Swanson ein wenig zu viel getrunken hatte, vielleicht hatte der alte Herr schon vor dem Essen angefangen? Es stimmte, er war betrunken. Jedenfalls benahm er sich so, daß man ihn für betrunken halten konnte oder für irgendwie nervenkrank ... Vincents Kinderstube war konventionell gewesen; er verstand es, ernst, liebenswürdig und höflich zu sein; gleichgültig, ob etwas in ihm aufspringen wollte und schreien *Laß mich gehen du verrückter alter Narr!* Er blieb sitzen. »... Herr Dr. Barth ist schon viele Jahre bei uns ... viele, sehr viele Jahre. Aber manchmal fange ich an zu zweifeln ... an seiner Urteilsfähigkeit zu zweifeln. Und an seiner Fähigkeit, seine Fakultät zu kontrollieren. Eine sehr, sehr wichtige Sache für jemanden, der einen Verwaltungsposten innehat, wissen Sie; die Fakultät unter Kontrolle zu halten. Ansonsten ... Ansonsten Kampf und Anarchie ... Sie scheinen mir eine erstaunlich reife Persönlichkeit für Ihr Alter, Herr Dr. Scoville ... Bemerkenswert. Sehr wertvoll. Sie können sich nicht vorstellen ... Die Tage von Dekan Eddington sind, fürchte ich, gezählt. Hervorragender Mann, hervorragender Hintergrund. Aber zunehmend geistesabwesend dieser Tage ... die Gerüchte geben mir Gewißheit ... geistesabwesend, geschwätzig, überhaupt nicht mehr in Verbindung mit seiner Fakultät. Man würde kaum glauben, daß wir beide zusammen in Cambridge waren, oder? ... Ach ja, diese herrliche Tradition dort ... die Ruhe, der Respekt vor der Tradition ... die Glocken, die so oft läuten zu den seltsamsten Tageszeiten. Bleibt einem jahrelang in Erinnerung. Erstaunlich.«

Dr. Swanson bat Vincent näherzukommen, und obwohl Vincent Einwände machte, er müsse jetzt wirklich gehen – er habe um drei Uhr eine Sitzung – zog Dr. Swanson eigenhändig den Stuhl heraus, auf dem Miß Melrose gesessen hatte – und bedeutete Vincent, sich näher zu ihm zu setzen; es gäbe noch eine Menge für ihn zu lernen. So saß Vincent die nächsten zweieinhalb Stunden neben Dr. Swanson. Zwischendurch fragte Dr. Swanson ihn nach seiner Meinung über etwas – den neuen Dekan der Juristen, die Pläne für das neue Konferenzzentrum, die Bildungspolitik des Premierministers – aber Vincent brauchte gar nicht zu antworten, da Dr. Swanson ihm jeweils schon nach wenigen Sätzen das Wort abschnitt. »Ja, *da* ist der Punkt, an dem Sie falsch liegen! Da steckt der Irrtum.« Frohlockend, sein gebräuntes Gesicht ganz dicht Vincent zugewandt, erklärte Dr. Swanson ihm, wo er gestolpert war, wo sogar »ein junger Mann Ihrer Jugend« nicht recht hatte. Als es auf fünf Uhr zuging, wurde Dr. Swanson immer wehmütiger. Er war gerade beim Zerfall der anglikanischen Kirche in Kanada und England angelangt und konnte offensichtlich von diesem Thema nicht loskommen. »... das Entsetzliche ist, junger Mann, das Entsetzliche daran ist ... und ich erzähle Ihnen das ganz im Vertrauen, weil es hier keinen gibt ... keinen, mit dem ich sprechen kann ... *niemand.* Das Entsetzliche daran ist einfach, daß ... unauslotbar wie das auch sein mag, ... daß ich offensichtlich meinen Glauben verliere. Ich scheine in ganz ernster Gefahr zu sein, meinen Glauben zu verlieren. Ach, wie sehr ich Freunde brauche, denen ich vertrauen kann, Freunde, denen ich mein Herz öffnen kann, Menschen, die nicht ständig Ränke schmieden und kalkulieren und Gerüchte ausbreiten ... ich scheine meinen Glauben zu verlieren, und was wird übrigbleiben?«

»Ihren Glauben?« sagte Vincent halb betäubt.

»Meinen Glauben! Den Glauben meiner Väter!« sagte Dr. Swanson. Sein Gesicht schien plötzlich zu schrumpfen; es nahm infantile Züge an. Aber als er weinte, gab er keinen Laut von sich, er drückte nur Vincents Arm. Er legte nicht seinen Kopf an Vincents Schulter, wie Vincent fast fürchtete, und warf sich nicht in Vincents Arme – er weinte fast anmutig wie ein alter Soldat. ». . . der Glaube an einen Gott der Güte . . . absolut gut, Güte . . . Weisheit . . . Gerechtigkeit, wissen Sie. Mein Glaube an den einen wahren Gott und die Dreifaltigkeit und . . . und Christus selbst . . . und die Vergebung der Sünden. Ich verliere ihn, verliere ihn. Ich sage Ihnen, ich verliere ihn . . . Wachte eines Morgens auf und hatte eine Vision von Teufeln . . . Teufeln, die überall herumschwärmten, ungebändigt . . . die sogar in die Kleidung unseres Herrn schwärmten, sich in Seinen Taschen, unter Seiner Achsel versteckten! Der Herr der himmlischen Heerscharen, denken Sie nur! . . . Und diese Teufel, die Ihn umschwärmten . . . und Er ganz gleichgültig, oder sogar auf ihrer Seite, . . . Schrecklich! Entsetzlich! Ich bin Junggeselle, Vincent, und lebe alleine und . . . ich habe keinem Menschen von dieser Vision erzählt . . . und doch ist sie mir ständig in Erinnerung . . . Wie wird das wohl enden, Vincent? Was, glauben Sie, wird das für ein Ende nehmen?«

». . . Ende?«

»Die westliche Zivilisation, Vincent«, sagte Dr. Swanson leise. Tränen rannen ihm über beide Backen. »Was glauben Sie, wird es für ein Ende nehmen?«

Der Winter hielt an: In der letzten Märzwoche gab es einen Schneesturm, und ein weiterer Schneesturm folgte in der ersten Aprilwoche. Seine Kollegen beklagten sich bitter, aber Vincent fand das Wetter seltsam anregend.

Inzwischen war er den wesentlichen Merkmalen der Kipling-Briefe auf die Spur gekommen: ein bestimmter Ton . . . eine bestimmte Wiederholung von Schlüsselbildern, Motiven . . . erstaunlicherweise waren sie den Bilderhäufungen in Kiplings »Der Pfauenschwanz« ganz ähnlich, das etwa um dieselbe Zeit entstanden war. Durch Neuerwerbungen und Ausleihen aus Bibliotheken hatte Vincent eine ganze Reihe von Büchern um sich versammelt, Monografien, Abdrucke aus Zeitschriften und anderes Material. Er verbrachte den größten Teil seiner Zeit in der Bibliothek; er war erleichtert, als das Semester zu Ende ging. Die letzten Wochen waren besonders anstrengend gewesen ... die Briefe immer und immer wieder zu lesen ... sie in verschiedene Muster anzuordnen ... ausführliche Notizen zu machen ... einen Plan für eine Monografie aufzustellen, die er selbst schreiben wollte und für die er ein Jahr Beurlaubung brauchen würde ... Arbeit im Britischen Museum und Sondersammlungen in England: das nahm alles Zeit in Anspruch, und das Lehren lenkte ihn nur ab. Er hatte Hypothesen für mehrere chronologische Abfolgen der Briefe aufgestellt, mehrere Erklärungen der Briefe, mehrere Arten, in denen sie bestimmtes Material, das Kipling behandelte, berührten, erklärten oder wiedergaben ... aber natürlich war dies nur der Anfang der Forschung. Das ganze Projekt würde jahrelang dauern.

»Sie haben sich bei diesem Essen für Miß Melrose sehr trefflich verhalten«, sagte Dr. Barth eines Tages zu Vincent, als er ihn zufällig traf. »Ich habe gehört, der alte Knabe hat Sie anschließend in die Falle gelockt, was? Hatte wohl ein bißchen viel getrunken.«

»Er hat mich nicht in die Falle gelockt«, sagte Vincent vorsichtig. »Ich würde nicht sagen, daß Dr. Swanson mich in die Falle gelockt hat.«

Dr. Barth betrachtete ihn interessiert. »So, wirklich? ... Was hat er Ihnen denn erzählt? Hat er etwas über das College gesagt? Hat er mich zufällig erwähnt?«

»Das weiß ich wirklich nicht mehr«, sagte Vincent.

Dr. Barth schwieg. Dann sagte er: »Sie scheinen sich gut mit ihm verstanden zu haben... Ich habe inzwischen ein Informationsschreiben bekommen ... Es geht natürlich alle an. Wir freuen uns, daß Sie sich so gut in Hilberry eingelebt haben. Und mit Ihrer Forschung geht es offensichtlich voran, wie ich höre? Sie arbeiten wohl sehr fleißig?«

»Ich denke doch«, sagte Vincent. Ein Lächeln gelang ihm, es fühlte sich ziemlich echt an, ziemlich natürlich. Vielleicht war es wirklich echt.

Er hatte sich sogar ein Foto von Violet Kipling-Horne beschafft.

Es war in den vierziger Jahren aufgenommen worden und zeigte eine Frau, die beträchtlich älter als achtzehn war – natürlich – nicht mehr das süße, atemlos wirbelnde Mädchen der Melrose-Affaire, sondern eine reife Frau. Mit eckigem Unterkiefer, einem riesigen Busen, der muskulös wirkte, einem dicken, ja stämmigen Körper ... ziemlich dichten Augenbrauen ... einem abgezirkelten Lächeln. Ihr Haar war ordentlich in der Mitte gescheitelt. *Ich quäle mich damit, Deine Worte zu bezweifeln – ich weiß, daß ich verdreht bin, aber Deine Existenz hat sich so in meine Seele eingegraben –*

Nein. Aber er hängte das Foto doch an seiner Wand auf, neben dem Fenster.

Die Frau lächelte Vincent aus dem Foto heraus fast streng an, und manchmal lächelte er zurück. Er konnte nicht sagen, warum ihn irgend etwas an ihrer Gegenwart erfreute ... beruhigte ... ihm das Gefühl vermittelte, daß alles gut war; er hätte auch nicht sagen können, warum Perry Sandeen ihn so aufbrachte, als er eines Tages bemerkte, daß die Frau etwas schielte. »Das ist eine Lüge«, sagte Vincent kalt.

»Du, sie ist doch wohl keine Verwandte von dir, oder? Ihr seht euch gar nicht ähnlich. – Ja, wirklich Vince, sie schielt ein bißchen, schau mal, hier –«

»Hau ab«, sagte Vincent.

»Aber –«

»Sie schielt nicht«, sagte Vincent wütend. »*Du*, du bist der, du bist der – eifersüchtig – du bist eifersüchtig auf –«

»Aber Vince –«

»Hau ab«, flüsterte er.

Perry wich zurück, und Vincent war allein: Alles war wieder gut.

GOLDENE DRACHEN

Sie führte ihn in ein Zimmer mit einer hohen getäfelten Decke, wobei sie ständig redete, ihn ausfragte. Wie lange er in London bleiben würde? – Warum er allein sei, er habe doch gesagt, daß er eine Freundin mitbringen wolle? Alexander versuchte, die Fragen höflich zu beantworten, aber er hörte, wie seine Stimme unbestimmt und ausdruckslos wurde. Dieser Besuch bei seiner Tante machte ihn mißmutig und unwillig. Er war eine dreiviertel Stunde zu spät gekommen, weil die Straßen in diesem Teil der Stadt so seltsam bezeichnet waren und nach jeder Querstraße den Namen änderten; das Gefühl der Erniedrigung darüber, daß er sich mehrere Male verirrt hatte, hielt ihn noch gefangen. »Wolltest du nicht eine Freundin mitbringen . . .?« fragte Marthe.

»Sie wollte dann doch nicht mitkommen.«

»Ach, das tut mir aber leid . . .«

Obwohl in ihrem Blick die Hoffnung auf eine Erklärung stand, sagte er nichts weiter. Er war immer noch nervös und ärgerlich, weil er sich ein halbes dutzendmal verirrt hatte. Und er fühlte Unbehagen darüber, hier zu sein, zu Besuch bei seiner Tante Marthe, die er überhaupt nicht kannte, und die er sechs oder sieben Jahre lang nicht gesehen hatte. Offen gestanden, erkannte er sie kaum wieder. Während sie plauderte und vor Fürsorge um ihn zerfloß, gab ihm der Gedanke an seine Freundin Marian einen Stich, sie war im Hotel zurückgeblieben und hatte gesagt: *Sie ist doch deine Tante, ich will sie nicht kennenlernen, geh allein, laß mich . . .* dabei lag sie quer über das Bett gestreckt, die langen, schlanken Beine zusammengepreßt. Er erzählte seiner Tante, Marian habe sich nicht wohl gefühlt, im letzten Moment sei ihr schlecht geworden –

sie hatten in einem indischen Restaurant in der Wardour Street zu Mittag gegessen, und Marians Magen war empfindlich – er fühle sich selbst auch nicht besonders wohl, wenn er auf Reisen sei.
Sie unterbrach ihn. »Aber du siehst doch so gesund aus, so gut siehst du aus, Alexander! Du bist dünn, aber du bist ja immer dünn gewesen ... und die Jungen in deinem Alter sind heutzutage ja alle so dünn ...« Sie drückte seine Hände; sie beugte sich weit zu ihm vor, als wäre sie kurzsichtig. Ihr Parfum war blumig. Ärgerliche Verlegenheit ließ ihn zurückweichen. Er hätte sie vielleicht gar nicht erkannt, außer an ihren dunklen, etwas vorstehenden Augen mit den dichten Wimpern, die wie die Augen seines Vaters waren, aber hübscher.
»Wie lange wolltest du in London bleiben, sagst du?«, fragte sie.
»Nur noch ein paar Tage«, sagte Alexander schnell. In Wirklichkeit war zwischen ihm und Marian von Abreise noch nicht die Rede gewesen. Sie würden tun, wozu sie gerade Lust hatten. »Wir wollten uns ein Auto mieten und nach Schottland, in die Highlands, fahren«, sagte er. »Wir sind gern ... wir sind gern allein ...«
»Es tut mir so leid, daß ich sie nicht kennenlernen werde«, sagte Marthe.
Er saß irgendwo, immer noch ein wenig verwirrt. Obwohl er schon vor einer Stunde vom Hotel am Russell Square aufgebrochen war, hatte er sich mehrere Male verirrt; er sah sich in Eile, langen, besorgten Schritts, durch die U-Bahn hasten, Leute anrempeln, Entschuldigungen murmeln, dann endlich sich damit abfinden, ja doch zu spät zu kommen. Eingeklemmt zwischen doppelreihig stehenden Touristen wurde er von der Rolltreppe emporgetragen; wie er blickten sie mit wachsamen, aber glasigen Augen umher. Marthe fagte, ob es schwierig gewesen sei, ihre Wohnung zu finden, und er sagte nein, dann wurde ihm klar, wie spät es geworden war und wie atemlos er noch war und wie wild sein Haar, und er faßte das ganze Erlebnis zu einem Witz zusammen, beschrieb den uniformierten Mann mit dem Besen im South Kensington, der ihm den Weg beschrieben hatte, eine ungeheuer komplizierte Beschreibung, und obwohl Alexander nichts begriff, nickte er fortwährend, nickte er ... und hatte immer wieder dieses Gefühl aufsteigender, unbegreiflicher Panik, das er schon mehrmals gespürt hatte, seit er von New York fort war. »Und dann sah ich mich ständig selbst in demselben

Reklamebild an der Wand«, sagte er, »in einer gewölbten, metallischen Reklame für Zigaretten ... einmal in St. James, einmal in South Kensington und jetzt wieder hier am Sloane Square ...« Die Tante lächelte über seine Anekdote, als ob sie gerne lachen würde, aber nicht recht wußte, was daran komisch war. Wahrscheinlich fand sie auch seine langen, krausen braunen Haare und die Jeans und die enge Jeansjacke, die er anhatte, nicht komisch, genausowenig wie seine Eltern. Er erinnerte sich an sie, wie sie ihn vor Jahren einmal angestarrt hatte, ein- oder abschätzend, seltsam, und er verstummte. Sein Gesicht wurde hart vor Unwillen und Groll.

Diese Frau, die Schwester seines Vaters, war achtundvierzig oder neunundvierzig Jahre alt. Er wußte es: Sein Vater war einundfünfzig. Aber sie sah wesentlich jünger aus. Sie trug ihr ergrautes blondes Haar irgendwie steif und kompliziert, die Haare schienen sich ohne Gewicht aus der Stirn zu schwingen und fielen ihr dann bis auf die Schultern; die Enden waren nach außen gelockt und hüpften und flatterten, wenn sie sprach. Sie wirkte mädchenhaft, angeregt. Ihr Gesicht war glatt, faltenlos, und ihr Mund war zu perfekt, mit einem schreienden, unmöglichen Rot bemalt. Es fiel Alexander schwer, dieses Gesicht ernst zu nehmen, nach den Gesichtern der Mädchen, die er kannte: blasse, harte, nackte Gesichter, vollkommen ehrlich. Er überlegte schnell, wann er wohl wieder gehen könne, vielleicht unter dem Vorwand, daß er sich nicht wohl fühle – er hatte schon absichtlich das indische Restaurant erwähnt, klugerweise –, oder daß er sich um Marian Sorgen mache.

Ein porzellanglattes Gesicht, ein lächelnder, zu roter Mund, und Ohrringe, die gelegentlich aus ihrem Haar herausschwangen und im Licht glänzten, seine Tante, Marthe Loeper, Marthe Resnick, früher einmal Marthe Fromm aus White Plains ... er zwang sich dazu, ihr zuzustimmen, zu lächeln und liebenswürdig zu nicken, aber in Wirklichkeit war er voller Unmut darüber, jetzt hier zu sein, und es war ihm ein Rätsel, warum er sich überhaupt die Mühe gemacht hatte, herzukommen. Nur um seiner Mutter eine Freude zu machen? Diese Mühe machte er sich normalerweise nicht, und jetzt mußte er sich durch eine komplizierte Fragestunde hindurcharbeiten, wie durch ein Geduldsspiel, mit einer Frau, die er kaum kannte. Marthe war sechs oder acht Jahre lang nicht mehr in den Vereinigten Staaten gewesen, und vorher hatte sie seine Familie

auch nur selten besucht; niemand hatte je ihren Mann kennengelernt. Alexander hatte im Laufe der Jahre gehört, ohne sich sonderlich dafür zu interessieren, daß ihr erster Mann ein unbedeutender Diplomat gewesen war und ihr zweiter Mann, Loeper, Romane schrieb; sie lebte jetzt wohl getrennt von ihm oder war geschieden, denn sie erwähnte ihn nicht. Alexander fragte nicht.
Er fand sich plötzlich auf einem niedrigen, unbequem niedrigen Sofa, so dicht am Boden, daß seine Knie fast bis zu den Augen hochragten. Schließlich streckte er die Beine verzweifelt zur Seite aus. »Sitzt du nicht bequem? Du sitzt gar nicht bequem«, sagte Marthe. Er versicherte ihr, wie gut er sitze. Sie stand trotzdem auf und schwebte jetzt über ihm, ordnete Kissen und murmelte etwas über das Wetter, sie hoffe, er sei nicht enttäuscht, es sei die ganze vergangene Woche so dunkel und regnerisch gewesen, einen Tag nach dem anderen, und er habe ja vielleicht auch in der Zeitung gelesen, daß Eisberge vom Nordpol heruntertrieben und daß der 21. Juni dieses Jahr kälter sei als der 21. Dezember im vergangenen Jahr. »Aber ich will nicht klagen«, sagte sie, »ich lebe hier sehr gerne.«
Sie goß ihm Sherry ein, auf den er keine sonderliche Lust hatte; aber er nahm ihn. Direkt vor ihm stand eine Schale mit Cashewnüssen, die wohl für ihn waren, und Marthe holte einen kleinen Korb mit Obst von irgendwoher – und setzte ihn geistesabwesend vor ihn hin, als ob er vielleicht eine von diesen Birnen oder einen grün-gelben Apfel oder ein paar von den großen blauen Trauben essen wollte. Sie setzte sich wieder ihm gegenüber und beugte sich vor, als spreche sie zu jemand anderem, jemand, der nicht Alexander war; er war nicht daran gewöhnt, von jemand im Alter seiner Tante so umsorgt zu werden. »Du siehst nicht zufrieden aus«, sagte sie jetzt wieder. »Du siehst nicht glücklich aus . . . Machst du dir Gedanken wegen dem Mädchen?«
»Nein, nein«, sagte Alexander schnell. Er wurde rot. »Nein, ich bin sehr glücklich, hier zu sein.«
»Erzähl mir von deinem Vater. Arbeitet er immer noch so viel? Wie geht's ihm?«
»Wie immer«, sagte Alexander ausdruckslos.
Seine Tante lächelte. Er sah in ihrem Lächeln eine verborgene Ironie. Sie schloß ihre beringten Finger um die Knie und nickte

langsam, um ihn zu ermutigen. Er sprach weiter: »Genau wie immer. Ich bin eine Zeitlang nicht draußen bei ihnen gewesen, weil wir beide nicht so gut miteinander auskommen – er glaubt, ich sei ein hoffnungsloser Fall, ein Versager –, und ich kann mich nicht dazu bringen, mich ihm gegenüber zu verteidigen. Als ich mein Medizinstudium aufgab, hat er einen Monat lang nicht mit mir gesprochen. Also. Also ist er immer noch derselbe, soviel ich weiß, es ist mir auch gleichgültig.«
Marthe beobachtete ihn und lächelte dabei ernst und gedankenvoll. Er erwartete fast, daß sie sagen würde *weiter, erzähl mir noch mehr.* Zwischen ihnen war etwas Gespanntes, sie war erregt, als seien die Zwergenmöbel, auf denen sie saßen, und die Obstschale und das warme, träge Licht, das eine einzelne Lampe mit geschnitztem Fuß über den Raum ausbreitete, Requisiten für eine Bühne: Dinge, die man benützen mußte, anfassen, um sie in eine Wirklichkeit zu holen, die für beide glaubhaft war. Ihr Kleid war lang, es fiel bis zu den Knöcheln hinunter; es war aus einem groben, kostbar aussehenden Material mit goldenen, silbernen und goldgrünen Fäden, und Alexander erkannte kleine, erhabene Figuren darauf, die Drachen sein konnten ... Jetzt tat es ihm ein wenig leid, daß er absichtlich seinen Jeansanzug angezogen hatte; im Hotel hatte er etwas Besseres. Er brachte verlegen seine Beine in eine andere Lage und begann, seiner Tante über das neueste Hobby seines Vaters zu erzählen: Karate. Der alte Herr nahm Karateunterricht. »Hinter unserem Haus ist doch dieses Einkaufszentrum – erinnerst du dich an die Wälder, die dort waren? – alles weg, gefällt, für dieses alberne Einkaufszentrum – dort ist ein Karateclub«, sagte er mit zynischem Lächeln, »für Männer wie meinen Vater. Leute, die hart arbeiten und fünfzig Pfund Übergewicht haben, sorgenvoll und hilflos sind, denen die Ärzte sagen, sie sollen ein Hobby betreiben, nicht mehr rauchen, ihren Körper entdecken ... Er kam von seinen Karatestunden ziemlich gedrückt nach Hause. Ich glaube, das war gut für ihn, dieses Gefühl der Erniedrigung.«
Seine Tante lachte. Alexander, vom Sherry etwas erwärmt, fing jetzt an, so zu sprechen, wie er es sonst auch tat: trocken, witzig, ironisch, fließend. Er erzählte Marthe noch eine Geschichte: wie sein Vater eines Morgens im Vorortzug, auf dem Weg in die Stadt, im *Wall Street Journal* einen Artikel gelesen hatte, in dem stand, daß

einer seiner langjährigen Klienten, Inhaber einer Firma für Computer in Minneapolis, zu einem anderen Rechtsanwalt übergewechselt war. »Der Grund, den er angab, war, daß die Generation meines Vaters nicht zeitgemäß denke«, lachte Alexander.
Marthe schüttelte den Kopf, als mißbillige sie seine Heiterkeit.
»Das muß deinen Vater doch sehr bestürzt haben«, sagte sie, »besonders die Form, in der er es erfuhr . . .«
Alexander zuckte mit den Schultern.
»Dein Vater hat auch Gefühle«, sagte Marthe langsam. Sie sprach etwas zweifelnd und bedächtig und sah Alexander gespielt teilnahmsvoll an. Ihm fiel auf, daß sie mollig war, wohlgeformt, ihr Busen voll und fast zu groß für das enge Cocktailkleid; sie trug Schuhe mit altmodisch dünnen Absätzen. Etwas Theatralisches haftete ihr und ihrer Umgebung an. Sie schien unwirklich.
Eine Zeitlang fragte ihn seine Tante über zuhause aus, besonders über seine Mutter. Aber er begann sich jetzt wohler zu fühlen; es machte ihm nichts mehr aus. Dann läutete das Telefon. Sie ging hin und sprach in einem anderen Zimmer, und er war eine Weile allein . . . Er war ärgerlich darüber, ein wenig verletzt. Als sie zurückkam, entschuldigte sie sich atemlos, gab aber keine Erklärung. Dann setzte sie sich wieder zurück, ohne das Abendessen zu erwähnen.
Nach einer Weile warf er einen Blick auf die Uhr: er sah mit Erstaunen, daß es schon nach zehn war.
Aber sie wollte gern etwas hören über Alexanders »Schwierigkeiten mit der Polizei«, wie er es nannte, deshalb begann er von einer Polizeirazzia in dem Haus zu erzählen, in dem er in Cambridge gewohnt hatte. Sie schenkte ständig Sherry nach; er merkte, daß er allmählich betrunken wurde. *Weiter, erzähl mir noch mehr,* schien sie zu sagen, zu drängen. Sie war eine sehr attraktive Frau mit ihrem intensiven, wohlwollenden Blick, ihrer Angewohnheit, zu nicken und ihn anzulächeln. Sie beugte sich vor und faltete wieder die Hände. »Du hast wirklich eine Menge erlebt für dein Alter«, sagte sie erstaunt. »Heutzutage sind die Dinge so schwierig . . . Ich zeige mein Alter nicht gern, Alex, aber ich hatte irgendwie die Vorstellung, daß du noch in die Schule gingest. In die Schule! Ist das nicht schrecklich? Aber du siehst trotz deines Schnurrbarts so jung aus . . .«
Alexander lachte verlegen. Er trank seinen Sherry aus.

Dann läutete das Telefon wieder. Marthe machte eine Bewegung, als wollte sie aufstehen – *nein, geh nicht hin* – dann sank sie zurück und fing seinen Blick auf. Sie lächelte. Wieder erklärte sie nichts, sondern schüttelte nur den Kopf, wie um ihm zu versichern, daß sie diesmal nicht hingehen würde. Alexander wartete, in ihm staute sich die Spannung. Das Telefon läutete eine Zeitlang, dann hörte es auf.

Sie waren eine Weile still. Er überlegte, wie spät es wohl sei, wollte aber nicht auf die Uhr sehen. Dann fiel ihm plötzlich ein, daß er ihr ein paar Fragen stellen wollte. Aber es war schwer, anzufangen, die richtigen Worte zu finden. Er räusperte sich. »Ich habe gesehen, daß dein Mann, ich meine Mr. Loeper, letztes Jahr wieder einen Roman veröffentlicht hat ...« Marthe lachte. »Dieser armselige Wicht«, sagte sie.

»Ich hab' das Buch nicht gelesen«, sagte Alexander. Er sprach schnell, wollte ihre plötzliche, unbekümmerte, fast trotzige Stimmung nicht umschwingen lassen, und er erzählte weiter, daß seine Mutter das Buch gekauft hatte; soweit er wisse, habe seine Mutter alle Bücher von Loeper gekauft ...

»Aber du hast sie nicht gelesen?« fragte sie.

»Nein, ich bin nie dazu gekommen.«

»Das macht auch nichts«, sagte Marthe. Ihr Gesicht verzog sich zu einem Ausdruck, den Alexander sich nicht recht erklären konnte – Belustigung, Widerwillen, Spott. Sie war wirklich eine hübsche Frau trotz ihrer übertriebenen Aufmachung. »Seine Bücher sind alle autobiografisch, und er hat andere Menschen nicht gerade mit Barmherzigkeit behandelt und sich selbst auch nicht. Aber ich habe nicht vor, über ihn zu sprechen ... Ich weiß nicht einmal wo er ist ... Daß deine Mutter sich für seine Bücher interessiert, ist ganz natürlich.«

»Warum?«

Marthe hob die Sherryflasche und goß ihnen beiden noch einmal ein, obwohl Alexander ihr andeutete, daß er nichts mehr wollte. Ihm war schwindlig und etwas schlecht ... auf seltsame, unpersönliche und oberflächliche Weise, als ob es gar keine Rolle spielte. Er hörte sich selbst noch einmal fragen »Warum?« und seine Stimme klang schrill.

Marthe runzelte die Stirn. »Deine Freundin – dieses Mädchen, mit

dem du herumreist – sie ist wohl sehr unabhängig, oder? – ich meine, sehr emanzipiert?«
»Ich denke wohl«, sagte Alexander abwehrend.
Emanzipiert!
»Die Dinge ändern sich heutzutage so schnell«, sagte Marthe langsam.
Sie setzte sich nun zurück und schlug die Beine übereinander, das steife Material ihres Kleids raschelte, Alexander sah, wie ihr Schuh an ihren Zehen baumelte, herunterhing und baumelte ... Er kniff die Augen zusammen und lenkte seine Aufmerksamkeit auf das Gesicht seiner Tante. Sie sah verträumt und doch formell aus, sah ihm nicht direkt in die Augen, als ob sie Dinge sagte, die sie vorher durchdacht hatte, und nicht wollte, daß er ihr zuvorkam.
»Deine Mutter und ich ... unsere Generation ... damals war das Leben anders, es schien so langsam zu gehen. Lange Strecken schien es sich ganz langsam vorwärtszubewegen wie ein Gletscher ... dann brach irgend etwas auf, und Jahre sprangen plötzlich vorüber, und dann ging alles wieder im normalen Gleis ... Langsam. Sehr langsam. Drüben, zuhause, in den Staaten schienen mir die Dinge immer sehr langsam zu gehen. Natürlich ist jetzt alles anders.«
»Vermutlich«, sagte Alexander.
Eine Weile saßen sie schweigend da. Alexander versuchte, an Marian zu denken, die er jetzt fast ein halbes Jahr kannte. Wenn sie sich stritten, sah sie ihn nicht an, sondern wandte sich ab, sie brachte ihn damit zum Wahnsinn, ihr dünnes, verschleiertes, kleines Gesicht von ihm abgewandt ... Manchmal sah ihr kurzgeschnittenes Haar militärisch aus, wie eine Mütze. Aber seine Gedanken streiften sie und lösten sich auf, sprudelten weg. Er merkte, daß er lächelte. Marthe fragte, warum er lächle, und er schüttelte den Kopf, er wußte es nicht. Sie lachte. »Ja, das Leben ist jetzt ganz anders«, sagte sie. »Was deine Mutter und ich erleben und entdecken mußten, unter so vielen Qualen ... das ... das ist jetzt ganz alltäglich. Vermute ich.«
Alexander trank seinen Sherry aus. Plötzlich hatte er Hunger und fühlte sich ganz schwach. Er aß ein paar Cashewnüsse und zupfte eine Traube ab; er befingerte die übergroße Traube nervös, bevor er sie aß, und er hatte die seltsame Vorstellung, daß sie gar nicht echt war, sie mußte von irgendeinem tropischen Land eingeflogen wor-

den sein, prall, übertrieben angeschwollen, von glänzendem, dunklem Purpur ... Seine Tante seufzte und sagte etwas vom Abendessen, sie sollte sich wohl dranmachen, nicht ... oder ob er noch die Wirkung des Mittagessens in Soho verspüre? In dem griechischen Restaurant?

»Es war ein indisches Restaurant«, sagte Alexander.

»Du hast vorhin griechisch gesagt«, lachte sie.

»Nein, indisch. Ich habe indisch gesagt«, sagte Alexander hitzig.

Dann verstummten sie wieder, Alexander wußte nicht, warum er erregt gesprochen hatte, er merkte, daß sein Mund zu einem dümmlichen Lächeln verzerrt war, einem Grinsen. Es war die Wahrheit, er hatte nicht gelogen. Er und seine Freundin hatten in einem winzigen Restaurant gegessen, an einem kleinen Tisch, der in eine Ecke geklemmt war, das ganze Essen hatte nur ein Pfund und zwanzig Pennies gekostet ... und nachher, als sie gingen, hatte er gespürt, wie sein Mund und sein Hals von dem Curry ärgerlich brannten.

»Also, ich geb' dir wohl besser was zu essen. Es ist ziemlich spät. Komm mit in die Küche, dann sehen wir mal ... Hast du Lust, mir zu helfen?« Marthe lachte. Es gelang Alexander, sich von dem Hocksofa hochzuschrauben, er schwankte etwas. Er zog seine Tante hoch. Ihre Hand war mollig, aber ziemlich kühl und ein wenig feucht. Ihm fiel auf, daß einer ihrer Ringe aus einer geschnitzten Figur bestand, offensichtlich aus Elfenbein; es sah wie eine Sphinx aus.

»Der Kühlschrank ist ganz voll, ich habe extra wegen dir einen Einkaufsbummel gemacht«, sagte Marthe vergnügt. »Hoffentlich magst du was Kaltes? Ich war heute nachmittag bei Harrod's, wo es diese herrlichen Dinge gibt. Ich kaufe eigentlich fast alle meine Lebensmittel dort ... Ich setz' mich in ein Taxi und fahre hin, dann nehme ich wieder ein Taxi für die Rückfahrt. Das ist zwar teuer, aber ich kann es nicht ändern ... Es macht dir doch nichts, kalt zu essen, oder?«

»Oh, nein, gar nicht, nein, ich esse sehr gern kalt«, sagte Alexander.

»Aber deine Mutter – deine Mutter kocht so gut! Ich sollte mich eigentlich schämen, einem Jungen in deinem Alter etwas Kaltes anzubieten –.«

Er versuchte, ihr zu versichern, daß das doch wunderbar sei und daß er überhaupt gar nicht mehr so hungrig sei, aber sie entschuldigte sich weiter. Sie führte ihn einen Flur entlang in eine Küche mit häßlichen, hohen Schränken und einem einzigen Fenster mit Blick auf eine Straße oder einen gepflasterten Hof; dort draußen war es feucht, es nieselte. Die Küche war so kalt, daß Alexander fröstelte. Wie in einer Höhle. Marthe schaute in den Kühlschrank und murmelte: »Jetzt wollen wir mal sehen.« Alexander schüttelte es. In dem anderen Zimmer war es so warm gewesen. Sein Gesicht war noch ganz warm. Ein kalter, feuchter Luftzug kam in die Küche, das Fenster schloß nicht ganz dicht ... Marthe deklamierte mit mädchenhafter Stimme Namen von Käsesorten: Cheddar, Camembert, Port Salut, Stilton, Brie ...

»Alle. Prima. Egal, welchen«, unterbrach Alexander.

»Einige sind steinhart«, sagte Marthe. »Mein Gott. Dieser Brie ist trocken und hart wie eine Versteinerung. So teuer und jetzt ist das verdammte Zeug versteinert.«

»Ich kann das doch essen«, sagte Alexander, »ich esse alles.«

Sie lachte, als habe er etwas sehr Kluges gesagt. »Also, mein Schatz, dann wollen wir mal sehen. Kommst du an das Käsebrett dort oben? auf dem Regal? Für mich ist es zu hoch.« Alexander nahm es herunter: ein schweres, rechteckiges Käsebrett, das sich anfühlte, als wäre ein Gewicht eingebaut, so schwer war es, es war aus dunklem Ebenholz. Es war nicht ganz sauber, kleine Käsestückchen hingen noch daran. Alexander blies sie weg.

Marthe belud das Käsebrett und war jetzt ganz munter. »Ich hab' so ein schlechtes Gewissen, daß ich dir kein anständiges Essen vorsetze!« sagte sie. »Und sicher vergleichst du mich mit deiner Mutter, und dann gehst du nach Hause und erzählst, was für eine schlechte Hausfrau ich bin –«

»Ich erzähle überhaupt niemandem irgend etwas«, sagte Alexander.

»Aber doch. Vielleicht doch.«

»Ich bin nicht in so engem Kontakt mit ihnen. Mit keinem von beiden.«

»Keinem von beiden?«

»Nein, keinem von beiden.«

Alexander nahm das Brett hoch auf die Schulter wie ein Kellner; im anderen Zimmer zog seine Tante zwei Stühle zu einem Klapptisch beim Fenster. »Das ist alles. So. Ist das nicht herrlich? Es ist wie ein Picknick. Hoffentlich macht's dir nichts aus.«

»Ißt du meistens hier?«
»Manchmal. Wenn ich zuhause esse. Aber manchmal esse ich auch in der Küche und manchmal im Schlafzimmer . . . Diese Wohnung ist so unpraktisch geschnitten, das Schlafzimmer ist so groß wie dieses Zimmer hier, aber das Bad ist winzig, nicht größer als ein Schrank . . . Und euer Zimmer im Hotel? Hoffentlich ist es recht für euch?«
»Ja, es ist schon in Ordnung«, sagte Alexander und zuckte mit den Schultern. »Es ist billig.«
»Gefällt es deiner Freundin?«
»Paß auf«, sagte Alexander. Ein Glas mit irgend etwas fiel fast vom Tisch – er fing es auf, es war ein kleines Glas mit russischem Kaviar. Seine Tante nahm es ihm ab. Alexander sah sie an. Er wußte, daß sie ihn etwas gefragt hatte; aber er konnte sich nicht mehr an die Frage erinnern, er sagte leise: »Tante Marthe, du wolltest mir etwas von meiner Mutter erzählen . . . Von meiner Mutter. Hast du mir nicht gerade etwas von ihr erzählt?«
»Du mußt halb verhungert sein!« rief Marthe aus. »Die Zeit ist so schnell vergangen . . . ich habe die Zeit einfach vergessen . . . Du bist so groß, du bist so dünn, du mußt ja halb verhungert sein . . . Das war ja eine riesige Überraschung heute abend, als ich dich sah, wie groß du bist, wo ich dich ganz anders in Erinnerung habe . . . als kleinen Jungen . . . Was sagte ich doch? Über deine Mutter? . . . Ich dachte, wir hätten nur ein oder zwei Gläser getrunken, aber es ist so spät geworden. Mir wird von Sherry immer schwindlig.«
Alexander schüttelte den Kopf und versuchte aufzunehmen, was sie sagte. »Was war das mit meiner Mutter . . .«
»Wahrscheinlich wärst du heute lieber bei deiner kleinen Freundin geblieben und hättest mit ihr zu Abend gegessen!«
»Sie ist nicht klein«, sagte Alexander.
»Ist sie groß? Schwer?«
»Nein.«
»Ist sie so groß wie du?«
»Ich weiß nicht, nein, mein Gott, nein, sie ist klein, sie ist kleiner als du«, sagte Alexander. Er hatte den Faden verloren und starrte jetzt auf das Essen: ein halber Laib Landbrot, Gläser voller Oliven und Pickles und Pepperoni und ein hohes Glas mit Krabben, Käse in verschiedenen Formen, ein schweres Stück Fleisch, das wie Truthahn

aussah, ein gekochter Schinken aus der Dose, ein großer dunkler Ring Salami ... Er lächelte auf den gedeckten Tisch hinunter ... Seine Tante versuchte, Brot abzuschneiden, aber der Brotlaib wakkelte hin und her, deshalb hielt er ihn fest. Das Brot war ziemlich hart; Krümel spritzten weg, flogen weg, kleine Stücke von Rinde flogen Alexander ins Gesicht, so daß er lachte. »Hast du alles heute gekauft? Du hast das doch nicht alles heute gekauft?«
Marthe legte das Brotmesser hin. »Ich wußte doch, daß ich irgend etwas vergessen würde«, sagte sie. Sie ging hinüber zu einem kleinen Schrank mit Flaschen. Alexander starrte sie an, wie sie sich darüberbeugte – ihr Kleid sehr straff über den Hüften, es engte sie ein – und er hielt immer noch das Brot fest, während sie redete, darüber, wie enttäuschend das Wetter für Touristen sein mußte und wie schwer es sei, hier ein Taxi zu bekommen, weil jeder auf dem Sloane Square ein Taxi nehme und daß sie wisse, daß er eigentlich gar nicht gerne hier sei, sie habe am Telefon die Unentschlossenheit in seiner Stimme gehört –
»Du, das ist nicht wahr«, sagte Alexander.
– aber ob er einen Martini wolle – oder nur ein bißchen Scotch?
»Ich weiß nicht. Normalerweise trinke ich keinen Alkohol«, sagte Alexander. »Alles ist recht.«
»Alles?«
»Soll ich dir helfen, die Flasche zu öffnen?«
»Nein, sie ist offen. Sie ist schon offen.«
Sie kam zum Tisch zurück. Sie goß beiden ein. Sie sagte: »Weißt du, das ist doch seltsam, ich hab' mich deiner Mutter immer mehr verbunden gefühlt als deinem Vater ... ich meine, als ich deine Mutter kennengelernt hatte ... obwohl ich doch die Schwester deines Vaters bin, das weißt du ja, und ich hätte doch auf seiner Seite stehen müssen. Aber deine Mutter und ich, wir mochten uns gleich sehr gern. In Wirklichkeit verdankst du deine Existenz mir.«
Alexander lachte. »Wie das denn?«
»Ja, weißt du, sie wollte ihn eigentlich nicht heiraten, sie wußte, daß es das Verderben für sie sein würde. Sie wollte abtreiben. Aber ich habe es ihr ausgeredet ... weil ich wußte, daß sie das nie überlebt hätte, sie hätte das nicht überlebt, nie, sie war viel zu weich, sie war nicht unabhängig wie ich, sie hatte Angst vor dem Leben ... eine Abtreibung hätte ...«

Alexander setzte sein Glas ab. »Eine was? was? ... Was?«
»Sie hat mir vertraut«, sagte Marthe. Sie blickte über die Dinge auf dem Tisch und kniff dabei die Augen zusammen. Mit einem langen, lackierten Fingernagel bohrte sie in der Gelatine am Rande des Schinkens. »Ich glaube fast, ich habe ihr Vertrauen mißbraucht ... weil ich ihr vielleicht den falschen Rat gegeben habe ... Ich sagte, ach, er wird ein guter Ehemann werden, ich bin fest überzeugt davon, warum beißt du nicht die Zähne zusammen und hältst durch? ... Weil, weil, damals war alles anders. Wir waren anders.«
»Wer war anders?« fragte Alexander verwirrt.
»Außenstehenden kam es immer seltsam vor, daß ich mit deiner Mutter enger verbunden war als mit deinem Vater, obwohl ich mit *ihm* verwandt bin«, sagte sie. »Ist das Pastete? Ich mag Pastete sehr gern, aber ich kann mich gar nicht daran erinnern, daß ich sowas gekauft habe. Möchtest du – es ist Leber – ich glaube, es ist Leber – komm, ich streich' dir ein Brot damit, du mußt doch halb verhungert sein.«
»Meine Mutter wollte abtreiben? Wann war das?«
Marthe seufzte. »Das ist es ja: es ist schon so lange her. Alle sind jetzt so viel älter.«
»Meine Mutter wollte nie abtreiben«, sagte Alexander bestimmt.
Marthe antwortete nicht. Sie strich umständlich etwas auf ein Stück Brot. Er nahm es, aber er aß es nicht. Er hielt es eine Weile in der Hand, dann fand er einen Platz, wo er es ablegen konnte, auf dem Fenstersims, wo es nicht im Weg war. Er starrte sie an. »Was ist das für ein Kleid? Chinesisch oder japanisch? Ich kann Eidechsen oder Drachen darauf erkennen.«
Marthe lachte. Der Schraubdeckel für die Pickles fiel ihr aus der Hand und rollte über den Tisch und dann auf den Fußboden. »Ach, dieses Armband! Diese Dinger sind so schwer, daß sie einem immer im Weg sind«, murmelte sie. Er bemerkte ein großes goldenes Armband an ihrem Handgelenk; es war den Unterarm heruntergerutscht und hing nun schwer an ihrem Handgelenk. Er überlegte, ob er ihr mit dem Schloß helfen sollte, es schien schwer aufzugehen, aber sie bat ihn nicht darum. Es gelang ihr, das Armband selbst abzunehmen. Alexander, der sie beobachtete, fühlte sich nahe daran hinauszuschreien oder zu lachen. Sie fiel wieder in diesen mädchenhaften, leichten Plauderton »... also, es würde ihr ja niemand

ansehen, sie ist eine liebe Frau und sieht ein bißchen aus wie eine Maus, wie viele andere Frauen . . ., aber sie hat Tiefe. Sie ist sehr tief. Sehr. Und tragisch.«

»Tragisch? Meine Mutter?«

»Wie die meisten Frauen.«

Alexander lachte derb. Nein, das war doch wirklich zuviel. Er wußte, daß seine Tante log, sie log, und sie sah ihn jetzt nicht einmal an, wo er sie herausgefordert hatte . . . »Wie meinst du das?«

Marthe leckte die Pastete von ihren kurzen, molligen Fingern. »Sie war früher ein sehr hübsches Mädchen. Das weißt du natürlich nicht mehr. Mein Bruder weiß das sicher auch nicht mehr. Ich war sehr, sehr eng mit ihr befreundet, und als er auftauchte und drohte, sie in eine Irrenanstalt zu bringen, da wurde ich fast wahnsinnig, so schrecklich war das. Du kennst deinen Vater nicht.«

»Mein Vater? Was? Wann war das?«

»Als sie auszog.«

Alexander schüttelte den Kopf. Eine Weile saß er stumm da, ohne zu essen, und beobachtete seine Tante, die so tat, als merkte sie nicht, wie es mit ihm stand; die so tat, als fühlte sie die heftige Bewegung seines Herzschlags in seinem Körper nicht. Das fremde Zimmer hinter ihr schien zu schwanken. Er hatte den unklaren Eindruck, daß sich etwas spiegelte – die Decke spiegelte sich im Spiegel über dem Kamin – davor der Kopf seiner Tante, der wie eine Schlange auf und niederschoß, die schweren steifen Flügel ihrer Haare, der Scheitel, der sorgfältig in der Mitte gezogen war, ihr erhitztes, leuchtendes, dramatisches Gesicht, ihr übertriebenes Ich. Er wußte, daß sie log. »Sie hat nie –!« rief er.

Marthe sah ihn ruhig an. Ruhig und umständlich wischte sie sich mit den Fingerspitzen den Mund; sie hatte die Servietten vergessen. An einer Hand trug sie zwei Ringe. Sie lächelte, gab Freundlichkeit vor. »Der polnische Liebhaber in diesem Roman, *A Trois*, Loepers zweitletztem Roman – er ist noch in London, würdest du ihn gern kennenlernen? Er wohnt in einem armseligen kleinen Zimmer in Chelsea, am anderen Ende, in der Nähe von . . .«

»Wer? Was? Ich weiß gar nicht, wovon du sprichst«, sagte Alexander. »Roman! Ich habe keinen Roman gelesen, ich habe keinen von ihm gelesen –«

»– dann könntest du deiner Mutter eine Postkarte schreiben, daß

du ›P.‹ besucht hättest und daß deine Tante Marthe dich begleitet hätte –«
»Ich besuche überhaupt niemanden, und ich schreibe an niemand«, sagte er. »Ich erinnere mich nicht einmal mehr an sie. Ich habe sie vor einer Woche gesehen, aber jetzt erinnere ich mich nicht mehr an sie. Ich verwechsle ihr Gesicht mit ... mit jemand anderem ... ich bin gar nicht sicher, daß ich überhaupt eine Mutter habe«, lachte er. Er fühlte, daß sein Gesicht, wie Marthes, vor Erregung glühte. Er überlegte, ob seine Haut auch wie ihre aussah, pulsend, glänzend vor Schweiß, das warme, rotgeäderte Fleisch unter der Haut nach außen schwellend, nach außen drängend, so daß die Haut glühend und reif und golden wirkte.
Marthe goß ihm ein paar Fingerbreit Alkohol ins Glas. Er hielt das Glas fest in der Hand. Er hatte es die ganze Zeit festgehalten, wobei sein Unterarm schwer auf dem Rand des Käsebretts lag. Er beobachtete sie heimlich, sah, wie sie die Stirn runzelte, während sie den Whisky eingoß, vorgab, die Stirn zu runzeln, die Stirn zu runzeln schien, während sie ständig log ... sie hielt inne, wie eine Schauspielerin, sah ihm aber noch nicht in die Augen. Dann sah sie ihn an. Listig, neckend. »Du weißt doch sicher, daß deine Mutter einmal versucht hat, wegzulaufen? – Daß sie eines Winters hierherkam, vor zehn Jahren vielleicht – da kam sie *hierher* – sie kam hierher zu mir, ich wohnte damals in Hampstead mit einer Freundin und mit Loeper, natürlich, damals noch – einer lieben Freundin – Nicole Bergé – weißt du, wer das ist? Du mußt diese Dinge doch wissen.«
Alexander konnte nicht sprechen.
»Wie alt bist du – zwanzig?«
»Vierundzwanzig.«
»Vierundzwanzig!« Marthe lachte. Sie streckte die Hand aus, um ihn zu berühren, wie um sich zu entschuldigen – als sei das ganz spontan –, und er zog den Arm zurück, er hatte Angst vor ihrer Berührung, aber sie lächelte weiter, gab vor, es nicht zu merken und sagte: »Aber du siehst viel jünger aus, wie ein Junge! – Damals mußt du wohl vierzehn gewesen sein. So etwa. Du mußt dich doch daran erinnern, du warst doch damals kein Kind mehr. Du mußt doch noch wissen, wie sie euch damals verließ, dich und ihn, euch beide, und hierherkam. Du erinnerst dich doch daran?«

»Ich weiß nichts mehr. Ich erinnere mich an gar nichts«, sagte Alexander. Er wußte jetzt nicht mehr, warum er den Arm so schnell weggezogen hatte. Er hätte fast etwas umgestoßen. »Ich will mich nicht daran erinnern.«

»Ja. Gut. Ja. Natürlich. Du bist wie mein Bruder, du bist ihm in vielem ähnlich. Ich verstehe schon. Und ich hatte doch nicht vor, ich hatte wirklich nicht vor«, sagte sie, betrunken – behutsam, »dich aus der Fassung zu bringen.«

Er bohrte mit seinem Daumen in einem Stück Käse herum; es war steinhart, an einigen Stellen schon verfärbt, schal und aufgebrochen. Nach einer Weile sagte er leise: »Wenn sie damals abtreiben wollte, war das doch nicht wegen mir ... sie wollte nicht *mich* umbringen. Sie wollte das ... das nicht *mir* antun.«

»Natürlich nicht«, sagte Marthe schnell. »Natürlich nicht.«

»Nicht mir.«

»Das stimmt ganz genau. Das ist ganz recht«, sagte Marthe.

Alexander bemerkte kleine Käsekrümel unter seinen Fingernägeln. Plötzlich ekelte ihn der Druck der Krumen; er nahm eine Gabel und versuchte, sich die Nägel zu säubern. Seine Tante sprach mit schneller, beschwichtigender, wenig überzeugender Stimme, sprach von einem polnischen Tänzer mit seiner Truppe hier in London und einer ehemaligen Ballerina namens Nicole und einer großen, teilweise restaurierten Villa aus dem neunzehnten Jahrhundert am Rand von Hampstead Heath – und irgendeiner Frau, die auf dem Küchenfußboden gefunden wurde, vor dem offenen Gasherd, auf einem Teppich, den sie hereingezogen hatte; sie hatte zu große Angst vor der Freiheit gehabt, wegen der Vergangenheit ... Alexander hörte nicht zu. Er fuhr mit den Zinken unter seine Nägel, bearbeitete einen nach dem anderen. Nach einer langen, verlegenen Pause fing Marthe wieder an zu sprechen: jetzt war es ein pelziges, betrunkenes Gemurmel, und sie tätschelte dabei seinen Arm, streichelte ihn, als wollte sie ihn trösten. »Aber du brauchst das alles nicht zu glauben und brauchst auch nicht zuzuhören. Vielleicht ist all das nie geschehen«, flüsterte sie.

Alexander räusperte sich. Er ließ die Gabel auf den Tisch fallen. »Er sagt – er sagt, du bist so, wie du bist, du lebst so, so – weil du unfruchtbar bist. Du bist unfruchtbar.«

Marthe lachte. »So wie ich bin –! Aber weiß er denn, wie ich bin?«

»Unglücklich – eine gescheiterte Existenz – wegen der Scheidungen«, sagte Alexander. »Hin und wieder kommt er auf dieses Thema. Er sagt, du bist schon immer so gewesen – ich habe oft gehört, wie er zu meiner Mutter so über dich gesprochen hat.«
»Da bin ich aber sehr glücklich«, sagte Marthe kampflustig. »Da bin ich sehr, sehr glücklich. Aber das ist wirklich der richtige Grund, ich bin unfruchtbar. Da hat er ganz recht. Alles andere sieht er völlig falsch ... Weil er keine Phantasie hat. Wie die meisten Männer ... Die meisten sind einfach nur Tiere, weißt du, sie haben keine Phantasie, sie sind kaum menschlich. Ohne Phantasie sinkt der Mensch zurück in seinen Körper, er wird zum Tier, dumm, auf eine Idee ausgerichtet, wie *er*. Man degeneriert. Wirklich, man sinkt ab. Man entwickelt sich rückwärts. Die Paarungszeit verlangt keine Phantasie, da ist alles so direkt, physisch, unpersönlich, aber was danach kommt, ist Phantasie, und dein Vater hat keine Begabung für Phantasie. Die meisten Männer haben sie nicht. Deshalb sind sie auch impotent – die meisten Männer.«
Alexander blickte auf. Sein Arm war seltsam schwer. Er sah, daß ihre Hand darauflag, geistesabwesend hatte sie ihre Hand auf seinen Arm gelegt, eine mollige Hand mit Ringen ... abstraktes Glänzen im Zimmer hinter ihr und um sie herum, alles Licht, Abstufungen von dämmrigem, verschwommenem, kitschig goldenem Licht, ohne feste Umrisse oder Übergänge zwischen den Dingen. »Wirklich? Die meisten Männer?« fragte er flüsternd.
»Ja, natürlich. Wußtest du das nicht?«
»Ich weiß nicht«, sagte er. »Ich weiß nicht, ob ich das wußte ...«
»Aber du bist selbst noch so jung, du kannst noch nicht viel wissen; wahrscheinlich weißt du überhaupt nichts. Warum glaubst du, wollte dein Vater dieses Mädchen heiraten, wie hieß sie doch, das Mädchen, das im Atelier Saks Mannequin war – du mußt dich doch an sie erinnern, sie ist etwa so alt wie du. – Ich hab' sie sogar kennengelernt, als ich das letzte Mal in White Plains war, in eurem Haus, bei einer großen Cocktailparty – deine Mutter wußte es noch nicht, ach ja, sie hieß Stella, glaube ich – und einmal in der Stadt, in einem Restaurant mitten in der Stadt, mit deinem Vater – Warum, glaubst du, war er so verrückt nach ihr? Er war damals fünfundvierzig Jahre alt und –«
»Was, Stella? Stella?«

»Ja, dieses dünne Mädchen, sie war sehr hübsch und sehr intelligent, und versuchte, sich sehr taktvoll aus der Geschichte herauszuziehen, nachdem sie genug von ihm hatte und sah, wie – na, wie nahe er einem Nervenzusammenbruch war – es war ihre Idee, daß wir drei uns zum Essen treffen sollten, und fast im ersten Augenblick, als sich unsere Augen trafen, wußte ich, wie es stand, wie verzweifelt sie auf Hilfe wartete. – Es sieht so aus, als ob du davon nichts wüßtest, Alexander? Kanntest du das Mädchen nicht?«

»Nichts davon ist wahr«, sagte Alexander.

»Ich weiß nicht, wie wir auf dieses Thema kamen ... es war gar nicht meine Absicht ... Ach ja. Ja. Ich wollte nur, daß du mal bedenken solltest, warum dein Vater damals so aus dem Gleichgewicht gebracht war, warum so krank, krank vor Liebe zu einem Mädchen, das fünfundzwanzig Jahre jünger als er war, ein wunderbares Mädchen, wenn man solche nichtssagenden und knochigen Mädchen mag, und er hat mir gestanden, daß er sie nicht einmal richtig kannte, aber, na ja«, sagte sie und kehrte zu ihrer vorherigen Fröhlichkeit zurück, »warum, glaubst du, Alexander? Warum wohl?«

»Das ist nicht wahr. Das ist bestimmt nicht wahr«, sagte er lächelnd. Seine Mundwinkel zogen sich von selbst nach oben.

»... weil er überall, auf der ganzen Welt, impotent war, außer bei ihr, und sie sah mich an mit ihren kummervollen Augen, verzweifelt darauf bedacht loszukommen, auszubrechen aus diesem lauten, teuren, pseudofranzösischen Restaurant, einfach hinauszukommen und frei zu sein. Ich wußte genau, wie es stand. Die beiden sprachen nicht einmal miteinander, er starrte sie nur an, und sie erzählte mir von ihrem College, sie war ganz plötzlich abgegangen, über ihre Freundinnen in Bennington, und all das, um ihn fühlen zu machen, wie alt er war und daß sie von ihm frei sein wollte ... sie trank zuviel, sie faßte auch zu oft meine Hand, ihre Augen waren voller Entsetzen ...«

»Das war im Sommer, das alles«, sagte Alexander plötzlich. »... ich kannte sie, Stella. Ja, ich kannte sie. Ja«, sagte er lächelnd, grinsend, und dachte an die dunkeläugige, verschmierte Stella, die er einmal im Country Club in einer Garderobe gestört hatte, als sie jemanden küßte. Alexander war damals noch ein Schuljunge gewesen, war in die Umarmung eines fremden Paares gestolpert und hatte vor Erstaunen den Atem angehalten, und noch Jahre danach – ja, jetzt erinnerte er sich an sie – noch Jahre danach hatte er dieses Erlebnis im Geist wieder und wieder durchgespielt, hatte sich andere Mädchen an ihre Stelle gedacht, hatte er diese Erinnerung hochkommen fühlen, ohne daß er sie zurückdrängen konnte. Und sein Vater auch! – Sein Vater! –

»Er wurde so dünn. Er tat mir leid ... trotz allem, trotz der Vergangenheit«, sagte Marthe.

»Ja, er wurde dünner. Ich erinnere mich daran ... Aber ich glaube eigentlich nichts davon«, lachte Alexander.

»Du kannst es glauben oder auch nicht«, sagte Marthe glücklich.

»Ich weiß, ich weiß schon.«

»Aber sie sind alle impotent, in ihrer Phantasie sind sie impotent«, sagte Marthe. »Deshalb lachen wir Frauen, wie deine Mutter und ich und, nun, andere liebe Freundinnen, die sie kennenlernte, bevor sie solche Angst vor dem Leben bekam, und sie mit ihm zurück nach White Plains ging ... deshalb lachen wir so viel über die Männer, und wir nehmen sie nie ernst. Ja«, sagte sie immer noch mit dieser glücklichen Stimme, »eigentlich sind sie tragisch, aber man kann sie nicht ernst nehmen. Wenn ich so etwas ernst nehmen wollte, wäre ich nicht so glücklich, wie ich jetzt bin.«

Alexander dachte an Stella, Stella Reiner. Sein Kopf war schwer und dunstig, von einem Dunst wie Parfum; vielleicht dem Parfum seiner Tante. Dann dachte er nicht mehr an Stella. Seine Tante drückte seinen Arm und seufzte: »Ja, ihr seid alle tragische Figuren«, und ihn durchschoß wie ein Stromstoß ein plötzliches sexuelles Verlangen. Er fühlte sich schwach.

»Tragisch? Tragisch?« stammelte er.

Er dachte nicht mehr an Stella, sondern an seine Mutter, aber ihr Gesicht zerfloß: war sie eigentlich unscheinbar oder schön? Er hatte nie darauf geachtet. Er starrte das Gesicht seiner Tante an. »Ja, tragisch ... tragisch«, flüsterte sie. Sie sahen sich an, Alexander atmete heftig durch den Mund, die Gesichter stiegen vor ihm auf und fielen wieder, das Gesicht eines Mädchens, Stellas oder das eines anderen Mädchens, das Gesicht und der Körper eines Mädchens, nein, das Gesicht seiner Mutter, seine Mutter, wie sie in ihrem teuren beigen Mantel mit dem Nerzkragen dastand, zutiefst verletzt, und versuchte, sich mit ihm und Marian zu unterhalten, wäh-

rend sie warteten, bis das Flugzeug geladen hatte, Marian hatte sie verächtlich behandelt, *wer war Marian?* und jetzt verschwammen alle Gesichter und verglühten, und seine Tante sah ihn an, lächelte ihn sanft an, mit diesem sanften, pulsenden Lächeln.
»Warum trinkst du nicht aus?« sagte sie leise.
Alexanders Atem war laut. Er glaubte es kaum, aber es war wahr: Sie schloß seine Finger fest um sein Glas. Sie drängte ihn, es an die Lippen zu setzen. Sie half ihm. Sie stand auf, sie schwebte über ihm. Strahlend, feucht, warm, sehr warm ... Er wunderte sich über ihre Schönheit, wunderte sich darüber, wie er hierhergekommen war. Sie strich mit ihrer Hand seinen Arm hinauf, über seine Schulter, zu seinem Hals. In ihm spannte sich alles. Sie sagte lächelnd: »Bist du tragisch? Oder? Vielleicht nicht? Vielleicht bist du anders? Bist du anders? Du, bist du anders? ... Du, Alexander, bist du anders?«
Er stand auf. Er fühlte, wie ein Stammeln in seinem Hals hochstieg, aus seiner Brust. *Ich glaube, ich glaube* –. Sie war so klein! Er blickte auf sie hinunter und sah, daß sie die Schuhe abgestreift hatte, er sah, daß sie barfuß war, er wollte eigentlich nicht auf sie zugehen, aber er schwankte hilflos in ihre Richtung. Sie sagte etwas – aus einem Mund, der seltsam rot war, gerötet, der Lippenstift war etwas verschmiert, sie sagte: »Ja, ich glaube, du bist anders ... ja, ich glaube ...«
Nein, dachte Alexander. *Doch.*
»Komm mit, komm hier durch«, flüsterte sie. Sie führte ihn aus dem Zimmer, er folgte ihr, benommen, sehr groß, seine Schultern streiften eine Pflanze, die irgendwo hing, schattige, spinnenartige, fühlerartige Blätter, und sie sprach schnell und dringlich, während er fühlte, wie sein Körper sich danach sehnte, sich zu krümmen, dieses Pulsen in ihm war so gewaltsam, so hilflos. Sie eilte in ein Zimmer, und er kam hinter ihr her. Seine Hände suchten aneinander Halt, er rang seine Hände, in diesem seltsamen, zugigen, höhlenartigen Zimmer – ihrem Schlafzimmer? – aber es stand so voll, so voll von Möbeln, es roch sauer, roch nach Erde, irgendwie – auf dem Fenstersims sah er noch eine von diesen Pflanzen, der billige Tontopf war umgefallen und ein kleiner Halbmond von Erde lag darum herum. Seine Tante wandte sich von ihm ab. Zwei große, bis zur Decke reichende Fenster schienen auf ihn zuzudrängen, da draußen *eine*

Straße . . . eine Straße mit Verkehr. Nein, das war zu verwirrend. Er beobachtete sie voller Schrecken. Er wollte sie halten, bevor es zu spät war. »Tante Marthe? Tante Marthe?« flüsterte er.
Er machte einen Schritt auf sie zu, stieß sich an etwas – einem der Bettpfosten – sie schrie auf, als habe sie, nicht er, sich verletzt, aber er unterbrach sie und sagte schluchzend: »Nein, nein, nein, ich will nicht . . . nein, zwing mich nicht, zwing mich nicht dazu . . .«
Er drehte sich um. Er rannte hinaus.
»Alexander!«
Er sah sich wild um – da stand sie hinter ihm, sie stand da und rief seinen Namen – »Alexander, hab doch keine Angst, hab doch keine Angst, wie alle anderen – Alexander –«
»Nein«, schrie er, »nein«, und rannte aus der Tür und die Treppen hinunter in den Hausflur und auf den Bürgersteig, in die frische, überraschende Luft, er keuchte *nein nein nein nein,* und hinter ihm rief sie immer noch seinen Namen. – Er sah sich voller Schrecken um und sah sie, in der Tür, wo jeder sie von der Straße aus sehen konnte, sie rief ihm nach mit ihrer hohen, musikalischen, schrillen Stimme: »Alexander! Alexander!« Sie hatte ihre Perücke vom Kopf gerissen und drohte ihm damit, in ihrer Stimme schwangen Betroffenheit und ein ersticktes Lachen – mit ihrem kurzgeschnittenen metallgrauen Haar sah sie derb aus und gleichzeitig entzückt, als sie rief: »Ach, Alexander, du auch –«
Er rannte davon, die Straße entlang, und als er die lange windige Straße halb hinuntergelaufen war, mußte er sich an etwas festhalten, an einem Eisengitter, um sich zu stützen . . . Sein Atem sprengte ihn. Hier draußen regnete es, hier draußen fuhren Autos und seltsame Doppeldeckerbusse vorbei, im Regen. Er sah sich verwundert um. Er war irgendwo in einer Gegend, die er nicht kannte. Sie war ihm fremd, neu, offensichtlich war er in einer fremden Stadt.

DER SCHREI

»Da fragt man sich doch, was das soll, stimmt's?«
Renée drehte sich rasch um und erblickte einen Mann dicht hinter sich. Er wollte irgendwas und grinste deshalb ... sein Gesicht war faltig, rot angelaufen. Er mußte Ende Fünfzig sein; er trug einen Fischgrätmantel, aufgeknöpft und nicht besonders sauber.
»Ich meine all diese Sachen, die sie da heutzutage in die Galerien hängen«, sagte er. »Ich meine ... man weiß nicht, was man damit anfangen soll, oder? Man fragt sich doch, was das soll, hm?«
Renée stimmte kraftlos zu. Das Lächeln des Mannes wurde noch breiter. Seine Zähne waren viel zu weiß; sie glänzten wie Porzellan, und sein Gesicht wirkte fahl dagegen. Er roch nach Tabak und schmutzigen Kleidern.
Sie waren allein in einem der kleineren Räume im zweiten Stock der Galerie. Vor ihnen nahm ein riesiges Bild fast die ganze Wandbreite ein. Renée hatte mehrere Minuten darauf gestarrt und gar nichts wahrgenommen – ihre Gedanken waren bei anderen Dingen – jetzt erst schien das Bild vor ihr Wirklichkeit zu werden, machtvoll und aggressiv. *Verlorene Landschaft III.* Das Werk war abstrakt: ein Wirbel von Farben, vorwiegend Brauntöne, naß sahen sie aus, schwer, dreidimensional. Eher wie eine Plastik, wenn nicht die Leinwand eben gewesen wäre. Der Maler war recht jung – er war jünger als Renée – 1952 in Regina, in Saskatchewan geboren. Sehr jung. Er hatte es fertiggebracht, daß die Farben naß aussahen; sie glänzten in polierter Künstlichkeit. Das Bild sah nicht ganz fertig aus. Renée fühlte das Bedürfnis, es wie ein Kind anzufassen. Aber nein, nicht berühren, vielleicht sieht es jemand und weist sie zurecht. Und das Geheimnis des Bildes könnte sie damit auch nicht lösen.

»Ja, man fragt sich doch, was das soll, oder?« wiederholte der Mann.

Renée wäre gern weggelaufen. Aber sie blieb, sie wollte nicht unhöflich wirken; sie las eine Erklärung zu *Verlorene Landschaft III*, die der Leiter des Museums abgefaßt und mit Klebestreifen an der Wand befestigt hatte ... *energische, aber unterdrückte Gefühle ... »gezügelte Möglichkeiten« wie in der Natur ... die Lyrik der kanadischen Landschaft wie sie über die Dimensionen des Menschlichen hinauswächst ...*

Sie entfernte sich von dem Mann mit dem roten Gesicht, während er die Erklärung zu dem Gemälde las, und verließ den Raum, ohne sich den Anschein zu geben, besonders schnell zu gehen. Sie wollte ihn doch nicht vor den Kopf stoßen.

Renée ging zum zweiten Mal in dieser Woche durch die Telforder Kunstgalerie.

Es war ein Freitagnachmittag im April. Ein Frühlingstag. Sonne, Forsythien, eine Schar zänkischer Spatzen auf dem Baum vor einem der geöffneten Fenster ... die Welt belebte sich wieder; wieder einmal. Wie jedes Jahr. Es war ein endloser Winter gewesen, sehr kalt im Januar und im Februar. Aber jetzt war der Frühling da: die Leute warnten sie, zu glauben, daß der Winter endgültig vorbei sei, sicher werde noch einmal Frost kommen und vielleicht ein Schneesturm, aber das war ihr gleichgültig. Sie stand an einem offenen Fenster im Gang, blickte hinaus und sah nichts. Hatte jemand sie vor ein paar Minuten belästigt? ... Ein irgendwie unerfreuliches, undefinierbares Erlebnis ...? Sie hatte es schon vergessen.

Ein Weg von fünf Minuten zu ihrem Liebhaber. Er wartete in der Nähe auf sie. Es war Viertel nach eins, sie war schon spät dran ... Vielleicht sah er jetzt auf seine Armbanduhr und merkte wie spät es war. Verzog den Mund, ein bitteres ungeduldiges Lächeln. Sie stand am Fenster; von hier konnte sie zu dem dreistöckigen Herrenhaus aus dunklem Granit hinübersehen, an der Ecke der Westbury und St. Regis-Straße ... Ihr Geliebter wartete ein paar Häuser weiter auf sie; im Atelier eines Freundes, zweiter Stock eines Kutscherhauses auf einem der alten Anwesen. St. Regis-Straße 788. Am Freitag um eins. Renée? Kommst du? Kann ich mich darauf verlassen?

Eine Minute vor der Zeit hatte sie ihn angerufen vom Telefon im Museum aus; sie hatte gesagt, daß sie nicht kommen könne, daß es ihr nicht gut gehe, es sei etwas nicht in Ordnung, und sie könne heute doch nicht kommen ... Das war am Dienstag gewesen. Vor drei Tagen. Sie war an dem Kutscherhaus vorbeigefahren und hatte nicht zu ihm gehen können; statt dessen war sie in die Gemäldegalerie gefahren, hatte auf dem Parkplatz gehalten und ihn angerufen ... Tut mir leid. Es tat ihr leid. Sie verabscheute sich selbst für ihre Feigheit.

Mit spöttischer Höflichkeit hatte er gefragt, ob zu Hause etwas vorgefallen war? – etwas mit ihrem Mann?

Nein.

Sie wollte ihn eben heute nicht sehen, stimmte das?

Nein, nein.

Renée war jetzt seit zwei Monaten Karls Geliebte; aber ihr kam es viel kürzer vor, kaum länger als ein paar Tage. So schnell! ... es war alles so schnell gegangen und ohne Vorbereitung ... Renée hatte sich nicht durch Ironie davon distanzieren können, das wäre einfacher für sie gewesen. Ein wenig Ironie hatte ihr schon immer geholfen, nicht bei Liebesaffären, denn sie hatte vorher noch keine gehabt, aber bei den kleinen und doch schmerzlichen Enttäuschungen im alltäglichen Leben. Sie war immer ihrem wirklichen Alter in der Entwicklung vorausgewesen, war immer das Mädchen gewesen, das auf die anderen aufpaßte, das Kind, dem Verantwortung übertragen wurde, die andere Kinder zurückgewiesen hätten; Renée, die Musterschülerin, Renée, die junge Frau, die in einem vollen Drugstore diejenige war, die sich bückte und ein halbes Dutzend Stück Seife aufhob, die irgendein vorbeilaufender Junge auf den Boden gerissen hatte ... Renée, die junge Frau, zu der alte Männer oder retardierte Jungen kamen, um eine Unterhaltung anzufangen. *Hallo, schön heute, nicht wahr? Ach, hallo. Was ist das für ein Bild. Man fragt sich doch, was das soll, hm?* Vielleicht liebte ihr Mann sie noch; vielleicht auch nicht; nur ihre intelligente, ironische, unter Schmerzen erworbene Distanziertheit bewahrte sie davor, nicht wahnsinnig zu werden ... in dieser Situation, geliebt von vielleicht zwei Männern ... oder nur vom einen und nicht vom anderen ... oder von keinem, gar keinem. Sie dachte ständig an ihren Geliebten wie ein junges Mädchen. Sie fühlte sich wie vierzehn, erwartungsvoll, gedemütigt, unsicher. Es half nichts, sich vorzustellen, daß ihr Geliebter auch litt wie sie; das erschwerte das Ganze nur noch. Sie hatte gehofft, daß sie sich selbst wieder lieben würde, wenn sie sich verliebte, oder jedenfalls wieder etwas Selbstbewußtsein aufbauen könnte; aber diese Hoffnung hatte sich nicht erfüllt.

Kommst du dann am Freitag? Am Freitag um eins? Ja.

Heute war Freitag. Es war jetzt zwanzig nach eins. Die Luft hatte einen leichten Malzgeruch von einer Brauerei ein paar Meilen entfernt, aber Renée fand den Geruch nicht unangenehm. In einem der Büros der Galerie wurde ein Radio angeschaltet: schrille Musik, ein Sender in Detroit. Auch eigentlich nicht unangenehm. Nein ...

Renée trat vom Fenster zurück. Eine große, zögernde junge Frau, die nicht zu wissen schien, in welche Richtung sie gehen sollte: in den Hauptausstellungsraum oder in die andere Richtung, auf den Gang, der zu den kleineren Ausstellungsräumen führte ... Wo war sie? Was war dies für ein Gebäude? Das Telefon war unten.

Sie folgte einem gesprächigen Ehepaar mittleren Alters in den Hauptausstellungsraum.

Ein auffallender englischer Akzent. Ziemlich laut für diesen Ort. Renée hörte Engländer gern sprechen, man hatte bei ihnen den Eindruck, sie wüßten genau, was sie sagten, alles klang so präzise, so klar umrissen. Bei den englischen Frauen vor allem. Fest, selbstsicher, nachdrücklich. Im Gegensatz dazu war ihre eigene Stimme gewöhnlich schwach und wenig überzeugend, als ob sie nicht die Wahrheit sagte.

Warum bist du so unglücklich, so gereizt? – hatte ihr Mann gefragt.

Ich bin nicht unglücklich. Ich bin nicht gereizt.

Warum bist du immer so müde? Du siehst erschöpft aus.

Ich sehe nicht erschöpft aus.

Dann konnte er zum Beispiel wieder fragen: *Warum bist du so glücklich?* Immer dieselbe Frage, immer dieselbe Antwort.

Ihr gefiel die Kunstgalerie, obwohl sie immer kritisiert wurde, weil sie zu klein und die Sammlung beschränkt sei. Warum sollte es denn schlimm sein, daß sie klein war? ... Die Kanadier, die sie kannte, machten sich immer über ihre Stadt lustig, über ihre Universität, ihre Musik, ihre Galerien ... sie äußerten sich sarkastisch und abweisend über »ihre« Dichter wie Karl und seine Freunde. Renée verstand eigentlich nicht, warum. Sie fragte sich, ob sie sie vielleicht auf die Probe stellen wollten, sie und andere Amerikaner? ... Aber nein, sie meinten es ernst. Wenn Renée auf etwas hinwies, das ihrer Meinung nach wirklich gut war, ärgerten sie sich über diese Einmischung; sagte sie nichts, ärgerten sie sich darüber, daß sie schwieg. Wenn sie manchmal heftig und ganz unvernünftig nationalistisch waren (wenn sie forderten, daß Tschechow, Picasso, Yeats, Faulkner, Strawinsky, ja sogar Shakespeare durch »ihre« Kunst, »ihre« Werke ersetzt werden sollten), hatte sie fast den Verdacht, daß sie voller Verbissenheit witzelten und daß sie gern vor der Verbissenheit ihrer Witze bewahrt werden wollten; aber sie konnte es nicht, sie konnte nichts sagen. Dieser heiße und hoffnungslose Wunsch nach kultureller Unabhängigkeit, nach einer Art kulturellem Schutzzoll, der die Konkurrenz aus der »Welt da draußen« bannen würde, wobei die »Welt da draußen« unglücklicherweise den größten Teil der Erde ausmachte, rührte Renée in gewisser Weise. Aber wenn sie ihr Mitgefühl zeigte, wechselten sie plötzlich ihren Standpunkt und behaupteten, dieser Nationalismus sei kindisch und grotesk und habe keine Zukunft, und sie wollten damit nichts zu tun haben, sie hätten nicht die Absicht, sich dafür zu engagieren: *ihre* Kunst sei international.

Einen der größten Fehler ihres Lebens hatte Renée vor einiger Zeit gemacht, ein paar Monate, nachdem sie und ihr Mann nach Kanada gezogen waren. Sie hatte in der Kunstgalerie ein Bild entdeckt, das ihr herrlich erschien – wirklich schön – auffallend und originell und bewegend. Natürlich verstand sie wenig von Kunst; sie hatte einmal ein paar Semester Kunstgeschichte studiert, aber das war auch alles. Sie gab nicht vor, sich mit zeitgenössischer Kunst auszukennen. Das Gemälde, das sie so bewunderte, hieß *Weiße Birken* von Tom Thompson, von dem sie nie etwas gehört hatte. Aus irgendeinem Grund hatte sie angenommen, daß er recht unbekannt war ... oder daß er vielleicht aus dieser Stadt stammte und noch nicht entdeckt worden war ... Als sie den Namen in einer Gruppe von Leuten erwähnte, merkte sie zu ihrer Verlegenheit, daß er berühmt war; oh, diese kalten belustigten Blicke, diese belehrenden Bemerkungen ...

Karl mochte sie auch nicht. Er behauptete, sie zu lieben, aber gleichzeitig konnte er sie nicht leiden, sie hatte das im Gefühl. Er stemmte sich gegen etwas an ihr, das er nicht benennen konnte. Obwohl er genau wußte, wie wenig Geld die Maynards hatten – und wie unzufrieden Renées Mann mit seiner Arbeitsstelle war – glaubte er offensichtlich unbewußt, verbohrt, daß sie viel Geld haben müßten, da sie doch Amerikaner waren. Das war natürlich lächerlich. Und doch hatte er diese Vorstellung und ließ sich nicht davon abbringen. Und genauso unbewußt glaubte er, daß sie Kanada ständig kritisierten: daß ihre Gegenwart hier eine Art Abenteuer war, etwas wie eine Campingreise, jedenfalls eine Zwischenstation in ihrem Leben.

Wenn sie jetzt zu ihm ginge, würden sie sich auf dem Bett seines Freundes lieben. Und sie würde glücklich sein. Und danach unglücklich. Er würde sich freuen, sie zu sehen; und später würde er sich ärgern. Gefühle stiegen in ihnen auf und verschwanden wieder: sie ließen sich nicht steuern. Jetzt Glück, dann Unglück. Jetzt Panik, im Gedanken daran, entdeckt zu werden. Dann Schuldgefühle. Und dann wieder Eifersucht ... Und wieder dieses Glück, eine Welle von unbekümmerter, egoistischer Freude ... Manchmal war er geistesabwesend. Manchmal weinte sie, was ihn erschreckte. Manchmal sprach er in bitterem Ton über »ihre« Ehe: Renée wagte nicht, darüber zu sprechen, wagte es nicht, ihrem Liebhaber offen zu sagen, was sie für ihren Mann fühlte, deshalb legte er ihr Schweigen falsch aus ... Karl selbst sprach ausführlich und oft über die Probleme, die er mit seiner Familie hatte, mit seinen Freunden, mit allen.

»Dieses Bild ist wirklich ganz etwas anderes, nicht? Das sind doch echte Menschen. Ich meine, das kann man verstehen ...«

Wieder dieser Mann mit dem roten Gesicht. Renée murmelte Zustimmung und zwang sich zu einem Lächeln. Was wollte er, warum folgte er ihr? Er lächelte so seltsam ... Begierig und eifrig. Wäßrige Augen, gar keine richtige Farbe. Sie wich davor zurück, seinem Blick zu begegnen, konnte es aber nicht vermeiden, mit ihm zu sprechen. Dieses Bild? Die Fotos? Ja, sie gefielen ihr. Ja, sie gefielen ihr besser als die Gemälde im anderen Raum.

Sie standen im Hauptraum vor einer Fotoausstellung. Eine ganze Menge Fotos, wahrscheinlich mehr als hundert, und alle so eindrucksvoll ... Renée wünschte, sie wäre allein, um sie eingehend betrachten zu können. Aber der rotgesichtige Mann war neben ihr und wies sie auf Dinge hin, schwätzte, lobte ein Foto und ver-

dammte aus unerfindlichen Gründen ein anderes, und die Engländerin gab ein paar Schritte weiter ihrem Mißfallen Ausdruck: »Also wirklich, man sollte so etwas nicht in der Öffentlichkeit zeigen! Sieh dir diese Frau an, sieh dir an, was sie tut, und das auf der Straße.« Ein paar Kinder marschierten herein. Ein etwa zehnjähriger Junger kicherte. Ein anderer Junge sagte mit Fistelstimme: »Gleich kriegt jemand ein Bajonett durch die Eingeweide gejagt.«
Einige der Fotos waren während des Kriegs aufgenommen. Der Zweite Weltkrieg. Der Spanische Bürgerkrieg. Andere, fast vergessene Kriege, Kriege in Indochina und Indien und irgendwo in der Südsee ... Ein orientalisches Kind, vielleicht vier Jahre alt, das in einer Einfahrt stand und den Fotografen anstarrte, es weinte bitterlich. Das Foto trug das Datum 1941. War das Kind jetzt erwachsen? ... Lebte es überhaupt noch? ... Lebte es nicht mehr? Verwundete Soldaten. Ein ausgemergelter italienischer Priester, im Hintergrund Panzer, ein totes Huhn auf der Straße. Gesichter, dreifach vergrößert, schwarz-weiß, großkörnig, die in geistesabwesendem Schrecken auf Renée und die anderen Galeriebesucher niederblickten ... Der Mann mit dem roten Gesicht zeigte auf etwas, und Renée ging widerstrebend hinüber, um es sich anzusehen. Eine Fotografie einer deutschen Frau, dicklich, das Haar in häßliche Schillerlocken aufgedreht, die vor den Ruinen einer Kirche stand. Dicke schlaffe Beine. Renée wußte nicht, warum der Mann ihr das Bild hatte zeigen wollen. Ihr fiel etwas Ungewöhnliches an dem Gesicht der Frau auf. Schielte sie? Sie sah fast schwachsinnig aus. Und dabei sinnlich, schlau, wissend. Die Frau trug schwarze Strümpfe und hohe Schuhe und eine Art Hemd oder Überwurf, der zu kurz war, so daß man den oberen Rand ihrer Strümpfe sah. Sie posierte für den Fotografen, die Hände tief in die Taschen eines weiten Herrenpullovers gesteckt, sie stellte ihren Körper zur Schau, mit einem leeren Lächeln auf dem Gesicht und glasigen Augen ...
Der Mann berührte Renées Arm und sagte noch etwas, aber Renée zuckte zurück. Plötzlich fiel ihr ein, wie ihr einmal, als sie vielleicht zwölf gewesen war, ein alter Mann in einer New Yorker Untergrundbahn eine obszöne Reklame in einem Boulevardblatt gezeigt hatte. »Nein«, sagte sie scharf, »lassen Sie mich bitte in Ruhe.«
»Hat der Mann Sie belästigt?«
»Nein, nein.«

»Ich habe ihn schon einmal hier gesehen ... Ein seltsamer Mensch.«
»Nein, nein, nichts. Es ist alles in Ordnung.«

Einmal hatte Karl zu ihr gesagt, liebevoll und doch anklagend: »Du bist zu sensibel.«
Sie hatte erwidert: »Und du, bist du nicht auch sensibel?«
»Es gibt einen Unterschied zwischen sensibel und empfindlich«, sagte er. »Meine Frau kennt mich sehr gut: sie sagt, ich halte mich für sensibel, wo ich in Wirklichkeit nur für meine eigenen Gefühle sensibel bin. Ich vermute, daß ich empfindlich bin. Ein Egoist.«
Er kratzte sich nachdenklich an seiner nackten Brust. Er wirkte distanziert und gedämpft.
Falls er erwartet hatte, daß Renée ihm widersprechen würde, so gab er kein Zeichen des Ärgers über ihr Schweigen.
Sie war seine Geliebte geworden, weil er sie liebte, weil er sich um sie bemühte. Am Anfang hatte alles so einfach ausgesehen. Jede Romanze ist am Anfang einfach. Karl fragte manchmal, halb im Scherz, ob sie ihn heiraten würde – wenn es möglich wäre –, wenn seine Frau ihr Verhältnis entdecken würde – oder ihr Mann? Sie wollten natürlich niemanden verletzen; doch wenn man sie entdecken würde, irgendwie, wäre das nicht ihre Sache ... Ihre Beziehung würde dann ihrer eigenen Schwungkraft folgen, würde eigene Bedürfnisse entwickeln. Er fragte sie solche Dinge, als meinte er sie ernst, und Renée antwortete schüchtern und ängstlich als wären sie ernst. *Würdest du das tun? Würdest du ihn für mich verlassen?* Sie sagte, alles was geschähe, würde für sie eine Erleichterung sein: sie fand es schrecklich zu lügen, dieser wahnsinnige Zustand von Unentschlossenheit, Nicht-Wissen, nicht wagen zu wissen. *Ja, aber würdest du ihn um meinetwillen verlassen ...?* Ja.

Sie erzählte ihrem Geliebten nicht, wie oft sie ihren Mann anschreien wollte: Merkst du denn nichts? Errätst du es denn nicht? Warum bist du denn so gleichgültig?
Ihre eiligen Mahlzeiten, Frühstück und Abendessen. Er aß schnell, manchmal las er; er entschuldigte sich zwar dafür, aber er las; Fachliteratur über Biochemie oder Zeitschriften wie *Scientific American.* Er war wie ein Bruder, ein älterer Bruder. Fleißig. Besorgt um die Zukunft, aber er schloß sie aus seiner Sorge aus; er

bemühte sich nicht, ihr seine Sorgen und Ängste zu erklären. . .das hielt er vielleicht für unmännlich. Vielleicht tat man das nicht als Ehemann. Bevor sie geheiratet hatten, hatte Renée Evans Stolz geahnt, aber es war ihr nicht aufgefallen, daß dieser Stolz eigentlich gefährlich war, daß er fast krankhaft werden könnte; damals war er ihr unreal erschienen, eigentlich rührend.

Seit kurzem hatte er den Verdacht, daß seine Arbeit indirekt von einer chemischen Firma in den USA finanziert wurde. Er war nicht sicher; niemand sagte in solchen Dingen die Wahrheit. Er vermutete, daß alle logen. Für Geld. Für amerikanisches Geld. Er konnte nicht einmal seinem Vorgesetzten trauen.

Aber als Renée mit ihm darüber sprechen wollte, winkte er ab, lachte und ließ das Thema fallen.

Wenn sie neben ihm lag und er schlief, dachte sie an ihren Geliebten. Sie hätte sich gern beschwert, hätte sich gern mit ihm auseinandergesetzt. *Sieh doch mal, sieh, wie ich leiden muß, das ist doch nicht meine Schuld . . . das soll eine Sünde sein, ich soll eine Ehebrecherin sein, die einer anderen Frau den Mann wegnehmen will?* Es war doch nicht möglich. Nicht Renée Brompton. Sie doch nicht. Ihre Mutter und Verwandten, ihre Freunde, ihre Schulfreundinnen, sie wären weniger böse auf sie, als vielmehr überrascht. *Renée. . .? das muß doch ein Irrtum sein.* Ihr Geliebter war vier oder fünf Jahre älter als ihr Mann. Beide hatten dunkles Haar, das ihres Geliebten war lockig und dicht; ihr Mann hatte glattes Haar. Ihr Liebhaber lachte oft. Ihr Mann lachte selten. Ihr Geliebter hatte auch nicht viel Geld – er arbeitete für einen kleinen Verlag und war freier Schriftsteller, schrieb für die Lokalzeitung und gelegentlich für die *Toronto Globe and Mail* – natürlich verdiente er an seinen Gedichten nichts, gar nichts. Ihr Mann hatte auf eine ausgezeichnete Stelle gehofft, natürlich mit einem ebenso ausgezeichneten Gehalt. Aber diese ausgezeichnete Stelle hatte er nun gar nicht. Er war nach Kanada ausgewandert; er war über die Grenze gegangen und war jetzt einer von vielen auf einem überfüllten Arbeitsmarkt, auf einem Gebiet, das innerhalb eines Jahres völlig übersättigt war. Keiner wußte die Gründe dafür. Niemand wollte zugeben, sie zu kennen. Die Universitäten, die Regierungen gaben vor, diesen Engpaß an Stellen nicht vorausgesehen zu haben . . . und immer noch tauchten jedes Frühjahr frischgebackene Doktoren auf, voller Hoffnung, und ohne

alle Aussichten auf eine Stelle. Ihr Geliebter hatte kein besonders hohes Ansehen in der Welt, doch schien ihm das nicht viel auszumachen; ihrem Mann machte das sehr viel aus. Einen von beiden liebte sie, aber sie vertraute ihm nicht ... dem anderen vertraute sie voll und hätte ihm ihr Leben anvertraut. Aber ihn liebte sie nicht mehr.
Renée? Das kann doch nicht sein.

Es war jetzt fünf nach halb zwei, und sie hatte sich entschlossen, nicht zu ihm zu gehen. Sie sah sich weiter die Fotos an, aus einer Art Selbstdisziplin. Sie wollte der Verzweiflung, die sie in sich hochsteigen fühlte, nicht nachgeben, sie wollte nicht anfangen zu weinen ... Es war nicht schwer, sich in diese Gesichter zu vertiefen, Gesichter von Negerkindern in Harlem ... alter Männer und Frauen im amerikanischen Mittelwesten ... Immigranten in Quebec. Hunderte von Menschen. Gesichter. Augen. Schmerzhaft, es war schmerzhaft, diese Augen so nahe vor sich zu sehen, in die Seelen von Unbekannten zu blicken. Viele von ihnen litten, aber viele waren auch sehr glücklich. Ein Gesicht, dann ein anderes und dann noch ein anderes ... Renée konnte sich in ihnen verlieren, in ihrer Menschlichkeit. Die deutsche Frau ... Kinder in einem Flüchtlingslager irgendwo in Indochina ... Eine Inderin, die dem Fotografen ein bis zum Skelett abgemagertes Kind hinhielt, das Gesicht vor Wut oder Verzweiflung verzerrt, den Mund in einem weiten, lautlosen Schrei aufgerissen ... Renée schauderte, als sie diese Frau ansah. Mein Gott, das war zu schrecklich. Das war quälend und entsetzlich. Der Mund der Frau war ein gähnendes Loch ... die Zähne waren häßlich, Stümpfe schwarzer Zähne ... die Augen zu Schlitzen verengt, die nicht mehr menschlich schienen ... Das Kind war ein Gerippe mit geschwollenem Bauch. Es war schon tot. Wußte die Mutter das denn nicht? Doch, sie mußte es wissen. Sie wußte es.
Renée starrte sie an bis ihr Blick sich verschleierte. Der Schrei der Frau hüllte sie ein: er zwang alle anderen Geräusche nieder, das Geplauder der Leute, das Zwitschern der Vögel. Wie konnte daneben von Bedeutung sein, wenn ... wie konnte es überhaupt eine Rolle spielen ... Renée mußte denken, sie mußte sich selbst dazu zwingen, zu denken. Wie konnte es von Bedeutung sein, ob eine junge Frau zu ihrem Geliebten hinging, oder ob sie sich ihm ver-

weigerte. Wie konnte das von Bedeutung sein? Überhaupt nicht. Wie denn auch. Ob sie in dieses Haus ging, das nach Farbe und Terpentin roch und in seinen Armen weinte, gierig und schamlos, ihn liebte, als ob er das Leben selbst sei ... das so lange von ihr weggeströmt war, ihr ausgewichen war. Es konnte doch keine Rolle spielen, oder? Es konnte nichts ausmachen.

Sie sah das Foto noch einmal an, als hoffte sie, es habe sich verändert. Aber nein: noch immer dasselbe. Ein lautloser Schrei. Ein ewiger Schrei. Er hob alles andere auf.

Unten, bei der Eingangstür, sprach der alte Mann mit einem anderen alten Mann. Beide hatten Mäntel an, trotz des warmen Wetters. Mit gerötetem Gesicht, ernst, stand der Mann, der Renée belästigt hatte, da und bemerkte sie jetzt gar nicht. Sein Freund beugte sich interessiert vor und hielt die Hand hinters Ohr

»... Eine ganze Woche lang bin ich nicht rausgekommen, ein böser Husten, die Bronchien ... Sie wissen doch, wo ich hingezogen bin, als Lilian tot war ... also das Lebensmittelgeschäft ist gerade an der Ecke, aber nicht mal bis dahin konnte ich gehen ... habe eine Woche lang mit niemand gesprochen, nicht einer Seele, dachte ich würde verrückt. Die Leute kümmern sich einen Dreck um einen in der Gegend. Man könnte in seinem Bett sterben, und sie würden sich einen Dreck kümmern. Eine ganze Woche vergeht, und man sieht keinen Menschen, mit dem man mal sprechen kann ...«

Renée drückte die schwere Eichentür auf, indem sie ihr ganzes Gewicht dagegenstemmte.

Das Kutscherhaus aus dunkelroten, weiß gefugten Klinkern, es war ein wenig verwahrlost aber hübsch. Die Forsythien davor hatten begonnen zu blühen. Einige Büsche waren riesig, nicht wie die dünnen Reiser vor Renées Haus. Als sie das letzte Mal hier gewesen war, waren die Forsythien erst ein Gewirr von Zweigen gewesen und hatten noch nicht einmal grüne Spitzen gehabt.

Wartete er am Fenster auf sie? Oder lag er ausgestreckt auf der Liege und las und hatte die Zeit vergessen? Er las viel, ständig, alles ... Oder war er nach Hause gegangen, war die Treppe hinuntergegangen, hatte die Tür zugeschlagen und das Haus verlassen? Verdammtes Weibsstück.

Irgend etwas. Alles. Oder nichts.

JAKE HANLEYS BEFREIUNG

Nach siebzehn Jahren Ehe wurden die Auseinandersetzungen so lautstark, so schrill instrumentiert und endlich so ermüdend vorhersehbar – ohne dabei Jakes Phantasie und damit seine Dichtung anzuregen, was noch der einzige Vorteil gewesen wäre –, daß er endlich den bösen, launischen und masochistischen Forderungen seiner Frau nach einer Scheidung zustimmte. »Wenn du es unbedingt willst, also! Ja! Ich bin einverstanden! Ich mache mit!« rief er. Wenn er laut sprach, so entdeckte Jake Hanley erfreut, konnte er das Beben in seiner Stimme, das ihn bei diesen Zusammenstößen mit Cynthia immer beschämt hatte, verbergen. Während sie, wenn sie ihren Gefühlen nachgab und anfing, ihn anzuschreien, sich als zänkisch und schrill entpuppte wie eine Schauspielerin, die eine wütende Frau auf eine Weise darstellt, die eher Gelächter bewirken soll als Mitgefühl. »Ja, gut!« schrie er. »Ich will meine Freiheit auch – ich will das hier nicht mehr mitmachen – ich will Schluß machen – mit allem – mit dir.«

Cynthia hatte sich schon mit einem Rechtsanwalt in Verbindung gesetzt; offensichtlich hatte sie diesen Schritt längere Zeit geplant.

So fand Jake sich beim Unterzeichnen von Schriftstücken wieder, trotzig und unachtsam; er ging darauf ein, zunächst mit einer Trennung zu beginnen, und sogar, sich selbst einen Anwalt zu nehmen, obwohl es ihm zutiefst zuwider war, jemandem Honorare in der maßlosen Höhe zu bezahlen, wie Rechtsanwälte sie forderten; er war einverstanden damit, »seine Person und seine persönliche Habe« aus dem Haus zu entfernen, war einverstanden damit, das Haus nur zu besuchen, wenn es seiner Frau und ihrem Anwalt genehm war, und nicht zu versuchen, die Kinder »zu nötigen oder zu überreden«, sich gegen ihre Mutter zu verbünden. Er stimmte zu, er war einverstanden, obwohl er wußte, daß sie beide, Cynthia und er, all dies später einmal bereuen könnten.

Er packte Koffer, füllte Pappkartons vom Supermarkt mit Schuhen, Büchern, Aschenbechern, ein paar Töpfen und Pfannen, die Cynthia nicht brauchte, und anderen Dingen seiner »persönlichen Habe« – und überlegte dabei, ob er erleichtert oder bestürzt darüber sein sollte, daß er nach siebzehn Jahren erwachsenen Lebens so wenig besaß.

Einerseits war es eine Gelegenheit, wieder frei zu sein – mehr oder weniger frei, mit den Einschränkungen, die die Anwälte ihm auferlegten; andererseits wurde er aus dem eigenen Haus hinausgeworfen von einer bleichen, hysterischen Frau voller Selbstmitleid, deren Angewohnheit, die Fäuste so fest zu ballen, daß ihre Nägel sich in ihr eigenes Fleisch eingruben und mit den Fäusten auf ihre Oberschenkel zu schlagen, schon deutlich ihre selbstzerstörerische Neigung zeigte. *Ich will dich nicht mehr sehen!* schienen diese Gesten zu schreien. *Ich will uns beide nicht mehr sehen!* Ja, es war schon möglich, daß Freunde und Bekannte, wenn sie es hören würden, es unelegant ausdrücken würden: Jake sei hinausgeworfen worden.

Ein kleines Zimmer mit Kochnische in einem Gasthaus in der Nähe der Universität, dem *University Arms,* würde sein neuer Wohnsitz sein. Das Gasthaus, senffarben verputzt, lag in günstiger Entfernung zum Universitätsgelände und zur Bushaltestelle; Jake hatte Glück, daß er das Zimmer bekam, denn es war schon Oktober, und die meisten billigen Zimmer in dieser Gegend wurden schon im September vermietet. Er hatte auch Glück damit, daß die Bushaltestelle so nahe war, denn der alte Ford Combi der Hanleys war jetzt natürlich in Cynthias Besitz. Sie würde ihn brauchen, um die Kinder zur Schule zu fahren und einzukaufen – Jake hatte nicht einmal versucht, das Auto für sich zu erkämpfen. Plötzlich wollte er es gern aufgeben, er wollte einfach all diese Wohlstandsgüter aufgeben – die Waschmaschine und den Trockner, den Fernsehapparat und auch den Plattenspieler – ständig war etwas an diesen Geräten kaputt gewesen, und er war immer dafür verantwortlich gewesen, daß sie repariert wurden; nun würde die Verantwortung für all diese Dinge auf Cynthia übergehen, obwohl er natürlich die Rechnungen würde bezahlen müssen. Sollte sie es nur einmal lernen.

Sie sollte auch leiden, wie er gelitten hatte, in diesen langen Jahren als Ehemann. Als Mann. Es war seltsam, wie leicht und angenehm dieser ganze Scheidungsvorgang sich anließ ... Als er nun wirklich allein war, mit einer Dose Bier, den Blick auf die etwas schmierige Fensterscheibe seines Zimmers gerichtet, fing er an zu überlegen, ob vielleicht alles *zu* leicht sei. Er war ein Dichter: er hatte ein romantisches, leidenschaftliches Temperament, das lange Zeit durch Anforderungen von Ehe und Universität unterdrückt worden war. Ihm als Dichter würde es nichts ausmachen, ein wenig zu leiden. Er sprach in seinen Seminaren zuweilen von der reinigenden, therapeutischen Wirkung des Leidens, und in seinen Gedichten schrieb er von Schmerz, Verzweiflung und Elend ... obwohl er selbst, soweit er es wußte, in seinem Leben nicht viel gelitten hatte. Er war Dichter: ihm standen heftigere Gefühle zu.

Mehr Schmerz, mehr Bedauern. Er und Cynthia hatten sich immerhin einmal geliebt. Diese Liebe war doch echt gewesen? Das war doch kein Trug gewesen? *Ich liebe dich, Cynthia. Ich möchte dich heiraten ...* Ja, er konnte sich an einen schüchternen Zwanzigjährigen erinnern, ein halbes Kind, eine nervöse, aber hartnäckige Verkörperung seiner selbst, der es wagte, diese heiligen Worte zu einem Mädchen namens Cynthia zu sagen, die er ein paar Monate zuvor bei einer Party in Toronto kennengelernt hatte. Damals war Cynthia eine attraktive Frau gewesen – sie war es jetzt noch – sie war ihm sanft erschienen, sogar unterwürfig und formbar ... sie hatte die listigeren, berechnenden Seiten ihres Wesens, die sie schon damals hatte, geschickt verborgen, und hatte in seinen Armen fassungslos geweint. Neunzehn Jahre alt. Eine Schwesternschülerin ohne Familie außer einer verwitweten Mutter, recht hübsch, recht charmant ... und so ... irgendwie ... war es eine Schicksalsfügung, waren es die Umstände oder war es damals eine richtige und gut scheinende persönliche Entscheidung ... hatten sie geheiratet. Heilig der Augenblick der Offenbarung seiner Liebe; heilig der Augenblick ihrer Zustimmung, als sie in seinen dünnen aber schützenden Armen weinte. Und alles Folgende war irgendwie heilig, oder mußte als heilig betrachtet werden: die Kinder, nicht klug geplant, sondern alle vier auf einen Zeitraum von fünf Jahren zusammengedrängt; die Hypothek über 30 Jahre auf dem bräunlichen Klinkerhaus am Chandler Boulevard; die Schulden über achtzehnhundert Dollar, die Jake noch vom vorhergehenden Jahr hatte, eine zweite Hypothek, bei der ihm sein Bruder aus Winnipeg zu helfen versprochen hatte, bevor er selbst in unglückliche finanzielle Schwierigkeiten geriet; ein leckendes Dach, eine Garage, deren Wände zu zerfallen begannen, ein Vorgarten voller Unkraut, ein Hinterhof voller Disteln und eine keifende Frau, die kein Verzeihen kannte, mit unscheinbarem Gesicht und kämpferisch blasser Hautfarbe, stärker gealtert, als sie es verdient hatte. Sie hatte den zweifelhaften Triumph verletzter Rechtschaffenheit; ihr wurde der Schmerz zuteil, »betrogen« worden zu sein. Ihre letzten Worte zu Jake waren verächtlich gewesen – jetzt würde die Welt ihn so sehen wie er war, jetzt würden alle sehen, wie unreif und egoistisch und neurotisch er immer gewesen war – wie er seine wahre Natur hinter einer betriebsamen, herzlichen, gutmütigen Fassade versteckt hatte. Ein verächtliches Lachen ohne Humor war ihr gelungen; ihr Blick hielt seinem stand, er glänzte vor Tränen der Erschöpfung und ließ ihn wissen, daß sie als einzige auf der Welt Jake als den kannte, der er wirklich war.

»Ich habe auch gelitten«, protestierte Jake. »Das alles war für mich auch nicht einfach, ich weiß, was es heißt, zu leiden ...«

Aber vielleicht war das nicht ganz wahr gewesen. Natürlich war er zuweilen trüber Stimmung gewesen. Und melancholisch. Er hatte mit sich selbst gesprochen, hatte seine Nase mit dem Handrücken abgewischt, hatte Bierdosen geöffnet, zuviel getrunken, nicht regelmäßig gegessen. Er hatte sogar hin und wieder ein paar Tränen zustande gebracht. Für ihn war es offensichtlich und notwendig, daß Schmerz zur Liebe gehörte, zum Verlust der Liebe. Er würde seine Kinder natürlich vermissen. Natürlich. Aber er würde sie häufig sehen: nicht viel seltener als er sie in den letzten Jahren gesehen hatte. Und es war doch möglich, daß sie ihn um so mehr lieben würden, weil er unterlegen war, ins Exil geschickt worden war, ein Opfer der unersättlichen Rachgier ihrer Mutter. Sie würden seine Partei ergreifen, würden ihre Mutter wegen der Scheidung hassen, da sie für das alles verantwortlich war ... Trotzdem hätte es ihm nichts ausgemacht zu leiden, in gewissen Grenzen. Andere Menschen litten ausgiebig und sprachen davon, beklagten sich bitterlich darüber, wie Schauspieler in einer inhaltsschweren Tragödie. Aber bei Jake spielten sich tragische Ereignisse in der Regel unter

ganz unpassenden oder gar lächerlichen Umständen ab, und diese Umstände schienen seine Geschicke zu bestimmen.
Als er zum ersten Mal mit Ginny in ihrer Wohnung war, das erste Mal, als sie wirklich allein zusammen gewesen waren, war in einem Gebäude gegenüber ein Feuer ausgebrochen, und Feuerwehrautos waren mit heulenden Sirenen vorgefahren, und die Blaulichter hatten die fast heilige Abgeschlossenheit von Ginnys Zimmer verletzt. Das Mädchen war heftig erschrocken, Jake kaum weniger. Viele Monate später, als sie in den Streit hineintrieben, der zu ihrer Trennung führen sollte und er nicht gewußt hatte, warum er sich so gleichgültig und so träge fühlte, war eine beginnende Grippe der Grund gewesen ... wie immer bei ihm waren Magen und Darm zuerst betroffen, und das hatte alles Romantische, sogar die Erinnerung an Romantisches, so grotesk erscheinen lassen. »Dir ist alles egal! Du liebst mich nicht! Dir ist das ganz egal!« hatte das Mädchen ihn angeschrien.

Jake zog an einem Samstag aus der Chandler Straße 779 aus; am Montagmorgen schloß er, wie üblich, die Tür zu seinem Zimmer im Gebäude der Geisteswissenschaftlichen Fakultät kurz vor neun auf. Beschämt, schuldig, mit dem scheuen Lächeln eines Mannes, dessen Frau ihn ausgestoßen hat, war er erstaunt über die Reaktion seiner Kollegen – es gab keine. Offensichtlich wußten sie noch nichts davon. Seine Studenten waren freundlich wie immer; eine der Sekretärinnen in der Englischen Abteilung machte ihm sogar ein Kompliment über seine Krawatte, ein altes blaues Ding, das er irgendwo hinten im Schrank gefunden hatte – und, lächerlich, er war dankbar dafür, daß das Leben so weiterlief wie immer.
Vielleicht würde gar nichts geschehen? Vielleicht würde sich nichts ändern?
Jake kam es vor, als wäre er verkleidet, als spielte er eine Rolle, die er vor langer Zeit einmal gelernt und behalten hatte. Seine Kollegen sagten guten Morgen, fragten, wie es ihm gehe, luden ihn ein, zusammen Kaffee zu trinken. Die Studenten umringten ihn wie immer nach seinen Seminaren, redeten über Themen, die er in seiner drastischen, leichten, witzigen Art angedeutet hatte. Er sah in ihren Augen sein Bild – Professor Hanley: ein etwas übergewichtiger, etwas faltiger, aber sonst gutaussehender und temperamentvoller

Lehrer – nicht nur Lehrer, sondern auch Dichter – einer der beliebteren Kollegen in der Englischen Abteilung. Keiner starrte ihn an. Keiner zupfte ihn verstohlen am Ärmel, um zu fragen, ob das Gerücht wahr sei – nach siebzehn Jahren Ehe! Der Montag verging ohne weitere Ereignisse. Und der Dienstag. Und der Mittwoch. Er hatte die Vorstellung, oder machte es sich klar, daß die Leute »es« inzwischen wissen mußten ... oder errieten ... aber wie auch immer, es änderte sich nichts an ihrem Verhalten ihm gegenüber. Sie mochten ihn eben. Sie würden ihn nicht beschuldigen wie Cynthia und Ginny; sie würden nicht an ihm herumnörgeln, daß er selbstsüchtig sei; sie würden nicht ... Aber andererseits kam auch niemand auf die Idee, ihn zu fragen, ob er sich einsam oder verletzt fühle oder ob er leide.

Eines Tages lag in seinem Brieffach in der Universität ein rosa Zettel, und sein Herz schlug heftig – ob vor Aufregung oder Bestürzung konnte er nicht sagen; dieser Zettel bedeutete einen Telefonanruf in seiner Abwesenheit – aber als er den Zettel herausgenommen hatte und ihn las, verlangsamte sich sein Herzschlag, und sein Blut durchströmte ihn mit einer Art neutraler Kühle. Eine Nachricht: Ob er bitte Cynthia anrufen würde? Und, wie absurd, seine eigene frühere Telefonnummer war angegeben.

Vielleicht hatte sie ihre Meinung geändert; sie hatte sich vielleicht gegen die Scheidung entschlossen.

Nun, er würde sie eine Weile zappeln lassen. Er hatte diese Woche über gelitten, sozusagen, jetzt sollte sie etwas länger leiden. *Ich hasse dich,* hatte sie geschrien. *Ich will, daß du hier verschwindest, raus aus diesem Haus.* Er hatte auch bestimmte Dinge gesagt, die er vielleicht nicht ganz gemeint hatte, – obwohl er sie irgendwo doch meinte, mit einem Teil seines Seins. Aber er hatte sie nie herausgeschrien, so daß die Kinder sie hören konnten.

Er beschloß, nicht anzurufen, sich nicht darum zu kümmern. Oder wenigstens ein paar Tage lang nicht anzurufen. Dann würde es nicht so aussehen, als läge es ihm am Herzen; sie würde den richtigen Eindruck haben, daß sein Berufsleben in der Universität und seine Dichtung zuhause ihn vollauf beschäftigten und ihm keine Zeit für Schmerz oder Kummer ließen. Er war in dieser vergangenen Woche heldenhaft gewesen: er hatte es gewagt, den Leuten unter die Augen zu treten, hatte seine Stunden fast mit derselben Energie

wie immer abgehalten, hatte sich nur zweimal betrunken. Er war Freunden und Bekannten nicht ausgewichen, obwohl einige ihn mit einem gewissen fragenden, mitleidsvollen Blick gestreift hatten.
Zweifellos war es an Jake, es den Leuten zu sagen, zu seufzen und die Neuigkeit zu erzählen, aber er fand es schwierig, in einem normalen Gespräch die Rede darauf zu bringen. Sogar Freitag nachmittags, wenn er sich mit einer Gruppe Kollegen am Stammtisch im *Ontario House* traf, was sich normalerweise bis in den Abend hineinzog, war es irgendwie leichter, über das Übliche zu sprechen und zu witzeln. Wer wollte sich denn schon durch die Nachricht von Jake Hanleys bevorstehender Scheidung die Stimmung verderben lassen? Jake selbst sicher nicht; dazu war das Leben zu kurz.
Es gab nur drei Lokale in unmittelbarer Nähe des Hilberry Campus, und alle drei waren enttäuschend, wenn auch aus unterschiedlichen Gründen. Am schlimmsten war eine düstere, laute Kneipe, die von jungen Motorradfahrern und Arbeitern aus einer nahegelegenen Chryslerfabrik besucht wurde. Eines Abends ging Jake dorthin, gegen bessere Ahnungen, er war nicht einmal zehn Minuten dagewesen, als jemand heftig gegen ihn stieß – ein lederbekleideter junger Mann, der von ein paar anderen auf ihn geschoben wurde – und Jake fiel schwer zu Boden. Danach, als er sich hinausschleppte, mußte er die Schmach erleiden, zu hören, wie Unbekannte über ihn sprachen, als sei er taub oder überhaupt kein Mensch: Siehst du den Mann da? Sieh nur, wie betrunken er ist! Keinerlei Schamgefühl! Ist doch schrecklich!
Gelegentlich ging Jake mit ein paar Freunden in den *White Hawk*, einem Lokal im englischen Stil, das zu einem miesen Hotel gehörte, auch das war kein sonderlich angenehmer Ort – die meisten Gäste waren Männer verschiedenen Alters, mit roten Gesichtern und dicken Nasen, aber alle ausgemergelt und verbraucht. Sie wohnten im Hotel und zahlten wöchentlich die Miete für ihre billigen Zimmer. Der einzige Vorteil dieses Lokals war die Nähe zum College. Obwohl das dritte Lokal, *Ontario House,* voller Studenten war und Jake oft feststellte, daß er der älteste Gast war, zog er es den anderen beiden vor – zumindest war hier eine lebendige, fröhliche Stimmung. Es war gut, unter fröhlichen Menschen zu sein. In den ersten Wochen nach seinem Auszug von zuhause fing Jake an, gleich nach seinem Zwei-Uhr-Seminar hierherzukommen; wenn alles gut lief

und er sich nicht zu unbehaglich fühlte, blieb er bis sechs oder sieben. Danach machte es ihm nichts aus, in sein trostloses Zimmer zurückzukehren.

Er arbeitete an einem Gedicht. Es war ein langes, kompliziertes Gedicht, bei weitem sein ehrgeizigstes Werk seit Jahren. Vielleicht würde es eine ganze Sammlung werden – ein Buch vielleicht, der Versuch, persönliches Leid in Kunst umzusetzen: *Scheidung und anderer Zeitvertreib*. Oder vielleicht: *Elegie auf sterbende Götter*. Aber die Arbeit ging nur langsam voran, war mühevoll. Manchmal gab er es auf, öffnete noch eine Dose Bier und stellte den kleinen Fernsehapparat an, den er sich gekauft hatte. Manchmal dachte er daran, jemanden anzurufen – seine Kinder, seine Familie in Winnipeg, sogar Cynthia. (Er fürchtete sich allerdings davor, mit seiner Frau zu sprechen: er hatte sie nicht zurückgerufen und wartete darauf, von seinem Anwalt über diese Unterlassungssünde zu hören.) Es kam ihm sogar in den Sinn, Ginny anzurufen.

Aber nein, lieber nicht.

Sie würde sicher ohnehin nicht mit ihm sprechen wollen. Und die Kosten für ein Gespräch nach Vancouver würden enorm sein. Sie würde wahrscheinlich sofort den Hörer auflegen, wenn sie gemerkt hatte, wer am Telefon war. Nein, es lohnte sich nicht.

Manchmal beflügelten ihn diese Gedanken an Ginny, und er konnte sich dann wieder an sein Gedicht machen. Ein paar Zeilen, ein paar Minuten fast fieberhaften Schaffenseifers . . . dann fand er sich wieder allein in dieser winzigen Wohnung. Wie ungerecht das war! Damals, während er in Ginny verliebt war, hatte er sich sonderbar allein gefühlt und einsam, als schaffte sein ständiges Träumen von diesem Mädchen endgültig eine Kluft zwischen ihm und anderen Menschen, sogar zwischen ihm und Ginny, in gewisser Weise. Zu Hause hatte seine Frau Verdacht geschöpft, weil er so geistesabwesend und melancholisch war. Aber er konnte nicht anders, als sich immer wieder dieses entzückende gekrauselte Haar des Mädchens, ihre frechen braunen Augen, ihre glatte helle Haut vorzustellen. Sie war natürlich jung, und er wußte es auch – und doch war es für ihn immer wieder überraschend, daß ihre Haut, besonders das Fleisch auf ihrem Bauch und am Unterleib und an den Schenkeln so faltenlos, so glatt und fest war. Und sie war sehr hübsch. Nicht besonders intelligent, dachte er manchmal, wenn sie seinen Unterricht und die

Gedichtfragmente lobte, die er ihr zu zeigen wagte – er schätzte sich selbst bescheiden aber realistisch ein; aber andererseits war auch Cynthia nicht gerade hochintelligent, und sie hatte ihm mindestens fünf Jahre lang kein Kompliment mehr gemacht ... Das Dumme daran war nur, geradezu lächerlich: er merkte, daß er, wenn er tatsächlich einmal mit Ginny allein in ihrer Zweizimmerwohnung war, über Cynthia nachdachte. Zu Hause träumte er von der Wohnung des Mädchens und von dem Mädchen darin, das ihm die Arme entgegenstreckte; aber wenn er mit ihr zusammen war, merkte er, daß er voller Angst und Schuldgefühle an Cynthia dachte. Er hatte Angst, daß sie alles herausfinden könnte – er stellte sich unwahrscheinliche und komische Szenen vor, wie sie ihm folgen, an die Tür klopfen und fordern würde, aufzumachen. Manchmal kam sie mit einem Detektiv, manchmal hatte sie die Kinder mitgebracht, damit sie sehen sollten, was für ein Mann ihr Vater war. *Wir wissen es! Wir sehen es jetzt!* Seine Unruhe wuchs, anstatt sich zu legen, und bald haßte Ginny ihn, genau wie Cynthia wegen seiner unbestimmten, zerstreuten Art und seiner Angewohnheit, schuldbewußt darauf zu bestehen, er habe genau zugehört, was sie gesagt hatte. Sie hatte ihm auch vorgeworfen, daß er sie nie ausführe, zum Essen oder ins Kino, ja, nirgends hin; sie warf ihm vor, er sei feige, er habe vor seiner Frau Angst. Sie warf ihm sogar vor, er sei geizig, obwohl er mehrere Geschenke für sie gekauft hatte – eine Schallplatte – *Der Messias* – einen seiner Lieblingsromane – *Unter dem Vulkan* – und ein wunderschönes blaßgrünes Tuch vom Asien-Bazar der Studenten. Aber in Wirklichkeit waren es Jakes ständige Gedanken an seine Frau, die das Mädchen so in Wut brachten und zu diesem letzten verhängnisvollen Streit führten.

Ob er sie anrufen sollte?

Ach nein, lieber nicht.

Im Laufe der Zeit begann Jake, abends länger in seinem Zimmer im College zu bleiben, da das Wetter herbstlich und der Fußmarsch zum *Ontario House* ungemütlich geworden war, sogar den kurzen Weg zum *White Hawk* mochte er nicht gehen, da der Wind so unfreundlich vom Fluß herüberblies. Und eines Abends hatte er eine Bemerkung von Studenten gehört. Nichts allzu Schlimmes, er war munter und gutmütig gewesen und eigentlich nicht einmal betrunken, und im allgemeinen mochten die Studenten ihn gern ... aber er hatte sich doch am nächsten Morgen gelobt, nicht mehr ins *Ontario House* zu gehen, außer Freitag nachmittags. Das kleine Zimmer war niederdrückend. Andere Mieter in dem Haus machten Lärm; es ging ihm allmählich auf die Nerven, und er zog das Zimmer in der Universität und die Ruhe des späten Nachmittags dort vor. Ihm schien, daß er dort besser als irgendwo anders arbeiten konnte. Sogar sein langes Gedicht, das immer noch schwierig und undurchsichtig war, gelang ihm hier besser.

Ihm gefiel das ganze Gebäude, in dem die Geisteswissenschaften untergebracht waren; es war in den fünfziger Jahren gebaut, war »modern«, aber nicht so häßlich modern wie das hochaufragende Gebäude für Maschinenbau und Naturwissenschaften, ganz aus dunkel gefärbtem Glas und Sichtbeton. Er mochte sein Zimmer gern, es war so heimelig vollgestopft mit Dingen, die Bücherregale quollen über von Büchern und Zeitschriften, ein freundlicher, wenn auch etwas wäßriger impressionistischer Kunstdruck an der Wand hinter seinem Schreibtisch – ein Geschenk von Ginny – und ein angeschmutzter, abgetretener alter geflochtener Teppich auf dem Boden, den er von seinem Vorgänger geerbt hatte. Ohne sich dessen bewußt zu sein, war er über die Jahre nicht nur mit diesem Zimmer, sondern mit der ganzen Englischen Abteilung verwachsen. Er sah den Korridor gern leer, ohne Menschen; irgendwie hatte das Durcheinander auf dem Schwarzen Brett neben der Tür des Fachbereichsleiters, das mit Ankündigungen, Mitteilungen und Notizen bespickt war, etwas Beruhigendes. Der Aufenthaltsraum war kühl und hatte keine Fenster, aber er wanderte gern hinüber, um sich Kaffee aus dem Automaten zu holen und oftmals lange Zeit nur dazusitzen und uralte Ausgaben des *Times Literary Supplement* durchzublättern, oder die Arbeiten von anderen Dichtern, seinen Rivalen, die in kleinen Zeitschriften (wie *Stinktier*, *Und Anderswo*, *Orcer Rundschau*, *Kohlkopf* und *Das Vorderbein der Ameise*) erschienen. Vor ein paar Jahren waren Jakes Gedichte auch in diesen kleinen Zeitschriften gedruckt worden, aber der Arbeitsdruck, eine Liebesaffäre und familiäre Probleme hatten ihn zeitweise außer Gefecht gesetzt. Er glaubte, wenn er nur erst die alte Energie und seinen Glauben an sich selbst wiedergefunden hätte ...

Normalerweise blieb Jake nicht länger als bis fünf oder halb sechs im College, aber eines Abends saß er noch um sechs Uhr im Auf-

enthaltsraum, als ein Kollege, Ron Blass, hereinkam. Sie waren beide überrascht, sich hier zu treffen. Dann zog Ron einen der leichten Plastikstühle herüber neben Jake und sagte: »Vermutlich weißt du, daß ...? Marcella und ich ...?«
Jake starrte ihn an. Ron war ein gedrungener, stämmiger Mann in den Vierzigern, mit einem freundlichen, unregelmäßigen Gesicht und einem leicht zerknitterten Aussehen. Er war der bedeutendste Lyriker der Abteilung: er hatte Hunderte von Gedichten geschrieben und veröffentlicht, hatte ein Buch geschrieben und wurde fast überallhin zu Dichterlesungen eingeladen – in das New Caledonia College in der Wildnis von British Columbia, nach Hearts Content in Neufundland, nach Sarnia in Ontario. Zuweilen hatte Jake Neid auf Ron verspürt, sogar Eifersucht, aber Ron war so harmlos und gutmütig, daß es unmöglich war, ihn nicht zu mögen. Und Jake schien es, als ob alle Mitglieder der Abteilung, die Ron verachteten – das waren alle die, die selbst keine Gedichte schrieben –, gern Rons Erfolg gehabt hätten.
»Ich habe versucht, es nicht an die große Glocke zu hängen«, sagte Ron traurig. »Die Geschwindigkeit, mit der sich an dieser Universität Gerüchte ausbreiten ...! Aber Marcella ist unerbittlich, und ich vermute, daß ich wohl zustimmen werde. Es geschah so: zufällig entdeckte sie ein paar neue Gedichte von mir, Liebesgedichte, na ja, offen gestanden treffen die Adjektive einfach nicht auf sie zu, es war überhaupt nicht möglich zu behaupten, daß sie es täten ... vergeblich und grotesk. Sie zwang mich, die Wahrheit zuzugeben. Was für ein Alptraum, Jake, als ich eines Tages ahnungslos vom College nach Hause kam und Marcella ganz rotgeweinte Augen hatte und mit dem neuesten Heft von *Mainline* auf mich zugelaufen kam, damit auf mich einschlug und dabei wie verrückt heulte ... ich war so überrascht, daß ich mich kaum verteidigen konnte.«
Jake kniff die Augen zusammen. Dann lächelte er schwach. »Du meinst ...? Marcella und du, ihr wollt euch ... trennen? Ich bin wirklich überrascht, das zu hören, Ron, ich habe immer gedacht ... alle haben immer gedacht ...«
»Ich bin in diese Affäre so reingerutscht«, sagte Ron. In seinen Augen glänzten Tränen. »Ich merkte plötzlich, wie meine Gedichte sich immer mehr in dieselbe Richtung bewegten ... bestimmte Bilder kamen immer wieder ... und eines Tages, eigentlich eines

Abends in meinem Abendkurs, blickte ich auf, und da war das Mädchen. *Das Mädchen.* Sie war die ganze Zeit schon dagesessen und hatte mich beobachtet. Eine sanfte Studentin mit honigblondem Haar, im vierten Studienjahr, sehr aufnahmefähig, den meisten anderen in diesem Kurs überlegen. Irgendwie kam es heraus, ich weiß auch nicht mehr wie, wir tranken öfter miteinander Kaffee ... ein paarmal gingen wir auch zusammen ins *Ontario House*, aber immer mit anderen Leuten ... es war wie ein Wunder, so eine erstaunliche Erfahrung, wie sie aus den Gedichten heraustrat und meine Bilder und Vergleiche verkörperte. Es war, als hätte ich sie schon gekannt aus einem anderen Leben oder ... oder vielleicht ... vielleicht habe ich diese Vorstellung nur wegen meiner Gedichte. Ich weiß nicht.«

»Im vierten Jahr ...?« fragte Jake.

Ron errötete. »Darlene McCarthy«, flüsterte er.

»Darlene McCarthy ...!« wiederholte Jake. Seltsamerweise fühlte er eine enorme Erleichterung – obwohl es natürlich gar nicht hätte sein können, daß Ginny das Mädchen war; das war unmöglich. Aber wie seltsam, daß so ein hübsches, intelligentes Mädchen wie Darlene – sie war im Jahr vorher in Jakes Seminar über zeitgenössische Dichtung gewesen – sich mit Ron Blass, ausgerechnet Ron – eingelassen hatte! Sie war so hübsch! Es hatte immer geschienen, oder Jake hatte es sich jedenfalls eingebildet, daß sie sich eher zu *ihm* hingezogen fühlte. Aber es gelang ihm zu sagen, wie glücklich Ron sein müsse.

»Aber glaubst du denn, daß sie mich wirklich heiratet? Mich?« fragte Ron gespannt.

»Heiraten? ...? Hast du sie gefragt, ob sie dich heiraten will?«

Ron fing an, eine lange, undurchsichtige, aufgeregte Geschichte zu erzählen, der Jake nur teilweise folgte. Es war ganz typisch für die Englische Fakultät in Hilberry – und vielleicht auch anderswo, vermutete Jake – diese Leidenschaft, mit der die Menschen ausführlich von sich selbst sprachen, ihren akademischen oder persönlichen Problemen; oft schwangen diese Typen einen Stoß kopierter Bücherlisten oder Referate von Studenten, um ihren Worten Nachdruck zu geben, und sie bemerkten gar nicht die glasigen Augen ihrer Zuhörer und hielten nicht einmal inne, um zu fragen, ob ihr Gegenüber vielleicht auch etwas zu sagen habe, ein eigenes Problem äußern oder etwas dazu bemerken wolle. Rons Geschichte war allerdings interessanter als die meisten dieser Art. Offensichtlich gab das Mädchen an, »hoffnungslos« in Ron verliebt zu sein, aber sie liebte noch einen anderen, einen jungen Mann in ihrem Alter. Sie versuchte, die Beziehung mit dem jungen Mann »aufzuarbeiten« und würde dazu voraussichtlich ein Jahr brauchen ... Wie unfair, dachte Jake empört. Ron war kein besonders attraktiver Mann, wie war es ihm nur gelungen, einem so fabelhaften Mädchen wie Darlene McCarthy etwas vorzumachen? Jake gab sich auch über sich selbst keinen Illusionen hin; fünfzehn oder zwanzig Pfund Übergewicht, oder soviel war es jedenfalls gewesen, als er zum letzten Mal gewagt hatte, sich zu wiegen – in unausgesprochenem Einverständnis hatten er und Cynthia die Waage im Badezimmer immer weiter unter den Wäschekorb geschoben, zentimeterweise, so daß sie endlich gar nicht mehr benützt wurde, nicht einmal von den Kindern zum Spielen. Um Jakes Taille hing es schlaff, ein Bauch zeichnete sich ab, sein Haar wurde in unregelmäßigen Strähnen grau .., aber er war doch immer noch ein gutaussehender Mann, während Ron nur freundlich und gemütlich war, nicht einmal einssiebzig groß.

»Das Gemeine an der Sache ist«, flüsterte Ron, »daß Marcella mich hinausgeworfen hat. Aus meinem eigenen Haus! Und Darlene macht gerade eine Persönlichkeitskrise durch; sie tut so, als ob sie auf mich ärgerlich wäre. Sie ist so unberechenbar, schrecklich stolz und kompliziert und launisch für ein Mädchen in diesem Alter und erstaunlich erfahren ... Ich war jedenfalls überrascht. Ihre Zimmermitbewohnerinnen haben auch Verdacht geschöpft. Eine ist in meinem Aufsatzkurs um 10 Uhr und ... also, es ist schrecklich peinlich für mich ... Deshalb ... du erzählst das doch niemandem weiter, Jake? ... Ich bleibe immer so lang es geht hier im Haus, dann geh' ich in dieses billige Zimmer, das ich im *White Hawk* gemietet habe. Ein Loch ist das, ich weiß, aber immerhin ... immerhin ist es etwas.«

Eine Weile schwiegen beide. Irgendwo hörte man Geräusche – jemand lief die Treppe hinauf – Stimmen – wahrscheinlich Studenten, die zu den Abendkursen gingen. In der Nähe wurde eine Tür aufgeschlossen. Jake war erleichtert, daß der Kollege, der dort aufgeschlossen hatte, wer immer es war, nicht den Kopf zur Tür hereingesteckt hatte, um zu sehen, wer hier noch so spät im Aufenthaltsraum saß.

»Gehen wir lieber«, seufzte Jake.
»Ja«, sagte Ron und stand langsam auf.
Sie verließen das Gebäude zusammen und gingen den Telford Boulevard hinunter bis zur Kreuzung Masonstraße. November war es, nieselig und kalt. Die Dämmerung begann schon um fünf Uhr nachmittags; die Sonne schob sich hinter eine dichte Wolkenbank. Jake benützte die Gelegenheit, um von seiner bevorstehenden Scheidung zu sprechen – von dem Aufruhr seiner Gefühle, vor allem, was die Kinder anbetraf. Ron hörte freundlich zu, schien aber nicht überrascht. Offensichtlich wußten die Leute alles über die Hanleys ... »Ich habe die Kinder jetzt ein paarmal samstags und sonntags besucht«, sagte Jake, »und es ist so ... es bricht einem das Herz ... so schwierig. Ich würde sie am liebsten an mich ziehen und sie küssen und losheulen, aber natürlich tue ich das nicht; gleichzeitig scheinen sie zu fühlen, wie nahe ich dran bin, es zu tun, zusammenzubrechen, und deshalb sind sie ganz zurückhaltend ... sogar Bobbie, die erst sechs ist. Ich hör' mich selber, wie ich ganz belanglose, banale Dinge sage, meine Stimme klingt fremd, ich fühle mich ganz abgestorben, als sei ich überhaupt niemand ... wie ein Onkel, den jahrelang niemand gesehen hat, der eines Tages auftaucht und jeder muß höflich zu ihm sein. Ich komme einfach nicht über ...« Aber auch jetzt hörte seine Stimme sich wie weit entfernt an; auch jetzt, wie er neben Ron Blass herging, fühlte er sich ganz abgestorben. Doch war es tröstlich, endlich einmal sprechen zu können. Ron war mit ihm befreundet, sie kannten sich schon – ja wie lange eigentlich? Acht oder zehn Jahre? – und es war offensichtlich, daß Ron ihn nicht verurteilte. Vielleicht hörte er nicht einmal ganz genau zu – besonders nicht als Jake seine Frau milde denunzierte – aber Jake hatte ja auch bei Ron nicht auf jedes Wort geachtet. Das allein war schon tröstlich.
»... wenn Cynthia nur nicht so nachtragend und bitter wäre«, sagte Jake. »Ich habe ihr gesagt, es würde mir nichts ausmachen, wenn sie ... wenn sie jemand anderen finden würde, es würde mir wirklich überhaupt nichts ausmachen, wenn sie ... Eigentlich hoffe ich auch jetzt noch, daß vielleicht, daß sich vielleicht etwas ergibt.«
»Ich habe zu Marcella dasselbe gesagt«, sagte Ron.
»Ach ja?«
»Aber es wird sich nichts ergeben«, sagte Ron ausdruckslos.

»Jedenfalls nicht für Marcella oder Cynthia. Gar nichts.«
»Gar nichts . . .?« sagte Jake.
Sie starrten sich an; es schauderte sie.

Jake fing an, seltsame, befremdliche Dinge im College wahrzunehmen. Er ging eines Nachts auf die Herrentoilette in seinem Stockwerk, als er unbeabsichtigt lange geblieben war – er und Ron und Frank Ambrose, ein anderer Kollege, hatten im Aufenthaltsraum verschiedene Dinge durchgesprochen und dabei waren Stunden verstrichen – als ein Kollege der Philosophischen Abteilung, ein Mann namens Zinn, den Jake nicht sehr gut kannte, mit einer Zahnbürste, einer Tube Zahnpasta, einem Handtuch und einem Waschlappen hereinkam, in Pantoffeln, aber sonst noch normal gekleidet. Zinn war überrascht, Jake zu sehen; er errötete ärgerlich und murmelte etwas wie, es sei doch schon ziemlich spät dafür, hier noch herumzuhängen, oder? Jake stammelte eine Antwort und entfloh.
An einem anderen Abend, als er durch den dunklen Korridor der Englischen Abteilung ging, sah er einen Lichtschein unter der Zimmertür eines der jüngeren Kollegen, einem Dozenten namens Scoville, um dessen Freundschaft er sich einmal bemüht hatte, allerdings ohne Erfolg. Aus dem Zimmer kam das Geräusch einer Schreibmaschine, ein pausenloses Klappern und dieses Gemurmel hin und wieder ein Ausruf – Scoville sprach wohl mit sich selbst. Jake wollte eigentlich klopfen, um kurz hineinzugrüßen; er hatte sich an diesem Abend ein wenig einsam gefühlt. Aber vielleicht empfand Scoville das als unerwünschtes Eindringen. Er war ein anspruchsvoller, ein wenig zu elegant gekleideter junger Mann, etwa dreißig, ein »geborener Gelehrter«, wie es hieß; er hatte als einziger von den 12 oder mehr Mitgliedern der Englischen Abteilung ein Forschungsstipendium vom Gelehrtenfonds der Universität bekommen – er arbeitete über die Briefe oder privaten Schriften eines englischen Dichters des zwanzigsten Jahrhunderts, das hatte Jake gehört, obwohl er nichts Genaueres darüber wußte. Er scheute sich, Scoville zu stören und schlich leise davon.
Bei einer anderen Gelegenheit begegnete er Zinn noch einmal – diesmal auf der Toilette im dritten Stock, die er aufgesucht hatte, um ihn diesmal zu vermeiden. Und am selben Abend sah er Licht unter den Türen zwei weiterer Mitglieder der Abteilung; bei Wanda Bar-

nett, einer unverheirateten Frau, die er nicht besonders gut kannte; und bei Frank Ambrose, einem Freund von ihm. Jake klopfte leise an Franks Tür und war überrascht über die Wärme, mit der Frank ihn begrüßte. »Hoffentlich störe ich dich nicht bei der Arbeit«, flüsterte Jake.

Frank war ein attraktiver Neger Ende Dreißig, tagsüber war er modisch gekleidet, aber an diesem Abend trug er einen alten Pullover mit Flecken und einem Loch am Ellbogen. Und Pantoffeln. Jake war etwas verwirrt von Franks einladendem Geplauder und seiner Gastfreundschaft – er bestand darauf, daß Jake mit ihm eine Tasse heißer Schokolade trinken sollte. »Es ist kalt draußen, fängt schon an zu schneien«, sagte Frank. »Trink lieber noch etwas Warmes, bevor du gehst.« Es war schon gegen Mitternacht, aber Jake entschloß sich, noch eine Weile dazubleiben und sich zu entspannen.

Sie unterhielten sich über verschiedene Dinge: erst sprach Frank über seine Forschungsarbeit, die offensichtlich im Augenblick den größten Teil seiner Zeit beanspruchte. Sein Projekt, das er 1961 angefangen hatte, war eine Bibliographie von Werken von und über den Satiriker Lord Lewesbury, der im 18. Jahrhundert gelebt hatte. Frank arbeitete viel und wollte das Projekt am Ende des folgenden Jahres abgeschlossen haben. »Zuerst hatte ich gar keine Lust zu diesem Thema«, sagte Frank freundlich, »ich meine, es war einfach ... also psychologisch gesehen war ich, wie mein Psychoanalytiker behauptet, der ›privilegierte Nigger‹, der sich beim weißen Mann einschmeicheln will, ich wollte über das Werk eines *Weißen* arbeiten, so wie man es mir in Harvard beigebracht hat. Aber im Laufe der Jahre habe ich doch Spaß daran gefunden: die Forschung, die endlosen Querverweise, der Geruch der Bücher, die Ruhe der Archive und Sammlungen, all das. Ich war sogar einmal in der Huntingdonbibliothek in Südkalifornien. Hast du davon schon gehört? Nein? Na ja, sie ist vor allem für Gelehrte auf meinem Gebiet interessant«, sagte er mit einem Lächeln. »Ja, mir macht meine Arbeit Spaß. Wirklich. Ich glaube, ich habe die Arbeit meines Lebens gefunden ... Und dann mußte ich natürlich diesen schrecklichen Gerüchten, die hier über mich umliefen, entgegenarbeiten ... sie waren einfach falsch. Aber ich mußte mir schnell ein anderes Image zulegen, sonst hätte man mich sicher hinausgeworfen.«

Diskreterweise gab Jake vor, diese Gerüchte nicht zu kennen.
Es war an diesem Punkt ganz natürlich, zu einem anderen Gesprächsthema überzugehen; und Frank interessierte sich ehrlich für die Entwicklung von Jakes Eheproblemen. Cynthia belästigte ihn nicht nur ständig durch ihre Anwälte, sondern sie hatte sich auch angewöhnt, ihn frühmorgens anzurufen; und einmal, vor ein paar Wochen, war sie tatsächlich in die *University Arms* gekommen, um an seine Tür zu klopfen. Er hatte sie nicht hereinlassen wollen, weil er ihre Tränen und ihre unkontrollierte Wut fürchtete; nach zehn Minuten Bitten und Drohen – »Ich erzähl' den Kindern, wie du wirklich bist! Ich erzähl' es der ganzen Welt, du egoistisches Schwein!« – war sie endlich vom Hausmeister vertrieben worden. Jake hatte sich noch Stunden danach erbärmlich und deprimiert gefühlt.
»Ach ja, Eunice kann so etwas auch«, seufzte Frank. »Sie kann einen Mann völlig brechen ... sie schafft es, mich in Minutenschnelle von einer Euphorie in tiefste, absolute Trostlosigkeit zu stürzen. Sie hat mir in dieser Sache mit dem Mädchen nie geglaubt. Nie. Ich habe ihr erzählt, daß die Gerüchte über mich falsch waren – einfach nur unverschämte Lügen, erfunden von irgendwelchen Neidern, die mir einen Aufstieg im College nicht gönnten oder so etwas. Und meine vielen Veröffentlichungen; mir flog einfach zuviel zu, und schon waren die Leute neidisch. Aber wie sehr ich mich bemüht habe, Eunice zu überzeugen, und auch als ich ihr drohte, ich würde sie verlassen, hat sie mir nie geglaubt und natürlich nie verziehen. Wenn ich eine Schwarze geheiratet hätte – ich will damit nicht sagen, daß ich es bedaure, Eunice geheiratet zu haben, überhaupt nicht, es war wirklich eine wichtige Erfahrung – aber wenn ich eine Schwarze geheiratet hätte, wäre alles ganz anders gelaufen; sie hätte geweint und geschrien, um sich geschlagen und ein bißchen gebissen, aber dann hätte sie mir doch vergeben. Aber, na ja«, seufzte er, »es ist eben anders gekommen ... Also, du und Cynthia, ihr habt schon alles hinter euch?«
»Die Anwälte machen es untereinander aus«, sagte Jake unbestimmt. Er fürchtete sich davor, zu genau zu erfahren, auf welche Bedingungen er einging; ein Teil seiner selbst wollte alles argwöhnisch ganz genau überprüfen, ein anderer Teil wollte nichts damit zu tun haben. »Ich vermute, man könnte den Prozeß jeder-

zeit aufhalten«, sagte er hilflos, »wenn Cynthia ... wenn sie wirklich wollte ... und die Kinder vermissen mich wohl nicht so sehr; Sandy hat schon meine Ecke im Keller besetzt zum Basteln für seine Modellflugzeuge. Ich weiß nicht. Es läuft alles so automatisch ab. Wenn Cynthia wieder zur Vernunft käme und sich entschuldigen und mich bitten würde, zurückzukommen ... anstatt mich ständig zu beschimpfen ... Aber ... Das ist genau so undurchsichtig wie mit Ginny. Ich hab' dir doch von ihr erzählt, oder? Wie irrational sie war, welche Forderungen sie stellte? Es ist einfach zuviel, Frank«, seufzte er. »Ich verstehe jetzt, warum du dich so auf deine wissenschaftliche Arbeit geworfen hast.«

»Das hab' ich wirklich getan, das ist nicht übertrieben«, sagte Frank munter. Er vertraute Jake an, daß er manchmal lange hier in seinem Zimmer arbeitete und daß er dann über Nacht blieb – in seinem schwarzen Ledersessel, er sei viel bequemer als er aussehe; er ziehe sich einfach bis auf die Unterwäsche aus und decke sich mit einer Wolldecke zu, die er in seinem Aktenschrank aufbewahre, und dann habe er doch nicht diese ungemütliche Heimfahrt in der Kälte. Überrascht fragte Jake, ob das Eunice nichts ausmache. »Ach, es war eigentlich ihre Idee«, murmelte Frank. »Jedenfalls zunächst. Sie ist überempfindlich, weißt du, sehr stolz und irrational ... wie die meisten Frauen ... und die Gerüchte verletzten sie wirklich. Ich glaube, sie war von diesen Gerüchten mehr verletzt als von der Tatsache ... der Tatsache, daß ihr Mann, na, untreu sein könnte; was ja ohnehin nicht stimmte, sondern erlogen, erfunden war von ein paar eifersüchtigen Leuten. Deshalb hat sie es mir nahegelegt. Zuerst jedenfalls. Ich hatte am Anfang Angst, vom Pförtner oder einem Nachtwächter entdeckt zu werden, aber es ist nie etwas geschehen, niemand hat mich erwischt. Nach einem Jahr traf ich mal den alten Stuart Findlay auf dem Klo, und es stellte sich heraus, daß Stuart seit ewiger Zeit schon hier übernachtet ... Natürlich ist er Junggeselle und ein wenig verschroben. Er wohnt mehr oder weniger schon seit Jahren in seinem Zimmer hier, und kocht sogar auf einem Elektrokocher; hat mich auf die Idee gebracht, mir auch einen zuzulegen. Sie sind sehr nützlich, Jake. Du solltest dir auch einen für dein Zimmer anschaffen.«

»Ich glaube nicht«, sagte Jake zurückhaltend. Er war aufgestanden. Es war Zeit zu gehen: es war halb zwei Uhr.

»... der arme Stuart, er hat diese Forschungsarbeit über die Metrik bei Gower bei der Oxford University Press veröffentlicht, vor Jahren schon, und jetzt ist seine Lehrtätigkeit praktisch auf null zurückgegangen. Er hat nur noch einen Kurs, er hält ihn in seinem Zimmer ab ... zwei oder drei Studenten, mehr nicht. Ist das nicht tragisch? Er ist sehr stolz, er spricht nicht gern darüber, aber Dr. Barth hat mir erzählt, die Verwaltung hätte schon eine andere Aufgabe für ihn gefunden, Bücher bestellen, Listen schreiben, den Sekretärinnen helfen. Er ist so mürrisch geworden und so empfindlich ... vielleicht solltest du auch mal bei ihm vorbeischauen, bevor du gehst? ... Natürlich ist es für ihn bequem und ganz gemütlich, wenn er das Seminar in seinem Zimmer abhält. So kann er praktisch zu Hause bleiben... Möchtest du wirklich nicht noch eine Tasse Schokolade, Jake?«

An diesem Abend ging Jake noch zurück in seine Wohnung; aber ein paar Abende später, als er bis Mitternacht am Schreibtisch gearbeitet hatte, entschied er, daß es zuviel Aufwand kosten würde, jetzt noch nach Hause zu gehen. Das Zimmer war schön warm, er hatte seine Schuhe ausgezogen, er war schläfrig und nicht in der Stimmung, jetzt durch den Schnee zu stapfen. Eingeschlossen in seinem Zimmer, nur die Schreibtischlampe an, tat er, was ihm gerade Spaß machte: er arbeitete ein wenig an seinem Gedicht, blätterte ein paar Taschenbuchromane durch, korrigierte Arbeiten seiner Studenten, überlas seine Notizen für die Stunden am nächsten Tag. Jake hatte immer gern unterrichtet und neigte dazu, seinen Studenten recht gute Noten zu geben. Er war gern großzügig, er war gern beliebt; es war ein angenehmes Gefühl, und natürlich gab es auch viel weniger Klagen über Professor Hanley als über die strengeren Professoren alten Stils. Das Unterrichten an sich war eine lohnende Aufgabe: Jake fühlte keine Notwendigkeit, bei seinen Studenten unrealistische Maßstäbe anzulegen. Er konnte nicht verstehen, daß es Professoren gab, die als »schwierig« galten oder daß andere Kollegen prinzipiell die Seminare am Montag und Freitag ausfallen ließen und gelegentlich mitten im Semester für eine Woche improvisierter Ferien aus Hilberry verschwanden. Ihm gefiel die Universitätsatmosphäre, und im Laufe der Zeit eigentlich immer besser. Nachts war es in der Englischen Abteilung beispielsweise wirklich himmlisch ruhig. Ob Frank ein paar Türen weiter in seinem Zimmer saß, ob Vincent Scoville in seinem Zimmer emsig tippte, ob Wanda Barnett oder Stuart Findlay oder Ron Blass oder sonst jemand in seinem Zimmer saß, man merkte es nicht; die Englische Abteilung war wunderbar ruhig.

Ein wahres Wunder, diese Ruhe. Solcher Friede.

Wenn er sich in der Toilette wusch, seufzte Jake genußvoll über diesen Frieden. Ihm war sogar die ganz bestimmte Erschöpfung angenehm, die man fühlt, wenn man zu lange gelesen hat; sie erinnerte ihn an die Zeit, als er Examen gemacht und ein fast mönchisches Dasein zwischen den Regalen der Bibliothek geführt hatte und seine Frau – damals schon – ihm seltsam unwirklich vorgekommen war; seine Frau und auch das Kind waren ihm so unwirklich vorgekommen. Wie dumm, daß er nicht eingeplant hatte, hier über Nacht zu bleiben, aber vielleicht konnte Frank ihm am anderen Morgen ein paar Toilettenutensilien leihen ... Er erinnerte sich an die Unruhe und die Hektik des Familienlebens, erinnerte sich mit Unbehagen an das Aufstehen zuhause: jammernde Kinder, die scheltende Cynthia, das Badezimmer völlig durcheinander, zu viele Leute am Frühstückstisch. Unwirklich. All dieser unnötige Lärm, diese Verwirrung – wie hatte er es nur so lange ertragen? Den größten Teil seines erwachsenen Lebens hindurch hatte er geduldet, daß andere Menschen seine Energien abzapften.

Und die kleine Ginny: sie hatte ihn auch in die Falle locken wollen. Verspielt, schlau, wenn schon nicht intelligent, zwanzig Jahre alt, aber in mancher Hinsicht älter als er. Er betrachtete sich im Spiegel des Waschraums und fragte sich, ob dies der Mann sei, den Ginny in ihm gesehen hatte. Sicher übertrieb sie, idealisierte sie ihn, aber irgend etwas mußte doch darangewesen sein ... sie hatte behauptet, sie liebe ihn mehr als das Leben selbst ... und er hatte behauptet, er liebe sie, er hatte sie wirklich sehr geliebt, aber er konnte das, was sich zwischen ihnen entwickelte, nicht bewältigen. Am Anfang war ihre Liebe eine Idylle gewesen: sie waren ineinander verliebt gewesen. Dann war Ginny so unvernünftig eifersüchtig geworden. ... Sie hatte ihn beschuldigt, er mache sich mehr aus seiner Frau als aus ihr ... er fürchte sich vor seiner Frau mehr als vor ihr. Aber warum hätte Jake denn Angst vor Ginny haben sollen? Das war doch unsinnig. Ihre Launen wechselten von Tag zu Tag, von Stunde zu Stunde. Sie schlug auf ihn ein, sie verkroch sich in seine Arme

und bat um Vergebung; sie kehrte sich kalt von ihm ab; sie stellte sich auf die Zehenspitzen, um ihn zu küssen. Sie tat erst dies und dann das. Und wieder etwas anderes. Ihr Selbstmordversuch – oder der vorgegebene Selbstmordversuch – war nur ein Trick unter vielen gewesen, aber auf diesen war er nicht hereingefallen.
Sie war aus dem Badezimmer gekommen und hatte ganz ruhig verkündet, daß sie fünfzehn oder zwanzig Schlaftabletten genommen habe. Jake hatte zuerst Panik verspürt und hatte ihr geglaubt.
Dann merkte er, daß es nur ein Trick war – oder daß es ein Trick sein könnte – sie hatte den ganzen Abend an ihm herumgenörgelt – hatte ihn einmal gebeten, sie zu heiraten und ihn dann wieder als wertlosen Nichtsnutz beschimpft, der nicht gut genug sei, sie zu heiraten – dann war sie ins Badezimmer gegangen, hatte die Tür verschlossen und war zurückgekommen – leichenblaß, triumphierend, ein bösartiges kleines Weibsstück, das ihn ins Verderben stürzen wollte – sie kam zurück und verkündete ruhig, daß sie die Tabletten geschluckt habe.
»Du lügst«, sagte Jake.
Allein in der Toilette wiederholte Jake diese Worte: »Du lügst.«
Sie hatte wirklich gelogen, wie sich herausstellte. Er wußte es nicht ganz genau – keine Einzelheiten, er hatte nur gehört, daß sie bei jemand an die Tür geklopft hatte, nachdem er gegangen war und behauptete, daß sie die Tabletten genommen hatte, und sogar erzählte, warum sie es getan hatte. Aber es war wohl doch nur ein Trick gewesen, eine List. Er wußte es nicht. Er hatte auch keine Lust, genau herauszufinden, wieviel sie anderen erzählt hatte ... Zum Glück hatte die Sache keine Folgen; sie hatte das College verlassen und wohnte jetzt in Vancouver; und Jake hatte aus eigenem, freien Willen, weil er sich erbärmlich fühlte und zuviel getrunken hatte, einen Teil der Geschichte seiner Frau erzählt ... Vielleicht war das ein Fehler gewesen. Er hätte dieser Frau nichts erzählen dürfen, was sie gegen ihn verwenden konnte.
Jake hatte sein Spiegelbild angestarrt. Was ihn überraschte, war dieser Ausdruck unterdrückter Freude: er hatte ihn seit Monaten nicht mehr an sich gesehen. Unrasiert, mit trüben Augen, und doch ...
Einen Augenblick lang wußte er nicht, wo er war und wie es kam, daß er sich endlich so frei fühlte.

EIN ZWISCHENFALL IM PARK

Ein Mann, so betrunken, daß er schwankte und lallte. Der Bart mehrere Tage alt, schmutzige Hose, eine rauhe, erstaunt vorwurfsvolle Stimme ... Nicht Evan, nicht Evan Maynard. Es war nicht Evan, es war ein Fremder, viel älter als Evan. Evan kannte ihn nicht. Mittags halb zwölf, und der Mann war schon betrunken. Evan war nicht betrunken. Langsam wurden auch andere Leute auf den Betrunkenen aufmerksam – eine junge Mutter, die ihr Kind in einem Sportwagen schob, starrte ihn entgeistert an – ein paar Jungen kicherten – aber niemand sah Evan Maynard an, der unauffällig wie immer war. Seine Kleidung war nicht schmutzig, er hatte sich erst vor ein paar Stunden rasiert; er rasierte sich jeden Tag. Natürlich. Der Betrunkene brabbelte vor sich hin, aber Evan sprach nie mit sich selbst, jedenfalls nicht laut – und nie hätte er so etwas am hellichten Tag in einem öffentlichen Park gesagt. *Wer bist du denn überhaupt, verdammt nochmal ... Was ...? Was, zum Teufel, willst du eigentlich ... Ich hab' dir schon mal gesagt ... Scheißkerl.* Der Mann war allein. Natürlich. Evan war auch allein, aber er fiel nicht auf wie immer, und niemand würde es wagen, auf ihn zu deuten, über ihn zu kichern wie über den Betrunkenen. Betrunkene wie der dort, kaum in der Lage, geradeaus zu gehen, sind immer allein, immer einsam ... Niemand geht zu ihnen hin, nur die Polizei. Evan war auch allein, aber er war nicht betrunken. Er hatte ein paar Bier getrunken. Aber er war mit blaugrünen, verblaßten Flecken bemalt, Tarnfarbe. Eine Messingplakette mit einer Erklärung. *Befreier.* Evan und Renée waren zu jung, um viel vom Zweiten Weltkrieg zu wissen, es war keine erlebte Erfahrung, löste keine Empfindungen aus; trotzdem sollten sie sich anstrengen – versuchen, ins

Bewußtsein der Vergangenheit einzudringen – die Angst der Leute vor einer Invasion der Truppen in Kanada und den Vereinigten Staaten, germanische Horden, teutonische Unmenschen, etwas in der Richtung; Filme, Spätvorstellungen alter Kriegsfilme. Vor ein paar Monaten waren hier Tulpenbeete gewesen, keine Rosen, und Kinder waren fröhlich auf den Kieswegen hin und her gelaufen, auf den Grasstreifen und rund um das Flugzeug, lachend, fröhlich, blind für das Flugzeug, aber vielleicht seinen massigen Schatten unbewußt in sich aufnehmend. Politischer Anschauungsunterricht, hier. Eine Lektion Moral. Ästhetik der Politik untergeordnet, und vergeßt es nicht, die Blumen huldigen dem Bombenflugzeug, und ihr solltet ihm lieber auch huldigen. Evan beschattete seine Augen und betrachtete das Flugzeug. Eigentlich war es traurig. Schlimm. Ohne seine Frau neben sich, ohne die Gespräche und die kleinen Witze, die Berührung ihrer Hände, das leichte Streifen Arm an Arm ... diese Szene war wirklich gemein und depremierend und nicht komisch, überhaupt nicht komisch. Er war ein amerikanischer Bürger im Ausland, und der Bomber war ein amerikanischer Bomber, ein Befreier, und merkt es euch, sein Schatten fiel über die Tulpen und Rosen und die Kinder ... Aber jetzt übertrieb er, er dramatisierte die Dinge. Es war nur ein Bombenflugzeug auf einem Sockel. Phillips Park war nur ein Park. Das war alles nicht wichtig.
Touristen streiften ihn mit Blicken – ein alter Mann in Begleitung eines jüngeren Paares, kleine Kinder, die dahinstapften – jemand sah Evan an – warum sprach er mit sich selbst? Nein, nicht betrunken, er betrank sich nie, er erinnerte sich nicht einmal, wann er zum letzten Mal beschwipst gewesen war ... nein, er konnte sich nicht daran erinnern. Seine Frau Renée betrank sich auch nie. Sie paßten als Ehepaar gut zusammen, waren intelligent, sahen einigermaßen attraktiv aus, waren sehr nett, hatten sehr gute Umgangsformen, kamen aus guten Familien, waren beide Amerikaner ... Evan hatte eine Frau, er war verheiratet, war schon längere Zeit verheiratet und fühlte sich so eng mit seiner Frau verbunden, daß er sie fast vergessen konnte; er hatte sie natürlich immer geliebt, hatte sie nicht vergessen wollen, hatte nicht gewollt ... aber seine Gedanken glitten ab. Der Betrunkene näherte sich einer Bank, er brummelte immer noch vor sich hin. Evan sah zu: Er wollte sehen, ob der Mann die Bank sicher erreichen würde.

Ja, er schaffte es. Er saß. Er hob das Gesicht und blinzelte in die Sonne. Unreine, ungesunde Haut, die Augen fast unter den dicken Brauen verborgen, er blinzelte, eine Witzfigur. Nein, Evan war ihm nicht ähnlich, und er würde ihm nie ähnlich werden.
»Was ist denn so komisch?« fragte Evan zwei Mädchen. Sie waren wahrscheinlich nicht älter als dreizehn, aber ihre Bewegungen, ihr schrilles Lachen und die Art, wie sie ihre Schultern hoben, waren erschreckend erwachsen. Schulterfreie Oberteile, die im Nacken gebunden waren; sehr kurze Shorts. Rote Tupfen. Senfgelb. Sie starrten Evan an, sie hatten ihn nicht einmal bemerkt, ihre langen geraden Haarvorhänge wippten vor Überraschung über seine ärgerliche Stimme. »Er tut euch doch nichts, laßt ihn in Ruhe. Findet ihr ihn komisch? Das ist nicht komisch. Es gibt nichts –.«
Aber sie waren schon kichernd davongelaufen.
Ein Wochentag im Phillips Park. Wenige Männer in Evans Alter, natürlich. Sie arbeiteten sicher alle. Der Betrunkene hatte keine Arbeit – er war möglicherweise schon lange arbeitslos – sein Gesicht war ausgemergelt, entsetzlich, die Augen verloren, fast ausgelöscht. Ein Mund, der sich ständig bewegte, bewegte ... *Dachte, hab' dir ein für alle mal gesagt ... verdammtes Schwein ... versuchen, mich übers Ohr zu hauen. Für die ganze Woche gezahlt, hab' ich gesagt ...* Evan fragte sich, wer der Mann sein mochte, wie alt er wohl war, wo er lebte. Wahrscheinlich in einem jener billigen Quartiere im Zentrum: *Durchreisende, Bezahlung wöchentlich.* Evan war ein Kind der Mittelklasse, hatte nie in einer Absteige übernachtet, hatte nie in seinem Leben am Vormittag Alkohol getrunken, deshalb war ihm das alles unverständlich – es betraf ihn nicht. Taumelte er? Vielleicht war es die Sonne und der lange Fußmarsch vom Institut; er war es nicht mehr gewohnt zu gehen, hatte sich angewöhnt, überallhin zu fahren ... Nein, er taumelte nicht. Aber es beunruhigte ihn, daß der Mann auf der Parkbank immer noch murmelte: *Zum Teufel, was glaubt ihr denn, ihr Scheißkerle, mit wem ihr redet ...* Evan wollte nicht, daß die Leute dachten, der Mann meinte ihn.
Vielleicht wäre es gut, weiterzugehen. Die Kieswege entlangschlendern wie die Touristen. Die Rosen zu bewundern. Rosenbeet an Rosenbeet in einem riesengroßen Kreis angeordnet, halb so groß wie ein Häuserblock. Touristen aus den Vereinigten Staaten mach-

ten Aufnahmen. Rote Rosen, gelbe Rosen, rosa, weiß, pfirsichfarben, rosa mit gelben Rändern. Blasse Rosen, blutrote Rosen, dunkle blutrote Rosen. In der Mitte des Rosengartens stand ein Flugzeug auf einem Sockel. Kaum zu glauben. Ja, aber da stand es, Evan hatte es schon früher einmal gesehen; er und Renée hatten es vor einigen Monaten, an einem Sonntag, angestarrt, ein paar Witze darüber gemacht. Überbleibsel aus dem Zweiten Weltkrieg. Ein Bomber mit vier Propellern, »historisch«, er grinste nur. Die Mißstimmung zwischen dem Flugzeug und den Rosen; eine Art ironisches Grinsen. Intelligentes Grinsen. Er glich nicht im mindesten dem Betrunkenen, der sich dreißig Meter entfernt auf einer Parkbank ausgestreckt hatte. Warum sollten sie Evan ansehen? Ordentlich, gepflegt, ohne Krawatte, aber nicht torkelnd, kein Betrunkener. Ein einzelner Mann paßt nicht in diese Umgebung: so viele Familien, junge Mütter mit Kindern, kein Platz für einen einzelnen erwachsenen Mann. Wenn Renée dabei wäre, wäre es anders ... *Hast du gelogen? Lügst du? Hast du dich in jemand verliebt?* Aber er stritt nicht mit Renée, nicht hier in der Öffentlichkeit. Er bewegte nicht einmal die Lippen. Er hatte nur gegrinst, vielleicht kurz aufgelacht, wegen des Flugzeugs und wegen der idiotischen Touristen von jenseits der Grenze, die so etwas fotografierten, solche alltäglichen Dinge, in ihrem Bemühen, das »Ausland« kennenzulernen. Das junge Paar mit dem alten Mann im Schlepptau, er sah aus wie ein Witwer, der junge Mann verbittert, er warf einen Blick auf Evan – er war etwa in Evans Alter –, aber kein Mitgefühl mit ihm, kein Erkennen, der Kerl verstand die Ironie des Flugzeugs nicht, aber warum sich darum Gedanken machen – die meisten Leute waren sowieso dumm.

Evan gähnte.

Er überlegte, wo die Toilette sein könnte. Wahrscheinlich in der Richtung, aus der er gekommen war; aber er wollte den Betrunkenen umgehen. Auf der Bank ausgestreckt ... schlief jetzt vielleicht. In der prallen Sonne. Evan gähnte, rieb sich die Augen, überlegte, was er tun sollte. Als Student hatte er nie Zeit gehabt – war immer gehetzt gewesen, voller Unrast –, jetzt war er erwachsen, fast dreißig, und alles war anders. Es gab keine Verbindung zwischen diesem Evan und dem anderen. Der andere war ein Junge gewesen, wurde als Genie bezeichnet (welches Recht hatten sie, ihm so Großes zu

prophezeien? Die Scheißkerle!), er hatte keine Ahnung gehabt. Verschwunden war das Genie. Ruhe in Frieden.
Noch nicht einmal Mittag, falls seine Uhr nicht stehengeblieben war. Der Tag würde lang werden. Er hatte vor vielen Stunden begonnen, zeigte keine Zeichen von Beschleunigung, die Nacht war noch in weiter Ferne. Er würde noch mehrere Stunden lang nicht nach Hause können. Er wollte eine Toilette suchen und danach vielleicht einen ruhigen Ort, wo er sich hinsetzen konnte, entspannen, vor sich hindösen. War das gegen das Gesetz? Könnte das als Landstreicherei verstanden werden? ... Natürlich nicht, keiner kümmerte sich einen Dreck darum.
Wenn ein Polizist ihn ausfragen würde, hatte Evan eine ganze Reihe von Antworten. Er hatte einen Personalausweis; er hatte seinen Musterungsbescheid. Außerdem war er ja nicht betrunken, und es würde ihn ohnehin niemand zur Rede stellen. Er durfte nur nicht erst in die eine Richtung gehen und dann in eine andere, als habe er sich verlaufen. Er hatte sich nicht verlaufen. Am Phillips Park vorbei führten der Pelee Boulevard und Elmhurst, und er kannte sich in der Stadt gut genug aus, er wußte, wie er nach Hause kommen würde, wenn es Zeit war, nach Hause zu gehen, es war unmöglich, sich in einer so kleinen Stadt zu verirren. Seine Benommenheit legte sich allmählich. Er hatte noch nie vor dem Mittag Bier getrunken, nie, und bei dem Gedanken daran wurde ihm übel, Übelkeit im Magen, in der Brust, die in seinem Hals hochstieg, so daß er würgen mußte.
Vielleicht würde er Renée und ihren Liebhaber im Park treffen. Ah ja. Hand in Hand dahinschlendernd. Die Kieswege, die saftig grünen Rasenböschungen, die Rosen. Sie würden ihn sehen. *Sie* würde ihn sehen. Eine Witzblattszene: seine Frau ihn anstarrend, die Hand vor den Mund gehoben, Schreck, Entsetzen, Scham. Sie würde keine Zeit für Schuldgefühle haben, wenn sie Evan so sähe. Warum war er nicht im Institut? Was war geschehen? Hatte man ihn hinausgeworfen? Fristlos entlassen? *Ob er betrunken sei?* Paare schlenderten dahin und bewunderten die Tulpen, nein, die Rosen, jetzt war Sommer, und die Tulpen waren verblüht, jetzt Rosen, und sie waren herrlich – einfach wunderschön – und verdienten die vielen Schnappschüsse, die Leute, die sich niederkauerten, sich hinknieten und ihre Fotoapparate einstellten. Eine ganze Reihe von Paaren,

aber Evan sah Renée nicht. Vielleicht hätte er sie nicht erkannt in dieser Umgebung. Ach was, es war alles doch nur Einbildung, oder? Renée und ein Liebhaber, Renée und Ehebruch, seine kluge junge Frau hineingezogen in die schäbige Gedankenlosigkeit, die alles zu beherrschen schien, die Titelgeschichten, Statistiken, Interviews ... Eigentlich verdächtigte er sie nicht des Ehebruchs; er hatte den Verdacht, daß sie ihn nicht liebte. Dieses Flittchen! Er würde sofort nach Hause gehen und –

»Können Sie mir bitte sagen, wie spät es ist?«

Ein Mädchen in engen Jeans und einer schulterfreien Bluse kam von hinten heran. Einen Augenblick lang war er verwirrt – dachte, er würde sie kennen – nein, die anderen Mädchen waren jünger gewesen, hatten Shorts angehabt. Nein. Er streckte galant seinen Arm aus, so daß sie das Zifferblatt selbst sehen konnte. Fünf nach halb zwölf.

»Was, erst? Ach Gott, nein. Es ist viel später. Ihre Uhr muß stehengeblieben sein.«

»Stehengeblieben?«

»Es ist nach zwölf«, sagte das Mädchen.

Evan schüttelte sein Handgelenk. Er zog die Uhr auf. Sein Gesicht brannte, das Mädchen beobachtete ihn so intensiv, sah ihn so genau an, lächelte durchtrieben, konnte vielleicht seinen Atem riechen ... Nein, als er aufblickte, schlenderte sie schon weiter. Barfuß, etwa siebzehn Jahre, seltsam leeren Blick: wahrscheinlich süchtig. Er war erleichtert, daß sie gegangen war. Enttäuscht. Aber er wollte nichts mit ihr zu tun haben. Er war fast dreißig, erwachsen, Ehemann ... Einer der Forschungsassistenten, die mit ihm zusammenarbeiteten, ein junger Mann Anfang Zwanzig und erst zwei Jahre verheiratet, wie er sich brüstete ... kicherte, Andeutungen machte ... Dies kam Evan entsetzlich vor, die Seichtheit solchen Verhaltens; er wollte daran nicht teilhaben. An nichts teilhaben.

Er hatte im Institut gesagt, er fühle sich nicht wohl – Asthma, Kopfweh – und war gegangen, aber er konnte nicht nach Hause, was wäre, wenn sie nicht zu Hause war, er hatte mehrere Male angerufen nach dem Streit am Morgen – keine Antwort – aber natürlich könnte es auch sein, daß sie zur Bücherei gegangen war, ein paar Straßen weiter, oder draußen im Hof etwas arbeitete, und wenn er nach Hause ginge, würde er es wissen – würde er

vielleicht entdecken – deshalb konnte er nicht nach Hause. Der Streit war ungreifbar gewesen wie in einem Traum. Ein Rätsel. Irgendwie waren sie plötzlich mitten drin, und er warf ihr vor, daß sie immer etwas an ihm auszusetzen habe, sich seiner schäme, sich seiner Arbeit schäme – obwohl sie so etwas nie gesagt hatte, jedenfalls nicht offen – und sie hatte ihn angeschrien, mit einer Verzweiflung, die er noch nie in ihrer Stimme gehört hatte, hatte ihn angeschrien, er solle sie in Ruhe lassen, solle sie nicht so anstarren, solle keine Anspielungen hören, wo keine seien, und er hatte alles abgestritten – denn es war nicht wahr, es war nicht wahr, daß er sie verdächtigte – sie brauchte mehr Freunde, sagte er, beide brauchten sie Freunde, es war zu einsam hier, und sie schrie ihn an, ihm läge ja nie etwas an den Leuten, mit denen sie gern befreundet wäre, er sei immer mißtrauisch und ironisch – er wolle sie fertigmachen, er merke gar nicht, wie das alles sie einfach fertigmache –
Der Institutsetat sollte gekürzt werden. Vielleicht würde man ihm nahelegen zu gehen: schließlich war er amerikanischer Staatsbürger. Kein Kanadier. Das kümmere sie wohl einen Dreck, ob sie nicht wisse, was er durchmache? Er packte sie an den Schultern und schüttelte sie. Schüttelte sie mit aller Kraft. Er hatte sie noch nie so angefaßt; er weckte sie auf, brachte sie dazu, ihm zum ersten Mal seit Wochen ins Gesicht zu sehen. *Liebst du einen anderen?* schrie er. *Wen? Wie wirst du fertiggemacht? – Wer macht dich fertig?*
Sie war nicht seine Frau. Er erkannte sie nicht. Hure! Hinterlistige Hure! Er schüttelte sie, schluchzend, wollte noch mehr, wollte sie gegen die Wand schlagen ... bis sie ihre Untreue zugeben, bis sie ihn anflehen würde, sie loszulassen, ihr zu verzeihen.
Statt dessen hatte sie geschrien: *Ich hasse dich! Du weißt gar nicht, wie ich dich hasse! ...*
Das hatte sie natürlich nicht gemeint.
Das konnte sie doch nicht gemeint haben.
Aber er war davongelaufen; er lief immer noch davon.
Niemand haßte ihn, sagte er sich. Dafür, daß er Amerikaner war – daß er verdrießlich war, hart arbeitete, ziemlich absurd aussah in seinen sorgfältig gebügelten Hosen und immer sauberem Hemd, wo doch sogar der Direktor leger und sportlich angezogen war – niemand haßte ihn dafür, daß er ein vielversprechender Student gewesen war, so viele Prüfungen gemacht und mit berühmten Männern

zusammengearbeitet hatte – »berühmten« Männern – Nobelpreisträgern – welche Demütigung, sich daran erinnern zu müssen und wie bedrückend diese lobenden Empfehlungsbriefe, die jetzt und hier so wenig Wert hatten wie amerikanische Münzen – daß er nur er selbst war, Evan Maynard, und niemand anderes: niemand haßte ihn dafür. Das war ihnen einfach gleichgültig. Welchen Wert hat das Talent ohne die Umgebung, die es nährt? In den Staaten hatten sie sein Talent eingekauft, um Tod zu produzieren, die große Verteidigungswaffe: die »Front«, die er und seine Mitarbeiter entwickelt hatten, war ein winziges, verkleinertes Universum pathogener Lebewesen, Verbündete der Demokratie, biologische Schadstoffe in Wolkenform, die über feindlichem Gebiet abgeblasen, viel zur Erhaltung der freien Marktwirtschaft beitragen würden. Krankheit, ein Krieg geführt mit unsichtbaren Soldaten, Panik, Wahnsinn, Chaos ... In den Staaten war sein Talent hoch geschätzt worden, aber er hatte die Staaten verlassen, hatte nicht einmal seiner Frau gesagt, warum er weg mußte, und jetzt, hier im Phillips Park, an einem gewöhnlichen Wochentag, war er ein anonymer Mann, Staatsbürger eigentlich keines Landes, sein »neues Leben« war für niemanden, außer für ihn selbst, von Bedeutung. Er hatte viel aufgegeben, nahm er an; bestimmt entging ihm ein beachtliches Gehalt. Aber das kümmerte niemanden etwas, und warum sollte es auch jemanden kümmern? Warum sollte diese Fremden Evans Entscheidung berühren, der Kampf eines Don Quichote?

Seine Identität hatte er auf der anderen Seite der Grenze zurückgelassen ... und er hätte nie vermutet, hatte sich nicht vorstellen können, daß der Wert eines Menschen so unwiederbringlich mit einer ganzen Kultur verknüpft sein könnte. ...

Liebst du einen anderen, hatte er sie gefragt; nicht mehr geschrien, sondern leise, angstvoll; voller Angst davor, daß er sie umbringen würde. *Ist es hier jemand? ... Jemand, den du gerade kennengelernt hast ... Wer ist es?*

Aber sie hatte sich abgewendet. Sich von ihm abgewendet und sich geweigert zu antworten.

Ja, sie liebte einen anderen. Es war offensichtlich.

Nein.

Nein: unmöglich.

Unmöglich, sagte Evan sich.

Beim Springbrunnen entstand eine Bewegung. Was war dort los? Aufgeschreckt stand Evan auf. Er war sehr nervös; sein Puls sprang. War es –? Ja, der Betrunkene. Er tat dort drüben irgend etwas, zog wieder die Aufmerksamkeit auf sich. Evan wollte nichts sehen, aber er konnte nicht wegschauen, er konnte einfach nicht widerstehen. Eine kleine Menschenmenge sammelte sich, Evan kam langsam näher, wollte eigentlich nichts sehen, aber starrte hin, fasziniert. Was in aller Welt . . .? Der Mann watete in dem kleinen Teich umher. Schrie etwas. Schüttelte den Kopf von einer Seite zur anderen, schwang die Arme. War es möglich, daß er nicht betrunken war – daß er geisteskrank war? Evan hatte daran noch gar nicht gedacht.

»Vorsicht, daß er sich nicht verletzt!« rief Evan.

Er bahnte sich einen Weg durch die Menge. Plötzlich war er wichtig – schien er wichtig. Die Leute traten zur Seite, um ihn durchzulassen.

»Was ist los? Was ist denn los?« fragte Evan den Mann. Er strauchelte. Seine Augen, auf einen Punkt gerichtet, der links neben Evans Gesicht lag, waren dunkler als sie ihm vorher erschienen waren, ein glänzendes Pechschwarz. Sein Mund arbeitete lautlos.

Der Mann ist verrückt, flüsterte jemand hinter Evan.

Evan versuchte, den Mann beim Arm zu nehmen; aber der Mann schreckte zurück. Kühn, verzweifelt, von einer Dringlichkeit beflügelt, die er selbst nicht verstand, begann Evan, dem Mann Fragen zu stellen. Was denn los sei? Ob ihm etwas zugestoßen sei? Ob ihn jemand verletzt habe? Wo er wohne – wie seine Adresse laute? Ob es irgend jemand gäbe, den Evan benachrichtigen könne? Der Mann war nicht sehr alt, wahrscheinlich nicht älter als fünfzig. Er wirkte jetzt nicht mehr betrunken. Er starrte Evan an, sein Mund arbeitete noch immer. Evan hatte angefangen zu zittern, er konnte sich nicht zurückhalten, obwohl er wußte, daß seine Fragen den Mann nur verwirrten: Ob er krank sei? Ob er Hilfe brauche? Ob ihm jemand helfen solle, nach Hause zu kommen? Warum er weine? Warum er so unglücklich sei? Wenn er sich nicht beruhige, würde irgend etwas Schreckliches geschehen, die Polizei würde kommen, er würde ins Krankenhaus gebracht, mit Beruhigungsmitteln behandelt. Ob er nicht wisse, wie gefährlich es war, sich in einem öffentlichen Park so zu benehmen? – Gefährlich und sinnlos.

Der Mann holte zu einem Schlag in Evans Richtung aus, traf ihn aber nicht.

»... dreckige Scheißkerle ...«

»Aber – ich will Ihnen doch nur helfen –«

»Umbringen werd' ich euch Scheißkerle.« –

Jemand sprach Evan mit strenger Stimme an. Er drehte sich um. Er drehte sich blind um, sah einen jungen Polizisten. Er begann zu erklären: »Ich will nur –.« Der Polizist forderte ihn auf, zur Seite zu treten. Er werde sich um die Angelegenheit kümmern.

»Aber –«

»Gehen Sie zur Seite, bitte.«

Evan ging zur Seite.

Er beobachtete die Szene aus einer Entfernung, einer sicheren Entfernung. Der junge fachkundige Polizist in seiner schmucken Uniform; der strauchelnde, gebrochene Mann. Um sie herum ein Kreis von Zuschauern, still, aus Ehrfurcht vor dem Wahnsinn. Ein Tag im Park, ein Tag wie jeder andere. Einer von vielen. Einer von Tausenden. Evans Augen brannten vor Ärger. *Ich wollte nur helfen.* Er drehte sich um, immer noch aufgeregt. Er war ungerecht behandelt worden, war zur Seite geschoben worden ... mit so guter Absicht, so großzügig, und trotzdem war er zur Seite geschoben worden. Was bedeutete das? Er verstand das nicht. Er konnte sich nicht erinnern ... Warum war er denn in den Park gekommen? Warum heute? Zu welchem Zweck? ... Er wußte, da war etwas gewesen, aber im Augenblick konnte er sich nicht daran erinnern.

VERLIEBT IN ASHTON
BRITISH COLUMBIA

Sie war zwanzig Jahre jünger als er. Nicht älter als achtzehn oder neunzehn. Ihre Schultern waren knabenhaft breit, zu breit für ihren Körper; ihre Haut war zart, rosig und wunderschön; und ihr Haar! Unglaublich. Er war dabei, sich in ein Mädchen zu verlieben, das ihr Haar so trug wie kein anderes Mädchen, das er kannte, wie seine Frau es nie getragen hatte und auch nicht die legendären Schönheiten der High School, damals als er jung war ... ihr hellblondes Haar war geflochten und zu zwei Schnecken an beiden Seiten des Kopfes aufgesteckt, wie Kopfhörer.

Erstaunlich, wie er sich in sie verliebte, er begann, die Anzeichen dafür festzustellen ... Wo war er? Wo ...? Ah, ja. In einer Stadt namens Ashton. In British Columbia. In Kanada. Erstaunlich, daß er an einem Sommertag entdeckte, wie er sich in Ashton, in British Columbia in ein Mädchen verliebte, das ihr Haar zu Zöpfen geflochten trug und deren Namensschild mit dem ordentlichen Plastikschutz sie einfach als *Anna* bezeichnete.

Sie kam auf ihn zu. Er saß da mit aufgestützten Ellbogen und starrte sie an, hilflos und fast traurig darüber zu sehen, wie sie so auf ihn zukam, ein Mädchen mit vollem Busen, mit breiten, üppigen Hüften und Beinen, die sicher muskulös waren, eine Bauernschönheit, zweifellos die Tochter eines Farmers, die so unschuldig zu ihm trat. *Noch etwas? Möchten Sie noch Kaffee?* Ja. Ja, bitte. *Ist die Klimaanlage zu kalt? – das Ding ist direkt hier über dem Tisch.* Was? Nein. Nein, nein. Er starrte das Mädchen an und hörte ihre Worte kaum, so verlangte es ihn nach ... nach ihrem Sein, ihrer Seele. Was war das für ein Akzent, den sie hatte? Slawisch. Möglicherweise Russisch. Polnisch? ... Er wollte sie sich als Russin vorstellen, als die Tochter eines russischen Kleinbauern, eines Einwanderers nach Westkanada, dessen Tochter so schön war, daß sich die schreckliche Reise gelohnt hatte. Um ihretwillen war diese Reise, die Leslie Knox über den Kontinent gemacht hatte, und die so schrecklich war, wie eine Reise über den Ozean, der Mühe wert gewesen.

Sie ging zum nächsten Tisch, schenkte großzügig Kaffee ein und streifte dabei Leslie, als ob nichts dabei wäre, wenn sie so nahe an ihm vorbeiging ... und er sie so anstarrte, benommen, melancholisch. Ja, ihr Akzent war sicher russisch oder polnisch. Aber was sie sagte, war fehlerlos, war Umgangssprache; ihr zustimmendes Lachen über eine Bemerkung, die ein Gast machte, war genau richtig, war genau das, was hier angebracht war. Ihr Körper, ihre Gesichtszüge, die breiten flachen Backenknochen und die leicht schrägstehenden Augen ... ihr geflochtenes Haar mehr als alles andere ... und dieser zuversichtliche, etwas schwere Schritt, als ob sie ganz unverhohlen auf den Fersen ginge: alte Welt, andere Welt, eine junge Frau aus einem historischen Roman oder einem Wandgemälde. Vielleicht eine Bauernprozession. Hoch erhoben das Kreuz und die Jungfrau Maria, durch Schnee und Blut getragen, Horden von Menschen mit dem Aussehen dieses Mädchens, ihrem liebenswürdigen Ausdruck ... der sich, natürlich, in Sekundenschnelle in trägen Zorn verwandeln konnte.

Leslie trank seinen Kaffee aus, seine dritte Tasse. Er sah ein verzerrtes, komisches Spiegelbild seines Gesichts im silberglänzenden Serviettenständer: aber nein, er nahm es natürlich nicht ernst, er sah in Wirklichkeit nicht so verkommen aus. Das Mädchen hatte ihn angelächelt, hatte ihm zugezwinkert. Ob sie es wußte? Ob sie es erriet? Wahrscheinlich nicht: sie kam ihm etwas begriffsstutzig vor. Ihre Wimpern waren dicht, kindlich, unschuldig. Auf den Augenlidern von Natur aus dunkle Schatten, so schien es ihm. Starke, dichte, fast männliche Augenbrauen. Sie hatte einen starken Körper, den Körper einer reifen Frau, während die Mädchen, die er kannte – Töchter seiner Freunde, seiner Nachbarn zu Hause in Long Beach – flachbrüstig und schmalhüftig waren, wie Kinder im Vergleich zu Anna. Es konnte gut sein, daß Anna verheiratet war. Er hatte nicht daran gedacht, nachzusehen, ob sie einen Ring trug; für seine Frau Sylvia wäre das ein automatischer Reflex gewesen.

So verliebte er sich also, traurig, müde, vielleicht automatisch, da es schon so oft geschehen war. In den vergangenen zehn Jahren war es so oft geschehen ... Es spielte keine Rolle, daß sie zwanzig Jahre jünger war als er, spielte keine Rolle, daß sie in einem Restaurant bediente, das unverständlicherweise, wunderbarerweise *La Geisha* hieß, in einer Stadt ohne besondere Kennzeichen namens Ashton, in einem Teil der Welt, über den er nichts wußte und an dem er keinerlei Interesse hatte, außer dem einen, seinen Aufenthalt hier zu überleben. Nein, es spielte wirklich keine Rolle. Denn jetzt wandelte sich der Ton seines inneren Monologs, seine Stimme wurde gepreßter, und ihm wurde klar, daß er sich jetzt innerlich vor seiner Frau rechtfertigte: Er zählte sämtliche logischen Erklärungen auf, alle Vorbedingungen, die ironischen Zufälligkeiten ... Es spielte keine Rolle, daß das Mädchen wirklich hübsch war, ihre Augen auffallend hübsch, es spielte keine Rolle, daß er sich etwas übel fühlte bei dem Gedanken, mit den jüngeren Männern konkurrieren zu müssen, die an der Theke saßen ... Lastwagenfahrer, oder was waren sie? ... oder Jungen vom Ort hier? Er fühlte sich einsam und unruhig, war seines inneren Monologs müde, müde seiner ständig witzigen Stimme, er war es leid, sich Sylvia gegenüber rechtfertigen zu müsen, sie liebte ihn nicht einmal, und sein prall gefülltes Scheckbuch, das er in der Tasche fühlte, gab ihm nicht den geringsten Trost. Welche Rolle spielte es denn, daß er in einem anderen Land ein ziemlich bekannter Mann war – oder daß seine Steuererklärungen jetzt jährlich amtlich geprüft wurden, gemein und genau, von Finanzbeamten, die dann doch von seinen Steuerberatern in Park Avenue um Haaresbreite überlistet wurden? Für Anna, die jetzt über die Witze eines anderen lachte, spielte das überhaupt keine Rolle. Der Mann, über den sie lachte, trug einen Overall, hatte einen Bart, ein dunkles Gesicht, er mochte Holzfäller oder Seemann sein, soweit Leslie es beurteilen konnte.

La Geisha lag an der Ecke der Ashton Avenue, der Hauptstraße des Orts, und einer hügeligen, engen Straße, die Wellingtonia hieß. Nicht, daß er sich die Straßennamen hätte einprägen müssen; er hätte seinen Weg zum Restaurant auch im Dunkeln fühlen können. Er war mit einem phantastischen Gedächtnis für Richtungen, Einzelheiten, Namen und Gesichter begabt ... oder gestraft, denn es fiel ihm immer schwerer, Dinge zu vergessen; es wurde immer schwieriger, irgend etwas zum ersten Mal zu erleben. Dabei war er erst vierzig. Das war doch nicht alt. Er fühlte sich alt; aber in Wirklichkeit war er nicht alt ... Zwanzig, dreißig, möglicherweise vierzig Jahre lagen noch vor ihm. Er und Sylvia waren jetzt fünfzehn Jahre verheiratet, am ersten Oktober stand ihnen dieses Jubiläum bevor, aber ihm kam es vor, als wären sie schon immer verheiratet, schon als Kinder einander versprochen, und in einer harten, endlosen Zeremonie aneinandergekettet worden. Sylvia hatte wiederholte Male gesagt, daß sie ihn liebe, vielmehr als er sie liebe – denn war er überhaupt fähig dazu, jemand zu lieben? fragte sie ganz sachlich – aber sie sagte, was Frauen immer sagen. Seine Mutter, seine Tanten. Sie beklagten sich über ihre Männer. Die Frauen seiner Freunde beklagten sich über seine Freunde; und über ihn. Leslie wollte sie nur anbeten, aber ständig nörgelten sie an ihm herum, zogen Vergleiche, stellten Behauptungen auf, hielten ihm Versprechungen vor, die gemacht zu haben er sich überhaupt nicht erinnerte – in bestimmten Fällen wußte er sehr genau, daß nicht er sie gemacht hatte, sondern vermutlich ein anderer Mann. Er wollte sich nur sklavisch dem schwer faßbaren, kapriziösen Wesen seiner Frau unterwerfen, aber ständig kam sie ihm dazwischen mit ihrem Geschwätz und ihren sich wiederholenden Eifersüchteleien – *Glaubst du, ich kenne dein Innerstes nicht? Glaubst du, ich errate nicht, wo du heute nachmittag gewesen bist? Und wer sie ist?*

Der Weg vom Restaurant zu dem Fünf-Sterne Motor Hotel an der Ashton Avenue dauerte zu Fuß zehn Minuten; Leslie spürte, wie sich in ihm etwas verfinsterte, als er sich zurück in die Bewußtseinssphäre seiner Frau begab.

Aber sie schlief, als er ins Zimmer zurückkam.

Sie schlief? Immer noch?

Am Samstagabend hatten Leslie und Sylvia sich entschlossen, die Nacht über in Ashton zu bleiben; sie hatten an diesem Tag eigentlich noch weiterfahren wollen, mindestens bis an den Rand eines der Gletscherparks, aber Sylvia war es schlecht geworden. Vancouver hatte sie durcheinandergebracht: Sie waren einige Tage dort gewesen in einem der großen Hotels, und Leslie selbst war auch etwas enttäuscht gewesen, ihn enttäuschten eigentlich die meisten Dinge etwas, deshalb machte es ihm nicht so viel aus. Waren sie denn Tausende von Meilen gefahren auf ihrer ersten gemeinsamen Urlaubsreise nach sechs oder sieben Jahren, nur um in eine große amerikanische Stadt zu kommen? Na also. Sie hatten endlich irgendwo in den *Badlands* aufgehört zu streiten, vielleicht weil dieses verlassene Land sie beide verdroß, gottlose Landstriche, die von Leslie und Sylvia Knox nichts wußten und die sich nicht um Sylvias Abscheu vor Leslies Treuebrüchen scherten und ihre wachsende, schon erschreckende Emanzipation. So versiegten ihre Streitereien endlich; Leslie schöpfte wieder Hoffnung; wenn es ihm nicht gelingen würde, ihr die Scheidung auszureden, die ein »Skandal« sein würde (das war *ihr* Wort: Leslie bezweifelte, ob ein Skandal in ihrem Teil der Welt überhaupt noch möglich war), brauchte er nur den Mund zu halten, und dieser Kontinent selbst würde sie schon kleinkriegen. Aber Vancouver war wirklich in mancher Hinsicht New York zu ähnlich ... die donnernden Hufe der Sekretärinnen und Verkäuferinnen in sechs oder acht Zentimeter hohen Plateausohlen, die von der Arbeit in den hochaufragenden Bürogebäuden kamen, die chic getönten Fensterscheiben, die das Sonnenlicht brutal reflektierten und Leslie für einen schrecklichen, übelerregenden Augenblick glauben machten, er sei auf der Lexington Avenue und sei gar nicht weggewesen ... die Männer mit ihren Koteletten und modischen Anzügen und Fledermausbrillen, die unverwechselbare Luftverschmutzung, der Verkehr, das saubere, teure hochaufragende Hotel, in dessen mit Teppich ausgelegtem Korridor sogar Sylvia einen erschreckenden Augenblick der Fehlorientierung durchmachte: hier sah es doch genauso aus wie in dem scheußlichen Hotel in Chicago, oder? ... Ihre langen, hoffnungsvollen Spaziergänge im Park taten gut, waren aber nicht genug. Sylvia fing schon wieder an, auf ihm herumzuhacken. Er fürchtete ihre leicht hingeworfenen, messerscharfen Bemerkungen, die Art, wie sie plötzlich ihren Arm in seinen schob, sich an ihn lehnte wie eine Braut und ihn fragte, wer das denn sei, dieses Mädchen, mit dem man ihn in einem Restaurant in der Stadt gesehen hatte, eine enorme Mähne aschblonden Haares, hatte man ihr erzählt, in einem zweiteiligen bauchfreien Kleid und mit einer ziemlich schrillen Stimme ...? Leslie konnte sich nicht an dieses Mädchen erinnern; er bezweifelte, daß es überhaupt existierte. Er konnte sich auch nicht vorstellen, wer seiner Frau davon erzählt haben sollte. All das war schon vor zwei Jahren gewesen, ein Ereignis oder Nicht-Ereignis, das seiner Frau von übelwollenden, eifersüchtigen Leuten erzählt worden war, und er hatte es so oft abgestritten, sich so oft in komischer Verzweiflung am Kopf gekratzt ... Hoffnungslos.

Sie bestand darauf, Vancouver zu verlassen, obwohl sie geplant hatten, länger hier zu bleiben. Sie mußten weg, sie mußten fliehen. Sie wollte zurück nach Hause. Die ganze Reise sei ein Fehler gewesen, sie hätte nicht auf ihn hören sollen. Diese Reise an die Westküste sei Leslie Knox' hilfloser Versuch das nachzuahmen, was »man« tat. Leslie Knox, dem seine schriftstellerische Arbeit wichtig war und sein Ruhm, den er als seinen »Ruf« bezeichnete! – sie hätte nicht auf seine verrückte, kindische Idee hören sollen, daß sie sich vom Druck ihrer Umwelt befreien müßten und von der Vergangenheit, um die Zukunft ihrer Ehe besprechen zu können. Ihre Ehe habe keine Zukunft, sagte Sylvia böse. Es sei aus.

Sylvia saß den größten Teil der Zeit am Steuer; sie waren auf dem Highway 3 und fuhren nach Osten. Leslie saß in sich gekehrt neben ihr und zögerte sogar, sie auf die Schönheit der Landschaft aufmerksam zu machen: wenn sie unglücklich war, wollte sie sich nicht aus ihrem Unglück herausschmeicheln lassen. Er hatte die Vorstellung, daß sie nur darauf wartete, daß er etwas Freundliches sagte, damit sie ihn anschreien könnte. Die Berge, die Fichten, der Himmel ... Nein, sie interessierte sich nicht dafür; sie war mit aller Leidenschaft unglücklich.

Sollte er sie nochmals um Verzeihung bitten? Noch einmal? Sollte er wieder und wieder darauf bestehen, daß er sie liebe? Es traf zu; und doch war es nicht überzeugend. Er wollte ihr gerne ganz ruhig sagen, daß er sie sehr liebe, aber daß sie, die im Radcliffe College studiert hatte und jahrelang eine blendend bezahlte Dolmetscherin in Washington gewesen war – einfach zu intelligent für eine menschliche, gefühlsbestimmte Liebe sei. Leslie wollte sie nur anbeten und sich ihr wie ein Sklave zu Füßen legen, das war jedenfalls seine Vorstellung; aber sie war zu skeptisch, um eine solche Beziehung zu akzeptieren. Nein, sie wollte die ganz normale Gleichberechtigung. Sie wollte dieser modernen Welt angehören, sie wollte, daß er sich vertraglichen Klauseln unterwarf, die ihn langweilten ... die ihn amüsierten und ihn wütend machten. Aber er liebte sie. Diese Liebe konnte sie nicht abstreiten. Er beteuerte es, er beharrte darauf ...

Plötzlich sagte sie, sie fühle sich nicht gut. Plötzlich sei ihr ganz schlecht.

... Sie bremste und hielt abrupt an. Dann fuhr Leslie, und sie lag halb neben ihm. Was war denn los mit ihr? Sie wußte es nicht; Schwindel, Übelkeit, Kopfschmerzen ... Es war besorgniserregend. Leslie fuhr und sah sie immer wieder an, streichelte ihren Arm und drückte ihre Hand. Liebes? Geht es? ... Er dachte traurig daran, wie wenig ihr Leben, sein Leben, ihr gemeinsames Leben unter ihrer eigenen Kontrolle stand. Er fuhr jetzt, aber er hatte keine Ahnung, wohin sie fuhren.

So hielten sie in Ashton. Das Fünf-Sterne Motor Hotel: das einzige Haus in der ganzen Stadt, das in Frage kam. Sylvia erholte sich ein wenig, und sie gingen in ein Restaurant im Ashton Hotel, das echte russische Küche versprach; aber das Lokal war düster und roch nach Insektenspray, und es saßen nur ein paar andere Gäste darin. Sie gingen wieder, ohne zu bestellen. Eine Straße weiter fanden sie Hodge's Restaurant, ein Haus mit Glasziegelfassade und schäbiger Neonreklame und ohne Zeichen einer Alkohollizenz ... Sie gingen weiter, zu müde, um sich zu streiten. Sylvia ging ein paar Schritte vor Leslie, als versuche sie, vor ihm zu fliehen: eine attraktive brünette Frau Ende Dreißig in einem grünen Baumwollkleid, das von der Fahrt zerknittert war und wahrscheinlich nicht warm genug, jetzt wo die Sonne untergegangen war – es war recht windig hier in Ashton – eine Frau, die Leslie, wenn er sie auf der Straße getroffen hätte, für betrunken oder unter Drogeneinfluß oder ein wenig verrückt gehalten hätte.

La Geisha: ein kreisendes Neonschild. Welches Glück . . . Sonst war nichts offen, nur ein paar armselige Kneipen und ein Café.

Während des Essens war Sylvia schweigsamer als sonst, sie schien aber nicht ärgerlich. Leslie versuchte, gute Laune zu verbreiten, er flüsterte wiederholt *Ist gar nicht so schlecht hier, oder, Schatz?* Er drückte ihre kalte, leblose Hand. Er lächelte viel. *La Geisha* war eine interessante Überraschung hier mitten in der Wildnis: die Speisekarte versprach echt chinesische Gerichte und mehrere russische Gerichte, sogar »kanadische Gerichte«. Und alkoholische Getränke ... Leslie sah, daß seine Frau das russische Gericht, das sie bestellt hatte, nicht aß. Eine Art fettiger Eintopf in einer sehr kleinen Schüssel mit teigigem Brot als Beilage. Leslie hatte für sich ein chinesisches Gericht bestellt, das sich auch als eine Art Eintopf herausstellte, in dem winzige Stücke völlig geschmackloser, zu weichgekochter Krabben schwammen. Aber es machte ihm nichts aus; er versuchte, gutgelaunt zu sein. Als die Bedienung herüberkam um zu fragen, ob alles wunschgemäß sei, war er entzückt von ihr: ein aufmerksames, leichtes Lächeln, ein kräftiges, auffallendes Gesicht, ein Hauch robuster Gesundheit ...

»Die Rechnung. Bringen Sie die Rechnung bitte«, sagte Sylvia teilnahmslos.

»Sylvia –?«

»Ich finde dieses Lokal gräßlich. Ich möchte gehen.«

Die Kellnerin lächelte sie weiter an, wenn auch weniger herzlich.

Das war am Sonnabend gewesen; heute war Montag. Sylvia lag den größten Teil der Zeit im Bett, während Leslie in der Stadt herumging, Mahlzeiten ins Hotel schicken ließ und lange, ohne auf die Uhr zu sehen, dasaß und Kaffee trank, wobei er sich überlegte, was geschehen würde, und ob es richtig sei, was Sylvia sagte, daß es für sie keine Zukunft gab ... und gleichzeitig verliebte er sich in Anna.

»Ich bin nicht krank«, sagte Sylvia. »Ich habe nur keine Lust mehr zu reisen. In diesem Auto. Mit dir in diesem Auto, auf so engem Raum.«

»Ich verstehe schon«, sagte Leslie.

»Du verstehst gar nichts, wie könntest du auch? ... Noch ein Tag, und mir geht es wieder gut, ich bin ganz sicher, daß ich dann wieder gesund bin. Aber jetzt möchte ich schlafen.«

»Sylvia, du hast doch schon den ganzen Tag geschlafen.«

»Wie spät ist es?«

»Halb sechs.«

»... Ich habe nicht geschlafen, ich habe hier gelegen und nachgedacht. Als du wegwarst, habe ich angefangen, die Lage zu überdenken und ... und ich bin einfach erschöpft ... In meinem ersten Jahr im College wurde ich auch aus irgendeinem Grund plötzlich sehr müde und mutlos, und ich bekam Heimweh und Erschöpfungszustände und ... ich hab' mich davon erholt. Warum starrst du mich so an? Ich bin nicht krank.«

»Heute ist Montag.«

»Montag?«

»Ja, Montag, und dies ist unsere dritte Nacht in diesem Motel. Du weißt doch, wo wir sind, oder?«

»In British Columbia.«

»Willst du wirklich nicht, daß ich einen Arzt hole?«

»Ich hab' dir doch gesagt, ich bin nicht krank; ich bin nur müde«, schrie Sylvia ihn an.

Hager, gelbliche Haut. Die Frau, die fünfzehn Jahre lang seine Frau gewesen war? Seine wundervolle Frau? ... Wie sie seine Zigaretten rauchte, mit rohen Gesten, als ahme sie ihn nach; ihre Vorstellung davon, wie ein Mann rauchte. Sie machte Fingergymnastik, beugte die Finger und streckte sie wieder. Die Hände ihrer Mutter waren von Arthritis entstellt und Sylvia fürchtete, daß auch sie zur Arthritis verurteilt sei. Aber sie sprach nie davon. Sie sah, wie er sie beobachtete und sagte ärgerlich: »Warum gehst du nicht essen? Warum gehst du nicht allein? Ich halte das nicht aus, wie du mich ständig analysierst. Mich aburteilst. Mich mit anderen Frauen vergleichst ... Du und deine moralischen Märchen, deine wertvollen Kabinettstückchen ... dein Ruhm ... ich halte deine ständige Gegenwart nicht aus.«

»Ich dachte, du wolltest, daß ich treu bin«, sagte Leslie. Er war mehr verletzt als verärgert. Seine Stimme klang jungenhaft.

»Ich habe gar keine Lust, überhaupt an dich zu denken«, sagte Sylvia.

Sie hatte ihren blauen Bademantel aus Kunstseide umgeworfen, aber nicht zugebunden. Ihr Haar war unordentlich. Die Augen waren verschwommen und träge, als ob es sie zuviel Mühe koste, irgend etwas scharf anzusehen. Natürlich nahm sie wieder diese Schlaftabletten, die ihr Arzt zuhause in Long Beach ihr verschrieb: aber Leslie wagte nicht, ihr Vorwürfe zu machen.

»Was nützt mir denn mein Ruhm hier in Ashton? ... hier in diesem Fünf-Sterne-Hotel? ... Was nützt er uns beiden so weit weg von zuhause?« sagte er. Wie immer versuchte er, sie zu beschwichtigen, sie dazu zu bringen, nicht mehr böse auf ihn zu sein; er hatte eine charmante, erwartungsvolle und vernünftige Art, die sie manchmal anziehend fand. Der häßliche Ton ihrer letzten Bemerkung war ihm nicht entgangen, aber er hielt es für klüger, nicht darauf einzugehen. Vierzig Jahre, aber noch gut aussehend, so wie man in den fünfziger Jahren gut aussah – ein glattrasierter, praktischer Ehemann und Bürger mit hübschen grauen Augen, die oft als »durchdringend« beschrieben wurden, und »voller früher Weisheit«. Er schrieb Romane, Bestseller, sein erstes Buch kam ein Jahr, nachdem er Princeton verlassen hatte, heraus – es wurde ein Erfolg bei den Kritikern, und erstaunlicherweise verkaufte es sich auch gut, da seine Herausgeberin sehr gut mit dem Verlagsleiter befreundet gewesen war und veranlaßt hatte, daß eine riesige Geldsumme für Werbung aufgewendet wurde. Welches Glück ... Ja, Glück. Er war in vieler Hinsicht ein Kind des Glücks; deshalb hatte er halb im Ernst ständig Schuldgefühle, das Gefühl, daß alles auf einem entsetzlichen Fehler beruhe, und daß ihm der ganze weltliche Erfolg zugeflossen war, der eigentlich einem anderen Menschen zukam. Und er würde alles zurückzahlen müssen. Mit Zinsen ... Doch seine Romane erschienen weiterhin in regelmäßigen Abständen von vier oder fünf Jahren unter Wohlwollen der Kritik und großem Interesse der Öffentlichkeit, und die Katastrophe hatte sich immer noch nicht ereignet. Er hatte eine ausgesprochen schöne Frau geheiratet, die er sehr liebte. Er hatte eine Reihe von Freunden, eine Reihe von lieben Bekannten, ehemalige Freunde, an die er von Zeit zu Zeit mit echtem Vergnügen dachte ... manchmal unter Reue, Kummer, Eifersucht ... aber immer gern. Ein begeisterter Kritiker hatte über Leslie Knox einmal gesagt: Er sucht das Ewige im Zeitlichen, die Fülle der Freude im Vergänglichen.

Ein wenig übertrieben, vielleicht. Trotzdem war es gemein von Sylvia gewesen, verächtlich die Mundwinkel zu verziehen, als sie es ihm vorlas. Sie hatte die Finger ihrer rechten Hand dabei gebeugt und gestreckt wie ein Boxer und hatte gesagt, die Kritiker hätten ganz recht: Leslie Knox suche das Ewige und die Fülle der Freude, wo immer er sie finden könne. Nur das wirkliche Leben könne er nicht ernst nehmen; wirkliche Menschen, menschliche Menschen, die beute er aus.

»Ja, doch. Ich glaube, ich glaube schon.«

Das Mädchen lachte. Verlegen. Fleischig. Solcher Dringlichkeit nicht gewöhnt, vielleicht. Sie scheute vor Leslies quälendem Verlangen zurück, als könne sie es riechen.

»... ja, wie ich schon gesagt habe. Klar. Mir gefällt es hier sehr gut. Zuerst waren wir in Montreal, als wir hier ankamen. Aber dort gab es nicht viel Arbeit ... Wir sind sieben, ich meine sieben Kinder. Sieben mit mir. Jetzt hat mein Vater eine Farm dort drüben«, sagte sie und deutete über Leslies Schulter, »aber er arbeitet immer, wenn er kann, im Sägewerk. Sie müssen das Sägewerk beim Hereinfahren gesehen haben, wenn Sie auf der drei ... Nein? Also, dort arbeitet er und auch mein Bruder, der älteste. Und ... äh ... Sonst gibt's nichts zu erzählen«, lachte sie.

»Kommen Sie ursprünglich aus Polen?«

Sie senkte den Blick; versuchte, ernst zu erscheinen. Vielleicht war es die ernüchternde Wirkung des Wortes *ursprünglich* gewesen. Es klang, als sei es ein wichtiges Wort. »Ja. Warszawa«, sagte sie leise.

»Warszawa«, wiederholte Leslie.

Er wollte die Hand des Mädchens in seine nehmen. Er war bewegt, bezaubert. Aber sie hätte es mißverstehen können ... vielleicht hätte sie ihn weggestoßen. Anna war nicht von so leichtem Knochenbau und so modern anschmiegsam wie die Frauen, die er von zuhause kannte.

»Und jetzt gefällt Ihnen Kanada sehr gut«, wiederholte er.

»Ja, sicher. Wie ich schon gesagt habe.«

Sie nippte an ihrem Bier. Nach einer Weile seufzte sie, zuckte mit den Schultern und sagte mit gedämpfter Stimme: »Ach, es ist nicht schlecht. Ich meine, einige von den Leuten sind in Ordnung und einige ... also Sie wissen schon. Menschen sind Menschen, egal wo.« Sie sah sich um; das Lokal war fast leer. Sie saßen an einem der hinteren Tische im Roadway Inn, einem traurig aussehenden Lokal ein wenig außerhalb von Ashton. »Es war nämlich so, als wir nach Kanada kamen, war es schwer, sich zu verständigen. Sehen Sie, mein Vater kam als erster hier herüber. Er war schon ein paar Jahre hier. In Toronto. Dann kam er, um uns zu holen, und das dauerte eine Zeitlang, wegen einiger familiären Schwierigkeiten ... meine Großmutter lag im Sterben, und wir konnten sie nicht einfach zurücklassen ... und als wir nach Kanada kamen, ich meine nach Montreal, war es ganz anders wegen ... es hatte etwas mit der Wirtschaft zu tun. Wissen Sie«, sagte sie so kummervoll, daß Leslie sich nach vorne beugte, »mein Vater konnte diesen Papierkrieg wegen der Einbürgerung früher anfangen. Also wurde er vor uns kanadischer Staatsbürger. Und dann erst der Rest der Familie, auch die Kinder. ... Aber als ich hierherkam, war ich zwölf. Ich konnte kein Wort Englisch, wissen Sie. Konnte kein Englisch ... Zuhause sprachen wir polnisch; sie sprachen einfach nicht englisch, auch mein Vater nicht. Deshalb passierte es ... deshalb mußte ich in die Grundschule mit den Kleinen, ich mußte in der ersten Klasse anfangen. In der ersten Klasse! Ich war zwölf und mußte hinten im Zimmer mit den Kleinen sitzen ... und keiner mochte mich, und alle lachten mich aus, weil ich so groß war ... und ... deshalb mochte ich sie auch nicht«, flüsterte sie.

»Manchmal hasse ich sie immer noch. Ich hasse sie immer noch. Eigentlich sollte es anders sein. Ich habe das irgendwo gelesen, daß die Leute in Kanada, ich meine die normalen Leute, nicht über Ausländer lachen wie früher, aber jedenfalls haben sie es noch getan, als ich ein kleines Mädchen war, und es wurde so schlimm, daß ich gar nicht mehr in die Schule gehen wollte und einfach zuhause blieb bei meiner Mutter und den kleinen Geschwistern und nicht raus wollte, und einfach alle gehaßt habe.«

»Aber jetzt sprechen Sie ausgezeichnet Englisch«, sagte Leslie.

»Na, ja ... ich weiß nicht«, sagte sie und schüttelte den Kopf, »mir kam das einfach nicht richtig vor, daß ich in der ersten Klasse mit diesen kleinen Kindern sitzen mußte. Wissen Sie, die Nonnen mochten mich auch nicht und waren erst nett zu mir, als ich ein bißchen älter war und besser Englisch konnte ... das war es«, sagte sie bitter, »es kam darauf an, ob man Englisch konnte oder nicht. Mein jüngerer Bruder und meine jüngeren Schwestern, ich habe zwei jüngere Schwestern, sie haben es schneller kapiert als ich ... und mein Bruder Stefan, der älter ist als ich ... er ist jetzt dreiundzwanzig, ihm ging es am schlimmsten, er ist von der Schule abgegangen als er sechzehn war, und vorher hatte er schon immer geschwänzt, weil die Kinder ihn auslachten und die Nonnen so verdammt gemein zu ihm waren. Mir ist das auch nicht recht vorgekommen, daß die Schule meine jüngeren Brüder besser eingestuft hat, sie fingen mit der dritten Klasse an, und ich mußte in der ersten Klasse anfangen, und das nur, weil sie Jungen waren. Das war einfach nicht richtig. Sie konnten nicht besser Englisch als ich.

Aber in der Schule hat man sie besser eingestuft, weil sie Jungen waren. Es war einfach nicht recht –«
Sie sprach sehr engagiert. Leslie legte seine Hand auf ihren Arm, um sie von diesem unglücklichen Thema abzubringen; er fragte, ob sie noch ein Bier wolle. Sie starrte ihn verständnislos an. Noch ein Bier? Ja? gut.
». . . und dann zogen wir hierher nach British Columbia, wo wir jetzt noch sind«, sagte das Mädchen langsam. »Ich weiß nicht, ob es mir eigentlich gefällt oder nicht. Ich denke doch. Die Leute kommen hier durch, auf Reisen, in den Ferien, mit diesen Wohnwagen . . . ausgebauten Anhängern . . . oder was das sind . . . sie kosten doch sicher zehntausend Dollar, manche von ihnen jedenfalls; viele Amerikaner kommen hier durch, auf der Hin- und der Rückreise, wenn sie zum Zelten in den Gletscherpark fahren, zum Angeln und so. Wegen der Berge, nicht? Es ist schon ziemlich abgelegen hier.«
Sie sprach mechanisch, fast oberflächlich, als ob sie von jemand gehört hätte, daß British Columbia schön sei. Sie hatte es selbst noch nicht entdeckt, würde es aber bestimmt nicht anzweifeln. *Schön.* »Die Farm ist nichts wert, ehrlich gesagt. Ich glaube, ich gehe nach Vancouver, vielleicht nächstes Jahr. Ich wollte eigentlich heiraten . . . aber dann haben wir unsere Pläne geändert . . . jedenfalls habe ich eine gute Freundin, und wir beide wollen nach Vancouver, wissen Sie, und uns dort eine Arbeit suchen . . . Keine Arbeit wie diese hier, etwas Besseres. Das Dumme ist, in dieses Lokal, in dem ich arbeite, kommen fast nur Leute vom Ort hier, Touristen kommen dort kaum herein, oder vielleicht wollen sie auch in Ashton nicht halten, weil die nächste Stadt größer und interessanter ist . . . Cross Falls, das ist wirklich viel interessanter . . . da kommen also die Leute hier aus der Umgebung in das Lokal, und die geben manchmal gar kein Trinkgeld oder nur einen halben Dollar oder fünfzehn Cent, sie sind so verdammt geizig, man glaubt es kaum . . . Leute aus dem Osten, die durchfahren, von weit weg, Ontario oder so, die geben mehr Trinkgeld; aber die Amerikaner sind am besten.« Sie sah Leslie an und lächelte verlegen. »Sehen Sie, jetzt hat eine ganze Reihe von Leuten im Restaurant eine Wut auf mich . . . und wissen Sie warum? Weil Sie jedesmal, wenn Sie hereinkommen, mein Gast sind. Sie kommen direkt herüber zu einem von meinen Tischen. Am ersten Abend, als Sie und Ihre Frau her-

einkamen, haben die anderen Mädchen herumgerätselt ... wegen Ihrem Akzent ... und Beverly, die Ihnen den Platz angewiesen hat, sagte, Sie wären bestimmt aus New York; und so wollten alle wissen, wieviel Trinkgeld Sie mir gegeben hatten«, sagte sie errötend. »Ich konnte nicht anders, ich mußte es ihnen erzählen ... ich hab' mich irgendwie gefreut. Es war nett von Ihnen, an mich zu denken. Und wie ich schon gesagt habe ... na ja ... die Leute von hier, die geben nicht so viel Trinkgeld; manchmal überhaupt keins ... sie tun dann so, als hätten sie es ganz vergessen, wissen Sie. Billige Kerle... Deshalb konnte ich nicht anders, als es ihnen erzählen, und sie waren echt überrascht, aber niemand dachte, daß Sie am nächsten Tag schon wiederkommen würden. Und am übernächsten ... Ach Gott, sowas passiert hier in der Gegend eben nicht. Deshalb ... deshalb ... jedenfalls haben sie eine Wut auf mich, sie sind neidisch, wissen Sie. Aber sie werden's schon verkraften.«

Leslie versuchte zu lächeln. Er war ernüchtert und ein wenig beleidigt.

»Vor ein paar Jahren kam hier ein Amerikaner durch, ganz allein«, sagte Anna langsam, »noch vor der Zeit, als ich hier anfing, und sie reden immer noch über ihn ... irgend jemand dachte, es wäre Howard Hughes, wissen Sie, dieser Millionär ... er hat irgendwas mit Las Vegas zu tun und ein paar Fluggesellschaften ... Na also, dieser Mann fuhr hier ganz alleine durch, das ist schon ungewöhnlich, und es war August, und viele Touristen waren auf der Straße ... und man hat ihn an irgendeinen Tisch gesetzt, wissen Sie, weil er allein war und so zurückhaltend und leise. Jedenfalls haben sie dann später erzählt, daß er der Kellnerin zwanzig Dollar Trinkgeld gegeben hat. *Zwanzig Dollar!*«

Anna schüttelte den Kopf. Leslie fiel keine passende Antwort ein, deshalb suchte er in seinen Taschen nach einer Zigarette. Sowas, zwanzig Dollar Trinkgeld! ... Aber als ob sie besorgt wäre, ihn beleidigt zu haben, sprach das Mädchen weiter, daß diese Summe wahrscheinlich für einen Millionär lange nicht so viel sei, wie für normale Leute ... wahrscheinlich nicht ... Leslie stimmte zu. Er murmelte etwas, das zustimmend klang. Anna sprach verträumt von Vancouver, von der Schwester eines Freundes, der dort in einer Bank arbeitete ... von all den reichen Menschen ... Leslie kam es wie Ironie vor, daß sie von Millionären und »den Reichen« sprach, als gehörten sie zu einer anderen Spezies Mensch, als wären sie anders als sie selbst, anders als er: Leslie Knox hatte mit seinen Büchern weit mehr als eine Million verdient, obwohl er natürlich wegen der Steuern nicht viel davon übrigbehielt. Erstaunlich war nur, daß eine Million Dollar ganz schnell zusammenkam, ... wenn man einmal eine bestimmte Grenze überschritten hatte, beispielsweise zweihunderttausend Dollar, war der Rest nicht mehr so schwierig, sondern schien von ganz alleine zu kommen, aufgrund von unerklärlichen Gesetzen ... Leslie gab nicht vor, von finanziellen Dingen etwas zu verstehen. Er interessierte sich nicht für Geld. Seine Einkommensteuererklärungen, seine Bankgeschäfte, Geldanlagen und Steuerabschreibungen wurden von Steuerberatern abgewickelt, die er selten sah und deren Namen er nicht einmal kannte; diese Leute wurden von seinem Anwalt bestellt, einem ausgezeichneten Mann, der von einer Reihe amerikanischer Schriftsteller beauftragt war, sich mit deren verwickelten finanziellen Problemen herumzuschlagen. Diese Schriftsteller waren wie Leslie hilflos und verzweifelt gutgläubig, wie Kinder, wenn es sich um Geldgeschichten handelte. Verschwunden war alle Geistesgröße; sie mußten sich gegen den Drang wehren, sich vor ihren Anwälten zu verbeugen, ihre Füße zu fassen und ihre glänzenden, italienischen Schuhe zu küssen ...

Nein, nein. Er wollte daran nicht denken. Nein. Er hatte Anna angeboten, sie nach Hause zu fahren, hatte ihr vorgeschlagen, zusammen etwas zu trinken ... schon vor Wochen hatte er seine Frau gebeten, diese Reise zu unternehmen, eine Art »zweiter Hochzeitsreise« (wie beschämend, daß Leslie Knox solch sentimentale Begriffe verwendete), um all dies zu vergessen. Geld, Ruhm, Affären. Ruhm, Affären, Geld. Liebesaffären, Affären ohne Liebe. Geld. Geld: Steuern. Je mehr man verdiente, um so mehr mußte man bezahlen. Je mehr man bezahlte, desto häufiger wurde man überprüft. Und Ruhm, was nützte er ihm heute abend? ... im Roadway Inn? Anna tätschelte ihr wunderschön geflochtenes Haar, seufzte und dachte sehnsüchtig an Millionäre; Leslie war kaum mehr als ein Schatten, eine Art anonymer Amerikaner, der ihr ein gutes Trinkgeld gegeben und sie zu ein paar Gläsern Bier eingeladen hatte. Als er sich vorstellte, hatte er sich nicht einmal die Mühe gemacht, einen falschen Namen anzugeben – Larry Fox war das

absurde Pseudonym, das er manchmal benützte – da er wußte, daß Anna nie etwas von ihm gehört hatte. Seine sechs Romane, vier davon waren Bestseller und einer ein wirklich phantastischer Bestseller – hier draußen waren sie völlig unbekannt. Anna völlig unbekannt. Aus irgendeinem Grund machte sie das noch liebenswerter; sie kam ihm wertvoll vor. Er hatte keine Lust, über sein milde verpfuschtes Leben nachzudenken. Nein, wirklich nicht. Er hatte keine Lust, an Leslie Knox zu denken ... Ob Sylvia immer noch in ihrem Drogenschlaf lag dort im Motel? Ob seine Steuerberater telefonisch mit seinem Rechtsanwalt wegen unvorhergesehener Neuigkeiten verhandelten? Ob wieder einmal eine ehemalige Angebetete von ihm drohte, gerichtlich gegen ihn vorzugehen, weil sie sich in einer Person in seinem jüngsten Roman wiedererkannte? Nein, er hatte keine Lust, an diese Dinge zu denken.
Anna lächelte ihn an. Er vergaß, woran er gedacht hatte.

Sie wohnte in einem Zimmer über *Gebr. Heinmann, Jagd & Angelzubehör:* ein ärmliches, kleines Geschäft mit einem verstaubten Schaufenster, in dem eine lebensgroße Schaufensterpuppe, ein Mann, stand, mit einer Angelrute in der einen Hand und einem Netz in der anderen. Er trug hüftlange Gummistiefel und etwas, das wie eine weiße Mütze aussah ... Leslie machte einen Witz darüber. Während sie durch die dunklen, leeren Straßen der Innenstadt fuhren, hatte er mehrere witzige Bemerkungen gemacht ... zumindest sollten sie witzig sein, da er sich vorstellte, daß das Mädchen sich unwohl in seiner Haut fühlen könnte. Aber was konnte man überhaupt über Ashton sagen, ohne daß es ironisch statt witzig klang? Eine Schule, die wie ein kleines Gefängnis aussah. Eine Post. Ein einziges Kino, wo Disney's *Aristocats* gespielt wurde, ein mehrere Jahre alter Film, offensichtlich gab es überhaupt nur an den Wochenenden Vorstellungen, denn das Kino war nicht einmal erleuchtet. Das Radio- und Fernsehgeschäft. Die Apotheke, mit einem riesigen roten Blatt als Firmenzeichen (ein Ahornblatt ? – Symbol von Kanada?). »Ein nettes, ruhiges Städtchen«, murmelte Leslie.
Das Mädchen gab ein Geräusch von sich, das verächtlich oder zustimmend sein konnte.
Ihr Zimmer: das erste was er sah, war der Spiegel über einer Kom-

mode. In seinem Rahmen steckten Fotos, eine ganze Menge. Einige in Farbe, einige schwarz-weiß. Einige offensichtlich recht alt – vergilbt, die Ecken rollten sich. Aber er trat vom Spiegel zurück, er wollte sich nicht darin sehen. Mein Gott, wenn er so verkommen und ausgefranst aussah, wie er sich fühlte ... Ungünstig, dieses Deckenlicht. Aber es gab noch eine Nachttischlampe; er machte sie an. Orange-rosa Lampenschirm mit goldenen Troddeln. Staub auf dem Lampenschirm. Er murmelte etwas davon, daß das grelle Licht seinen Augen wehtue ... Anna knipste das Deckenlicht aus.
Sie machte das Radio an.
»Willst du das anhaben?« fragte Leslie erschreckt.
Sie starrte ihn an. »Ich mach' es immer an ... Was ist denn? Es ist doch schön, das Radio anzuhaben, ganz leise. So wie jetzt. Ich komme abends nach Haus und mach' mir eine Schokolade und gehe ins Bett, wissen Sie, und habe dabei das Radio an, das ist eine Art Gesellschaft. Es ist ein Sender in Vancouver; sie bringen oft gute Platten.«
»Schon gut«, sagte Leslie.
Er war ein wenig ärgerlich geworden; und das war gut, wirklich gut. Sonst hätte er vielleicht gegähnt und wäre einfach gegangen. Die drohende Katastrophe, die ihn eines Tages überraschen würde, war einfach die Apathie – aber es würde nicht heute abend sein, nein, nicht heute abend. Er ärgerte sich über das Mädchen, seine Stimme hatte fast grob geklungen, grollend. Das war doch gut, oder? Mußte doch gut sein. Jedes Gefühl war gut ... Sie schwatzte weiter und machte dabei auf einem kleinen, zweiflammigen Kocher Kaffee, erzählte ihm von einer Freundin ... von einem älteren Bruder, der in der Arktis gearbeitet hatte ... von ihrem ehemaligen Verlobten. »Du hast ein schweres Leben gehabt«, sagte Leslie mitfühlend. Sie zuckte die Schultern und drehte sich zu ihm um. Eine Grimasse. In dieser Haltung, das Kinn gegen die Schulter gedrückt, schien sie ihm nicht hübsch, nicht einmal jung. Ein Bauernmädchen. Eine Putzfrau. Aber sie lächelte ihn an, als wäre sie dankbar für seine Bemerkung. »Na ja. Es war mein Freund – und das war eben so – letztes Jahr. Es war was faul daran, wissen Sie; ich erwartete ein Kind, und wir wollten heiraten, und dann geschah etwas, ich hatte eine Fehlgeburt oder vielleicht war das Ganze ein Irrtum und ich war gar nicht schwanger ... ich weiß wirklich nicht, und

ich habe es so satt, darüber zu streiten ... und es stellte sich heraus, daß seine Mutter ihn eigentlich dazu gedrängt hatte, weil sie sich so schämte und ... er wollte gar nicht heiraten ... aber er sagte, daß er mich liebte ... und, na ja, das war eine schlimme Zeit für mich; aber ich werd's schon verkraften. Das sagen jedenfalls alle.«
Leslie ging zu ihr hinüber. Er berührte ihren Arm, dann faßte er ihre Schultern mit beiden Händen. Sie war fast so groß wie er: fast einen Meter achtzig mußte sie sein. Sie machte einen ungeschickten Schritt zurück. War überrascht.
»Magst du mich nicht?« hörte Leslie sich sagen.
Eine Stimme, fast wie ein Winseln, flehend. *Magst du mich nicht?* Mein Gott. Diese Stimme würde ihn den Rest seines Lebens verfolgen und verspotten.
Anna war zu überrascht, um zu protestieren. Er sah, wie ihr Ausdruck sich änderte. Er tat ihr leid; sie war verlegen; jetzt würde sie versuchen, höflich zu sein. Ob er sie küssen sollte? ... Sie wurde rot und versuchte zu lächeln. Ihre Zähne sahen gesund aus, ebenmäßig und weiß. Ach, das war gut. So ein wunderbar gesundes, normales Mädchen, der Körper füllig, langes, dichtes blondes Haar, das ihr wahrscheinlich bis zur Taille reichte, schöne Augen, ein schöner Mund. Er küßte sie. Sie stand da und ließ es sich gefallen; dann, als ob sich plötzlich ein Instinkt in ihr regte, wand sie sich aus seiner Umarmung, schwang ihren Arm hoch und in sein Gesicht ... Was! Diese Plötzlichkeit, dieser brennende Schmerz! Leslie war erstaunt. Einen Augenblick lang konnte er nichts sehen. Er faßte an seine Nase und wischte sie ab; von seinen Fingern tropfte hellrotes Blut.
»Oh, mein Gott, das tut mir leid«, schrie das Mädchen. »Ach Gott. Jesus, das wollte ich nicht ... was ist denn passiert? ... ach, du lieber Gott, herrje, oh, ... Ist sie gebrochen? Ist Ihre Nase gebrochen? Oh, Herr Knox, oh, bitte verzeihen Sie mir ... ach, ist das schrecklich ... ich weiß gar nicht, was mich überkommt ... ich werde manchmal einfach wild und ... dann schlage ich die Männer, so wie jetzt, sogar Typen, die ich wirklich mag ... Oh, Herr Knox, Ihre Nase ist doch nicht gebrochen, oder? Was wird nur Ihre Frau sagen? ... Da drüben sind ein paar Papiertaschentücher, und vielleicht wenn Sie kaltes Wasser laufen lassen ... Oh, Gott sei Dank ist sie nicht gebrochen ... oh, das tut mir so leid, so sehr leid ...«

Sie schluchzte fast. Wirklich erschrocken: vielleicht glaubte sie, er würde sie anzeigen. Ein warmes, großknochiges, wunderbares Mädchen ... Er ließ sie gewähren, ließ sie seine Nase mit Papiertaschentüchern betupfen, ließ sie ihn umsorgen, ihn beruhigen. Wie freundlich sie war, und wie gemein war er! Aber er liebte sie. Er war ganz schwach vor Liebe zu ihr. Das Nasenbluten war nicht schlimm. Der Schmerz war verschwunden, und jetzt hatte er ein etwas taubes Gefühl, ein leichtes Kitzeln ... Er würde überleben. Auf sein Hemd war Blut getropft, und seine Hände klebten von Blut, aber er würde überleben. So etwas Ähnliches war schon einmal geschehen. Leslie Knox als Achtzehnjähriger: schlaksig, das Gesicht voller Pickel, Untergewicht. Nasenbluten bei einer Party, einer Abschlußfeier bei Klassenkameraden zu Hause, die Leute lachten über ihn, ein Mädchen kicherte und rollte mit den Augen. *Leslie, du bist so ungeschickt.* Andere Mädchen hatten damals für diese Bemerkung zahlen müssen, teuer bezahlen. Sie hatten es vielfach bezahlt, einschließlich Zinsen. Eines Tages würde er alle Frauen dieser Erde unschädlich gemacht haben, einfach dadurch, daß er sie eroberte: und dann würde er frei sein. Aber nicht heute abend.

Sieben Uhr. Ein kalter Morgen. Leslie parkte ein Stück von ihrem Motelzimmer entfernt, um Sylvia nicht zu wecken. Das Motel war nicht sehr gut belegt – nur wenige Autos. Er versuchte, die Tür so leise wie möglich zu öffnen, aber Sylvia war wach. »Ach, guten Morgen«, sagte sie. Sie war wach; kam gerade aus dem Bad, wo sie offensichtlich geduscht hatte. Das Haar in einem großen weißen Handtuch. Glänzendes Gesicht, große, wache Augen ... sie war wach, seine Frau: sie starrte ihn an, sein unrasiertes, weißes Gesicht und sein blutbefleckten Hemd. Sie beugte sich plötzlich nach vorne, und er dachte – mein Gott! – sie würde in Ohnmacht fallen. Aber sie trocknete nur ihr Haar mit dem Handtuch. Sie sagte nichts.
»Ich bin froh ... froh ... froh, daß es dir besser geht«, flüsterte Leslie.
»Natürlich geht's mir besser. Hab' ich dir das nicht gleich gesagt?«
Sie richtete sich auf. Zog das Handtuch weg und schüttelte ihr Haar. Es sah überraschend dünn aus. Kurzes, dunkles Haar. Und ihr Gesicht glänzte, als hätte sie es geschrubbt ... Sie ging zu Leslie hinüber und gab ihm einen trockenen Kuß. Er konnte die Bedeutung

des Kusses nicht ausmachen: Vergebung? Zuneigung? Gleichgültigkeit?

Sie verließen das Fünf-Sterne-Hotel; sie blieben nicht in Ashton, nicht einmal zum Frühstück. Leslie fuhr, erpicht darauf zu entkommen. Es war ein klarer, kühler Tag: der Himmel war postkartenblau, die Berge herrlich klar. Sylvia summte leise vor sich hin. Sie hatte ihn nicht gefragt. Hatte nicht einmal auf seine Erlebnisse angespielt, wie sie das sonst mit ihrer gewandten, ironischen Stimme tat ... Herrliche Landschaft, nicht? Die Reise hatte sich allein dafür fast gelohnt. Ein wunderbarer Tag zum Fahren. Wie günstig, daß die Grenze so nahe war, kaum eine Fahrstunde entfernt. Beide waren sie erstaunlich begierig darauf, nach Hause zu kommen. »Ich bin froh, daß wir uns nicht die Mühe gemacht haben, noch weiter in den Norden zu fahren«, sagte Sylvia, »ich habe von Kanada alles gesehen, was mich interessiert.«

Leslie versuchte sich zu erinnern, was er dem Mädchen versprochen hatte. Doch nicht, sie zu heiraten? Nein. So weit war er noch Herr seiner selbst gewesen. Nicht Heirat, nicht einmal Geld, das wäre eine Beleidigung für sie gewesen, hätte sie verletzt – aber hatte er ihr nicht etwas versprochen? Vielleicht, sich am Abend wieder mit ihr zu treffen. Er erinnerte sich nicht genau daran, obwohl er glaubte, daß es ihm noch einfallen würde ... vielleicht würde er sie sogar eines Tages in einer Geschichte verwenden. Aber jetzt im Augenblick erinnerte er sich wirklich nicht daran, was er gesagt hatte. Alles fiel von ihm ab, verblaßte hinter ihm.

Der Zollbeamte in Gold Creek, Idaho, war ein behäbiger alter Herr, der nur einen Blick auf ihren Rücksitz, ihr Gepäck und die daraufliegenden Kleider warf. Er ließ Leslie nicht einmal den Kofferraum öffnen. Netter Mann. Ein paar Routinefragen. Keine Schwierigkeiten, keine Unhöflichkeit.

»Haben Sie etwas zu verzollen?«

Nein, nichts.

»Haben Sie etwas eingekauft, Waren ... Geschenke ...«

Nein. Nichts.

DER VERSUCHER

Am vergangenen Dienstag tauchte er zum ersten Mal nach siebzehn Jahren wieder auf; er stand da und wartete auf mich, bei der Mac-Arthur-Street-Brücke, stand da einfach und wartete. Starrte mich an und lächelte. Die Brücke ist nur eine Art hölzerne Fußgängerbrücke, die neben den Eisenbahnschienen verläuft, und wenn ein Zug kommt, während man auf der Brücke geht, ist der Lärm ungeheuer und alles bebt. Früher hatte ich Angst, aber jetzt nicht mehr. Jetzt lache ich nur darüber. Wenn man ein bestimmtes Alter erreicht hat, erschrecken einen die Dinge nicht mehr, man lacht nur darüber, man versucht sich zu erinnern, was einen daran eigentlich so erschreckt hat – welche Macht diese Dinge über einen hatten – aber auch daran kann man sich nicht mehr erinnern, es ist einfach weg. Da stand er also und versuchte, mich anzulächeln.

Ich war es nicht, er war es, er machte die erste Bewegung. Mit einer Hand, ein schwaches, verlegenes Winken mit der Hand. Hallo! ... er trug Handschuhe aus glänzendem braunem Leder oder vielleicht auch Kunstleder, aber warum hatte er, um alles in der Welt, im April Handschuhe an? Es war nicht kalt. Ich sah, wie er seine Lippen befeuchtete, bevor er anfing zu sprechen. Ein kränklich weißes Gesicht. Vogelscheuche. Mich konnte er nicht täuschen mit seinen teuer aussehenden Kleidern – einem schwarz-weiß karierten Jackett mit schmalen Revers, einem weißen Hemd, das frisch aussah und einer kleinen schwarzen Fliege, wie kein Mensch sie trägt, außer ein paar Geschäftsleuten in der Stadt oder Bankbeamte. Und schwarze Hosen mit scharfen Bügelfalten, fast schnurgerade und ohne ein Knitterfältchen. Seine Knie darunter waren sicher ganz flach und knochig. Mich hat er keine Minute damit hinters Licht geführt. Er trug eine Brille mit einem Drahtgestell und blau getönten Gläsern. Viele Falten liefen von der Brille aus über das ganze Gesicht, Linien, die sich kreuzten und wieder kreuzten, und sein Hals war schlaff und hatte auch viele Runzeln, und dann dieser Adamsapfel – er hatte sich kaum verändert. Als ich ihn sah, hatte ich dasselbe Gefühl, wie wenn jemand in einer Menschenmenge sich gegen mich drückt und mir seinen Ellbogen in den Rücken stößt, und wenn man stark ist, zeigt man nicht, was man fühlt, und man sieht sich nur ganz ruhig um. Mich hat er jedenfalls keine Minute damit hinters Licht geführt.

Er ging neben mir über die Fußgängerbrücke. Und sprach. Versuchte zu sprechen. Stellte ein paar Fragen über die Familie, als hätte er gar keine Angst zu fragen und auch keine Angst vor den Antworten. Ich hoffte, daß ein Zug kommen würde – er haßte diesen Weg und ging nie über diese Brücke in die Stadt – er hatte Angst, weil man den Fluß durch die Ritzen der Bohlen sieht, fünfzig oder hundert Meter tiefer, und hatte Angst davor, daß ein Zug kam, obwohl er das natürlich nie zugeben würde. Er lügt nicht, man kann nicht sagen, daß er ein Lügner ist. Nein, ein Lügner ist er nicht. Es gibt kein Wort für so jemanden wie ihn: jemand, der zwar nicht die Wahrheit sagt, der aber auch nicht direkt lügt. Er schafft es einfach, nichts zu sagen, das handgreiflich ist und an das man sich halten kann oder gegen ihn verwenden ... Um uns herum flogen Möwen. Heringsmöwen mit weißen Köpfen und silbrigen Rücken. Wohl hundert, ein richtiger Schwarm. Aber sie machen nicht solchen Lärm und streifen einem nicht so dicht am Gesicht vorbei wie Tauben. Sie stürzen sich hinunter zum Fluß, um Abfälle oder tote Fische oder was es da unten gibt, zu holen, all das, was an den Rand des Kanals gespült wird. An manchen Stellen riecht es ziemlich übel.

Er sagte: ... was ist das denn für ein Geruch hier? ... etwas Totes im Wasser?

Ich machte mir nicht die Mühe zu antworten.

Er ging mit mir ins Eisenwarengeschäft, ich brauchte Glühbirnen, 65 und 100 Watt. Es war das alte Geschäft von Miller, aber mit der neuen glänzend weißen Fassade, hat er es, glaube ich, gar nicht erkannt. Er stand da und versuchte, sich oder wenigstens seine Augen hinter diesen lächerlichen blauen Gläsern zu verstecken, wäh-

rend ich meine Einkäufe machte, von einem jungen Mann bedient wurde, der in Eile schien und die ganze Zeit eine Zigarette im Mund hatte. Er sah mich kaum an, ihn schon gar nicht. Was nützt dir denn diese tolle Aufmachung oder die stramme Haltung deiner knochigen Schultern? – die meisten Leute sehen dich ohnehin kaum an. Dann zum Chippewa-Supermarkt, um Fleisch und Lebensmittel zu kaufen. Am Fleischstand war nicht sehr viel Betrieb, ich brauchte keine Nummer zu ziehen. Er fragte mich, ob ich allein lebe, oder ob meine Schwester bei mir wohnt oder ob Jamie da ist ... aber ich zuckte nur die Schultern. Kaufte zwei Pfund Hacksteak; sehr teuer, dafür daß es eigentlich nur Hackfleisch ist. Ich kaufte Hühnermägen und Hälse für die Katzen. Wollte eigentlich etwas Leber kaufen, aber sie war mir zu teuer – ich hatte Angst, daß er meine Gedanken lesen könnte und anbieten würde, zu bezahlen – aber er muß wohl gesehen haben, wie abweisend mein Gesicht war, wie ich die Lippen zusammenpreßte. Er wagte nicht, etwas zu sagen. Der Metzger warf nur einen Blick auf ihn oder sah ihn vielleicht nicht einmal an, er merkte wohl, daß wir zusammengehörten, denn er fragte ihn nicht: *Sind Sie dran?* Sondern überging ihn einfach.
Ich kaufte Brot. Und einen Liter Magermilch. Und wollte Salat kaufen, aber es waren so kleine Köpfe, und die äußeren Blätter waren schon braun, und er war so teuer – neunundvierzig Cent – und das für diese lächerlichen, kaum faustgroßen Dinger. Er ging durch den ganzen Supermarkt hinter mir her. Er bot an, etwas zu tragen oder einen Wagen zu nehmen, aber ich sagte, daß ich nicht viel brauchte, und es würde sich kein Wagen lohnen. Das meiste kaufe ich jeden Tag frisch. Ich kaufte drei kleine Kuchen, für je 25 Cent, einen mit Kirschen, einen mit Äpfeln und einen mit Ananas. Er sagte etwas von einem Picknick im Waterberry Park, ob ich mich daran erinnerte, daran, wie Onkel Clement den ganzen Kuchen alleine aufgegessen hatte, ob ich mich daran erinnerte wie es ihm dann schlecht geworden war und er sich über die Böschung am Fluß beugte. Aber ich zuckte mit den Schultern und sagte, ich wüßte es nicht mehr.
An der Kasse waren Berge von Ostereiern aufgebaut, herabgesetzter Preis. Große Schokoladeneier mit rosa und weißem Zuckerguß, der wie Zahnpasta aussah. Hasen so groß wie mein Arm, aus dieser wachsigen, billigen Schokolade, ein Osterhase, der zwei Dollar achtundneunzig gekostet hatte und jetzt auf neunundneunzig Cent her-

abgesetzt war, in einem grünen Osterkorb mit grünem Zellophangras und vielen kleinen Eiern, die wie Plastikbälle aussahen. Ich mußte lachen. In meiner Erinnerung war es erst ein paar Wochen her, seit der ganze Weihnachtsplunder billig verramscht wurde und ein paar Wochen davor das Zeug von Halloween. Ich kaufte nichts davon. Er versuchte einen Witz, ob ich diesen großen Hasen haben wollte? Ich tat so, als hätte ich gar nichts gehört.

Draußen schien zur Abwechslung einmal die Sonne. Erst halb zwölf, aber die Kinder aus der Junior High School hatten schon aus; drei oder vier Mädchen liefen an uns vorbei, mit ihren kurzen Röcken, kicherten und spielten sich auf für alle, die Lust hatten, hinzusehen. Aber er streifte sie nicht einmal mit einem Blick. Er sah sie nicht einmal . . . mir verzeihen? . . . flüsterte er.

Ich ging weiter. Ging jetzt stadtauswärts, den Hügel vom Supermarkt zur Hauptstraße hinauf. Ich wußte, daß er irgend etwas wollte. Geld oder ein warmes Plätzchen, an dem er bleiben konnte, oder Tränen, verdammt noch mal, so wie alle, alle wollten sie immer etwas. Welcher Zufall, daß er Onkel Clement erwähnte, der der schlimmste von allen gewesen war, in gewisser Weise.

Er sagte, er wüßte, daß er es nicht verdiente, daß ich ihm verzeihen würde. Aber . . .

Ich ging auf dem längeren Weg nach Hause, über die Harrow-Street-Brücke. Ich gehe immer diesen Weg. Mache einen großen Bogen. Besonders, wenn die Sonne scheint, gehe ich gern diesen Weg; meine Beine sind kräftiger als sie aussehen. Und ich auch. Drei Operationen innerhalb von vier Jahren, und ich mache meine Einkäufe und meinen Haushalt selbst und habe keine Schwierigkeiten, nur manchmal ein bißchen Atemnot, der Arzt sagt, es ist der hohe Blutdruck, aber was weiß der schon? – sein eigener Vater fiel eines Tages im Krankenhaus tot um, er galt als der beste Arzt in der ganzen Stadt, und sowas passiert ihm. Fiel einfach tot um. In der Zeitung stand »Genaue Todesursache unbekannt«. Ich mußte lachen, obwohl ich den alten Mann gern hatte. Die wahre Todesursache ist immer unbekannt. Sie erfinden nur etwas, um die Lücke in der Sterbeurkunde auszufüllen. – – – – steht da, und sie füllen die Lücke aus. Das könnte jeder.

Er sagte, ich sähe gut aus. Ob es mir gesundheitlich gutginge?

Ich sagte, meine Gesundheit sei meine Privatangelegenheit.

Wir kamen am Metropolitan-Kaufhaus vorbei, aber ich wollte nicht hineingehen. Manchmal schlendere ich dort ein wenig umher, um mir die Zeit zu vertreiben. Manchmal kaufe ich auch etwas – eine Rolle Faden oder Reißnägel. Aber ich wollte nicht hineingehen, weil er mir hinterhergekommen wäre und die Leute uns zusammen sehen würden; Mrs. Chesney, die ein paar Häuser von mir entfernt wohnt und im Kaufhaus Bonbons und Schokolade verkauft, ihr würde auffallen, daß jemand dabei war, und sie würde alle möglichen Fragen stellen, eine neugierige Frau, deshalb ging ich am Metropolitan vorbei und blieb nicht einmal bei den großen Schaufenstern vom Kaufhaus Marcus stehen, die ich mir sonst immer gern ansehe. Und er kam weiter hinter mir her. Blieb immer neben mir. Fragte weiter, aber jetzt leiser, als hätte er kapiert, als wüßte er, daß keine Antworten kommen würden.

Wie geht's Dan? ... Jimmy Glover? ... Bessie?

Ich ging mit normaler Geschwindigkeit. Nicht schneller und nicht langsamer als sonst. Vielleicht habe ich mir das nur eingebildet, aber ich meine, daß er seinen linken Fuß ein wenig hinterherzog ... Wir kamen am Chinesischen Restaurant King Wah vorbei, ich war nie drin gewesen, und ich werde auch nie hineingehen. Was in den Restaurants serviert wird, gehört in die Mülltonne, nicht auf die Teller der Gäste. Eines ist so schlimm wie das andere. Wir kamen am Friseurgeschäft von Velko vorbei, wo Jamie immer seine Haare schneiden ließ, wenn er in der Stadt war. Und am Schneidergeschäft der Schwestern Lacey, das geschlossen ist, seit Agnes Lacey einen Schlaganfall hatte. Und an einem kleinen Blumengeschäft, das zwischen Kresge und das Drugstore hineingezwängt ist, wo Osterglocken und Chrysanthemen und Tulpen im Sonderangebot verkauft wurden. Große glänzende Satinschleifen um die Blumenvasen. ... Er fragte mich, ob ich ein paar Blumen wollte oder vielleicht ein Ansteckssträußchen, und ich machte ein Geräusch, das wie Lachen klang, und sagte nein. Nein, danke ... Glaubt jemand, ich hätte angefangen zu weinen? ... oder wir beide hätten uns mitten auf die Hauptstraße gestellt und losgeheult? Weiß Gott nicht.

Im Fenster lagen auch große Kränze und Gebinde, die als »Grabdecken« bezeichnet waren, auch zu herabgesetzten Preisen. Fast hätte ich zu ihm gesagt, warum kaufst du nicht einen Kranz für das Grab meiner Mutter, aber dann hielt ich doch den Mund ...

Wir gingen am Embassy Hotel vorbei, wo der Empfang gewesen war, auch die Empfänge an Janices und Rosemarys Hochzeit, vor langer Zeit, und so langsam geraten die Erinnerungen durcheinander wie die Sachen in einer Schublade mit allerlei Kram. Es macht aber nichts, daß man die Erinnerungen nicht mehr trennen kann. Das Leben wird dadurch einfacher. Warum mußte er denn zurück nach Rockland kommen . . . warum mußte er mit diesen lächerlichen Handschuhen an den Händen so nervös wirken . . . so daß ich fast eine Gänsehaut bekam. Besonders im Nacken. Wie nachts, wenn im Haus ein Geräusch ist und ich hilflos liegenbleibe, ohne mich zu rühren; und noch dazu halbblind bin ohne meine Brille.

Die Canal Street Bar: zwei Grünpflanzen im Fenster, wie immer, mit speerartigen Blättern. Ganz verstaubt. Er fragte mich, ob ich etwas trinken wollte, nur ein Glas. Ich sah ihn an: war überrascht, wie seine Augen wässerten, man konnte es durch die blauen Gläser sehen, wenn man nahe genug stand. Und diese totenblasse Haut. Er sah fünfzehn Jahre älter aus, als er war. Ich roch etwas Seltsames an ihm, Pfefferminz? Mundwasser? – etwas Metallisches, aber ein bißchen wie Asche. Ich hätte wieder nein, danke sagen sollen. Aber wir landeten dann doch in dem Lokal, vorne an der Bar. Ich trank ein Bier, er ein Ale. Der Sohn von Bob Swanson bediente an der Bar, aber er erkannte uns nicht. Mit dickem Bauch, schon fast kahlköpfig, obwohl er kaum älter als vierzig sein kann. Er sieht aus wie Bob Swanson, ist aber nicht so freundlich. Der Fernseher lief ziemlich laut. Eine Show im Nachmittagsprogramm, die Leute lachten und applaudierten . . . Er lehnte sich an die Bar, vielleicht war er müde, und erzählte mir wie er in Des Moines, dann in Seattle und dann in Vancouver gelebt hat, und wie er dann sein Glück in Alaska versucht hat . . . hatte sich als Fernfahrer verdingt . . . dann gab es Streitereien in der Gewerkschaft, es waren Reifen angeschossen worden, ob ich vielleicht davon gehört hatte? . . . vor Jahren. Ich schüttelte den Kopf. Nein, ich konnte mich nicht daran erinnern, nein, nein. Was, zum Teufel, ging mich das an. Gerade jetzt begannen im Fernsehen Nachrichten, »Mittagsspiegel« hieß die Sendung, und was, zum Teufel, interessierte das mich oder sonstwen in der Bar. Bob Swansons Sohn schaltete auf einen anderen Kanal – schaltete von der Nachricht: »Noch nie erreichte Zahl von Verkehrstoten im Ferienverkehr« auf die automatische Bingo Show . . . Er

sagte jedenfalls, er sei da hineinverwickelt worden, und jemand hätte Beweise erbracht, und ein paar Männer seien ins Gefängnis gekommen; es sei einfach Pech gewesen.
Ob mich das überraschte? Nein, wahrhaftig nicht ... Lebt Bessie noch? Er fragte das plötzlich, als versuchte er, mich zu überraschen. Oder vielleicht hatte er schon geplant, das zu fragen.
Ich sagte nein, was in aller Welt er denn glaube ... daß die Leute ewig lebten. Tante Bessie war 62 als er wegging, das wußte er doch. Was erwartete er eigentlich? Er beugte sich vor und hielt seine Hand hinters Ohr. Er wurde wohl langsam schwerhörig. Vielleicht ein bißchen verkalkt. Seine Backen bebten, als zitterte er. *Was in aller Welt erwartest du eigentlich? Daß die Leute ewig leben, nur um auf dich zu warten?* ... An einem Tisch saßen lauter junge Männer, wahrscheinlich entlassene Arbeiter aus der Fordfabrik. Sie waren sehr lustig, sie lachten und bestellten immer mehr Bier. Einer war schon ziemlich betrunken, obwohl es erst Mittag war. Er hatte dunkles, lockiges Haar wie Jamie und einen Augenblick wurde ich ganz unruhig, als ich dachte, er könnte es fast sein, und es würde gleich eine Schlägerei geben. Aber er konnte es natürlich gar nicht sein. Das war unmöglich ... Jamie war ja auch älter als dieser junge Mann.
Jetzt flüsterte er. Ob ich ihm verzeihen könne. Es tue ihm so leid. Er bereue es schon seit Jahren. Im Gefängnis, als er so viel Zeit zum Nachdenken gehabt hatte. Im Gefängniskrankenhaus. Eine Menge junger Männer in seinem Alter lag dort, und alle waren weit weg von zuhause, und allen tat es leid ... Ach Gott, tat ihnen alles leid. Sie wollten nur raus und dann wieder nach Hause und ... Aber ich sagte nichts. Ich nippte an meinem Bier. Er trank sein Ale gar nicht, sondern beugte sich zu mir und flüsterte. Ich wollte ihn wegschieben, wegen diesem Geruch; dieser Geruch war sein Atem. Aber ich konnte ihn nicht anfassen. Ich dachte, wenn er mich anfaßt, fange ich an zu schreien. Ich würde schreien und nicht mehr aufhören. Aber er war klug genug, es nicht zu tun, er schwebte vor mir und rückte ständig an seiner Brille herum und versuchte zu lächeln; er zeigte seine Porzellanzähne, die so perfekt waren, daß sie einen zum Lachen reizten. Ich hatte Angst, daß ich lachen müßte. Ich würde lachen oder schreien oder anfangen, auf ihn einzuschlagen. Ich wußte nicht, was geschehen würde, vor allem bei diesem Bingo-

programm mit der ulkigen spiraligen Musik, die wie eine Sirene klingt; man denkt, man wird verrückt.

Er sagte, ein paar von den Männern seien wieder gläubig geworden. Sie hätten nach Jesus geweint und gejammert. Wirklich. Man wußte vorher nicht, wen es treffen würde – sonntags oder mittwochs – bei den Gebetsabenden. Aber ihn hatte es nicht erwischt. Ihm war es nicht passiert, es war eben nicht gekommen. Er wußte nicht, ob er den anderen Männern glauben sollte oder nicht – vielleicht logen die auch ... Ob ich ihm verzeihen würde? flüsterte er wieder.

Ich konnte nirgends hinsehen als auf den Fernsehschirm. Meine Haut hatte sich ganz zusammengezogen. Wie eine gefrorene Gänsehaut. Ich dachte, wenn er mich anfaßt, fange ich an zu schreien. Verzeihen? Ihm verzeihen? ... Er erzählte weiter, er war verlegen, er erzählte etwas von einem Knoten unter seinem Arm ... vor achtzehn Monaten ... er hatte sich untersuchen lassen, und der Arzt sagte ... und der Arzt ordnete an ... und dann wurde eine Art Voroperation gemacht ... und ... jedenfalls müsse er bald sterben, das war es, was er sagen wollte. Er müsse sterben, zuerst habe er es nicht geglaubt, weil er den Ärzten einfach nicht glaubte, und er kannte viele Fälle, in denen sie etwas Falsches gesagt hatten, aber nach einer Zeit merkte er doch, daß es stimmte, weil er selbst spürte, daß er langsam anfing zu sterben. Er sagte, er spürte, daß es mit ihm zu Ende ginge.

Was hat das mit mir zu tun? Ich stellte mein Glas ab, ich konnte nicht austrinken. Was hat denn all das mit mir zu tun? Aber ich fing an zu zittern, ich fühlte, wie das Zittern in mir aufstieg. Oh, Gott. Herr Jesus. Ich wollte ihn anschreien, was hat das denn mit mir zu tun? – warum bist du hier? – warum bist du nicht da draußen im Westen gestorben oder in Alaska oder, weiß der Teufel, wo du sonst noch warst? Statt dessen hörte ich, wie meine Stimme etwas sagte. Sie war schnell. Die Wörter kamen ohne Pause, ausdruckslos und schnell, als hätte ich vorher überlegt, was ich sagen würde, aber das hatte ich nicht ... Jamie, der mit irgendeiner Frau in Crescent Beach lebte. Zwei kleine Kinder hatte sie. Der Mann weggelaufen. Wohnte in einem großen teuren aufgebockten Wohnwagen, in so einer Wohnwagenkolonie. Sie verstanden sich wohl ganz gut. Er trank ein bißchen, aber nicht schlimm. Jamie hatte gerade keine Arbeit ... Suellen ist nach Cleveland gegangen, schon vor Jahren.

Wahrscheinlich verheiratet. Nie die Enkelkinder gesehen, nein. Warum auch, zum Teufel. Es ist so lange her. Clement und Royal und Adelaide in Streit miteinander wegen dem Testament – das wußte er doch? – ja. Sie hatten alle Anwälte genommen. Einer davon aus einer anderen Stadt, er sollte sehr gut sein und teuer; aber so intelligent schien er dann auch wieder nicht. Richtig gemeine Dinge warfen sie sich gegenseitig an den Kopf. Der Fall zog sich schon drei Jahre hin. Royal behauptete, er hätte 25 Jahre lang Reparaturen und Schreinerarbeiten für die alte Dame gemacht, unbezahlte Dienste. So ein Lügner ... Sie logen doch alle. Oder vielleicht sagten sie die Wahrheit, so wie sie sie sahen und wurden so ärgerlich, daß sie einfach Sachen erfanden und sie dann auch glaubten. Du weißt doch, wie Onkel Clement immer war. Jedenfalls steckten die Anwälte ein Drittel der ganzen Summe in die Tasche ... Dann kam Clement einmal an einem Weihnachtsabend mit seiner Tochter herüber, der mit der Beinschiene, und er war betrunken und weinte, und Adelaide wollte erst nicht aus der Küche kommen, dann kam sie doch heraus, und dann versöhnten sie sich und riefen Royal an, und er kam so um Mitternacht auch noch herüber und wieder versöhnten sie sich, und da war die alte Tante Adie mit ihren zweihundertfünfzig Pfund, mit nassem Gesicht und roten Flecken wie Masern. Dann spielten wir alle Gin Rummy bis zwei Uhr morgens ... aßen den Rest vom Abendessen auf ... und dazwischen kicherten sie und heulten sie wieder wie Kinder. Sie spielten ein ganz besonderes Gin Rummy, nach ihren eigenen Spielregeln, so wie sie es gespielt hatten, als sie Kinder waren, noch im alten Haus wohnten, auf der Farm ... Er hörte aufmerksam zu, mit angehaltenem Atem. Ich hatte Angst, daß er gleich meinen Arm fassen würde und sein Gesicht an meiner Schulter vergraben ... Ich hatte Angst, daß er anfangen würde zu weinen und daß ich vielleicht nicht die Kraft haben würde, ihm zu widerstehen und daß ich nachgeben würde ... Clement? Royal? Adelaide? Bessie? Jamie? Ob sie noch ...? Ob er sie ...? Es sei doch nicht zu spät, er könnte sie doch besuchen ...? Es sei doch nicht zu spät ...?

Am Ende würden sich alle Dinge zum Besten wenden. Das wisse er jetzt. Er glaubte jetzt fest daran. Als er jung war, hatte er es nicht gewußt, da hatte er überhaupt keine Ahnung gehabt. Aber jetzt wußte er es. Die Dinge würden sich zum Besten wenden und zu

einem glücklichen Schluß kommen, alle Streitereien würden sich legen, und dieses gute Ende müßte kommen, bevor die Menschen starben ... einer im Gefängnis hatte ihm das gesagt, ein sehr religiöser Mann, achtzig Jahre war er alt. Ein Lebenslänglicher. Der Richter hatte ihn vor vierzig Jahren zu dreihundert Jahren plus lebenslänglich verurteilt, und da war er immer noch, immer noch im Gefängnis und kümmerte sich gar nicht um eine Begnadigung, er wollte sie nicht beantragen, er sagte, er wäre mit sich im reinen und würde jetzt nur noch auf seinen Tod warten und seine Lieben seien ohnehin in alle Winde zerstreut oder tot, also lohnte es sich ja nicht, sie zu überleben ... Am Ende würde sich alles zum Besten wenden. Es spielte keine Rolle, wie.
Ich fühlte mich schwindlig. Ich fühlte mich von innen her ganz zittrig, im Magen und im Bauch. Ich mußte weg von ihm und ging nach hinten auf die Toilette ... dieselben rosa Wände, die ich von früher kannte, nur sind sie jetzt ziemlich schmutzig, bekritzelt mit Lippenstift und Augenbrauenstift ... eklige Zeichnungen. Ich mußte einfach weg, weg aus seinem Umkreis. Er hatte solche Macht, wie er sich zu mir beugte. Und seine Stimme. Und sogar sein Atem. Es war wie etwas Hypnotisches ... Ich ließ das Wasser ein wenig laufen, aber es kam ganz lauwarm. Das Waschbecken war schmutzig. Haare, Reste von Papiertaschentüchern. Früher war es hier nie so schmutzig gewesen, bestimmt nicht; es hatte nie so gestunken ... Zum Übelwerden. Wenn mir was daran liegen würde – das tut es aber nicht –, würde ich Bob Swansons Sohn etwas über die Zustände hier hinten erzählen. Aber warum sollte ich dafür meinen Atem verschwenden, was geht mich das denn an? Schließlich ist es nicht meine Angelegenheit. Ich würde nie wieder hierherkommen, keiner von uns beiden würde je wieder in dieses Lokal kommen. Es war zu spät. Im Spiegel sah ich mein eigenes Gesicht, betrachtete es aber nicht mit sonderlichem Interesse. Zu spät? Zu alt? Man kommt an einen Punkt, wo einem alles egal ist, nicht weil man ärgerlich oder müde ist, sondern weil man sich von all diesem Mist um einen herum frei fühlt und frei von Menschen um einen, ob sie die Tränen fließen lassen oder einen um Gefallen bitten oder gerade im Sterben liegen, obwohl sie noch herumlaufen und ihr Atem nach Gift riecht ... Das Zittern in mir verschwand langsam. Mir ging es wieder besser. Ich tränkte ein paar Papierservietten mit Wasser und betupfte mein

Gesicht damit und lehnte mich vorsichtig weit über das Waschbecken dabei, um nicht Tropfen auf meinen Mantel zu bekommen. Mein Gesicht brannte. Die Backen hochrot. Hoher Blutdruck, sagte er warnend. Meine Großmutter sagte immer: *Gehupft wie gesprungen.* Wenn man an dem einen nicht stirbt, stirbt man an etwas anderem.

Es stank hier drinnen so, daß ich schnell hinausging. Ich ging zurück zu unserem Platz, wo er noch an der Bar lehnte. Ich berührte seinen Arm, berührte ihn nur ganz sachte. Leb wohl. Ich hatte den Schwindel überwunden, und es ging mir wieder gut, ich brauchte nur ein wenig frische Luft; ich sagte Lebewohl zu ihm. Und drehte mich um zum Gehen. Er holte mich ein. Murmelte noch mehr vom Sterben ... ob ich nicht wüßte, daß er bald sterben müsse ... ob ich nicht verstand, was er gesagt hatte ... Er müsse sterben, und er wollte, daß ich ihm verzeihen sollte. Er sei neunhundert Meilen hierhergekommen. Er wollte ... er wollte, daß seine Frau ihm verzeihen sollte ... ich hatte jetzt genug davon. Mein Gesicht war so heiß, vielleicht war ich die ganze Zeit schon ärgerlich gewesen, ohne es zu wissen. Sollte ich siebzehn Jahre meines Lebens vergessen, sollte ich mich selbst darüber belügen, wie sehr ich ihn haßte und wie krank ich vor lauter Haß auf ihn war, sollte ich alles auslöschen, sollte ich nachgeben, nur weil irgend so ein Kerl mir Lügen erzählte ... mir Gift ins Gesicht atmete ... mir Geschichten von einem Unbekannten erzählte, der irgendwo im Westen in einen Greyhoundbus gestiegen und zuerst in Alaska gelandet war und dann im Gefängnis, und der jetzt stehend im Sterben lag, eine Vogelscheuche, die neben mir schwankte – als ob nicht jeder Mensch sterben müßte –, der mich in die Versuchung führte, mich und meine Gefühle zu verleugnen.

Ich verließ das Lokal ohne ein weiteres Wort. Ließ ihn stehen. Draußen schien die Sonne, das verwirrte mich ein wenig, weil ich in Erinnerung gehabt hatte, daß es draußen dunkel und kühl war ... hatte es nicht geregnet? ... aber draußen war jetzt Frühling, man konnte ihn in der Luft riechen. Frühling. Warmes Wetter. Man konnte es sogar mitten in der Stadt trotz all der Abgase von den Autos und Bussen riechen. Irgendwie erinnerte ich mich daran, daß es kalt gewesen war wie Winter, aber das mußte mir wohl durcheinandergekommen sein. Es war doch ganz offensichtlich Frühling.

Ich ging über die Canal Street-Brücke nach Hause. Ich fühlte mich wohl. Die frische Luft tat gut. Alte Männer fütterten Tauben auf der Brücke, auf dem Bürgersteig. Die Tauben flogen auseinander, als ich vorbeiging, flogen aber nur wenige Meter und setzten sich dann wieder hin. Nichts erschreckte sie. Ich grüßte die alten Männer, wie immer, obwohl ich sie nicht genauer kannte. Einige waren so alt wie ich, einige älter. Ein paar waren so alt wie mein Vater jetzt wäre, wenn er noch lebte ... Eigentlich kannten wir uns alle. Sie hatten ja Namen, und wir hätten uns nur die Zeit nehmen müssen, herauszutüfteln wer wer war. Aber warum der Umstand? Als ich vorbei war, flogen die Tauben wieder in Scharen herbei und pickten die Brosamen; nichts erschreckte sie lange.

HOCHWASSER

Lieber Karl,
ich glaube, der Entschluß, den wir zusammen gefaßt haben, war klug.
Wie Du Dir vorstellen kannst, sind mir bestimmte Gespräche immer wieder durch den Kopf gegangen ... ganz bestimmte Teile von Gesprächen ... und ich meine auch, obwohl wir uns sehr lieben, es ist gut, daß ... Ich habe auch das Gefühl, es ist notwendig, daß wir uns nicht einmal mehr gelegentlich, wie Freunde, sehen, wegen ... Die grundlegende Entscheidung war richtig ... Deine Kinder und natürlich Deine ... Ich wollte nicht den Eindruck machen, als sei unsere Ehe ernsthaft gefährdet, aber wie Du Dir vorstellen kannst, gibt es Spannungen zwischen ... es gibt gelegentlich Auseinandersetzungen, Ausbrüche ... Mißverständnisse. Die Beziehung wird dadurch kompliziert ... Ich glaube, die Entscheidung, die wir am letzten Freitag getroffen haben, ist sehr klug und vernünftig und sicher zum Besten aller, wenn man unsere Verpflichtungen anderen Menschen gegenüber bedenkt, und wenn Du jetzt die Gelegenheit hast, an die Westküste überzusiedeln ... Ich versuche mir vorzustellen: ich mit Dir zusammen, aber es fällt mir schwer, es fällt mir schwer, uns als Paar zu sehen, auf der Straße, im Tageslicht auf der Straße ... kann mir schlecht vorstellen, wie wir mit anderen Menschen sprechen, als Paar, wie Ehepaare es tun. Ehepaare ... Die Entscheidung war viel klüger als ... Die Möglichkeit, daß ... Ein paar Mal waren Evan und ich nahe daran ... Wenn Dinge einmal gesagt wurden, kann man sie nicht ungesagt machen ... Natürlich weißt Du das selbst ... Du bist schon viel länger verheiratet ... Du weißt aus Erfahrung ... Gemeinsames, Bitterkeit, Ärger, zerbroche-

nes Geschirr, ein Stuhl, der beim Aufstehen vom Tisch umfällt. Deine Frau droht Dir damit ... dazu halte ich sie auch für fähig, trotz ... trotz dem Schein des Gegenteils ... Ja, ich glaube, daß der Entschluß, den wir gefaßt haben, unvermeidlich war, und wenn ich zurückblicke ... Die Zukunft ist nicht so kompliziert wie die Vergangenheit, und wenn die Wogen sich hier einmal geglättet haben ... Wir haben uns nicht sonderlich gut gekannt; vielleicht könnten wir uns schreiben, später, wenn Ihr Euch dort draußen eingerichtet habt, und vielleicht werden wir dann erkennen können, warum das, was geschah, unvermeidlich war ... Deine Behauptung, daß ich Dir so wenig bewegt schien, beruht auf einem Mißverständnis ... Ich konnte nie ... sogar als Kind habe ich mich immer angestrengt ... und jetzt beherrsche ich normalerweise ... obwohl es gelegentlich Zusammenbrüche gibt, nur kurze natürlich, versteckt und schamhaft, weil ich nicht so spontan bin, daß ... Als wir uns gestern zufällig trafen, merkte ich, daß noch mehr ausgesprochen werden muß, daß unsere Gespräche sich fortsetzen müssen, selbst wenn sie nur Versuche sind, verstandesmäßig zu erfassen, was ... Ich hatte das Gefühl, daß Du ... daß ich ... daß wir ... ich wollte nicht den Eindruck erwecken, als ob ... Ich finde, daß der Entschluß so klug und vernünftig ist, und ganz bestimmt wollte ich nicht den Eindruck erwecken, daß ... ich ... ich ... ich ...

Dann schwebten die Wörter plötzlich auseinander wie Luftballons, Sternschnuppen, und ein Gesicht schob sich schwerelos in ihr Blickfeld, während ein anderes, das eines stämmigen, blassen Fremden aus der Dämmerung hereintrieb; hinter beiden eine ungeheure grüne Welle; und durch die schwindelerregende Stille der Eindruck von mächtig-erregten Wogen, Musik, rhythmisch und pulsend und in Schichten überschwappend, eine Schicht über der anderen ...

»Was ist das? Was ist denn das?«

Jetzt war sie wach.

Ihre Stimme weckte Evan, der sich sofort aufsetzte. Sie sprachen nicht, horchten auf den Wind, auf die klatschenden Wellen. Dann sprachen sie beide zugleich. Renée sagte: »Der Fluß –« und Evan sagte: »Aber ich dachte, es –«

Das Schlagen der Wellen, das sonst so entfernt herüberklang, ziemlich melancholisch und romantisch, war jetzt sehr laut. Und es regnete immer noch, sogar stärker als um Mitternacht; und sie fühl-

ten den Wind, der aus dem Nordwesten herüberdrängte, über den See und den Fluß, gegen ihr Haus.
»Meine Güte«, flüsterte Renée. Aber sie hatte keine Angst: ihre Stimme klang nicht ängstlich.
»Sei nicht albern«, sagte Evan.

November. Der erste Sturm des Winters.
Der Regen hatte nach acht Uhr angefangen, jetzt prasselte er gegen die Fenster an der Rückseite des Hauses. Zuerst hatte es wie Hagel geklungen. Der Himmel verdunkelte sich, in der Ferne sah man Blitze, drüben, jenseits des Flusses. Aber der Donner war weit weg. Renée erinnerte sich an Stürme in ihrer Kindheit, Stürme im Sommer in Maine, Böen am Wasser, Blitze, schön und schrecklich und ... kleine Boote wurden ans Ufer getrieben, gelegentlich sanken welche. Manchmal ein schweres Unglück. Fast ertrunken. Ertrunken. Tot.
Aber nach zehn Uhr hatte es geschienen, als habe der Sturm nachgelassen. Sie hörten im Radio den Lokalsender und trösteten sich damit, sich gegenseitig die Vorhersagen des Radiosprechers zu wiederholen: das Schlimmste sei schon vorbei, Graupelschauer vermischt mit Regen und Winde von »Hurrikanstärke« zogen jetzt hinauf in die Gegend des *Georgian Bay* ... Renée hatte sich sogar ein wenig geschämt, daß sie für diese Nachricht dankbar war; dasselbe zügellose Gefühl der Erleichterung, von echtem Optimismus, das sie hatte, wenn ein Flugzeug abgestürzt war, kurz bevor sie oder jemand, den sie kannte, irgendwo hinfliegen sollte – es hatte sich schon ein Unglück ereignet, so schnell konnte nicht schon wieder eins kommen. Aber ihre Beschämung und ihre Dankbarkeit waren doch verfrüht gewesen.
Jetzt war es 2.30 Uhr. Sie sahen Wellen in ihrem Hinterhof, Wellen, die mindestens einen Meter hoch waren, mit Schaumkronen, sie sahen das Wasser vom Fenster aus, wo sie wie Kinder dicht nebeneinander standen, in der Küche ihres kleinen Hauses. Wasser? Der Fluß? Von hier aus bei Nacht sichtbar? Es schien unmöglich. Und doch sahen sie es ... sie sahen wirklich die Wellen, die im Hinterhof hochschlugen, die vertraute Umgebung des Hofes verwandelte sich plötzlich, wurde zu einer ganz anderen Landschaft, die unbarmherzig lebendig schien. »Ich dachte, daß – Um Mitternacht

war –« sagte Evan. In seiner Stimme schwangen Überraschung, Bestürzung und Empörung. Zunächst, als der Fluß stieg, waren sie erschrocken, dann hatten sie sich wieder beruhigt; sie waren ins Bett gegangen, waren eingeschlafen, während der Regen rauschte, und sie hörten den Wind in den Pappeln und der teils schon abgesägten, abgestorbenen Ulme, sie hörten, wie er sich zurückzuziehen und sich aufzulösen schien. Dann hatte der Wind sie wieder geweckt. Stöhnen, Heulen, Pochen, Schlagen, welch unwirkliches Geräusch. Früher am Abend war der Sturm fast schön gewesen: Wetterleuchten, Meilen entfernt, drüben, jenseits der Grenze, in einem andern Land. Schön hatte das ausgesehen, es war die Schönheit des Entfernten, Unwirklichen gewesen. Jetzt war alles ganz dicht. Die mahlenden Wellen, der Lärm, das Platschen, das Schlagen . . . jetzt war es nicht mehr rhythmisch, nicht mehr pulsierend, nicht mehr gezügelt. »Glaubst du wirklich, daß es – wird es wirklich – Evan wird es wirklich –«

Er schaltete das Radio an, mitten hinein in ein Gespräch; zwei Männer sprachen sehr ernst und wetteiferten miteinander, eine aufgeregte Unruhe zu übertragen und gleichzeitig zu unterdrücken. »– und für die Bewohner der Gegend, die der Fluß im Norden begrenzt und, was war es – Caledonia im« – »Caledonia im Osten ja, und Pelee Boulevard im –« »im Westen –« »hinunter bis –« »das wäre, äh, auf dieser Karte wäre das –« »Rettungsmannschaften sind dabei, den Anwohnern des Sees zu helfen, ihre Wohnungen zu räumen – den Bewohnern im Gebiet der St. Anna Gemeinde – des Bezirks, der von der Matthew Brady Grundschule im Osten –« »Entschuldige, Bill, hier ist eine Sonderdurchsage von der –« »Die Königliche Berittene Polizei hat eine Aufforderung veröffentlicht, daß – eine Aufforderung an die Leute, in ihren Wohnungen und Häusern zu bleiben, bis – Kannst du das Telefon mal nehmen? Die Telefone läuten heute abend wie verrückt –« »Also, Leute, die Polizei bittet darum, zuhause zu bleiben, es sei denn, daß Überschwemmungsgefahr besteht – die jüngste Nachricht – überflutet den Pelee Boulevard, und es ist möglich, daß – Mehrere Autos sind stehengeblieben – Wie heißt das hier? Manx? Marx? Mahr? –« »die Genesee Fußgängerbrücke –« »Die freiwilligen Helfer im Gemeindehaus von St. Anna werden gebeten, ihre Rettungsaktionen auf die Gegend zu beschränken, die von Caledonia im

Osten und Pelee im –« »Es ist von höchster Wichtigkeit, es kann nicht genug betont werden, Leute, die Polizei ist in diesem Punkt ganz unerbittlich, zuhause zu bleiben und weg von den Straßen, wegen den Verkehrsbehinderungen durch den stehenden Verkehr – hier ist Dan Barker von der Polizei der Provinz Ontario mit einer –«

Evan drehte weiter, aber er bekam nur Störgeräusche, dann verschwommene, streitende Stimmen, die an Vögel erinnerten; dann Rockmusik und wieder Störungen. Er war seltsam ruhig, wie er hier in der Küche stand, die Lippen vorgeschoben, die schmalen blassen Füße auf dem Linoleumboden dicht zusammen. »Warum hast du – Du solltet es lieber wieder –« sagte Renée. Er drehte zurück, und jetzt sprach eine andere Stimme, eine Männerstimme, sehr fest und bestimmt. *Es darf keine Panik ausbrechen. Zuhause bleiben. In Fällen, wo die Kellerräume überflutet sind . . . In Fällen wo Gefahr besteht, daß das Haus unterspült wird . . . am See entlang, nördlich von Lineham . . .*

»Das ist meilenweit entfernt«, sagte Evan.

»Was? Lineham? . . . Bist du sicher? Weißt du wo . . .?«

»Lineham ist nördlich von hier, drei oder vier Meilen . . .«

»Soll ich vielleicht anrufen? Wo soll ich anrufen?«

Er hörte ihre Frage nicht. Er stand im Schlafanzug über das Radio gebeugt, den Kopf leicht zur Seite geneigt. Renée war auf dem Weg ins Schlafzimmer. Sie sagte laut: »Wo ist denn jetzt . . . Wo habe ich . . . Wenn wir . . .« Ihre Hand knipste die Deckenbeleuchtung an, und der Raum war plötzlich in unbarmherziges Licht getaucht. Eierschalenfarbene Wände, hinter dem Bett abgestoßen; eine Decke mit seltsam gestreifter Tapete, ein schmutziges Weiß und Silber. Der Teppichboden war natürlich voller Flecken. Es war nicht ihre Schuld, sie hatten gehofft, eine andere Wohnung zu finden, sie hätten jetzt eigentlich schon woanders wohnen wollen, aber das Angebot war klein, und die Mieten waren teuer und . . . Sie nahm einen ihrer Koffer vom Schrank. Eins ihrer Sommernachthemden hatte sich darin festgehakt und fiel herunter auf ihre Füße. Sie sagte laut: »Nein, das brauche ich nicht. Ich habe eins an. Dieses hier . . . Flanell . . . dies hier ist warm, wärmer und falls . . . Evan? Evan? Was soll ich für dich einpacken?«

Er rief etwas, was sie nicht verstehen konnte.

Sie legte den Koffer auf das aufgewühlte Bett. Sie öffnete die oberste Kommodenschublade und fing an, Evans Socken in den Koffer zu packen ... zuerst paarweise, dann mit vollen Händen. Evan sagte etwas in der Küche. »Ich versteh dich nicht, der Wind ist so laut! Ich versteh dich nicht!« rief sie. Die Schublade war leer. Sie öffnete die nächste, in der ihre Unterwäsche lag. Sie hielt inne, um nachzudenken, versuchte, sich zu erinnern. »Das Telefon«, flüsterte sie. Sie hatte doch telefonieren wollen. Sie ließ ihre Sachen wieder in die Schublade fallen und lief, immer noch barfuß, hinaus in den kleinen Vorraum, wo das Telefon stand; es war dunkel und sie stieß gegen einen Stuhl. Evan fragte etwas. Sie hockte sich hin, nahm das Telefonbuch aus dem Regal, machte mit dem Ellbogen das Licht an und fühlte einen überraschenden Schmerz dabei, sie hatte nicht gewußt, daß sie so empfindlich war. Evan stand jetzt hinter ihr. »Soll ich die Polizei anrufen?« sagte sie. »Wen soll ich anrufen?«

»Laß mich lieber anrufen«, sagte er.

»Nein, nein, ich mach's schon. Was haben die im Radio gesagt?«

»Die Auskunft anrufen.«

»Ich habe angefangen zu packen –«

»Komm, laß mich –«

Er streckte die Hand aus, um ihr das Telefonbuch abzunehmen, aber es entglitt ihnen und fiel auf ihre bloßen Zehen. Sie schrie laut auf. »Mein Gott, tut mir leid«, murmelte Evan. Er blätterte heftig im Telefonbuch; Renée wußte, daß die Nummer, die er suchte, vorne stand, auf der Innenseite des Umschlags, aber etwas in seinem Verhalten schüchterte sie ein. Er schien sehr ärgerlich. Er sprach zu sich selbst: »Was, zum Teufel ... Wo ist denn nur ...« Schließlich gab er ihr das Telefonbuch zurück. Er grinste, fuhr mit der Hand durch sein wirres Haar. »Ich hör nochmal Radio«, sagte er.

Sie wählte den Notruf der Polizei, aber es war besetzt.

Sie wählte den Notruf der Feuerwehr, aber es war besetzt.

Aus dem anderen Zimmer rief Evan. Sie ließ das Buch fallen und lief in die Küche. »Mein Gott«, flüsterte sie.

Ein riesiger Balken hatte sich in einen der Forsythienbüsche im Hinterhof verkeilt – vom Wasser gedreht und jetzt in den Busch eingezwängt. Wie weit entfernt war das? Renée konnte es nicht schätzen. Drei Meter? Sechs Meter?

Die Wellen waren höher als vorher. Man konnte sehen, wie der Wind aus dem Nordosten sie höher und höher trieb. »Ich glaube, wir sollten weg von hier«, sagte Renée. »Ich glaube ... bevor die Einfahrt überschwemmt ist ... Was ist, wenn die Einfahrt unter Wasser steht, Evan, und das Auto nicht anspringt?«
»Mein Gott, was für ein riesiger Balken! Wenn er nun ... Siehst du das, Renée? Es ist ein Teil von einer Bootsanlegestelle. Von irgend jemand flußaufwärts. Oder vielleicht ist es ein Teil von einem Boot? ... Was ist denn das? da drüben bei der Hecke? ...«
»Was ist, wenn der Volkswagen nicht anspringt? Der Motor, was ist, wenn er naß wird? Dann springt er doch nicht an, oder? – wenn er naß wird?«
»Ich glaube nicht, daß wir in Gefahr sind.«
»Was haben die im Radio gesagt?«
»Ich glaube wirklich nicht ... Sieh mal, das ist doch ein Teil von einem Boot, nicht? Man sieht den Rumpf ... Es muß ja schrecklich sein für die Leute, die am See wohnen; meine Güte, ihre Häuser stehen sicher unter Wasser, sicher besteht die Gefahr, daß ... Da wurde eine Bekanntmachung durchgegeben, daß Evakuierte in einer der Feuerwachen aufgenommen würden. Und daß sie Freiwillige brauchen, Decken und Kaffee, all sowas ... Ich denke, bei uns wird alles gutgehen. Ich glaube nicht, daß das Wasser noch höher steigt.«
»Haben sie im Radio gesagt ...«
»Sieh mal, der Balken bewegt sich ... nein, er steckt fest. Was für ein riesiges Ding! ...«
Renée lauschte: Jemand sagte die Zeit an, die Wetterlage, die Situation am See und am Fluß (»steigendes Wasser, stellenweise 30 cm pro Stunde«). Dann Musik. Kaum glaublich, Musik!
»Evan, es heißt, das Wasser steigt. Ich finde, wir sollten uns drauf vorbereiten, unser Haus zu räumen.«
»Liebes, sei doch nicht so nervös. Sprich nicht so schnell.«
»Ich hab' nicht schnell gesprochen, ich ... Hast du gehört, was der Sprecher gesagt hat? Ich hab' drüben etwas angefangen, ich geh', glaube ich, lieber und mach' weiter, vielleicht solltest du ... vielleicht solltest du nach dem Auto sehen, schauen ob es funktioniert. Vielleicht sollten wir uns was anderes anziehen.«
»So schlimm ist es nicht. Das Hochwasser ist nördlich von hier, Meilen weiter nördlich.«

»Wenn wir nicht rechtzeitig loskommen, sind die Straßen bestimmt überschwemmt. Ich hab' was über Verkehrsstau gehört und . . .«

»Die Leute dramatisieren alles«, sagte Evan geistesabwesend. Er stand auf den Zehen und starrte hinaus auf das Wasser. Sein Ausdruck war gespannt und abstrakt, als blicke er weit in die Ferne.

». . . diese Radiostation ist bekannt dafür . . . falscher Alarm, Katastrophen und schlechte Nachrichten jede Stunde . . .«

Renée drehte sich um. Sie wollte doch etwas sehr Dringendes tun. Telefonieren oder war es etwas im Schlafzimmer? Das Deckenlicht im Schlafzimmer war an; sie fand dieses Licht schrecklich und ging lieber ins Badezimmer. Sie befeuchtete ihre blassen, trockenen Lippen, sie suchte ihren Blick im Spiegel, weil sie hoffte, es würde ihr Mut machen. Wie der Wind wehte! Das kleine Haus bebte. Aber im Badezimmer waren keine Fenster, vielleicht war sie hier sicher . . . Renée starrte Renée an, hoffte auf ein Lächeln, auf ein ermutigendes Kopfnicken. *Du bist in Sicherheit. Nichts wird geschehen.* Als Kind war sie oft in Badezimmern gewesen, hatte sich eingeschlossen, war sicher vor Eindringlingen und hatte sich selbst hungrig angestarrt. *Wird es? . . . Ob ich überlebe? . . . Was wird geschehen?* . . . Ihr knöchellanges Nachthemd sah ungewöhnlich hübsch aus: rosa und rote Blumen mit vielen Blumenblättern auf einem blaßgrünen Grund. Ihre Augen spiegelten das Grün, sie sogen es in sich auf, sie schienen vor Licht zu glänzen; der Schrecken glänzte in ihnen. Gleich würde sie schreien. Sie wurde wahnsinnig. Ihre Haut war bleich, blutleer. Sie würde . . . Ach, sie erinnerte sich, ja, ihr Geliebter, ihr ehemaliger Geliebter. Ah ja. Dann war es ja gut. Diese Strafe war gut, es war ganz richtig, daß sie hier war, sich krümmte, ihr Haar wild um den Kopf. Die Tür war verschlossen, keiner konnte sie finden. Karl konnte nicht herein, konnte sie nicht umarmen. Ihr Mann könnte sie rufen – aber wer würde es hören? der Wind war so laut.

Sie hatte einen Mann geliebt, er hatte sie auch geliebt. Und doch kannten sie sich nicht. Sie waren weniger als zehnmal zusammengewesen . . . das heißt, sie hatten weniger als zehnmal zusammen geschlafen; aber in ihrer Vorstellung geschah es immer wieder, fieberhaft, in ihrer Erinnerung streckten sie die Hände nacheinander aus, küßten sich und umarmten sich, verklammerten sie sich ineinander, als seien sie am Ertrinken . . . Sie riefen sich beim Namen, über die regenüberfluteten Meilen der Stadt hinweg. Sie war eingeschlafen, während sie einen Brief an ihn schrieb. Briefe. Einen immerwährenden, fortdauernden, unaufhörlichen Brief an ihn, und nur an ihn. *Karl? Ob wir nicht ...? Oder wäre es besser ...?* Er und seine Familie wohnten weit vom Fluß entfernt, sie waren heute nacht sicher nicht in Gefahr, sie schliefen vielleicht. In Sicherheit. Gleichgültig. Unberührt. Er liebte sie so, behauptete er; vielleicht war es wahr. Sie liebte ihn. Aber schon prüfte sie ihre Liebe zu ihm, schon begann sie einen Brief an ihn, der anfing: *Lieber Karl, ich glaube, Du hast mich getäuscht, ich glaube, Du hast Deine Frau und mich getäuscht, ich glaube, Du bist ein Heuchler, ich habe Dich nie geliebt* ... Nein. Ausstreichen. Noch einmal von vorne. *Lieber Karl, ich glaube, der Entschluß, zu dem wir neulich gekommen sind, war wirklich richtig, wenn man an Deine Familie denkt und an meinen* ... Sie hatten einander in den Armen gelegen und geweint. Karl hatte auch geweint. Sein Atem war heiß und dringlich. Seine Arme fest um sie geschlungen, den Mund an ihren Hals gepreßt, ihre Schulter ... Nein, er hatte sie nicht getäuscht. Alles andere, aber er hatte sie nicht getäuscht. Er sagte oft: *Am Anfang warst du so glücklich, wie ein junges Mädchen. Jetzt bist du immer trübsinnig, immer ... jetzt habe ich dich verletzt ... in allem ist ein bitterer Tropfen.*

Ja, er hatte geweint. Er hatte in ihren Armen geweint.

Ein paar Tage später war Renée durch die Telford Avenue gefahren in Richtung Innenstadt, als es plötzlich zu regnen begann. Ihr fiel ein Anhalter am Straßenrand auf, kein Junge, sondern ein Mann. Aus irgendeinem Grund fuhr sie langsamer ... aus irgendeinem Grund starrte sie ihn an, erkannte ihn sofort und blieb doch seltsam unberührt, als ob sie sich nie gesehen hätten. Da stand er im Regen, wie ein dummer Junge und hob den Daumen – na, laß ihn doch naß werden! Er hatte doch selbst ein Auto, oder? Ob seine Frau darauf bestanden hatte es zu nehmen? Na gut, dann verdient er es, im Regen zu stehen, wie kann er sich nur in aller Öffentlichkeit dort hinstellen und darum betteln, mitgenommen zu werden? Warum sollte denn irgend jemand anhalten und ihn mitnehmen?

Und doch hielt sie.

Er starrte sie erstaunt an: »Mein Gott, welcher Zufall ...«

Sie fühlte immer noch diese seltsame, erhebende Unabhängigkeit.

Sie hatte nicht anhalten müssen; er hätte sie vielleicht nicht einmal erkannt, wenn sie vorbeigefahren wäre; sie hatte aus freiem Willen gehalten, war nicht dazu genötigt worden, war von seinem Anblick nicht einmal sonderlich gerührt. Er erzählte ungehalten über die anstehenden Autoreparaturen, die Bremsen mußten überholt werden, und das würde teuer sein ... und das Auto war erst vor ein paar Monaten in der Werkstatt gewesen. Renée schwieg. Er wechselte das Thema und erzählte ihr eine erfreuliche Neuigkeit: ein kleiner Verlag in Vancouver wollte einen Band seiner Gedichte drucken, er sollte *Die Sirenen* heißen. Er freute sich sehr darüber. Freute sich riesig. War ganz aufgeregt ... Dann kam er auf seine Frau zu sprechen, er nannte ihren Namen nicht, sondern sprach von ihr nur als »sie«. Sie glaubte nicht an ihn, nicht an seine Fähigkeiten als Dichter; jetzt würde sie gezwungen sein, ihre Meinung noch einmal zu überprüfen, jetzt würde sie sich aber wundern ... Renée hörte schweigend zu, beunruhigt darüber, wie bitter und jungenhaft das klang. Sie überlegte, ob ihr Geliebter wußte, was er da sagte. *Jetzt würde sie sich aber wundern! Jetzt!* ... Es erschreckte sie, daß die Frau ihres Geliebten plötzlich so beherrschend erschien, so viel stärker als er. Karl war wie ein Junge, wie ein fröhlicher Junge. Eine ganze Menge Leute in dieser Stadt würden überrascht sein, sagte er. Aber natürlich seien die Leute immer neidisch ...
»Herzlichen Glückwunsch«, sagte Renée schwach.
»Danke! ... Du bist nett, du bist immer so nett«, seufzte er. »Und was für ein Zufall, daß gerade du hier vorbeikamst und mich gerettet hast ...«
»Nur ein Zufall«, sagte sie.

Es gelang ihr endlich, eine der Feuerwachen zu erreichen.
»Hallo, hallo? Können Sie mir bitte helfen? Mein Mann und ich ... wir wissen nicht, was wir tun sollen, wir haben Angst vor dem Hochwasser und ... und wir sind ...«
»Wie hoch steht das Wasser in Ihrem Keller?«
»Wir haben keinen Keller –«
»Wo wohnen Sie?«
»Telford. Block 1200.«
»Ist Ihr Haus schon überflutet? Wie alt sind Sie?«
»Was, wie alt? Ich bin – ich bin sechsundzwanzig.«

»Sie hören sich an wie ein Kind. Brauchen Sie Hilfe? Sind Sie in Schwierigkeiten?«

»Nein –«

»Einen Augenblick, bitte –«

Im Hintergrund war ein Geräusch.

Evan kniete neben ihr. »Renée, hör mal, ich glaube, es geht in Ordnung. Mit wem sprichst du?«

Sie wandte sich ab und schloß die Augen. Sie hatte den Hörer fest an ihr Ohr gepreßt.

Die Verbindung wurde unterbrochen. Renée stand auf. »Ich glaube ... ich glaube, wir sollten weg.«

»Liebling, ich bin ganz sicher, daß alles gutgehen wird.«

Sie gingen zurück in die Küche. Renée sah mit einem plötzlichen Schrecken, daß die Wellen noch näher ans Haus kamen – und sich jetzt nur noch etwa einen Meter vom Haus entfernt brachen. Evan hatte die ganze Zeit hinausgesehen, und er hatte es nicht bemerkt. Er sprach mit sanfter, hohler Stimme. »Wahrscheinlich steigt es heute nacht nicht mehr höher. Es ist ziemlich hoch, nicht? ... Aber viel höher kann es nicht mehr steigen.«

»Was ist denn mit dir los?« rief Renée.

»Was? Was meinst du?«

»Warum benimmst du dich so seltsam?«

»Was meinst du denn? Ich hab' hier draußen Radio gehört – ich bin ein bißchen müde – *du* benimmst dich seltsam, *du* bist hysterisch.«

Sie hatte angefangen zu zittern. Sie schob ihn beiseite.

»Ich bin ganz sicher, daß unser Haus nicht in Gefahr ist«, sagte er stur.

»Vielleicht ist die Einfahrt schon überflutet. Wenn sie unter Wasser steht, können wir nicht mehr weg.«

»Wo willst du denn hin? Warum willst du denn unbedingt irgendwo hingehen?«

»Warum stehst du hier so rum? Evan, du siehst aus wie hypnotisiert –«

»Ich bin ein bißchen müde, das ist alles. Guck mich doch nicht so entgeistert an!«

Er hatte seinen Bademantel über den Schlafanzug gezogen, aber er war immer noch barfuß.

Es war drei Uhr.
»Dir ist ganz egal, was mit uns geschieht«, flüsterte Renée.
»Ich glaube nicht, daß die Situation rechtfertigt, daß . . .«
»Das Haus wird überschwemmt werden! Das Wasser kommt hier herein – sieh dir doch nur diese Wellen an, um Gottes willen!«
»Wir ertrinken schon nicht – wie könnten wir denn ertrinken – Es ist ein bißchen hoch, aber viel höher kann's nicht werden –«
Sie starrte ihn an: dieser Mann, der normalerweise so intelligent war, jetzt sah sein Gesicht verzerrt aus, verstört, an beiden Seiten des Mundes standen Falten sturer Boshaftigkeit. In diesem Augenblick erkannte sie ihn gar nicht wieder, sie wußte nicht, ob sie ihn liebte oder haßte oder fürchtete. Sie wußte nicht, ob das stimmte, was er sagte, oder ob er ein wenig verrückt war. Sie zitterte und fröstelte, aber er schien ganz ruhig.
Sie rannte ins Schlafzimmer. Was mußte sie jetzt – was mußte sie tun. — Dies war das erste Mal, daß . . . Sie waren in Gefahr, aber sie wußte nicht, was sie tun sollte. Ihre Nachbarn? Hatten die Nachbarn ihre Häuser verlassen? Renée überlegte, ob sie anrufen sollte. *Können Sie uns helfen? Wir wissen nicht, was wir tun sollen, wir haben eine kleine Auseinandersetzung darüber – wer von uns verrückt ist und wer normal.* Aber ihre Nachbarn auf der rechten Seite hatten im vergangenen Sommer einen Damm gebaut, und ihr Haus stand ohnehin höher; wahrscheinlich waren sie nicht in Gefahr. Wahrscheinlich genossen sie das Naturschauspiel. Und ihre Nachbarn auf der linken Seite . . . eine große Familie in einem baufälligen Haus, einer Art Scheune . . . sieben oder acht Kinder . . . wußten wahrscheinlich selbst nicht, was sie tun sollten. Und Renée waren diese Leute sehr unangenehm. Oder vielleicht hatte sie aus moralischen Gründen etwas gegen sie: die Mutter tat nichts, um die größeren Jungen davon abzuhalten, die jüngeren Kinder zu ärgern oder sogar ihnen wehzutun, und manchmal kam der Vater betrunken nach Hause und brüllte sie alle an. *Ich bring' einen von euch um!* Unglaublich, wirklich . . . Deshalb konnte sie diese Leute nicht gut um Hilfe bitten. War das Panik, daß sie wie gelähmt dastand und sich nicht bewegen konnte?
Sie würde etwas tun. Sie würde ihr Nachthemd ausziehen. Sie mußte etwas anderes anziehen, etwas Wärmeres. Aber jetzt fiel ihr Blick auf den Koffer. Bis zum Rand voll mit Evans Socken. War-

um? Warum brauchte er denn so viele Socken? Sie nahm die meisten wieder heraus. Sie sah sich um, sie drehte sich unbeholfen in der Hüfte und sah sich im Zimmer nach Hilfe um. Das Zimmer war ihr vertraut, und doch sah es unerklärlich verändert aus. Was wollte sie denn, was wollte sie nur tun? Sie nahm etwas Unterwäsche aus der Kommode und einen Pullover und ein paar von Evans Sachen und legte sie in den Koffer – dann fiel ihr ein, daß sie gar nicht wußte, wohin sie gehen könnten. In ein Motel? In eins der Hotels in der Stadt? Aber dort war inzwischen sicher kein Zimmer mehr frei ... In eins der Gemeindehäuser? In eine der Feuerwachen? In ihrem Kopf drehte sich alles. Decken, Kaffeekannen, weinende Menschen, dicht zusammengedrängt. Sie hatte Fotos von einer kleinen Stadt in Alberta gesehen, die im vergangenen Frühjahr von einem Hochwasser verwüstet worden war. Leute auf Tragbahren. Überlebende. Opfer. Wütende, undämmbare Wassermassen. Schaden, der auf Millionen geschätzt wurde: menschliches Leben, Vieh, Land. ... Sie beschloß, ihr Nachthemd anzubehalten. Sie zog einen dicken Pullover darüber. Und einen Tweedrock, ein altes, formloses, bequemes Ding, das noch aus ihrer Studienzeit stammte. Ja, das war besser. Das war das Richtige. Sie konnte mit bloßen Füßen in ihre Stiefel schlüpfen. Ihr Mantel hing im Schrank im Flur. Sie würde sich in Sicherheit bringen, sie würde sicher sein, würde nicht ertrinken. Sie würde in Sicherheit sein.

Als sie zurück in die Küche kam, sah sie, daß Evan das Licht gelöscht hatte, um den Sturm besser beobachten zu können. Er sah sie überrascht an. »Du bist ja angezogen?« sagte er verletzt. »Wohin gehst du? Wo willst du denn hin?«

»Wie steht es?«

»Sieh selbst, wir sind nicht in Gefahr.«

Die Wellen waren jetzt nur noch einen halben Meter vom Haus entfernt.

»Evan, bist du nicht ... bist du nicht unvernünftig?« sagte sie, aber ihre Stimme klang seltsam ausdruckslos. Er konnte nicht einmal hören, was sie sagte, bei diesem Wind. »Ich glaube, daß ... Ich glaube ... ich glaube, wir sollten ... ich ...«

Sie kam herüber und stand neben ihm. Sie preßte die Stirn ans Fenster. Der Sturm war faszinierend. Die Wellen, die Trümmerstücke, die mahlenden, schlappenden Geräusche auf allen Seiten ...

Sie hatten den Fluß so hingenommen. Manchmal hatten sie ihn ganz vergessen. Jetzt war er hier, dreißig oder sechzig Zentimeter vom Haus entfernt. Einschläfernd trotz des Lärms. Und durch das Getöse von Luft und Wasser klang ein Rhythmus.
Renée starrte hinaus. Da war doch jemand, an den sie denken wollte ... aber der Sturm fesselte ihre Aufmerksamkeit ... er war faszinierend und brutal. Ach ja, ihr Geliebter. Jetzt hatte sie keinen Geliebten mehr; aber sie wollte an ihn denken. Ob er wohl an sie dachte, und sich um sie sorgte? Die Katastrophennachrichten hörte? Nein, wahrscheinlich nicht. Die Vorstellung hätte ihr gutgetan. Aber nein. Wahrscheinlich schlief er. Und er hätte ihr ohnehin nicht helfen können, nicht bei Dingen, die in ihr Leben mit Evan gehörten. Sie hätte ihm bei seinem Leben auch nicht helfen können.
Ich habe dich verletzt ... alles ist schief gegangen ... Meine Frau wird überrascht sein ... Ich liebe dich, ich will dich nicht verletzen. Meine Frau hat nie an mich geglaubt ... an mein Talent geglaubt ... eigentlich ist sie eine unbedarfte, selbstzufriedene, phantasielose Frau, aber unsere Beziehung ist, unsere Ehe ist ... alle Ehen sind ... sie funktionieren auf eine Art, die man nicht beschreiben kann. Und sie wird sich wundern. Sie wird sich wundern.

Es war nach vier, als sie wieder ins Bett gingen.
»Ich hab' dir doch gesagt, daß wir nicht in Gefahr waren«, sagte Evan.
Renée lachte vor Erleichterung. Der Wind hatte sich gelegt; die Wellen waren etwa dreißig Zentimeter zurückgegangen. Der Sturm war vorüber. Sie lachte und lachte. Und Evan lachte. Er stellte die Koffer auf den Fußboden. »Hab' ich's dir nicht gesagt? Ich hab's doch gesagt! Und du wolltest schon das Haus im Stich lassen – du wolltest schon losrennen.«
»Heute nacht, in diesem Sturm sind Menschen umgekommen«, sagte Renée wie betäubt. »Im Radio haben sie eben gesagt –«
»Das war nördlich von hier. Meilenweit entfernt.«
»– Herzanfälle, einer ist ertrunken –«
»Meilenweit von hier.«
»Nur ein kleines Stück von hier!«
Sie gingen ins Bett, Renée fröstelte, und Evans Zähne schlugen aufeinander.

»... Du wolltest weg, du wolltest schon alles aufgeben«, flüsterte Evan.

»Wir waren in Gefahr. Wirklich. Heute nacht sind Menschen gestorben.«

»Bist du nicht froh, daß wir nicht gegangen sind?«

»Der Sturm war so wirklich, so schrecklich ... der Fluß war so wirklich ...«

Der Wind war immer noch laut. Sie drängten sich fröstelnd aneinander.

»So wirklich, entsetzlich wirklich«, flüsterte Renée ehrfürchtig. Sie war müde, erschöpft. Sie war zu müde, um jetzt noch Angst zu haben. Ihr Schrecken war in eine seltsame, leere Erleichterung übergegangen und hatte sich in Enttäuschung verwandelt ... worüber, wußte sie nicht. Enttäuschung? Sie würde also doch nicht bestraft werden.

»Du wolltest das Haus aufgeben«, murmelte Evan. »Unsere Ehe ...«

Aber er war zu erschöpft. Seine Stimme wurde rhythmisch, ein Singsang, ein Wiegenlied. »Keine Gefahr ... war nie eine Gefahr ... ich hab's dir gesagt, nicht? ... solltest mir glauben. Jetzt ist alles in Sicherheit, wir sind in Sicherheit. Siehst du? War gar keine Gefahr.«

Renée lachte und drückte ihr Gesicht an seine Schulter. Sie suchte nach seiner Hand – sie war kalt. Sie wollte sie massieren, aber plötzlich war sie zu müde. Sie erinnerte sich nicht mehr daran, warum sie enttäuscht war oder warum erleichtert und was für eine Gefahr es gewesen war.

»... in Sicherheit, im eigenen Bett«, sagte Evan schläfrig. »Siehst du ...«

Der große gesellschaftskritische Roman von
Joyce Carol Oates

JENE

510 Seiten
Aus dem Amerikanischen übertragen
von Isabella Nadolny

Hier geht es im wesentlichen um drei Menschen, die in Detroit leben und am untersten Rand der bürgerlichen Gesellschaft stehen. Der Zeitraum des Geschehens umschließt die Jahre zwischen 1937 und 1968, also die Folgejahre der Weltwirtschaftskrise genauso wie den Zweiten Weltkrieg und die Jahre danach, in denen jene Idealvorstellungen nicht verwirklicht werden konnten, für die man gekämpft hatte.